Une mascarade insensée

PERSEPHONE ROTH

Une mascarade insensée

PERSEPHONE ROTH

Publié par
DREAMSPINNER PRESS

5032 Capital Circle SW, Suite 2, PMB# 279, Tallahassee, FL 32305-7886 USA
www.dreamspinnerpress.com

Une mascarade insensée
Copyright de l'édition française © 2016 Dreamspinner Press.
Titre original: Madcap Masquerade
© 2009 Persephone Roth.
Traduit de l'anglais par Black Jax.

Illustration de la couverture :
© 2009 Anne Cain.
Les éléments de la couverture ne sont utilisés qu'à des fins d'illustration et toute personne qui y est représentée est un modèle

Édition e-book en français : 978-1-63477-219-8
Édition imprimée en français : 978-1-63477-218-1
Première édition française : janvier 2016
Première édition : décembre 2009
v 1.0

Édité aux Etats-Unis d'Amérique.

Ce livre est dédié avec respect et affection
À de charmantes dames
Qui ont eu un grand impact sur ma vie.
Inutile de les nommer ici…
Elles se reconnaîtront.

I

LE JOUR où Loel Woodbine, duc de Marche, apprit ses fiançailles, il se réveilla à son heure habituelle. Comme à l'accoutumée, son valet fit son apparition dans sa chambre et s'occupa d'ouvrir bon nombre de rideaux, laissant entrer la quantité de lumière nécessaire après une longue soirée passée au 'salon' de Mme Dahlram. Haut dans le ciel, le soleil brillait, son zénith déjà largement dépassé. Dès que Marche se redressa contre ses oreillers, son valet posa sur ses genoux le plateau de son petit déjeuner et le journal du jour.

— Bonjour, Negus, déclara Marche. Et je suis convaincu que le jour *sera* bon.

— *Aye*, certainement, monsieur. Chaque jour passé à votre service est un bon jour.

Marche leva les yeux du *Morning Post* pour le regarder

— Ciel, auriez-vous à nouveau été malchanceux aux cartes ? Si vous avez besoin d'un prêt, il vous suffit de me le demander.

— Je m'en sors toujours bien aux cartes, monsieur. Mais parfois, ces maudits bourrins ne font pas ce que l'on attend d'eux.

— Ah, je vois. Dans ce cas, je vais reformuler ma question. Auriez-vous fait des paris inconsidérés ?

— Inconsidérés…

Negus répéta le mot comme s'il savourait une gorgée d'ale.

— Votre Grâce a toujours le mot juste, insista-t-il.

Marche se renfrogna, ses sourcils dorés prenant du volume au-dessus de ses yeux ambrés.

1

— Vous m'avez appelé 'Votre Grâce' ? Combien d'argent vous faut-il au juste ?

Negus secoua la tête.

— Eh bien, monsieur, j'avais reçu un tuyau d'un coquin ce que je croyais fiable, puisqu'il s'agit du mari de ma jeune sœur, et j'ai misé la totalité de mes émoluments du mois. Ensuite, j'ai tenté de compenser mes pertes par un autre pari du même montant. Comme il est bien connu que je suis au service d'un gentilhomme du plus haut rang, j'ai pu signer une reconnaissance de dette – grâce à vous, qui m'avez appris à écrire mon nom, je vous en remercie.

— Je commence à le regretter. Et puisque vous hésitez à me mentionner le montant de cette reconnaissance de dette, je présume qu'il s'agit de plus d'un mois d'émoluments ?

— Je dois plus de cinquante guinées, monsieur ! s'écria Negus.

Marche sursauta, l'argenterie de son plateau heurtant la porcelaine avec un cliquètement musical.

— Diable ! Je crains que ma bourse soit actuellement un peu juste pour compenser une telle somme. Cinquante guinées ! Mais à quoi pensiez-vous ?

— Le tuyau était solide, monsieur.

— Manifestement pas, sinon nous n'aurions pas besoin d'avoir cette conversation. De combien de temps disposez-vous avant de rembourser votre prêteur ?

— Pas bien longtemps, monsieur.

— Eh bien, je vois mal comment régler votre problème avant la fin de la semaine. Je dois rencontrer samedi Lady Bolbracken et, avant qu'elle me remette mon allocation, je suis moi-même un peu à court de fonds. Mon rang, malheureusement, ne me garantit pas la richesse dans l'immédiat.

Negus fit l'effort de contrôler son expression en entendant mentionner la grand-tante du duc, Willamina, Lady Bolbracken. Trois fois mariée, trois fois veuve, la dame avait réalisé chaque fois un joli profit et jouissait d'une vraie fortune. Il lui arrivait d'être très généreuse. Par contre, puisqu'elle entretenait son petit-neveu, elle estimait que cela lui conférait le droit d'avoir son mot à dire dans la façon dont Marche dépensait son argent. Après tout, le duc la représentait en société et elle n'avait pas l'intention de tolérer un comportement susceptible de donner mauvaise réputation à leur famille – réduite, certes, mais de noble origine. Lord Marche, seul héritier de la fortune de Lady Bolbracken, était tenu d'assister à divers événements mondains et à s'y présenter avec style. Negus savait que son maître, même s'il détestait agir comme 'un ours savant', ainsi que lui-même le disait, acceptait néanmoins le sort auquel sa naissance le condamnait. De plus, quand il n'était pas en représentation, Lord Marche était libre de son temps. Et lorsque le valet évoqua la façon dont le duc occupait ledit temps, son masque impassible se fendilla un tantinet.

— Pourquoi diable souriez-vous ainsi ? demanda Marche en élevant la voix.

— Désolé, milord. C'est un tic nerveux, je crois, à cause de mes soucis.

— Estimez-vous heureux s'ils n'ont pas de pires effets.

— Voilà une vérité vraie, monsieur. Le bureau des paris a un nouveau directeur, très hargneux, et leur comptable emploie une brute qu'il charge de collecter les fonds. Cet homme est presque aussi grand que Votre Seigneurie, un mètre quatre-vingt-et-un sans ses souliers !

— Dois-je comprendre que vous avez reçu un avertissement et que ne pas payer votre dette dans le temps imparti pourrait avoir de désastreuses conséquences ?

— De désastreuses conséquences ! Ne disais-je pas que Votre Seigneurie avait le don du mot précis au moment nécessaire ? Voilà, sans aucun doute, la marque d'une intelligence supérieure.

— Oh, cessez d'être aussi obséquieux ! Cela ne vous va pas du tout. Je vous ai ramassé dans le ruisseau parce que j'avais vu quelque chose en vous. Vous aviez beau être aussi commun que du crottin de cheval dans les rues, vous ne m'accordiez pas plus de respect que je n'en méritais. Voilà pourquoi je tolère votre théâtrale façon de parler et votre déplorable manie du jeu, sans mentionner une figure qui ressemble comme deux gouttes d'eau à une sacoche de selle.

— J'ai un regard de chien battu, je le reconnais, monsieur. Ma mère me l'a souvent dit.

Le duc soupira.

— Eh bien, même si vous êtes roux, je ne peux vous laisser rouer de coups par l'homme de main d'un comptable. Je ne supporterais pas un valet plein de contusions. De plus, si ce gaillard vous casse un bras ou une jambe, comment accompliriez-vous votre service ? En attendant, pendant que vous respirez encore, pourquoi ne pas préparer mes vêtements ? Je vais boire mon thé et réfléchir à votre situation.

— *Aye*, monsieur.

Pendant que le duc tournait les pages de son journal dans un bruissement discret, Negus traversa la chambre jusqu'à une grande armoire. Il l'ouvrit et il choisit une veste couleur vert bouteille, à pans courts, et un gilet de soie noire généreusement brodé de vignes d'or, ainsi que l'habituelle culotte chamois que portait son maître. Il était occupé à faire reluire des bottes noires mi-mollet quand il entendit Marche jurer entre ses dents avant de froisser le journal dans son large poing.

Son maître commençant à se lever, le valet se précipita pour le débarrasser le plateau de son petit déjeuner.

— Que se passe-t-il, monsieur ?

— Enfer et damnation, Negus, je vais me marier !

— Vraiment, monsieur ?

— C'est imprimé ici même, dans la rubrique mondaine du *Morning Post*. Par conséquent, ce doit être vrai.

— Si vous le dites, milord.

Négus réfléchit un moment avant d'ajouter :

— Avec qui êtes-vous censé vous mettre la corde au cou ?

— Un moment.

Marche récupéra le journal roulé en boule, le défroissa et le déplia sur le lit.

— J'ai été tellement choqué, je vous l'avoue, que je n'ai même pas saisi le nom de la jeune fille en question. Ce doit être une nouvelle manigance de ma grand-tante, vous savez. Il y a deux semaines à peine, au cours d'un déjeuner pris en sa compagnie, elle m'a annoncé trouver scandaleux qu'un homme soit encore célibataire à trente ans passés.

— Le vieux dragon n'est pas la seule à le penser.

— Vous devenez un peu trop familier, ne pensez-vous pas ?

— Un regrettable lapsus de ma part, monsieur. Je ferai un effort, je vous le jure.

— Parfait. Tenez votre serment, car je ne me sens pas d'humeur à vous fouetter ce matin.

Negus sourit à cette menace récurrente.

— N'auriez-vous pas retrouvé le nom de la coquine, monsieur ?

— Si, mais j'ai du mal à récupérer du second choc que je reçois en moins de dix minutes. J'aurai sans doute besoin d'une goutte d'alcool dans mon thé pour m'en remettre. Ma chère tante s'est surpassée cette fois-ci.

Je suis censé épouser l'Honorable [1] Miss Valeria Randwick, fille de Julius, comte de Blythestone.

— Jamais entendu parler d'elle.

— Personne n'a jamais entendu parler d'elle, mais étant enfant, j'ai rencontré quelqu'un qui connaissait son père. Les terres de Blythestone étaient voisines des nôtres avant que Sir Julius ne perde Lamberglyn Park et tout le reste de sa fortune. Il avait de regrettables connexions politiques, un obstacle qu'il aurait peut-être surmonté s'il n'était pas tombé gravement malade. Encore jeune, il a quitté l'Angleterre avec sa femme enceinte, pour s'exiler en Bretagne et y vivre à train réduit, d'après ce que j'ai entendu dire. Rien n'ayant jamais été prouvé, j'ignore si ses discours évoquant menaces et violentes rétributions disaient vrai ou provenaient d'un esprit détraqué par un désastreux retour de fortune. En tout cas, il a choisi de fuir, ce qui s'avéra une erreur. Il avait chargé un agent d'affaires de vendre ses avoirs, mais la canaille ne lui en a remis qu'une misérable partie, avant d'empocher le reste de l'argent et de disparaître.

Pensif, Marche fronça les sourcils.

— Je n'avais pas évoqué cette triste histoire depuis près de vingt ans, ajouta-t-il. À présent, le malheureux comte, en plus d'être oublié du monde, est décédé et voilà que je suis censé épouser la fille que sa mère portait *in utero* en quittant l'Angleterre. Elle est certainement du genre à avoir d'incessantes vapeurs.

Le duc poussa un profond soupir.

— Ceci me paraît incroyablement romantique, monsieur ! s'exclama Negus.

Puis il présenta à Marche une chemise immaculée et adopta un ton faussement décontracté pour poursuivre leur conversation :

— À présent, vous avez une excellente raison de rendre visite à Lady Bolbracken sans devoir attendre samedi.

— C'est exact, je présume. Et cela vous arrange bien, n'est-ce pas ?

Tout en parlant, Lord Marche glissait les bras dans les manches de la chemise taillée à ses mesures. Negus contourna son maître et pencha la tête pour nouer sa cravate suivant les nœuds complexes requis par les diktats de la mode.

---

1 Prédicat que portent, au Royaume-Uni, tous les fils et filles des vicomtes et barons, et seulement les cadets et les filles des comtes – les aînés et héritiers ayant d'autres titres.

— Voici la première fois que votre vocabulaire manque de précision, Votre Grâce. Cela ne nous *arrange* ni l'un ni l'autre, si vous voulez mon avis.

— Si vous devenez pénible, je finirai de m'habiller seul.

— Veuillez m'excuser, Votre Seigneurie.

Negus attendit que Marche ait enfilé sa veste avant de tirer en arrière les cheveux auburn mi-longs qu'il attacha d'un simple ruban noir.

— Je ferai de mon mieux pour prétendre approuver ce mariage, ajouta-t-il.

— Moi de même, soupira Lord Marche.

Pauvre Miss Randwick, j'espère pour votre bien que vous n'êtes pas une jeune naïve qui aspire à trouver l'amour véritable et à remplir sa maison d'enfants.

— VALERIA !

Anne Kermartin, gouvernante des Randwick, mais aussi leur cuisinière et, en son temps, la nourrice de leurs enfants, ne reçut aucune réponse.

— Où est-elle encore passée ? marmonna-t-elle.

Elle finit ses recherches à l'endroit même où elle les avait commencées, mais il n'y avait pas âme qui vive dans la cuisine, sauf un gros chat roux qui se léchait une patte devant la cheminée. Acceptant qu'elle ne recevrait pas d'aide, Anne noua un tablier autour de sa taille empâtée et commença les préparatifs du dîner. Elle avait terminé de hacher le chou qu'elle comptait ajouter à sa cocotte mijotant sur le feu lorsqu'elle entendit des voix à l'extérieur.

Un instant plus tard, Valeria entrait par la porte de côté qui donnait sur le jardin d'herbes aromatiques.

— Où étiez-vous, demoiselle ? demanda la gouvernante.

Elle fit mine d'ignorer la tenue de Valeria. Elle lui avait déjà exprimé ce qu'elle pensait d'une femme en pantalon et n'était pas du genre à perdre son souffle dans un exercice futile.

Valeria se pencha pour embrasser le vieux front plissé

— Chère Anne, je suis là, comme promis, pour vous aider à préparer le dîner.

— Je ne compte pas mentir à votre mère pour vous couvrir.

— Vraiment, depuis quand ? riposta Valeria du tac-au-tac.

6

— Quelle façon commune de parler ! Vous êtes une dame de qualité, de nom en tout cas, mais ces derniers temps, vous agissez de façon éhontée, en vrai garçon manqué, et vos formulations de phrases manquent de correction grammaticale. À mon avis, vous n'imaginez même pas à quel point vous devenez vulgaire, à mener la vie que nous menons. Vous n'avez personne pour vous donner le bon exemple.

— Et ma mère ?

— La comtesse trouve à peine le temps de manger et de dormir une fois son travail accompli.

— Je vois ce que vous voulez dire. En clair, si je contribuais davantage à la gestion de la maison, maman aurait peut-être du temps à consacrer à d'autres tâches, par exemple, m'enseigner à bien me tenir ?

— Ce n'est pas mon rôle de vous indiquer de votre devoir, miss.

— Vraiment, depuis quand ?

Anne préféra changer de sujet.

— Que cachez-vous derrière votre dos ?

Valeria déposa sur la table deux lapins déjà dépouillés.

— Je vous avais bien dit que je vous aiderais pour le dîner. Que diriez-vous d'ajouter au ragoût un beau morceau de viande ?

— Que Dieu vous bénisse, ma petite ! Je suis lasse du poisson ou de la volaille.

— Moi, je suis lasse de tout !

La longue jeune fille se laissa tomber sur une chaise, posa le menton dans ses mains et regarda dans le vide, un regard lointain dans ses yeux couleur de pensée.

Anne reprit son travail.

— De tout ? N'ai-je pas entendu tout à l'heure la voix de mon neveu ?

— Randall revenait du village à l'instant où je sortais de la forêt. Bien entendu, nous avons fait la route ensemble.

— J'espère qu'il a rempli sa tâche.

— Oui, la vache a été montée par le taureau du maire, répondit Valeria calmement.

Elle connaissait les pratiques d'une ferme, aussi bien à la basse-cour qu'à l'étable, et n'y voyait rien de honteux. À ses yeux, les animaux agissaient tout bonnement selon les lois de dame Nature. D'ailleurs, les humains n'avaient-ils pas également la nature animale ?

— Voilà pourquoi nous avons dû marcher aussi lentement, ajouta-t-elle. La pauvre Fleurette était secouée.

— Valeria ! s'exclama une voix féminine offusquée.

— Maman ?

Lady Amandine, comtesse de Blythestone, se tenait sur le seuil de la cuisine, une main crispée sur son sein. Valeria se hâta de soutenir sa mère, petite et délicate, qu'elle conduisit jusqu'à un siège avant de lui proposer une tasse de thé.

— Bonté divine ! s'exclama-t-elle. Est-ce que tout va bien ? Vous m'avez fait peur. Vous paraissiez prête à défaillir.

— Que voulez-vous que je fasse d'autre en entendant ma fille unique parler comme un laboureur ? Si votre père était encore avec nous, il serait mort de honte.

— Maman… commença Valeria.

— Non ! Je ne veux rien entendre ! Je vous ai trop longtemps laissé la bride sur le cou. Combien je regrette de ne pas avoir mieux veillé à votre éducation, comme nous l'avons fait pour votre frère ! Si vous étiez entrée au couvent, les religieuses vous auraient pourvue d'une digne éducation et des impératifs de l'étiquette.

Après un soupir, Amandine reprit :

— Malheureusement, je n'aurais pu supporter de perdre mes deux enfants. Mon égoïsme à votre égard me peine.

— Maman, non ! Je suis heureuse d'être restée avec vous. J'aurais également préféré garder Valentin.

— Vous savez bien que c'était impossible, ma chère. Nous ne pouvions courir le risque que nos ennemis s'en prennent à lui.

Valeria garda son calme, ce qui lui coûta un effort. Elle avait passé son enfance à se méfier des moindres ombres, dans lesquelles elle voyait des méchants lancés à leur poursuite. En grandissant, elle avait fini par comprendre que les craintes de son père étaient imaginaires. Mais pour rien au monde elle n'aurait émis à haute voix la suggestion qu'il avait peut-être un peu perdu l'esprit. Pourtant, c'était la vérité et elle le savait. Suivant l'exemple de sa mère, elle s'était prêtée jusqu'au jour de sa mort subite aux lubies de cet homme doux ayant été abusé. Puis Valeria avait banni son père de sa mémoire en voyant son corps sortir de la rivière.

— D'ailleurs, ce n'est pas de Valentin que nous avons à parler, continuait Amandine. Votre père et moi, même condamnés à l'exil, espérions qu'un jour vous vous marieriez et connaîtriez le bonheur d'une vie conjugale.

Valeria ricana en rejetant sur derrière son épaule la tresse épaisse de sa chevelure châtain foncé.

— Alors que je suis trop grande et de figure banale ?

Éperonnée, Anne protesta aussitôt :

— Vous êtes une jolie fille, miss !

Amandine jeta un regard sévère à sa gouvernante avant d'intervenir :

— Valeria, écoute-moi bien. Nous en sommes peut-être réduites à vivre au jour le jour en terre étrangère, mais nous restons de haute lignée. Peu importe que j'aie dû transformer notre maison en laverie pour compléter les revenus de notre jardin. Peu importe que je dirige une équipe de trois employées blanchisseuses, je reste Lady Blythestone, fille du comte de Danswell, et je le serai jusqu'à ma mort. Personne ne peut m'en priver, même si le destin m'a déjà dérobé toutes les prérogatives de ces nobles noms.

Valeria craignit de voir sa mère sombrer dans un nouvel accès de dépression.

— Vous travaillez trop, chère maman, s'empressa-t-elle de dire. Anne et moi préparions justement un ragoût de lapin. Voulez-vous vous reposer un peu, le temps qu'il soit prêt ?

— Je ne vous ai pas encore annoncé la nouvelle.

— Quelle nouvelle ?

— Dans ce que Randall nous a ramené du village, il y avait une lettre. Elle est juste là, par terre, où je l'ai lâchée. Soyez un ange et allez me la chercher, je vous prie.

À longues enjambées, Valeria traversa la cuisine, ce qui ne lui prit guère et temps. Alors qu'elle se penchait pour ramasser les feuillets de vélin crème, elle remarqua le blason de l'en-tête. Elle ne le reconnut pas, mais cela prouvait néanmoins que le courrier provenait d'une personne de qualité.

— Vous ne devinerez jamais ce que m'annonce cette lettre bénie ! s'exclama Lady Amandine. C'est la réponse à toutes nos prières !

Valeria échangea avec Anne un coup d'œil sceptique.

— Seigneur Dieu ! dit-elle. Je n'ose y croire.

— Soyez heureuse, ma fille, vous allez vous marier ! Il y a six semaines, j'ai reçu une proposition pour votre main en mariage et j'ai répondu, de votre part, par une acceptation. Je reçois aujourd'hui la demande officielle. Dans trois mois, vous serez l'épouse de Loel Everett Woodbine, duc de Marche, qui est seul héritier des familles Brackenmourse, Falkertin et Marches, et de leurs fortunes !

— Je ne le connais même pas !

— Mère n'a rencontré Père que le jour de ses noces, trancha Amandine, et ils ont été très heureux ensemble.

— Grand-mère était française et elle avait été fiancée dès le berceau. Nous vivons en des temps plus modernes.

— Votre réaction me déçoit beaucoup, se plaignit Amandine. Je pensais vous voir enchantée à l'idée de devenir duchesse. Je vous signale que le duc de Marche est l'homme le plus riche d'Angleterre !

— Miss Valeria est sans doute encore sous le choc de cette révélation, intervint Anne. Quand elle se sera remise, elle réalisera sûrement, en fille intelligente, les avantages de ce mariage.

Valeria ne cacha pas sa surprise devant une telle trahison.

— Anne ! Comment pouvez-vous parler ainsi alors que vous savez bien...

La jeune fille s'étrangla et se tut.

— Que se passe-t-il ? demanda Amandine. Qu'est censée savoir Anne ?

— Que... euh... que j'envisageais d'entrer au couvent, bredouilla Valeria en inventant une explication.

— Il n'en est pas question ! Une *religieuse* [2] dans la famille nous suffit largement. D'ailleurs, comment pouvez-vous envisager d'être enfermée ? N'aurais-je jamais le bonheur d'avoir ma famille réunie ?

— Je suis désolée, Mère, mais je préfèrerais prendre le voile qu'épouser un étranger.

— Et moi, je préfèrerais vivre à Lamberglyn Park, sur nos terres, avec mes deux enfants et votre père encore en vie. Malheureusement, nous n'avons pas toujours le choix et nous devons faire au mieux avec ce que la vie nous offre. Je sais que mon Julius vous tiendrait le même discours s'il était encore là.

Amandine se leva et se dirigea vers la porte.

— Je vais m'allonger un moment, reprit-elle. Quand le dîner sera prêt, j'espère que vous aurez accepté l'idée de ce mariage et compris que mon seul objectif est votre bonheur.

— Oui, maman.

---

2 En français dans le texte original

Valeria esquissa une révérence pendant que la comtesse quittait la cuisine. Puis, se retournant vers la gouvernante, elle protesta :

— Quel empressement montre ma mère à me marier à ce vieil Anglais, certainement cacochyme, qui accumule domaines, titres et fortunes ! Je suis née ici, en Bretagne, où j'ai passé toute ma vie. Je n'ai aucune envie de m'en aller. J'ignore tout de la vie qu'une grande dame est censée mener, mais je doute fort que cela me plaise.

— J'ai remarqué les mains de milady, toutes rouges et écorchées, déclara Anne à mi-voix. Quand je suis arrivée au service de votre famille, votre mère avait les mains les plus fines et les plus blanches que j'aie jamais vues – on les aurait crues en porcelaine. Cela me brise le cœur de les voir aujourd'hui tant abîmées par le travail. La comtesse n'a pas été élevée pour mener une vie aussi dure, elle fait pourtant tout ce qu'elle peut.

Miss Valeria Randwick ravala les paroles qu'elle s'apprêtait à prononcer et pesa le petit sermon qu'elle venait de recevoir d'Anne. Elle avait été conçue ici même, dans cette région côtière que les Français appelaient 'la Bretagne', où elle menait la seule vie qu'elle connaissait. Elle aimait la vieille ferme et son ancien verger ; elle aimait chasser le petit gibier et s'occuper du jardin, porter des vêtements d'hommes quand elle se trouvait seule. Mais plus que tout, elle aimait Randall Cleary, le neveu d'Anne. Comment envisager d'épouser un étranger alors qu'elle avait déjà donné son cœur ?

Elle ramassa un couteau et se mit à éplucher des navets en réfléchissant à son problème. Une 'fille intelligente' devrait être en mesure de trouver une solution.

II

— COMMENT ? VOUS n'avez pas entendu la nouvelle ? Mon cher, où étiez-vous donc ? C'est la rumeur qui fait fureur actuellement.

Darby St-Denis, baronnet de Strand, caressa de la main l'avant de sa veste brun roux, comme pour attirer l'attention sur la richesse de son brocart d'or. Il ne cessa pas pour autant de parcourir des yeux l'élégante salle de réception.

Son meilleur ami, le dandy Neville Stokes, vicomte Tarmegent, s'empressa de dire :

— Strand, vous êtes toujours le premier au courant des potins.

— Vous n'avez pas tort, Tarmy, intervint Crispin Ludstall, baron Snowhurst, qui les rejoignait grignotant une viennoiserie. Je vous en prie, éclairez-nous, Strand.

— Approchez donc, novices, pour apprendre le sordide secret qui se cache derrière la fête la plus glorieuse de la Saison [3].

— Vous parlez du mariage Marche ? intervint Crispin.

Darby grimaça, ses yeux bleu pâle s'étrécissant de contrariété.

— Bien entendu ! N'est-ce pas la raison ultime de notre réunion à tous ? Snow, faites donc attention à votre fichu verre !

Crispin recula d'un pas, évitant de justesse que son vin chaud n'éclabousse Darby.

— Désolé, vieux, j'ai un peu abusé du brandy.

---

3 Jusqu'au XIXe siècle en Angleterre, quelques mois de l'année étaient dédiés à divers événements mondains (bals, dîners et autres réunions privées) où l'aristocratie quittait ses domaines pour se rendre à Londres.

Ignorant l'ivresse du baron – à dix heures du matin ! – Neville revint à l'affaire qui l'intéressait

— Que savez-vous de ce mariage, Strand ?

— Vous vous souvenez des bruits qui ont couru, il y a quelques mois, juste après les fiançailles inattendues du Béhémoth [4] ?

Crispin et Neville acquiescèrent. Pendant près de vingt-quatre heures, le beau monde n'avait pas eu d'autre sujet de conversation : le duc de Marche, célibataire endurci, venait de s'engager à épouser une mystérieuse inconnue ! L'élite de l'aristocratie était invitée une semaine à Wandeleigh, sur les terres de la famille Woodbine, pour la cérémonie du mariage. Et le prince régent avait ajouté aux rumeurs en confirmant sa présence.

— Une pleine semaine de festivités ! déclara Crispin d'un ton pensif. Voilà qui va coûter à Marche une fortune.

— L'argent ne lui appartient pas encore, précisa Darby. Ce sera Lady Bolbracken, bien entendu, qui paiera les factures. À dire vrai, j'ai entendu dire qu'elle avait manigancé toute cette affaire.

— Est-ce là votre nouvelle ? demanda Crispin. Parce que j'étais déjà au courant. Tout le monde sait que le Béhémoth n'est qu'une marionnette entre les mains de sa tante. Et j'agirai comme lui pour hériter d'une telle fortune à la mort de la dame. Pour nous impressionner, il va vous falloir trouver mieux Strand.

— Saviez-vous aussi que la future mariée n'était pas encore arrivée ? Ou qu'on la prétend également contrainte à ce mariage ?

Darby eut la satisfaction de voir ses amis écarquiller les yeux sous le coup de la stupeur.

— Je ne connais que le gros de l'histoire, comme nous tous, répondit Neville. La famille de la future épouse, après un revers de fortune, serait établie en Bretagne – il me semble que cela se trouve en France, que Dieu leur vienne en aide ! Je comprends qu'ils se soient empressés de vendre leur fille au plus offrant !

Un autre homme se joignit alors à la conversation :

— L'offre était tentante, en effet. Lord Marche sera l'un des hommes les plus riches d'Angleterre dès que sa tante aura quitté ce monde.

Sa voix sirupeuse évoquait le massepain fondant.

---

4 Créature mentionnée dans la Bible qui, métaphoriquement, évoque une bête de grande taille et/ou puissante.

— Murdmont, le salua Darby d'un ton plutôt sec. Nous nous sommes contentés de remarquer que Marche aurait un jour une fortune digne de sa stature.

— Plusieurs fortunes… si la dame se décide un jour à mourir, riposta Malcolm Jonas, Lord Murdmont. À plus de soixante-dix ans, elle continue à se mêler des affaires d'autrui.

— Vous qui gérez les affaires de Lady Bolbracken, rétorqua Darby, êtes également un expert dans l'art de vous mêler de ce qui ne vous regarde pas, mais je serais tenté à vous croire sur parole en ce qui concerne les activités de la dame. Cependant, comme elle se trouve ce matin être mon hôtesse, serait-ce par procuration, je refuse de la calomnier. Ce serait faire honte à mon rang et à ceux qui se sont chargés de mon éducation.

S'il ne ressentait aucune loyauté particulière envers le duc de Marche et sa grand-tante, il était tout de même leur invité. D'ailleurs, il ne supportait pas le nouvel arrivé. Sir Malcolm avait beau porter des vêtements coûteux, il le faisait sans style, ce qui était un péché impardonnable aux yeux du jeune Lord Strand. Par conséquent, ce fut avec un certain plaisir qu'il tira sa première salve, pleinement conscient que cet échange enflammé risquait de déclencher une querelle dont ses descendants pâtiraient peut-être.

Murdmont se raidit, ses épaules gonflant sous sa veste aussi noire que les ailes d'un corbeau.

— Impliqueriez-vous que je sois mal élevé, monsieur ?

— Je dis simplement que vous vous vous êtes immiscé notre conversation, monsieur.

Sir Malcolm dévisagea les trois jeunes dandys impeccablement vêtus, puis sa lèvre supérieure, longue et fine, se releva dans un rictus dédaigneux.

— Des morveux prétentieux dans votre genre devraient être reconnaissants à un homme de mon intelligence de daigner s'adresser à leurs têtes creuses. Si j'en avais le pouvoir, quelques bons coups de trique transformeraient vite vos ridicules habits en lambeaux sanglants.

Surpris par la violence de ses paroles, Darby recula d'un pas. Il lui fallut un moment pour réagir.

— Comment osez-vous… ? s'étrangla-t-il.

Mais son adversaire s'éloignait déjà d'une allure raide, comme un héron à travers les roseaux.

— Comment osez-vous me menacer ? répéta Darby inutilement.

— Murdmont est plutôt bel homme, mais il manque de caractère.

Crispin exprima son opinion d'une voix traînante.

14

— Je vous remercie, Snow. J'avais remarqué, riposta Darby.

Il suivit du regard Murdmont qui quittait la salle.

— Non, mais ! s'emporta Neville. Il n'a pas le droit de vous parler de cette façon ! Votre père le ferait pendre.

— Je ne compte pas déranger Pater avec de telles broutilles... D'ailleurs, il n'a pas repris contact avec moi. Allez me chercher une assiette, voulez-vous, Tarmy ? Le repas nuptial n'aura pas lieu avant un certain temps – du moins, s'il a lieu – et j'ai vraiment besoin de me sustenter.

SA GRÂCE, Lady Bolbracken, née Willamina Frances Alberta Woodbine, duchesse douairière de Brackenmourse et comtesse douairière de Falkertin, examina la suite récemment rénovée. Ses yeux étincelèrent de satisfaction.

— La jeune fille va l'adorer ! annonça-t-elle.

Lord Marche se détourna de la fenêtre, la lumière matinale et laiteuse du dehors l'illuminant dans le dos.

— Quelle charmante surprise ce sera pour elle ! répondit-il, d'une voix sans inflexion.

— Loel, se plaignit Willamina, j'aimerais vraiment que vous changiez d'attitude. À vous voir, ainsi auréolé d'or, vous évoquez l'idéal masculin personnifié, vous êtes l'image même de l'archange Michael, sans sa flamboyante épée, bien entendu. Mais dès que vous ouvrez la bouche, vous détruisez l'illusion.

— Je n'ai jamais prétendu être parfait.

Marche caressa du doigt le cadre d'un grand miroir délicatement sculpté et doré à la feuille.

— Pensez-vous réellement que ma femme appréciera ces pièces ? ajouta-t-il.

— Pourquoi ne les aimerait-elle pas ? Tout est dans les tons rose et crème, avec abondance de velours, satin, dentelles et dorures.

— Je ne suis pas certain d'avoir grand-chose en commun avec une femme qui se trouverait heureuse de vivre dans une telle cage.

— Quelle horrible réflexion ! Je tiens à ce que vous me renouveliez votre promesse de ne pas délibérément chercher à blesser cette jeune fille. Si vous tenez à vous mettre en colère, prenez-vous-en plutôt à moi.

Marche s'inclina devant sa tante.

— Je sais reconnaître la défaite, déclara-t-il. Vous m'avez vaincu, madame, et je comprends même pourquoi vous souhaitez tant me voir marié. J'aurais préféré rester célibataire, mais je sais où est mon devoir. Ne parlons plus de ma cruauté envers ma future épouse. Laissez-moi vous servir un verre et porter un toast à une promise que j'espère rencontrer très prochainement.

Willamina accepta une coupe et y posa les lèvres.

— Vous êtes mon seul héritier, déclara-t-elle. Le monde m'ayant pris toute ma famille, il ne reste plus que nous deux. J'ai eu trois fils et deux filles, Loel. J'attends que vous m'offriez un bébé pour que notre lignée ne s'éteigne pas. C'est la moindre des choses, il me semble.

— Vous êtes un peu trop mélodramatique, ne croyez-vous pas ?

— J'ai soixante-douze ans et je suis trois fois veuve. Je serai ce que je veux.

Elle détourna nerveusement la tête en direction de la fenêtre.

— Par la barbe du Seigneur, où est donc cette fille ?

— Ils arrivent en bateau, répondit posément Marche. Une tempête, même minime, a pu les retarder de plusieurs jours. Tant que les buffets sont garnis et que l'alcool coule à flots, nos invités sont prêts à patienter.

— Même le prince régent ? Comment pouvez-vous rester aussi calme ? Rien ne vous émeut donc ? Ou est-ce simplement parce que rien ne vous intéresse suffisamment ?

— Posez la question à ceux qui m'ont élevé.

— Cette fois, vous dépassez les bornes !

Une fois de plus, Marche s'inclina, ses cheveux retombant sur son front.

— Je vous prie de bien vouloir me pardonner, madame ma tante. De quoi voulez-vous que nous discutions ?

— De votre nouvelle vie d'homme marié. Je ne m'attends pas à ce que vous abandonniez vos clubs, votre maison en ville ou vos amis… intimes, mais j'aimerais vous voir passer au moins un week-end par mois auprès de votre femme. En outre, j'espère que vous vous activerez à produire un héritier. Je ne peux vous y forcer, à Dieu ne plaise, mais cela compterait beaucoup pour moi. Bien entendu, votre enfant deviendrait instantanément l'héritier de ma fortune. Voilà, je ne peux être plus directe.

— Je préférerais nos jeux habituels du chat et de la souris. N'ayant jamais envisagé de me marier, j'ai accepté de vous laisser me choisir une fiancée. Une fois marié, je ferai le nécessaire pour donner des enfants à ma duchesse, si c'est ce qu'elle souhaite.

Lady Bolbracken tendit la main, paume vers le haut, et son petit-neveu vint y poser la sienne pour sceller leur marché.

— Je n'aurais jamais été jusqu'à vous déshériter, vous savez. Comme toutes les femmes de votre entourage, j'ai un petit faible pour vous… ce qui ne nous avance guère, je le reconnais. N'est-il pas amusant que Valeria, élevée à l'étranger, n'ait aucune idée du parti exceptionnel qui lui est échu ?

— Je vous assure ignorer ce dont vous parlez. De plus, il me semble que nous avons abandonné nos invités suffisamment longtemps. Ces pièces sont superbes et je vous remercie d'avoir veillé à les faire rénover pour ma future épouse.

— Voilà qui est tout à fait charmant. C'est ainsi que vous devez être avec Valeria.

— J'agirai selon vos désirs, ma tante. Malheureusement, à force de porter tant de masques, je risque d'oublier qui je suis réellement.

Elle se releva pour lui prendre le bras.

— Ne dites pas de sottises, Loel. Maintenant, envoyez des hommes à la recherche de ceux que vous avez déjà mandatés pour s'enquérir de votre fiancée et de son entourage.

Marche acquiesça en silence, avant d'escorter sa grand-tante au rez-de-chaussée retrouver la horde de leurs invités qui s'attaquaient au buffet du petit déjeuner. Sa Grâce jeta un coup d'œil en direction des baies vitrées du jardin d'hiver et constata que la neige tardive tombait plus lourdement encore que quelques minutes plus tôt, quand il l'avait remarquée des fenêtres de l'étage. Il faudrait qu'il envoie le deuxième groupe en traîneau et non en calèche, car ils auraient à affronter la tempête qui s'annonçait. Marche poussa un gros soupir à l'idée d'être confiné à l'intérieur des jours durant avec ses pairs. Il les aurait sur le dos en permanence, ce qui lui laisserait peu de chances de pouvoir mener à bien les intrigues qui l'intéressaient. Il évoqua avec nostalgie le Ganymèdes [5] du 'salon' de Mme Dahlram, un jeune homme si beau et passionné. Enfin, il s'écarta de sa contemplation du paysage, décidé à faire un effort pour plaire à une femme, qui se trouvait être sa future épouse.

Sans doute devrait-il préparer un petit speech pour informer cette étrangère de ses habitudes. Mieux valait qu'elle sache dès le début à quoi

---

5 Dans la mythologie grecque, échanson des dieux et amant de Zeus, à la beauté proverbiale

s'attendre ; ainsi, elle ne s'interrogerait pas concernant les longues et fréquentes absences de son époux. Bien entendu, même si elle protestait, Sa Grâce comptait bien continuer à mener sa vie à sa guise, mais il estimait devoir se montrer courtois et informer sa duchesse de son emploi du temps. Peut-être ne serait-elle ni curieuse ni jalouse. Peut-être se satisferait-elle d'un titre de noblesse, d'un beau jardin et même d'un petit chien pour lui tenir compagnie. Distraitement, il se demanda si elle prendrait un amant et décida qu'il fermerait les yeux si c'était le cas. L'idée que sa femme puisse mettre un autre homme dans son lit n'éveillait en lui qu'une simple curiosité. Et il n'était pas vraiment concerné par cette absence qui s'éternisait. Avec tous ses contretemps successifs, il commençait à se dire que la jeune fille refusait de se marier.

Le second chambellan de Lady Bolbracken s'approcha de lui et s'inclina très bas.

— Milord, c'est l'heure.

— Ma promise serait-elle arrivée ?

— Je n'en ai aucune idée, monsieur. Milady m'a simplement demandé de vous conduire jusqu'à la chapelle.

— Je ne risque pas de me perdre en chemin. Je suis certain que des tâches plus urgentes réclament votre attention.

Le chambellan s'autorisa un sourire respectueux.

— Pas aujourd'hui, Vôtre Grâce. C'est un grand honneur pour moi de vous escorter le jour de votre mariage.

Marche redressa les épaules.

— Souhaitez-moi bonne chance, dit-il.

Il attendit que le domestique lui ouvre la porte pour se mettre en marche.

— ELLE EST arrivée seule, milady, sans la moindre escorte. Elle n'a même pas une femme de chambre avec elle ! Qu'allons-nous faire ?

— Calmez-vous, ordonna Willamina à sa chambrière. Conduisez-moi à elle. Tout de suite.

À l'affolement de sa soubrette, Lady Bolbracken s'attendait à trouver la rescapée d'un naufrage, encore terrorisée de son épreuve, les vêtements en lambeaux. Aussi, en pénétrant dans une antichambre rarement utilisée, s'arrêta-t-elle net, bouche bée de stupeur devant la très grande jeune femme fièrement dressée devant elle, enveloppée d'un manteau. Le profond capuchon bordé de fourrure blanche cachait un peu le visage et évoquait la Reine des Neiges. Sa posture révélait la noblesse de son sang, ses traits classiques à l'expression grave évoquaient une statue d'Athéna. Sous le regard fixe de Willamina, la déesse s'anima et s'abîma dans une profonde révérence. Le brocart de ses vêtements produisit un doux bruissement qui fit sortir la duchesse douairière de sa transe.

— Miss Valeria Randwick ? s'enquit-elle pleine d'espoir.

La visiteuse releva les yeux.

— Oui, madame, je suis Valeria Caroline Juliana, fille de Julius Randwick, comte de Blythestone. Et j'ai l'honneur d'être la fiancée de votre héritier.

Elle s'exprimait d'une voix basse, mais excessivement agréable, avec une pointe d'accent étranger.

— Ma chère, vous êtes tout à fait charmante ! s'écria Willamina. Relevez-vous et laissez-moi vous embrasser pour vous souhaiter la bienvenue dans notre famille.

La future épousée dut incliner sa haute taille pour déposer un baiser sur les joues de la vieille dame, mais son aisance sereine rendait élégant le moindre de ses mouvements. Elle bougeait avec une grâce languissante qui convenait à sa stature, et quand elle en avait l'opportunité, restait volontiers immobile ou silencieuse. Willamina se demanda si ce détail révélait une nature paresseuse ou docile, mais elle se ferait à l'un comme à l'autre, compte tenu des nombreuses qualités de la jeune fille. La future duchesse transmettrait à sa progéniture ses beaux traits, ses longs membres et sa placidité sereine.

Satisfaite d'avoir aussi bien choisi, Willamina prit Valeria par la main.

— Puis-je vous faire apporter un rafraîchissement ? Comme vous le savez, la cérémonie aurait déjà dû commencer. Auriez-vous besoin d'un moment pour vous remettre de vos émotions ? Je ne veux pas vous presser, mais si je pouvais faire une annonce à nos invités, cela les rassurerait sans doute.

— Hélas, ma mère est tombée malade, ce qui m'a retardée. Je n'ai besoin de rien, répondit la future épousée avec une remarquable économie de parole.

Lady Bolbracken, gonflée de satisfaction au point qu'elle en irradiait presque, chargea un valet de sonner le rappel avant d'accompagner Valeria le long du couloir. Devant la porte voûtée de la chapelle, la jeune femme défit la broche qui retenait le col de son manteau, qu'elle laissa tomber derrière elle. Le domestique en poste devant la porte se précipita pour rattraper le vêtement qu'il plia avec soin sur son bras. Valeria le remercia d'un signe de tête avant de fixer à nouveau son attention sur ce qui se passait devant elle. Dès que résonnèrent les premières notes d'un air solennel, elle avança au rythme de la musique, les yeux fixés sur l'autel. Elle n'accorda pas un regard aux illustres invités assemblés, qui auraient aussi bien pu être les personnages inanimés d'un tableau.

Marche perdit le souffle en voyant cette superbe vision avancer vers lui dans une robe immaculée, dont le satin blanc la couvrait du menton à la pointe des mocassins. Valeria portait sur la tête un court voile de dentelle, on aurait cru à des flocons de neige répandus sur ses boucles auburn, par ailleurs couronnées de minuscules boutons de rose. Le visage ciselé, pur et décidé, évoquait une statue de Jeanne d'Arc. Elle était, et de loin, la femme la plus grande et la plus belle que le duc ait rencontrée. Ce fut seulement en croisant son regard qu'il réalisa à quel point elle était angoissée. Soucieux à l'idée d'un éprouvant voyage en mer, il en voulut à sa tante d'avoir convaincu Valeria de paraître sans prendre le temps de se remettre. La pauvre enfant était sans doute au bord de l'évanouissement.

Marche se pencha vers l'évêque.

— Mon Père, chuchota-t-il, je vous serais éternellement redevable si la cérémonie était des plus brèves.

Le prélat examinant la belle épousée.

— Je comprends, mon fils. Je ferai de mon mieux pour vous satisfaire.

La mariée s'arrêta une fois devant l'autel. Lady Hapwood, la dame d'honneur nommée par Lady Bolbracken, s'approcha pour lui tendre un bouquet. L'évêque reçut les alliances du témoin des mariés, également choisi par la duchesse douairière, et la cérémonie commença. En une demi-heure, au lieu de l'heure traditionnelle, Loel et Valeria furent unis par le saint sacrement du mariage en présence de leurs pairs. Selon la coutume, Lord Marche se tourna ensuite pour embrasser son épouse. Il souleva le voile arachnéen et affronta des prunelles limpides, couleur du crépuscule un soir d'été. Inexplicablement séduit, il se pencha et effleura la bouche douce d'un baiser.

Une seconde plus tard, la mariée s'écroulait comme une marionnette dont les fils seraient coupés.

La foule des invités bruissa d'exclamations et cris étouffés lorsque Lord Marche souleva sa dame dans ses bras. Avant que quiconque n'ait eu le temps de bouger, il l'emportait hors de la chapelle, loin des regards curieux.

Il verrouilla la porte de la sacristie, ignorant le tambourinement qui ne tarda pas à résonner derrière lui.

— Est-ce que tout va bien, ma chère ? s'enquit-il. S'agit-il d'une simple pâmoison ou d'un malaise plus grave ?

Voyant que sa femme ne réagissait pas, Marche se souvint de ce qu'il avait appris de ses connaissances dans le monde du théâtre : il desserra les liens qui attachaient la robe nuptiale et, passant dans le dos du délicat vêtement, détacha les crochets supérieurs du corset. La dentelle s'entrouvrit, Marche aperçut alors ce qui se cachait en dessous…

Il tomba brusquement assis.

Les coups reprirent sur la porte.

— Allez-vous-en ! grogna-t-il, machinalement.

— Ouvrez cette porte, Marche ! ordonna Willamina.

— Je l'ai fermée à la demande de ma dame, répondit-il. Elle le restera jusqu'à ce que Valeria me donne son accord pour le faire. Pourriez-vous à présent nous laisser en paix ?

Il se tourna pour fixer le panneau jusqu'à ce qu'il entende des pas s'éloigner. Quand il reporta son attention sur son épouse, celle-ci avait ouvert les yeux.

— À nous deux, déclara le duc d'une voix traînante. Qui êtes-vous, mon garçon ? Et à quel jeu vous livrez-vous donc ?

Le jeune homme se redressa, tout raide, sur le banc.

— Vous avez parfaitement le droit d'être en colère contre moi, monsieur, mais j'aimerais que vous entendiez mes explications avant de me juger.

— Je crois que je viens précisément de vous les réclamer.

— Je… Je suis…

Il fit une pause pour se reprendre, puis continua d'une voix plus assurée :

— Je m'appelle Edward Valentin Albion Randwick, comte de Blythestone. Valeria est ma sœur.

— Vraiment ? Pourquoi avez-vous pris sa place ?

— Elle en aime un autre. Elle n'a aucun désir de vous épouser.

— Je vois, mais à quoi bon monter une mascarade aussi insensée ? Pourquoi n'a-t-elle pas tout simplement refusé ma proposition ?

— Ce n'est pas aussi simple. N'étant pas encore majeure, Valeria ne peut se marier sans le consentement de notre mère. J'ai accepté de la remplacer pendant qu'elle s'enfuyait à Gretna Green [6] avec M. Cleary.

Valentin s'agita, manifestement mal à l'aise

— Pour vous dire la vérité, reprit-il, Valeria n'a pas osé décevoir ma mère, qui espérait désespérément que votre fortune permît à notre famille de retrouver son rang.

— Et où se trouve madame votre mère ?

— Elle a terriblement souffert du mal de mer, monsieur. Elle a dû s'aliter dans l'auberge où nous nous sommes abrités une fois sur le sol anglais. Elle a refusé de remonter sur un bateau pour descendre le fleuve.

Marche secoua la tête.

— Vous deviez bien vous douter que vous finiriez par être découvert, voyons !

— Bien entendu, mais Valeria savait que notre mère supporterait mal la traversée. Elle disait aussi que vous garderiez le secret de mon identité pour éviter une humiliation le temps de trouver un moyen de faire annuler ce mariage, ce qui la sauverait par contrecoup.

— C'est une fille astucieuse. Vous ressemble-t-elle ?

— Oui, nous sommes souvent pris pour des jumeaux.

— Dans ce cas, j'ai perdu une perle. Du moins, à ce qu'il paraît.

Marche se tut, l'air pensif, les sourcils froncés. Valentin ne bougea pas le temps que son cœur retrouve un rythme plus paisible. Il lui avait été difficile de proférer ce petit discours moult fois répété. Depuis trois mois qu'il s'entraînait à bouger et à s'habiller en femme, il en avait pris l'habitude – après tout, les jupes féminines ne différaient pas tant de la soutane de moine auquel il était accoutumé. Malgré tous ces préparatifs, il s'était senti terriblement nerveux à son arrivée au château. Pourtant, tout s'était bien passé… jusqu'à ce baiser du duc de Marche. Infiniment troublé par le contact de la bouche du géant sur la sienne, Valentin avait ressenti une telle crispation au bas-ventre qu'il avait craint de se vider. Emporté par le vertige, les pensées éparpillées et les membres inertes, il s'était écroulé.

---

6 Village du sud de l'Écosse, célèbre pour offrir aux couples l'option de s'y marier sans autorisation parentale

Et juste avant de perdre conscience, il avait éprouvé un terrible plaisir, son membre devenant aussi dur que la nuit, durant certains rêves. Affaibli par la proximité de Lord Marche, il était également troublé par cette sensation intérieure qui ne se dissipait pas. C'était des plus étranges, vraiment. Sans doute cette réaction était-elle provoquée par cet instrument de torture que l'on nommait 'corset'.

Marche finit par briser le silence retombé entre eux.

— Blythestone, j'ai une proposition à vous faire. Je vous demande de m'écouter.

— Je vous ai délibérément trompé, monsieur. L'honneur m'impose de vous en accorder réparation autant que faire se peut.

— Je pensais que vous agissiez pour épargner à votre sœur l'horreur d'un mariage avec moi.

Valentin s'empourpra.

— Vous n'êtes pas celui que nous imaginions, monsieur, reconnut-il. Je ne suis pas fier de la méthode dont nous avons usé, mais je n'ai pu refuser, même si ma conscience s'y opposait.

Surpris, Marche haussa les sourcils.

— Veuillez au moins satisfaire ma curiosité. J'ignorais que ma fiancée avait un frère.

— J'ai dû garder mon identité secrète pour obéir aux ordres de mon père, répondit Valentin.

Au ton de sa voix, il était clair qu'il ne dirait pas un mot de plus sur le sujet.

— Je vois. Peut-être un jour me ferez-vous suffisamment confiance pour être plus précis, mais pour le moment, c'est votre coopération que je souhaite.

— Elle vous est d'ores et déjà acquise, monsieur.

En croisant le regard sérieux de son vis-à-vis, Marche hésita, mais cela ne dura pas.

— À l'heure actuelle, je ne suis qu'un pantin entre les mains de ma grand-tante, mais je me dois d'obéir à ses ordres, car… je suis censé hériter de son impressionnante fortune et de ses domaines. Elle souhaite me voir marié, or, les femmes ne m'intéressent pas, charnellement parlant. Pour perpétuer ma lignée, j'ai pourtant accepté de prendre une épouse et de faire mon devoir.

Le duc s'interrompit pour examiner son vis-à-vis.

— Vous me semblez un peu pâle, Blythestone, reprit-il.

— Vous êtes très… direct, monsieur. La hardiesse avec laquelle vous reconnaissez votre manque… hum, d'intérêt pour le beau sexe me coupe le souffle.

— Si vous ne pouvez concevoir mon point de vue, le jeu est terminé avant même d'avoir commencé.

— À mes yeux, c'est œuvre du démon, mais le péché est vôtre. Je ne m'émeus pas si facilement, mais je vous trouve quelque peu insensible envers votre tante.

— Ne vous méprenez pas, j'adore cette vieille truie ! Cependant, je ne peux prétendre être qui je ne suis pas et ma tante n'est pas en aussi bonne santé qu'elle aime à le croire. Vous pensez-vous capable de poursuivre encore un peu votre mascarade ?

— Pourriez-vous me donner une idée du temps que vous envisagez ? Voyez-vous, ma mère croit que j'ai escorté Valeria pour son mariage. Dès qu'elle se sentira suffisamment remise pour voyager, elle viendra tout droit ici et vous ne pouvez espérer qu'elle soit dupe de notre supercherie.

Marche sourit.

— Non, bien entendu, mais je ne puis prédire le décès de ma tante.

— Je n'ai certainement pas voulu insinuer que je souhaitais sa disparition !

— Moi non plus, malgré les ennuis qu'elle me cause. Nous n'aurons besoin de la leurrer que quelques jours, jusqu'à notre départ en voyage de noces.

— Très bien. Et en ce qui concerne ma mère ?

— Eh bien, j'ai une idée : je vais envoyer une armée de domestiques à l'auberge où elle se trouve, en les chargeant d'emporter diverses provisions et autres moyens de réconfort. Ils seront aussi chargés de veiller sur votre mère jusqu'à ce qu'elle ait recouvré la santé. Qu'en pensez-vous ?

— Dorlotée de la sorte, elle risque de ne jamais se remettre en route.

Puis Valentine réalisa ce qu'il venait de dire. Il s'interrompit quelques instants, avant de reprendre :

— Oh, je vois. Vous êtes machiavélique, monsieur, mais cela ne pourra durer éternellement.

— Nous partirons en lune de miel à la fin de la semaine. Votre mère sera ensuite dûment installée ici, au château, où elle attendra notre retour avec tout le personnel à son service. Elle et ma tante auront de quoi bavarder, ce qui devrait les occuper et les empêcher de se mêler de nos affaires.

— Vous avez un réel talent pour les intrigues.

— Vous semblez le désapprouver.

— La tromperie et les flatteries sont les armes du diable.

— Je pense qu'Old Nick [7] ne m'en voudra pas trop si je les lui emprunte un moment.

Valentin resta sans voix devant une telle audace. Depuis que sa sœur lui avait fait quitter son monastère, quelques mois plus tôt, il avait souvent été choqué par ce qu'il voyait ou entendait, mais le duc était d'une impiété totale.

— Ne craignez-vous pas que votre âme soit damnée, monsieur ?

— Si vous me prouvez que j'en possède une, peut-être y veillerai-je davantage. Maintenant, répondez-moi : allez-vous m'aider ou pas ?

— Je l'espère, monsieur, répondit fermement Valentin. Car, par ma foi, vous en avez bien besoin.

— Excellent ! Il nous faudra jouer finement pour maintenir cette mascarade, mais si nous nous affichons avec audace, je pense que les chances seront de notre côté.

— Très bien, je jouerai donc mon rôle, mais n'attendez pas de moi des héritiers.

À nouveau, Marche sourit.

— Vous ne manquez pas d'esprit. Venez, allons affronter nos invités en tant que mari et femme. Il vous faut d'abord ajuster votre tenue. D'un autre côté, qu'elle soit un peu défaite rendra les choses plus convaincantes, vraiment.

— Pourrais-je avoir un moment de répit ?

— Certes, mais souvenez-vous que le prince régent s'est déplacé en personne pour nous présenter ses félicitations. Tenez-vous réellement à faire attendre Son Altesse ?

Valentin déglutit et chercha à convaincre son cœur de retourner à sa place légitime dans sa poitrine. Il se leva et se dirigea vers le grand miroir qui se trouvait à côté de la porte. Il avait les doigts glacés quand il rajusta les épingles de son chignon et rectifia la position de sa couronne de roses. Par contre, il dut demander à Marche de l'aide pour rattacher son corset.

— J'ai la bouche sèche, fit-il remarquer distraitement.

— Dans ce cas, suivez-moi, Lady Marche, et je veillerai à ce que vous soit servie votre boisson de prédilection. Je vous promets de veiller à

---

7 Surnom donné au diable en Angleterre.

ce que les félicitations de nos invités soient aussi brèves que possible. Vous pourrez très bientôt vous retirer dans vos appartements et vous préparer à l'enivrement de votre nuit de noces.

Valentin posa la main sur le bras que le duc lui présentait et releva le menton avec courage.

— Si j'ai des vapeurs, je peux toujours m'évanouir.

Marche s'inclina dans un salut moqueur.

— Et je serai là pour vous rattraper, répondit-il.

III

— Ah, les voici enfin ! S'exclama Darby St-Denis, attiré par le bruit des portes de la salle de bal qui s'ouvrait. Voici l'heureux couple.

Neville Stokes tira sur les pans de sa veste bordeaux brodée de soie et caressa du bout des doigts ses revers de velours.

— Voyez-vous également Son Altesse ?

— Comment le manquer ? ricana Crispin Ludstall d'une voix pâteuse. Le prince George est un énorme…

Darby l'interrompit sèchement :

— Vous êtes très ivre, Snowhurst. Le prince George est resplendissant dans sa veste bleu vif de coupe militaire merveilleusement assortie aux culottes de daim que Beau Brummell a remises à la mode. Son habit n'a pas eu un seul pli. N'est-il pas magnifique, Tarmy ?

— Incomparable ! convint Lord Tarmegent. J'ai entendu dire que son gilet était tissé de fil d'or, aussi bien devant que derrière.

Lord Snowhurst gloussa.

— Il a dû falloir une bonne quantité de fil !

Darby l'empoigna par le bras, ses doigts s'enfonçant dans le muscle.

— Snow, déclara-t-il d'une voix tranchante, si vous ouvrez encore une fois la bouche, je refuserai de vous reconnaître lors notre prochaine rencontre. M'avez-vous bien compris ?

Malgré l'alcool qui lui embrumait l'esprit, Crispin réalisa que Darby menaçait de le snober. Après un tel affront public, il serait pratiquement mort, du moins dans le petit monde des dandys. Il inspira fortement, décidé à s'excuser, mais il se ravisa au dernier moment. Darby lui avait interdit d'ouvrir la bouche, non ? Il garderait donc le silence jusqu'à nouvel ordre.

Satisfait, Strand tapota la joue rose de Snowhurst.

— Voilà qui est mieux. Maintenant, messieurs, allons présenter nos félicitations aux nouveaux mariés. Je tiens à voir de plus près cette longue pouliche qui a tant enflammé le Béhémoth – au point que, à peine marié, il a cru bon de s'enfermer avec elle dans le premier recoin disponible.

— Sa robe est divine, déclara Neville. On la croirait faite en sucre et en perles de rosée.

Elle accepterait peut-être de vous la prêter, pensa Crispin, alors que le petit groupe rejoignait la longue file des invités qui attendaient pour avoir accès au couple. Il perdit son sourire narquois dès que Darby lui jeta un regard acéré.

— Corne bleue, elle ne manque pas de taille ! s'exclama Darby. Tout autre homme que Marche serait obligé de l'escalader comme une montagne.

— C'est une belle et saine pouliche, ajouta Neville. Elle devrait faire une excellente reproductrice.

Crispin, l'expression boudeuse, retenait sa langue en écoutant ses compagnons échanger des remarques sur la mariée, mais Darby avait le don de deviner ce qu'il pensait.

— Si vous vous posez la question, mon cher Snowhurst, déclara-t-il, il n'y a aucun mal à porter jugement sur tout un chacun. C'est non seulement acceptable, mais recommandé chez les débauchés que nous sommes. Toutefois, rabaisser Son Altesse est interdit. Le prince George est notre souverain en titre depuis que le roi a été déclaré incapable de gouverner. Aussi lui devons-nous le respect de sa position. Est-ce bien compris ?

— Oui, répondit Crispin. Le prince est inattaquable.

— Et vous abusez par trop souvent de l'alcool. C'est votre affaire, certes, mais je vous demande d'apprendre à tenir votre langue quand vous êtes ivre.

— Chers amis ! s'exclama Neville. Marche vient de déboutonner sa veste. Voyez un peu sa montre à gousset ! Elle a la taille d'une citrouille !

Comme ses amis, Crispin s'émerveilla devant l'objet en question. Par contre, Darby fixait d'un œil ébloui la mariée qui levait les yeux vers son nouvel époux. Jusqu'ici, il n'avait vu la nouvelle duchesse que de loin, mais il se rendit alors compte que son visage était celui d'une héroïne de Shakespeare, Rosalinda ou Hippolyte, la reine des Amazones. Elle évoqua pour lui les plus belles strophes de Lord Byron, car *elle marchait tout en*

28

beauté comme la nuit, le plus pur de la clarté et de l'ombre [8], resplendissant d'une splendeur tragique qui dépassait le quotidien. Ses cheveux foncés brillaient de chauds reflets cuivrés et contrastaient vivement avec le teint lisse et pâle, et les yeux couleur de jacinthe au crépuscule. Chaque ligne de sa mince silhouette de pouliche paraissait allongée, un peu comme les anciens portraits de M. Gainsborough. Elle se déplaçait avec une grâce languide qui apaisait l'œil. Sa beauté ne correspondait pas aux canons en vogue, mais la duchesse était si éblouissante que près d'elle, les autres femmes ressemblaient à des paysannes.

Darby n'arrivait plus à en détourner les yeux.

— Par ma foi, ils nous quittent déjà ? remarqua Neville.

Lord Strand échappa à sa transe en voyant la duchesse de Marche prendre le bras de son mari et commencer à s'éloigner.

— Par le diable ! Nous y étions presque !

— Vous aurez d'autres occasions de féliciter les nouveaux mariés, intervint Murdmont qui se trouvait devant lui dans la file d'attente. Vous restez bien ici toute la semaine, n'est-ce pas ? Du moins tant que vous serez nourri et abreuvé gratuitement, je présume.

Lord Strand parut ne pas entendre l'insulte délibérée. Follement épris, on le privait de celle qui le fascinait. Dévasté, il s'appuya contre l'épaule de Lord Tarmegent et lui réclama un brandy. Un poème battait déjà à l'intérieur de son crâne, comme une colombe cherchant à échapper de sa cage, et ses doigts le démangeait de transcrire les mots immortels qui rendraient hommage à un amour impossible.

— Vous vous en êtes sorti à merveille, si vous voulez mon avis, chuchota Marche.

Il quittait la foule de ses invités, son épouse accrochée à son bras. Valentin attendit pour lui répondre d'être seul avec lui, dans la suite nuptiale, les portes dûment fermées et verrouillées derrière eux.

— En vérité, déclara-t-il alors, je commence à me demander si la plupart les gens ne manquent pas de… de jugeote. Je n'aurais jamais cru qu'il me soit si facile de tromper autant de monde. Ils me prennent réellement pour une femme !

---

8 D'après le poème : *She walks in beauty…*

— D'après moi, les gens ne voient que ce qu'ils s'attendent à voir. Et sont pour la plupart, je le crains, essentiellement absorbés par eux-mêmes. Les rares susceptibles d'être attentifs à ce qui les entoure ne cherchent qu'à comploter contre les autres.

Marche se dirigea jusqu'à un buffet sur lequel se trouvait une cave contenant divers vins et alcools dans des carafes en cristal.

— Voulez-vous quelque chose à boire ? proposa-t-il.

— Je vous remercie, j'ai déjà étanché ma soif avec de l'eau, à la réception.

— Il y a d'autres raisons pour accepter un verre. Prenez le vin par exemple, certains le boivent par plaisir, car ils apprécient son goût.

Tourné vers Valentin, il enchaîna :

— Je vois à votre expression que vous doutez de mes paroles. Tenez. Goûtez-moi ce Bordeaux. À Londres, beaucoup d'Anglais refusent ostensiblement de servir du vin français de peur d'être jugés antipatriotiques, mais à la campagne, ma tante a veillé à en remplir les caves de ses résidences.

Il tendait un verre de cristal. Valentin l'accepta et, avant de le porter à ses lèvres, le huma d'une mine suspicieuse. Le liquide rouge foncé sentait la cerise, la vanille et d'autres arômes insaisissables. Le jeune homme y goûta avec prudence. N'ayant jusqu'ici absorbé que le vinaigré noyé d'eau servi à la table de l'abbaye où il avait été élevé, la richesse soyeuse du Bordeaux fut pour lui une révélation.

— C'est bon ? demanda Marche.

— Je n'ai jamais rien goûté de pareil !

Marche sourit devant la joie innocente qui s'exprimait sur son visage avenant.

— N'êtes-vous pas impatient de vous débarrasser de ce carcan ? À moins que cela vous plaise d'être habillé en femme ?

Les joues de Valentin s'enflammèrent.

— Je me posais justement la question. Croyez-vous que ce soit prudent ?

— À partir du moment où ma porte est fermée, aucun domestique ne s'avisera de me déranger. Vous pouvez donc agir à votre guise, à moins que vous craigniez d'être aperçu d'une fenêtre au second étage ?

Lord Blythestone posa son verre et se mit à défaire les agrafes chargées de joyaux qui retenaient son chignon sur sa tête. Lorsqu'il ôta la dernière, ses lourdes mèches tombèrent sur ses épaules comme des écheveaux de soie noire.

Marche se servit un autre verre de vin.

— Ainsi, il ne s'agissait pas d'une perruque, murmura-t-il.

Valentin, qui s'apprêtait à défaire les dentelles de sa robe, se figea tout à coup.

— Seriez-vous encore là, monsieur ?

— Je suis votre mari et il s'agit de notre nuit de noces, je n'ai vu aucune raison plausible de m'en aller.

— Je préférerais me déshabiller en toute intimité.

— Je crains que mon absence dans votre chambre ce soir n'apparaisse comme anormale. Surmontez votre timidité, mon garçon. Nous sommes tous les deux des hommes et je promets de ne pas vous taquiner.

— Dites-moi, il me vient une idée : que vais-je mettre une fois que j'aurais retiré cette robe ?

— Si notre mariage était conventionnel, vous n'auriez pas besoin de vêtements durant notre nuit de noces, mais je constate qu'un déshabillé a été préparé pour vous.

Valentin s'empara du vêtement blanc, presque aussi vaporeux que la robe de mariée qu'il portait encore. Avec un soupir, il le déposa sur le couvre-lit de velours.

— Je vais avoir besoin de votre aide, reconnut-il.

— Je vous demande pardon ?

— Je ne peux pas me débarrasser seul de cette robe, à moins d'utiliser un couteau.

Avec un gloussement amusé, Marche traversa la pièce pour se placer derrière lui.

— Le plan de votre sœur me semble comporter quelques écueils. Attendez, ne tirez pas, vos cheveux sont coincés.

Valentin resta immobile pendant que Lord Marche détachait avec soin une mèche prise dans la myriade des minuscules crochets qui fermaient la robe dans son dos. Il inspira profondément tandis que son compagnon les détachait un par un. Un peu plus tôt, Valeria et Anne avaient mis presque trois quarts d'heure à l'emprisonner dans ce carcan de baleines et de volants, et à serrer les cordons du corset pour lui façonner une silhouette féminine différente de celle que la nature lui avait octroyée.

Il sentit des doigts chauds effleurer la peau nue de son dos et frissonna de tout son corps, des papillons lui flottant dans le ventre.

— Auriez-vous froid ? demanda Marche. Je peux remettre des buches dans la cheminée.

31

— Non, c'est inutile, monsieur. Ne vous dérangez pas pour moi. Veuillez poursuivre votre tâche et en finir au plus tôt.

— Vos désirs sont pour moi des ordres, milady.

Valentin se retourna pour affronter l'immense duc, sa robe à demi ouverte glissa et découvrit son torse avant de s'enrouler lourdement autour de sa taille.

— Monsieur, j'ai déjà remarqué votre déplorable habitude de vous exprimer avec ironie. Si j'étais réellement votre femme, j'en serais très déconcertée.

— Je m'entraînais pour quand nous serons en public.

— Oh.

Le visage candide se radoucit aussitôt.

— Veuillez m'excuser, monsieur, de mon emportement qui n'avait pas raison d'être, reprit-il. Je regrette de vous avoir à tort méjugé.

Surpris, Marche cligna des yeux. Il n'arrivait pas à admettre une telle crédulité. Il comprenait mieux comment miss Valeria Randwick avait réussi à convaincre son frère d'accepter un plan aussi puéril. D'un autre côté, comment un jeune homme de dix-huit ans passés était-il encore aussi innocent ?

— Je vous taquinais un peu, reconnut-il. Veuillez me pardonner si j'ai abusé de mes prérogatives.

Valentin lui tourna le dos pour se débarrasser de sa robe. Il la laissa glisser jusqu'au sol et enleva plusieurs épaisseurs de jupons. Quand il parla, sa voix était étouffée, car il avait la tête enfouie dans une chemise diaphane dont il cherchait à se débarrasser

— Non, vous avez tout à fait raison, monsieur. C'est une idée sensée que nous nous habituions à jouer nos rôles, même en privé. J'ai reçu quelques conseils rapides concernant les us et coutumes de la gent féminine, mais il vaudrait mieux, je pense, que je prétende être de nature réservée et discrète, peu habituée à paraître en société.

— Vous venez de Bretagne, si je ne me trompe. Je n'ai jamais rencontré personne qui en soit originaire, aussi je pense que nos invités, si vous leur rappelez où vous avez été élevé, mettront sur votre éducation étrangère toute erreur ou bizarrerie dans vos manières…

— Il s'agit d'une coutume bretonne, intervint Valentine avec un délicieux accent français. Oh, vous devez me trouver tellement provinciale !

— Parfait, approuva Marche. Vous avez du talent, Sir Valentin.

— Pour jouer la comédie ?

— Oui, entre autres.

Marche vida ce qui restait de vin dans son verre. Il était à peine vingt-et-une heures, songea-t-il. L'heure où débutait la vie nocturne, en temps normal, mais ce soir, c'était sa nuit de noces. Il était censé se retirer tôt et... s'activer dans le but de se reproduire. Il croisa les bras et se demanda s'il n'y avait pas un jeu de cartes dans l'un des tiroirs lorsque Valentin lui jeta, par-dessus son épaule, un rapide coup d'œil aussi létal qu'une flèche tirée par une arbalète. Réagissant d'instinct, Marche posa la main sur la joue lisse du jeune homme. Des mèches soyeuses caressèrent ses doigts lorsqu'il effleura du pouce le lobe d'une oreille délicate.

Lorsque le duc l'étreignit par derrière, Valentin détourna la tête et se mordit les lèvres pour étouffer un cri. Paralysé par des sensations contradictoires, il ne résista pas quand Marche le serra contre lui. Un objet long et dur s'incrusta dans le pli de ses fesses. Alors, tout le bas de son corps lui parut fondre dans un délicieux incendie. Les genoux coupés, Valentin s'affaissa contre le corps solide du duc.

Marche le soutint plus fermement encore et promena ses lèvres sur sa nuque.

— Lord Blythestone, demanda-t-il avec aplomb, auriez-vous déjà couché avec un homme ?

Valentin secoua la tête, étourdi par les sensations qui bombardaient son système nerveux sous les grandes mains qui massaient et caressaient son corps.

— Non, jamais, souffla-t-il. Ni homme ni femme.

Marche se figea un moment.

— Jamais ?

— Je ne crois pas... que je devrais faire... *ceci.*

— Il ne s'agit pas d'un péché, Blythestone. Après tout, nous sommes mariés.

— Lord Marche ! Je vous ai déjà signalé que vos sarcasmes m'étaient pénibles.

— Et mes caresses, vous répugnent-elles ?

— Non !

Valentin émit un halètement étranglé en sentant Marche lui mordiller le cou, puis apaiser d'un coup de langue la brève douleur qu'il venait de causer.

— Que ressentez-vous quand je vous fais cela ? demanda Marche.

— Les mots me manquent pour l'exprimer. Seule me vient l'exaltation dont j'ai lu la description lors de la béatification d'un saint.

— C'est sans doute un compliment.

— Je ne pourrais le dire. Est-il normal que mon sang flambe ainsi sous la main d'un homme ?

— Je ne me pose jamais de telles questions. Je me contente d'apprécier le moment et le plaisir brûlant.

Tout en parlant, Marche fit glisser sa main sur le ventre du jeune homme.

— Ne souhaitez-vous rien d'autre ? haleta Valentin.

— Au contraire, je veux bien davantage.

Un souffle ardent chauffa la joue de Valentin, puis Marche se pencha et s'empara de ses lèvres. En même temps, il caressait son membre érigé à travers les épaisseurs de soie et de satin. Valentin gémit sous sa bouche, le bas-ventre contracté par un plaisir si intense qu'il en était presque douloureux. Rien de ce qu'il avait lu ou entendu ne l'avait préparé à ce flux de sensations qui balayait tout sur son passage.

Il s'arracha à l'étreinte du duc.

— Attendez ! bredouilla-t-il, le souffle court. Vous ne me connaissez même pas ! Pourquoi souhaiteriez-vous avoir avec moi une relation… charnelle ?

— Vous m'attirez parce que vous êtes jeune et séduisant.

— Donc, il ne s'agit pour vous que d'un plaisir physique ? Bien entendu, comment pourrait-il en être autrement alors que nous nous connaissons à peine !

— Vous mésestimez le plaisir physique. Ce que vous venez de ressentir n'était qu'un avant-goût.

— Je présume que vous-même avez déjà connu de nombreux… incendies ?

— Aucun n'a brûlé aussi fort que le vôtre.

— Je ne peux accepter votre impertinence, monsieur ! L'amour est un don sacré et je suis offusqué que vous en parliez si légèrement.

— Notre première querelle, répliqua Marche avec un grand sourire.

— Ne prenez-vous donc rien au sérieux, monsieur ?

— Si, mon héritage. Je vous assure le prendre très au sérieux.

Valentin resta silencieux quelques instants.

— Peut-être pourriez-vous brûler tout cet argent pour vous tenir chaud, dit-il enfin.

— Voilà une riposte digne d'un salon londonien, s'exclama Marche. Je commence à croire que cette mascarade sera la plus divertissante des distractions.

— Je prierai donc pour que vos vœux se réalisent.

Valentin s'agenouilla à côté du lit et joignit les mains. Après plusieurs minutes de silence, il se redressa. Après un bref 'bonsoir', il se glissa sous l'édredon en duvet d'oie, s'étendit et ferma les yeux. Épuisé par son long voyage, l'angoissante journée et son premier verre de vin, il s'endormit sans attendre.

Marche se resservit et fixa les flammes, en essayant de ne pas se laisser distraire par la présence du jeune homme dans son lit. Habitué aux partenaires disposés à le satisfaire, il n'avait pas coutume de se restreindre quand il était excité. Pourtant, il n'aurait su dire si Blythestone était attiré par lui, malgré sa réaction physique à ses caresses. Peut-être n'était-ce dû qu'à son incroyable inexpérience.

Pour se soulager après ce corps-à-corps interrompu, Marche empoigna son membre à travers ses vêtements, et tourna la tête vers le dormeur. Sous la masse des cheveux emmêlés et l'édredon remonté jusqu'au menton, il ne vit que le nez et la joue caressés par la lueur du feu, et des cils noirs qui tranchaient sur la blancheur de la peau. Il trouva cet aperçu plus érotique qu'un corps nu exhibé. Valentin bougea légèrement dans son sommeil et sa bouche renflée apparut. Marche, le souffle coupé, sentit l'orgasme le traverser comme un éclair de chaleur. Il referma le poing sur son érection et crispa les mâchoires pour retenir son cri de jouissance pendant qu'il trempait son pantalon.

Sidéré par un soulagement aussi prompt, il resta un long moment immobile dans son fauteuil, jusqu'à ce qu'un doux ronflement le fasse émerger de sa transe. Il se pencha et vida son verre dans le feu, puis se dressa et se débarrassa de ses vêtements souillés. Après une brève toilette, il alla se coucher et prit par la taille son compagnon de lit, se plaquant à son dos sans le réveiller.

Il s'endormit le visage enfoui dans les épais cheveux délicatement parfumés, parfaitement détendu, ce qui ne lui était pas arrivé depuis des mois.

IV

APRÈS AVOIR rêvé qu'il dormait avec un brasier dans le dos, Valentin se réveilla seul et regretta la disparition de cette agréable chaleur. Un coup discret à la porte lui fit oublier son brûlant fantôme ; il se redressa dans son lit.

Après un moment de silence, il entendit Marche parler de l'autre côté du panneau.

— Puis-je entrer ?

Valentin inspira profondément et se souvint de modifier la tonalité naturelle de sa voix en répondant par une acceptation. La porte s'ouvrit. Avant de pénétrer dans la chambre, Marche se pencha pour récupérer le plateau qu'il avait momentanément déposé sur le plancher. Il apporta son fardeau et l'installa sur une table d'appoint, renversant du même geste un ou deux objets qui s'y trouvaient et qui tombèrent sur le tapis.

Valentin resta figé sur son lit, la couverture serrée contre la poitrine.

— Quelle vue superbe vous présentez ainsi, avec vos cheveux lâchés sur les épaules et vos yeux ensommeillés ! J'ai pensé que vous ne tiendriez pas à affronter nos invités de si bonne heure, aussi vous ai-je apporté de quoi vous sustenter. Personne n'y trouvera à redire, bien que la cuisinière m'ait accueilli d'un air mitigé quand je me suis présenté à l'office pour vous servir de valet.

Valentin fit glisser ses jambes sur le bord du lit.

— Voilà qui ne me surprend guère, riposta-t-il. Après tout, vous êtes duc.

Marche se figea pour mieux admirer les longs membres galbés que le peignoir entrouvert découvrait jusqu'à mi-cuisse. Il n'avait jamais rencontré de jeune homme aussi attrayant et l'ironie de sa situation ne lui échappait pas. Il se jura à nouveau de goûter à ce délicieux puceau avant la fin de cette mascarade. Séduire le beau et candide Valentin aurait au moins l'avantage de le divertir.

— Cela vous tente-t-il de manger un morceau ? demanda-t-il d'une voix cajoleuse.

— Je préfèrerais que vous m'offriez un pantalon, mais je présume que c'est impossible. La malle qui contenait mon trousseau était hier dans la voiture qui m'a amené, mais depuis lors, j'ignore ce qu'elle est devenue.

— À mon avis, vous trouverez en ouvrant votre armoire tout ce dont vous avez besoin pour tenir dignement votre rôle de duchesse.

Valentin cessa donc d'examiner les gâteaux au miel pour se tourner vers l'énorme meuble en acajou. La curiosité le poussa à traverser la chambre pour ouvrir l'une des portes marquetées. L'armoire était profonde et sombre, mais il distingua à l'intérieur une demi-douzaine de robes, un déshabillé, un habit d'équitation ainsi que plusieurs paires de chaussures et de bottes.

— Comment est-ce possible ? Je n'ai apporté que deux robes, l'une pour la journée et l'autre pour le soir.

— Vous oubliez l'obstination de ma chère tante. Elle a occupé cette nuit trois couturières et Dieu sait combien de petites mains pour vous préparer cela, en utilisant l'une de vos robes comme patron.

— Et les chaussures ?

— Un valet s'est rendu hier soir à Londres pour en revenir ce matin, à l'aube. Il vous a également apporté des gants, déclara Marche qui ouvrit un tiroir rempli d'accessoires. Vous paraissez prêt à vous pâmer, mon cher ami. Pourquoi ne pas revenir vous asseoir ?

— Je regrette d'avoir causé tant de tracas à tant de personnes. Ce n'était pas mon intention.

— Vous venez d'épouser un duc, au cas où vous l'auriez oublié. Vous êtes désormais Lady Valeria, Votre Grâce. Il vous suffit de lever l'un de vos beaux sourcils pour faire accourir une armée de serviteurs qui exécuteront vos ordres.

— Je me sens comme un vertige, annonça Valentin.

Il se laissa tomber sur un délicat fauteuil tapissé de brocart rose pâle.

— Prenez donc une tasse de thé et un scone. Je vous recommande aussi cette confiture de cassis, elle est excellente, et les gâteaux au miel sont encore chauds. Si rien ne vous tente, je peux réclamer aux cuisines ce qu'il vous plaira. D'après ce que j'ai entendu dire, il est de coutume en Bretagne de prendre un petit déjeuner à l'ancienne mode, avec des saucisses et du porridge, le tout arrosé d'ale.

— Je pense qu'un de ces gâteaux m'aiderait à calmer mes crampes d'estomac, annonça Valentin. Et je prendrais volontiers une tasse de thé.

— Je m'en occupe.

Marche prépara dans une assiette trois gâteaux au miel et une grosse cuillérée de crème.

— Comment aimez-vous votre thé ? demanda-t-il ensuite.

— Nature, avec un peu de sucre, je vous prie.

Le duc posa sur une soucoupe une tasse dont la porcelaine paraissait aussi fragile qu'une coquille d'œuf et la porta, ainsi que l'assiette remplie de pâtisseries, sur une table d'appoint près du siège de Valentin.

— Voilà. Vous ne pouvez refuser un aussi délicieux petit déjeuner.

Valentin accepta l'assiette et remarqua le blason incrusté dans la porcelaine. Tout en dégustant son gâteau à petites bouchées, il parcourut des yeux la chambre où il avait dormi. Il savait déjà, de manière abstraite, que Marche venait d'une riche famille, mais ici, au château Wandeleigh, l'évidence le frappait à chaque nouveau regard. Le luxe ambiant n'avait rien d'ostentatoire, mais même les objets les plus basiques provenaient des matériaux les plus coûteux. Le manche de son couteau à beurre était en or massif, gravé aux armes des Woodbine. Tout à coup, le gâteau sucré qu'il avait dans la bouche lui parut être du gravier.

— Je ne suis pas sûr... commença-t-il.

La gorge sèche, il dut déglutir avant de pouvoir continuer.

— Je ne suis pas sûr de pouvoir tenir mon rôle dans cette supercherie, reprit-il. Il me paraît évident que je vais être rapidement démasqué.

— Je serai à vos côtés pour vous guider et, comme nous l'avons déjà décidé, il vous suffira de parler de votre éducation à l'étranger pour justifier vos petits... impairs de manière et de langage.

— Sans doute, riposta Valentin, un peu raidi. Mais je suis un homme, non une femme, et tôt ou tard quelqu'un finira par le remarquer.

— Dans ce cas, autant que ce soit le plus tard possible.

Puis le duc changea de sujet :

— J'envisage ce matin de faire un petit galop. Montez-vous ?

Valentin acquiesça.

— Oui, je manque un peu de pratique, mais, avec un cheval bien dressé, je pense être capable de ne pas me ridiculiser.

— Dans ce cas, je vous propose de m'accompagner après le petit déjeuner. Quelques-uns de nos invités se joindront probablement à nous, mais je veillerai à ce que nous ayons les chevaux les plus rapides. Je crains que vous soyez tenu de faire une apparition au repas de midi, mais l'attention des convives se portera essentiellement sur le contenu de leur assiette. Ensuite, nous pourrions faire une promenade digestive et je vous ferai visiter une partie du parc. En faisant attention, nous devrions rester à l'écart jusqu'à l'heure de remonter dans notre chambre.

— Je vois que vous avez réfléchi au problème. Ne connaissant pas les us et coutumes de ce pays, je vous laisserai me guider jusqu'à ce que j'en sache assez pour être capable de décider par moi-même. En attendant, cette mascarade doit continuer jusqu'au mariage de Valeria. Que puis-je faire pour vous aider ?

— Votre lourd et pénible devoir sera de paraître à mon bras en exhibant les robes neuves, toutes à la pointe de la mode, bien entendu, qui, d'après moi, sont en train d'être cousues ou achetées pendant que nous parlons.

— Vous semblez oublier quelque chose.

Peu habitué à voir ses décisions remises en question, Marche haussa un sourcil surpris.

— Vraiment ? Quoi donc ? Je vous écoute.

— Une chambrière, monsieur. Comme vous n'avez pas manqué de me le faire remarquer, je n'avais pas prévu de tenir longtemps mon rôle de femme. Si je dois m'y contraindre, il va me falloir l'assistance d'une personne au courant des subtilités de la mode féminine et qui sache également me coiffer et me maquiller.

— Vous étiez parfait hier, à votre arrivée au château.

— Grâce à ma sœur et à notre gouvernante, maîtresse Kermartin, dont les services, vous le comprendrez bien, me sont actuellement indisponibles.

Marche croisa les bras.

— Vous n'avez vraiment pas réfléchi en mettant au point cette mascarade insensée, n'est-ce pas ? Eh bien, voilà un problème que je ne peux résoudre dans l'immédiat, mais vos cheveux n'ont certainement pas besoin d'être attachés de façon sophistiquée pour une simple promenade à cheval.

— Je dois reconnaître notre plan impulsif comporte de nombreuses lacunes. Si vous aviez la bonté d'éviter de le mentionner plus d'une fois à chacune de nos conversations, je ferai de mon mieux pour me souvenir comment Valeria a épinglé mon chignon. De plus, je présume pouvoir me plâtrer du rouge sur les joues.

— Brave garçon ! répondit Marche, radouci.

Après tout, s'il se sentait aussi contrarié et frustré, ce n'était pas de la faute de Valentin. Bousculer le jeune homme ne ferait que le rendre anxieux, et donc plus enclin à commettre des erreurs. Du moins, le duc en décida ainsi.

— À présent, reprit-il, je vais vous laisser vous préparer en paix pendant que je donnerai des ordres au personnel. Personne ne viendra vous déranger.

— Je vous remercie, monsieur. Je trouve très attentionné de votre part de tenter de me simplifier la situation.

En entendant la voix de Valentin dans son dos, Marche se figea devant la porte. Il se retourna et répondit d'un ton sec :

— J'œuvre également dans mon intérêt.

Il quitta brusquement la chambre et referma la porte derrière lui. Dans l'antichambre qui séparait la suite du couloir, il s'appuya contre le panneau. Le jeune Blythestone avait sur lui le plus violent des effets, constata-t-il, amer. Et, dans les jours à venir, tous deux seraient obligés de passer beaucoup de temps ensemble. À dire vrai, cette perspective ne le troublait pas, mais il espérait que le garçon lui accordât les faveurs de ses charmes considérables avant qu'une autre forme de soulagement ne devienne indispensable. Le 'salon' de Mme Dahlram – et ses délicieux Adonis – se trouvait à Londres, à des kilomètres de là. S'il était possible d'envoyer un domestique chercher quelques paires de gants ou de chaussures, Marche doutait que sa tante tolérât qu'il se fasse livrer de la même façon un amant.

— Ah, Loel, vous voici !

En croisant Lady Bolbracken devant l'escalier, Sa Grâce se hâta de reprendre un visage impassible et se pencha pour lui baiser la main.

— Bonjour, milady, la salua-t-il aimablement. J'espère que vous avez bien dormi.

— Mais oui, mais oui. Vous savez bien que les vieillards ont le même sommeil que les bébés, ils s'éveillent souvent et se tracassent pour des broutilles. N'est-il pas curieux que la fin d'une vie ressemble tant à son commencement ? Et qu'en est-il de vous, mon neveu ? Avez-vous bien dormi ?

— En toute honnêteté, ma tante, j'ai passé une excellente nuit – la meilleure nuit que j'ai connue depuis des années.

Willamina fouilla ses yeux avec attention.

— Vous êtes sincère ! s'exclama-t-elle, surprise. Est-ce votre façon de dire que vous appréciez votre duchesse ?

— Immensément. Elle ne ressemble à aucune autre femme de ma connaissance.

Marche s'interrompit un moment avant d'ajouter :

— En vérité, elle me fait un peu penser à vous quand vous êtes d'humeur agréable.

— J'ai trouvé cette jeune personne tout à fait charmante, malgré la brièveté de notre entrevue. Compte-t-elle recevoir ce matin ? Je comprendrais très bien qu'elle souhaite un peu d'intimité au lendemain de sa nuit de noces.

— Mon épouse est quelque peu… bouleversée par son changement de situation. J'espère la convaincre de m'accompagner en promenade avant le déjeuner. Si elle préfère une autre distraction, il lui suffira de m'en exprimer le désir, je serai heureux de la satisfaire, même si elle me réclame de jouer au whist ou de chasser le sanglier.

— Je suis enchantée de vous entendre parler ainsi, Loel. Je comptais attendre demain pour vous l'annoncer, mais je ne peux garder le secret une minute de plus. Je tiens à ce que vous sachiez dès à présent que Wandeleigh vous appartient. Ce sera votre foyer et celui de votre femme, l'endroit où vous élèverez vos enfants.

Marche s'inclina profondément devant Lady Bolbracken.

— Voici un cadeau des plus généreux.

— Vous en auriez hérité tôt ou tard, de toute façon. Avec tout le reste de mes biens.

D'un haussement d'épaules, la noble dame écarta l'émotion du moment et commença à descendre les marches.

Marche se précipita pour la rattraper et lui prit le bras pour descendre avec elle.

— J'étais sincère concernant mon épouse. Vous n'auriez pu mieux choisir.

Sa tante lui adressa un grand sourire.

— J'en suis doublement heureuse, dans ce cas. J'ai déjà commandé pour elle une garde-robe complète, mais si ces vêtements ne lui conviennent pas, elle n'aura qu'à les brûler et en commander d'autres qu'elle choisira directement. Je tiens à la gâter, Loel, je vous en préviens.

— Je ressens le même désir impulsif, madame. Valeria est un peu timide, vous savez. Elle m'a indiqué qu'elle craignait que ses manières soient jugées rustiques et démodées dans le monde où elle est dorénavant appelée à vivre. De ce fait, elle craint de se montrer en public.

— Balivernes ! s'offusqua Willamina. Elle s'habituera très vite à nous et si quelqu'un s'avise de railler le comportement de notre nouvelle duchesse, il regrettera vite son manque de tact.

— Je partage votre avis, mais en attendant, voudriez-vous accorder à mon épouse une certaine latitude ?

— Mon cher garçon, Valeria est jeune, en bonne santé, et elle semble vous inspirer de l'affection. Je ne lui reprocherais même pas de manger dans une écuelle et d'apparaître en culotte au bal qui couronne la saison londonienne. Je considère comme une bénédiction qu'elle soit aussi agréable, discrète et bien élevée.

Marche sourit.

— Je vous laisse ici, annonça-t-il en atteignant le bas des marches. J'ai un point à voir avec Negus concernant mes affaires en ville.

— Pourquoi gardez-vous un pareil coquin ? Il ne mérite pas d'être au service d'un gentleman, vous savez.

— Il m'est utile à bien des égards. En particulier, pour mes nœuds de cravate. Il se débrouille remarquablement bien. De plus, pour vous dire la vérité, j'apprécie sa verve.

Willamina secoua la tête, ce qui agita les fines plumes d'aigrettes plantées dans les boucles de sa perruque.

— Vous ne devriez pas lui faire confiance, mon cher. J'ai connu quelques acteurs durant ma jeunesse. Ils ont tellement l'habitude de jouer un rôle qu'il est difficile de discerner leur réelle personnalité de leur jeu. Je suis certaine qu'un jour ou l'autre, cet homme vous causera des ennuis.

Marche se pencha sur sa main, effleurant ses jointures d'un baiser avant de se redresser.

— Vous avez raison, j'en suis sûr, parce que vous avez toujours raison. Si ce point de détail est réglé, j'ai beaucoup à faire et peu de temps pour l'accomplir. J'espère convaincre Valeria de paraître au déjeuner. Je vous reverrai à ce moment-là, madame. En attendant, me ferez-vous l'honneur de continuer à être mon hôtesse ?

Quand il quitta sa tante, après avoir pour une fois réussi l'exploit de lui faire plaisir, Marche s'écarta des salons de la vaste demeure familiale où ses hôtes étaient réunis, et sortit du château par derrière, par l'aile est. Sans ralentir le pas, il traversa la cour pavée, évitant d'instinct de se fracasser les orteils sur le sol bosselé destiné à empêcher les chevaux de glisser les jours de gel. Autrefois, avant qu'il soit envoyé en pension, cet endroit avait été son terrain de jeu favori et il en connaissait par cœur le moindre recoin

Comme prévu, il trouva Negus dans l'écurie.

En le voyant, son valet leva les yeux de ses cartes.

— Votre Grâce ! Vous auriez dû m'envoyer chercher au lieu de vous déplacer jusqu'ici. Ce n'est pas prudent par un temps pareil. Angus m'affirmait justement que c'était la dernière neige de l'année, mais il fait encore bien froid.

— J'avais besoin d'un bol d'air, répondit Marche.

Il examina les joueurs et lança un bonjour à la cantonade.

— Bonjour, Votre Grâce, répondit le responsable de l'écurie.

Il se leva et toucha du doigt son chapeau. Les deux autres palefreniers suivirent son exemple.

— Ne vous inquiétez pas, les rassura le duc, je ne suis pas venu vous empêcher de jouer. J'ai juste besoin de Negus un moment.

— Pas de souci, milord, rétorqua un des lads. Il est grand temps que nous allions préparer les chevaux pour la sortie prévue ce matin.

— Je vous en remercie.

Marche attendit que Negus le rejoigne dans un carré de lumière que le soleil, à travers les portes ouvertes, dessinait dans l'écurie.

— En quoi puis-je vous être utile, milord ?

— Ma grand-tante vient de me rappeler que vous étiez jadis acteur.

— Vous le saviez déjà, monsieur. Ma carrière a été assez brève.

— Je n'en suis pas surpris. Je vous ai trouvé dans le quartier des théâtres, mais vous y surveilliez alors les chevaux pour quelques pennies. J'avais alors quatorze ans, vous deviez en avoir seize.

— Compte tenu que Votre Seigneurie parle rarement pour ne rien dire, je vais attendre la fin de votre discours avec la même patience que l'ânesse de Balaam [9].

---

9 Personnage biblique

— Je voulais vous rappeler, espèce de pantin, que les rôles ouverts à un adolescent sont assez rares au théâtre. Dans quelles pièces avez-vous joué ?

Negus scruta le duc, les yeux étrécis de suspicion.

— Pourquoi Votre Grâce tient-elle à le savoir ?

— N'ai-je pas le droit de m'intéresser à vous ?

— Vous voudriez me voir gober que vous êtes venu jusqu'aux écuries pour satisfaire une soudaine curiosité à mon égard, monsieur ?

— Soyez damné, Negus ! s'emporta le duc. Et répondez à ma question !

Le valet se redressa de toute sa taille – un mètre soixante-deux.

— D'après ce que les critiques ont écrit à mon sujet, j'ai été une Juliette des plus délicieuses.

— Vraiment ? Parfait, voilà qui m'intéresse. Suivez-moi.

— Bien entendu, monsieur.

Negus ramassa ses gains et se précipita pour rattraper son maître.

— Puis-je vous offrir mes félicitations pour votre mariage, monsieur ?

— Oui, vous pouvez, merci. Je ne compte pas vous insulter en vous demandant si je peux avoir confiance en vous. Vous connaissez déjà mes secrets et, à ce que j'en sais, vous ne les avez jamais divulgués à âme qui vive.

— Vos secrets sont en sécurité avec moi, monsieur.

Marche ébouriffa les cheveux roux de son valet avec une affection bourrue.

— Je m'apprête à vous en confier un autre. Et laissez-moi vous dire dès à présent que vos nouvelles fonctions seront accompagnées d'une augmentation de vos émoluments. En fait, ma tante vient de m'offrir Wandeleigh et tous ses revenus. Bientôt, je serai un véritable duc, au lieu de me contenter d'en porter le titre.

— Quelle excellente nouvelle ! Mes félicitations, monsieur !

— Malheureusement, dit Marche, elle estime qu'en échange, je lui dois un bébé. Et c'est un problème.

Les deux hommes pénétrèrent dans l'aile privée où se trouvaient les appartements de la famille.

— Je ne vois pas en quoi, il vous suffit de serrer les dents et de faire un enfant à votre dame.

— J'aurais du mal.

Negus baissa la voix :

— Votre Grâce, je sais que vous n'êtes pas attiré par les femmes, mais vous pouvez peut-être fermer les yeux et penser à tout l'argent qui vous attend.

— Mon problème ne vient pas de là, lui jeta Marche par-dessus son épaule.

En même temps, il ouvrait la porte de la suite nuptiale et, d'un geste de la main, incitait Negus à le suivre dans l'antichambre. Il la traversa pour frapper à la porte devant lui.

— Entrez, répondit Valentin.

— Attendez-moi un moment, ordonna Marche à son valet.

Il pénétra seul dans la chambre. Valentin mit de côté le livre qu'il avait découvert sur la table de nuit et se leva pour l'accueillir. Il portait une tenue d'équitation bleu roi, à la coupe militaire, qui seyait à sa silhouette souple et nerveuse tout en masquant la largeur de ses épaules. Il avait réussi à mettre seul ses bottes, mais pas son tricorne. Celui-ci, légèrement bosselé, gisait sur le tapis, au milieu d'un tas d'épingles à cheveux tordues.

Marche s'empara d'une boucle échappée au chignon de Valentin.

— Vous paraissez délicieusement échevelé, mon cher, déclara-t-il. Il ne vous manque qu'un détail pour parfaire votre image de jeune épouse comblée.

Marche passa un bras autour de la taille du jeune homme. De l'autre main, il lui prit la mâchoire et le maintint en place, puis il baissa la tête et referma les lèvres sur la veine qui battait le log du cou d'albâtre. Aspirant doucement, Marche caressa de sa langue la peau sensible. Sous le coup d'un plaisir qui lui sciait les genoux, Valentin s'affaissa contre la poitrine du duc, tressaillant à chaque passage de la langue savante sur sa gorge. Il chancela un peu quand le duc se redressa et s'écarta d'un pas, le tenant à bout de bras pour l'inspecter avec attention. Puis Marche effleura du doigt la trace rouge qui apparaissait sur la peau pâle du cou.

— Parfait ! Vous voici marqué du sceau de l'amour.

— Je présume que je vous dois des remerciements, chuchota Valentin après avoir repris son souffle.

— Ce sont les petits détails qui consolident une supercherie. Maintenant, j'aimerais vous présenter un homme qui est mon confident depuis des années. Il s'agit de Negus, mon valet, à qui je confie ma réputation. J'espère que vous consentirez à le faire également, car nous avons besoin d'un complice.

— Êtes-vous certain que nous pouvons lui faire confiance ?

— Il ne m'a jamais trahi.

— Connaîtrait-il une chambrière à la discrétion assurée ?

— Nous allons le lui demander, répondit Marche.

Il se tourna vers la porte et cria le nom de Negus. Le valet entra et s'inclina profondément devant Valentin.

— Votre serviteur, madame, déclara-t-il, le regard posé sur l'ourlet de la jupe de sa maîtresse.

— Negus, je parlais justement de vous à Sir Valentin Randwick, le frère de Valeria.

— Pardon, monsieur ?

— Voyons, regardez bien la personne qui se trouve devant vous. Ne la trouvez-vous pas plus belle que mignonne ? Plus éblouissante que délicate ?

— Si vous le dites, monsieur.

— Negus, le bon moment est mal choisi pour vous comporter en parfait domestique. Regardez ma femme et parlez-moi franchement.

Le valet croisa le regard de Valentin, s'excusant en silence de son audace, puis il examina la dame avec la permission son légitime propriétaire.

— Je vous crois sur parole, monsieur, votre duchesse est grande pour une femme, mais elle reste magnifique, c'est certain.

Ulcéré, Valentin se tourna vers Marche.

— S'agirait-il d'un petit jeu pour m'humilier, monsieur ! s'emporta-t-il.

Negus ouvrit de grands yeux éberlués.

— Par sainte Brigitte ! Vous êtes un homme !

— Vous pourriez peut-être le crier un peu plus fort, ricana Marche. Je pense que votre voix n'a pas tout à fait porté jusqu'à Londres.

— Veuillez m'excuser, monsieur. Je suis tout à fait remis de mon choc à présent, cela ne se reproduira plus. Votre Grâce aurait-elle la bonté de m'expliquer ce qu'elle manigance ?

— Voilà un excellent mot, Negus, le félicita Lord Marche.

Puis il fit à son valet un résumé de la situation. Quand il eut terminé, le rouquin aux airs elfiques se remit à examiner Valentin d'un œil spéculatif.

— Je vois. Puis-je vous signaler que vous êtes tous les deux complètements fous ?

— Non, vous ne le pouvez pas. Par contre, j'aimerais que vous nous aidiez à trouver une dame froufrou.

Negus se frotta le menton.

— Vous disiez bien que mes émoluments allaient être augmentés ?

— D'importance !

Negus frappa doucement dans ses mains.

— Très bien, milord. Dans ce cas, voyons ce dont je me souviens de ma jeunesse dissipée passée sur les planches. C'est une chance que le naturel soit à la mode de nos jours et que ce joli garçon ait un teint de rose et les plus longs cils que j'aie jamais vus.

UN QUART d'heure plus tard, le valet enroulait la tresse de Valentin en un chignon qui tenait parfaitement sous le petit tricorne. Negus, en véritable artiste, avait gardé plusieurs mèches qu'il déroula pour encadrer le front, les joues et le cou du jeune homme. Après avoir épinglé la voilette dorée du chapeau, le valet recula.

— Pour l'instant, cela devrait suffire, monsieur, déclara-t-il. Quand vous reviendrez de votre promenade à cheval, je m'assurerai que vous soyez prêt à affronter le repas. Par chance, vous n'avez pratiquement pas de poils au menton, mais j'ai un bon rasoir qui veillera à ce qu'aucun d'eux ne m'échappe.

— Je vous remercie, répondit Valentin. Mais la supercherie ne tiendra pas longtemps.

— C'est sans importance, puisque nous partirons bientôt, déclara Lord Marche. Une fois en voyage de noces, nous serons parmi des étrangers et nous pourrons oublier cette mascarade.

— Peut-être réussirez-vous à me perdre quelque part en chemin.

Marche prit l'air pensif.

— Je présume qu'une malencontreuse chute d'une tour en ruine durant nos visites de vieux châteaux antiques serait un moyen comme un autre de résoudre notre petit problème. Vous pourriez alors disparaître et je n'aurais plus qu'à jouer au veuf inconsolable, mais nous n'en sommes pas encore là. Autant rester dans le moment présent, voulez-vous ?

Valentin capitula.

— Vous avez l'avantage de l'âge et de l'expérience, monsieur, je m'en remets à vous.

Negus se mit à tousser de façon suspecte, comme s'il cherchait à étouffer un rire.

— Dois-je descendre et faire avancer vos chevaux, monsieur ?

— Je me demande si une raclée ne vous remettrait pas les idées en place, Negus, répondit Marche. Si certains de nos invités nous accompagnent durant cette promenade, informez-les que mon épouse et moi-même les retrouverons directement à l'écurie.

— Bien, monsieur.

— Negus ?

— Monsieur ?

— Ne trouvez-vous pas Sa Grâce éblouissante ?

— Elle fait honneur à son titre, monsieur.

Avec un sourire, le valet sourit s'éloigna.

— C'est la vérité, vous savez, dit Marche à Valentin. Vous êtes superbe.

— Je commence à me faire à votre humour, monsieur mon mari, répliqua le jeune homme.

— Tant mieux ! Vous aurez bien besoin d'un brin d'humour pour supporter les heures à venir.

Le duc présenta son bras à Valentin, qui l'accepta. Ils quittèrent la chambre ensemble.

— Je n'ai pas l'habitude de plaisanter sur les sujets sérieux, déclara le jeune homme en sortant dans le couloir. Mais pour vous, j'en ferai l'effort.

V

— QUE TOUS les saints me protègent, Snow, la voici !

D'un coup de coude, Darby St-Denis écarta Lord Snowhurst pour mieux voir le duc et la duchesse de Marche qui arrivaient dans la cour. Crispin Ludstall, dûment bousculé, recula d'un pas et heurta un hongre alezan, qui tapa du sabot et rata de peu ses orteils.

— Que le diable vous arrache les yeux, Strand !

Neville Stokes, Lord Tarmegent, sourit au juron imagé de Crispin. Il n'avait pas l'intention de monter sur le dos d'une de ces bêtes au tempérament lunatique, mais il n'aurait pas manqué le spectacle pour un duché. Une fois de plus, Darby était amoureux fou, ce qui signifiait que leur petit groupe tout entier suivrait bientôt son exemple. La vie était tellement plus agréable avec un objectif pour occuper ses loisirs !

Crispin brossa une poussière imaginaire sur ses vêtements.

— Avez-vous remarqué, Tarmy ? s'enquit-il. Strand m'a délibérément poussé sous les sabots de cet animal !

— Cher ami, ne saviez-vous pas que l'amour est aveugle ? Et il rend maladroit, à ce qu'il paraît.

Crispin sirota une gorgée de sa fiasque qu'il proposa ensuite à son ami.

— Ce n'est pas une excuse ! Strand devrait avoir plus de respect envers ma nouvelle tenue.

— Oh, je suis d'accord, très cher. Souiller un pareil tissu serait un véritable péché !

Crispin se rengorgea.

— Vraiment ? Il vous plaît ?

49

— Désespérément. Je regrette de ne pas avoir eu le premier l'idée de porter un gilet bleu paon sous une veste pourpre.

— Eh bien, en matière de mode, j'ai toujours eu l'esprit novateur. Et je dois reconnaître adorer votre satin jonquille.

— Vous ne trouvez donc pas que ce gilet fait de moi un gigantesque canari ?

— Quoi ? Dieu du ciel, non ! Jamais je ne vous traiterai d'un tel sobriquet, cher ami.

— Non, le sarcasme n'est pas votre style, c'est exact. Je retrouverai le gredin qui s'est permis cette réflexion.

— Quand vous lui aurez mis la main dessus, prévenez-moi. Je veillerai à venger votre honneur.

Surpris, Neville haussa un sourcil. Crispin continuait à s'imbiber de brandy.

— Je vous en suis infiniment reconnaissant. Quel châtiment envisagez-vous pour répondre à semblable offense ?

— Je vomirai probablement sur ses chaussures.

— Taisez-vous, écervelés à la langue trop agile ! souffla Darby. Ma déesse approche.

Alors que Marche escortait Valentin en direction des chevaux qui les attendaient, Darby se détacha du groupe des invités et se mit à déclamer :

— Je suis traversé par un révérend frisson
Dès que j'entends prononcer votre nom.
Le bruit de votre pas me fait battre le cœur,
De joie, de plaisir et de bonheur.
À votre vue, mon sang s'enflamme.
En votre absence, le monde est un désert, ma dame.

Lord Strand termina en s'inclinant profondément devant le nouveau couple. Valentin leva les yeux sur Lord Marche pour savoir comment répondre à cet hommage inattendu, ses doigts gantés se crispant légèrement sur l'avant-bras musclé de son époux.

— Quel charmant cadeau de mariage, Strand ! répondit Marche. Vous vous êtes surpassé. Je n'ai rien d'un expert en poésie, mais le geste est touchant, monsieur. Lady Marche partage mon émotion.

— Je suis tout à fait de votre avis, déclara le prince régent qui arrivait suivi d'une petite cour. C'est absolument charmant, Strand !

Il se tourna vers le duc :

— Marche, votre épouse est délicieuse. Quelle créature de rêve ! Délicieuse, je le confirme.

Gêné, Valentin baissa les yeux et réussit à paraître intimidé.

— Merci, Votre Altesse, répondit Marche.

— Elle semble également tout à fait docile, déclara Murdmont, qui se trouvait derrière le prince. Quel plaisir qu'une jeune femme aussi robuste sache se comporter avec distinction !

— Je vous remercie de vos compliments, jeta froidement Marche.

Il s'adressa ensuite au prince régent :

— Aurons-nous le plaisir de vous avoir avec nous ce matin, Votre Altesse ?

— Moi ? Dieu du ciel, non ! J'ai prévu une partie de pharaon. Cependant, si j'avais à poursuivre une nymphe aussi délicieuse que votre épouse, je ferais, tel Apollon, l'effort de monter à cheval. Je vous l'assure !

Darby s'exclama aussitôt d'une voix théâtrale :

— *C'est une nymphe des forêts,*
Au-delà des montagnes résonne sa renommée.
Je continuerai à chanter ses louanges
Tant qu'il restera un souffle dans...

Le poète s'interrompit, hésita un moment, puis avoua :

— Je n'ai pas encore fini de l'écrire.

— C'est un beau début, monsieur, osa dire Valentin.

Lord Strand s'inclina très bas.

— Milady ! Vous me faites grand honneur. Permettez-moi d'être votre chevalier, votre serviteur. J'implore un signe de votre faveur.

Marche écarta Valentin du jeune dandy enamouré.

— Non, par le diable, il n'en est pas question !

Puis il ajouta, tourné vers son épouse :

— Venez, ma chère. Votre monture vous attend.

Negus était près du cheval pour aider la duchesse à monter. Valentin fut troublé de constater qu'il allait devoir utiliser une selle en amazone, ce dont il n'avait pas l'habitude. Il hésita quelques secondes avant de s'en remettre au valet de Marche. D'un geste preste, Negus positionna le jeune homme, un genou plié devant lui.

— Je n'avais pas réfléchi à ce détail, marmonna Marche, les yeux levés sur lui. Nous irons doucement jusqu'à ce que vous soyez sûr de votre assise.

Le nouveau maître de Wandeleigh et sa dame s'éloignèrent côte à côte, suivis par les invités ayant choisi de les suivre ce matin. Tous restèrent un peu en arrière, à bavarder gaiement, tandis que leur petit groupe traversait le parc et les champs parfaitement entretenus.

— C'est superbe ! s'exclama Valentin.

Ils venaient de faire une pause au sommet d'une colline. Côté nord, une légère couche de neige couvrait encore les terres hivernales comme un châle de dentelle négligemment jeté.

— Oui, je le reconnais, rétorqua Marche, pensif. Cet endroit me semble parfait pour une bataille de boules de neige.

— Que voulez-vous dire ? s'étonna Valentin.

— Regardez, la neige commence à fondre, ce qui la rend plus facile à malaxer que lorsqu'elle vient de tomber. Tout garçon au sang chaud s'en rendrait compte.

— Je n'ai jamais fait une boule de neige.

Lord Marche changea d'expression avec une rapidité comique.

— Je ne peux vous laisser plus longtemps avec un tel handicap ! déclara-t-il.

Glissant de la selle, il s'approcha de Valentin et lui tendit la main. Conscient qu'il était piégé, le jeune homme accepta que son seigneur et maître l'aide à mettre pied à terre. Les grandes mains se refermèrent autour de sa taille et le soulevèrent avec une aisance qui témoignait d'une étonnante force physique. Valentin éprouva à nouveau la sensation, désormais familière, qui lui enflammait le bas-ventre à proximité du duc – incroyable énigme qui l'obsédait de plus en plus. Il était certain qu'il n'aurait pas dû souhaiter le contact de cet homme, pourtant, tout son être le réclamait. C'était très éprouvant ! Et une telle distraction était malvenue pendant qu'il devait se concentrer pour tenir son rôle. Soulagé que le froid lui ait imposé de porter des gants, Valentin laissa Marche lui prendre la main et l'entraîner jusqu'à un tas de neige.

— Il suffit de ramasser une poignée de neige et d'en faire une boule. De cette façon…

En quelques minutes, Lord Marche confectionna une sphère et la lui tendit. Valentin l'accepta et la porta à son visage. Il aimait regarder la neige tomber d'un ciel sombre, couleur d'ardoise ; il aimait aussi le froid éphémère des flocons sur sa langue. Pourtant, au monastère, les chutes entraînaient des corvées supplémentaires, car la neige devait être déblayée d'urgence.

— Ce n'est pas pour y goûter, déclara Marche en riant. C'est pour la lancer.

Le front lisse de Valentin se plissa d'incompréhension consternée.

— Pourquoi devrais-je lancer cette boule de neige ?

— Parce que c'est le but du jeu. Deux adversaires ou deux équipes opposées déterminent leur territoire et combattent à coups de boules de neige jusqu'à la victoire d'un des deux. D'après ce que j'ai entendu dire, le roi de France est fort friand de ce jeu.

— Je vois. Cette idée me semble bien plus sensée qu'échanger des boulets de canon.

— C'est une remarque des plus antipatriotiques, vous savez. Je reconnais être d'accord avec vous, mais mieux vaut ne pas exprimer de tels avis en public.

— Je ne suis qu'une femme, répondit Valentin. Je doute que mon opinion soit prise au sérieux.

— Un sarcasme, si je ne me trompe ? Vous apprenez vite, ma rougissante épouse.

— J'ai peu d'expérience pratique du monde, monsieur, mais j'ai beaucoup lu.

— Vraiment ? En quoi vos lectures vous ont-elles préparé à affronter votre situation actuelle ? plaisanta Marche.

Il perdit son sourire en recevant en plein visage une boule de neige tirée à bout portant. Le petit groupe, derrière eux, explosa de rire.

— J'ai l'habitude d'utiliser à bon escient un nouvel enseignement, répondit Valentin.

Il se penchait déjà pour fabriquer d'autres munitions.

— Que faites-vous ? demanda Marche.

— Je ramasse une poignée de neige afin d'en faire une boule.

— Aussi rusé qu'un renard ! s'exclama le duc.

Il baissa la tête et courut se mettre à l'abri derrière son cheval. Valentin le poursuivit, sa boule de neige dans la main, un sourire aux lèvres en voyant le géant battre en retraite. Puis Marche dérapa sur une plaque de glace et bascula à la renverse. Il heurta Valentin au niveau des genoux et le prit dans ses bras, pour dévaler la pente avec lui. Lorsqu'ils s'immobilisèrent enfin, Marche roula et pesa sur son compagnon. Valentin avait perdu son chapeau dans la dégringolade et ses cheveux défaits se répandaient sur la neige. Ses lèvres étaient brûlantes, aussi rouges que des cerises. Marche ne put résister à son désir de goûter une fois de plus à leur douceur sucrée. D'un œil ébloui, il fixa la bouche humide, entrouverte pour aspirer l'air glacé, les dents blanches apparaissant furtivement entre les doux pétales rosés.

— Damnation ! s'exclama-t-il farouchement. Nous sommes mariés après tout ! Pourquoi ne pourrais-je pas embrasser ma femme ?

Du sommet de la colline, Dames et Lords les acclamèrent, mêlant félicitations, cris et rires canaille, chacun approuvant d'un clin d'œil ou d'un signe de tête que le duc vole un baiser à son garçon manqué d'épouse. De l'avis général, le Béhémoth avait trouvé une compagne à sa mesure et le couple s'avérait aussi inattendu que captivant. Qui pouvait prédire quelle indignité très divertissante l'un ou l'autre allait encore commettre ?

Valentin posa les mains sur la poitrine de Marche et accepta un baiser qui, de toute évidence, révélait son envie d'approfondir leur relation charnelle. Le jeune homme était trahi par son propre corps qui désirait en donner davantage et se soumettre au glorieux pouvoir que Marche exerçait sur lui, tellement effrayant dans son intensité. Cette idée doucha son enthousiasme : il ne pouvait pas se permettre de céder, même s'il brûlait d'un feu intérieur qui avait sans doute fondu la neige sous lui.

Il repoussa le duc pour se libérer.

— Veuillez me pardonner, dit Marche. Je n'ai pu y résister.

— Je croirais plus facilement à la sincérité de vos excuses si vous me lâchiez.

Un lent sourire naquit sur le beau visage du duc.

— Je ne peux prétendre qu'il me sera facile de vous obéir, mais je le ferai cependant.

Il se redressa et tendit la main à Valentin pour l'aider à se relever.

— Je n'ai pu y résister, répéta-t-il à mi-voix, c'est la vérité, mais cela renforce également l'illusion que nous sommes d'heureux nouveaux mariés.

— Je comprends, mais faut-il réellement que vous soyez aussi démonstratif en public ? Ne pourriez-vous vous contenter de me tenir la main ou de m'adresser un tendre regard ? Je trouve exagéré que vous me jetiez au sol et plongiez votre langue dans ma bouche.

— Je préfère ma méthode pour vous démontrer ma flamme, elle est bien plus amusante que la vôtre.

— Votre comportement est scandaleux !

Marche s'inclina légèrement lorsque Valentin passa devant lui pour retourner vers l'endroit où les chevaux attendaient. Mais il l'intercepta en lui saisissant le coude.

— Val. Si notre entourage reste concentré sur le fait que nous agissons de façon scandaleuse, que nous ne pouvons cesser de nous toucher, il ne pensera certainement pas à remettre en question votre... féminité.

Valentin réfléchit un instant avant de répondre.

— Vous avez raison, reconnut-il enfin. Soyez patient avec moi, monsieur. J'ai cru que vous cédiez à votre désir charnel. Je ne comprends pas pourquoi j'ai tellement tendance à croire le pire à votre sujet ! Je ferai désormais l'effort de contrôler ce défaut.

Marche ferma brièvement les yeux. Quand il les rouvrit, Valentin se trouvait déjà en selle. Surpris, le duc réalisa ressentir un élan de honte inattendu pour avoir trompé sur ses intentions le jeune et naïf Blythestone. Repoussant ce sentiment malvenu, il se concentra plutôt sur la courbe du mollet de Valentin, dans sa botte qui lui montait jusqu'au genou. *En amour comme à la guerre, tous les coups sont permis*, disait le dicton, *et au vainqueur va le butin*. Marche avait été élevé selon ce principe. Ayant toujours satisfait ses désirs physiques, il n'avait jamais eu l'impression qu'il lui manquait quoi que ce soit. Il n'avait jamais connu la passion... avant sa rencontre avec Valentin Randwick. À présent, il désirait follement ce beau et intelligent jeune homme au cœur confiant et ferait tout pour le posséder.

VI

— CHERS ET honorés invités…

Marche se dressa de son siège, au cours du repas,

— … je ne peux vous exprimer le plaisir que j'éprouve à vous avoir tous ici réunis, pour partager mon récent bonheur. Ma duchesse et moi-même sommes très émus par la générosité de vos cadeaux et la chaleur de vos vœux. J'espère que vous accepterez de passer le reste de la semaine à Wandeleigh Hall, mais, aussi agréable que soit votre compagnie, nous allons bientôt vous abandonner pour une raison des plus valables, vous voudrez bien l'admettre. Nous partons demain en voyage de noces.

Son discours fut salué d'une salve d'applaudissements polis et quelques souhaits de *bon voyage* [10]. Lorsque le silence retomba, Marche leur rappela le bal prévu dans la soirée. Il s'inclina ensuite pour saluer l'assemblée, tendit la main à Valentin et quitta la pièce avec lui à son bras.

Valentin attendit pour parler d'être dans le couloir, hors de portée d'oreilles.

— Merci, souffla-t-il. Je n'arrive pas à comprendre que les femmes supportent leur corset toute la journée. Personnellement, j'ai du mal à respirer. Je n'ai pu avaler qu'un peu de soupe et une coquille Saint-Jacques. J'espère ne pas avoir vexé votre cuisinier.

— Vous êtes censé être trop ému pour avoir de l'appétit. Montons-nous, à présent ? Vous bénéficierez à peine de deux heures de sommeil avant de devoir vous lever, vous vêtir et…

---

10 En français dans le texte original (NdT)

Marche cessa brusquement de parler et soutint Valentin d'un bras dans le dos.

— Attention, vous me paraissez bien pâle.

Il parlait doucement, comme pour calmer une monture ombrageuse.

— Je vous remercie, je vais mieux à présent. Vous pouvez me lâcher. C'est la faute de ce maudit corset.

En entendant un juron sur les lèvres de Valentin, Marche ne put retenir son sourire.

— Je vous corromps un peu plus à chaque heure que vous passez en ma compagnie. D'ici une semaine, je vous trouverai un verre de brandy dans une main, des cartes dans l'autre, avec deux pistolets posés sur la table devant vous.

Ils continuaient à avancer dans le couloir.

— Je n'ai jamais goûté le brandy, répondit Valentin, choisissant l'option la moins outrageante. Notre abbé nous assénait une fois par mois un sermon sur les méfaits de l'alcool. D'après lui, la bière et le vin étaient des dons du Tout-Puissant, mais le brandy était diabolique, car il n'est pas brassé en cuve, mais *distillé* en alambic. J'ai entendu dire que son nom vient d'un mot allemand qui signifie 'vin brûlé' et…

Marche l'interrompit : un des mots de Valentin venait de le surprendre.

— Votre abbé ? s'étonna-t-il.

— Je suppose que vous connaissez la signification du mot !

Valentin accéléra en même temps le pas et le débit de ses paroles. Marche s'accorda machinalement à ce changement de rythme.

— Bien entendu, mais puisque vous parliez de sermon et des méfaits de l'alcool, je penserais plus à un prêtre qu'un abbé.

Valentin ouvrit la porte, se précipita pour la franchir, traversa l'antichambre et pénétra dans la suite.

— J'ai été élevé dans un monastère, déclara-t-il, d'un ton contraint. J'espère que votre curiosité en est satisfaite ?

— C'est fascinant, mais pourquoi chercher à le dissimuler ?

— Par crainte que vous trouviez mes révélations *fascinantes*.

Il ôta ses délicats gants bleus qu'il déposa avec soin sur la coiffeuse. Lord Marche, qui s'apprêtait à répliquer, en fut empêché par un coup frappé à la porte.

— C'est Negus, monsieur, déclara son fidèle valet derrière le panneau.

— Parfait ! Entrez.

Tout en parlant, Marche alla déverrouiller la porte.

— Veuillez aider ma duchesse à se préparer pour le bal, enchaîna-t-il. Moi, je vais voir ce que devient ma tante. Si je la néglige, elle risque de venir nous déranger. Elle a besoin d'attention. Je ne pourrais éternellement l'écarter, mais je ferai de mon mieux pour gagner un répit.

— Je suis à vos ordres, milord.

Negus s'inclina avec déférence quand son maître passa devant lui. Puis il s'adressa à Valentin :

— Et maintenant, *milady*, que diriez-vous d'être la plus belle, au bal de ce soir ? Après tout, c'est la moindre des choses : vous êtes la mariée, la reine de la fête. Êtes-vous prêt à relever le gant, mon jeune monsieur ?

— Bien entendu. Je m'en remets à vous.

— Excellente idée, monsieur. Avez-vous vu la robe que Lady B vous a fait préparer ?

Negus écarta une tapisserie, dévoilant une robe de bal à décolleté profond et taille haute.

— Oh, mon Dieu ! s'exclama Valentin.

Negus sortit une longueur de soie brodée du sac qu'il portait sur l'épaule.

— Ne vous inquiétez pas, mon joli garçon. Avec un châle et de la dentelle stratégiquement placée, vous vous en sortirez très bien. Pourriez-vous regarder le coffret à bijoux et vérifier si la dame ne vous aurait pas prêté une broche pour aller avec cette robe ?

Suivant les instructions du valet, Valentin découvrit d'innombrables bijoux : colliers, bracelets, boucles d'oreilles et diadèmes. Il sortit une large broche d'émail façonné en forme d'iris – et Negus approuva son choix.

— C'est parfait, déclara-t-il. Maintenant, je vais vous aider à quitter votre costume et à enfiler votre tenue de ce soir.

— Mon cher petit ! s'exclama la duchesse douairière en voyant Marche pénétrer dans son salon privé. Vous m'avez odieusement abandonnée, mais je vous comprends et je vous pardonne.

Elle lui offrit sa joue à baiser.

— Vraiment ? chuchota Marche, qui souhaitait n'être entendu que d'elle.

— J'ai été mariée trois fois, monsieur, rétorqua-t-elle avec malice.

Elle renvoya sa petite cour et attendit d'être seule avec son petit-neveu pour reprendre la parole.

— Je tenais à vous parler sérieusement avant votre départ, déclara-t-elle. Après tout, il peut m'arriver malheur pendant que vous marivaudez sur le Continent avec votre enchanteresse, n'est-ce pas ?

— Vous appréciez à ce point ma duchesse ?

— Certainement, mais ne cherchez pas à me distraire. Je tiens à aborder avec vous un sujet sérieux, ensuite, je vous laisserai vous préparer pour le bal, comme j'aurai aussi à le faire. Ainsi, vous n'aurez pas bien longtemps à souffrir.

— Je suis à vos ordres, madame.

— Avez-vous noté que j'ai invité Murdmont à séjourner au château ?

— Certainement, madame. J'ai bon odorat.

— Ne soyez pas impertinent ! Sir Malcolm s'occupe des finances de notre famille depuis des décennies et, comme vous le savez, je l'ai récemment engagé comme homme d'affaires et avocat. Il est parfois un peu abrupt et je sais que certains le méprisent pour avoir travaillé dans le commerce, mais il est habile et sait remarquer les opportunités intéressantes. Croyez-vous qu'il soit facile pour un homme d'origine modeste de s'enrichir suffisamment pour acquérir un titre ? Je ne serai pas toujours là pour veiller à la gestion de notre fortune et j'envisagerais plus facilement mon trépas si je sais qu'un homme intelligent veille à vos côtés sur vos affaires, Loel.

— Si cela peut vous rassurer, madame ma tante, je n'y vois aucun inconvénient, répondit Marche.

— Effectivement, j'en serais rassurée. Veuillez m'excuser d'avoir l'audace d'évoquer un sujet aussi vulgaire que l'argent, mais certains sujets doivent être abordés une bonne fois pour toutes. J'ai modifié mon testament pour tenir compte de votre nouveau statut d'homme marié. J'espère que vous ne m'en voudrez pas d'avoir prévu un legs spécifique destiné à Valeria. Voyez-vous, Murdmont s'est arrangé pour racheter en mon nom Lamberglyn et les anciennes terres de Danswell qui bordent Wandeleigh, à l'ouest. Ce sera mon cadeau de mariage à Valeria.

— Ainsi, les terres et l'héritage de Julius Randwick reviendront à sa fille, remarqua Marche. Le geste est très délicat.

— Oui, j'y ai trouvé une certaine justice. De plus, la chère petite sera ainsi indépendante, financièrement parlant. Rien n'est plus irritant pour une femme que de dépendre d'un homme pour ses menus frais.

Elle soupira avant de reprendre :

— Maintenant, passons à des sujets plus agréables. J'espère que vous savourerez votre lune de miel. C'est un temps béni pour apprendre à se connaître et savourer une liberté inaccoutumée. Quand vous reviendrez en Angleterre, vos jours seront remplis par les impératifs de votre rang.

— Ne m'en parlez pas, ma chère tante, par pitié !

Willamina lui caressa la joue.

— Vous avez toujours été consciencieux, Loel, prêt à faire votre devoir, mais je n'ai jamais eu l'impression que vous y preniez plaisir. Vous avez le sourire facile, mais vous riez trop peu souvent et je ne vous ai vu pleurer qu'une seule fois. Dites-moi, j'ai besoin de le savoir : aurais-je été trop distante, ou trop sévère ? J'étais trop âgée pour vous servir de mère après la disparition de vos parents, je le sais bien, mais j'ai tenté d'être votre tutrice.

Marche s'inclina pour lui baiser la main.

— Je vous ai toujours considérée comme ma seconde mère.

S'il était un homme meilleur, pensa-t-il, il lui avouerait sur-le-champ la mascarade de Valentin. Mais il avait passé l'essentiel de sa vie à prétendre et cette habitude était trop ancrée en lui.

Émue, Willamina mit un moment à retrouver sa voix.

— J'espère vous voir heureux, dit-elle enfin. Autant que le bonheur puisse être accordé à un homme de votre rang.

— Si vous devenez larmoyante, vous serez de bien triste compagnie ce soir.

Il se redressa, sa tante lui sourit.

— *Bon voyage*, mon cher, dit-elle en français. Et je vous rappelle que vous ne pourrez continuer à cacher Valeria au monde. Vous êtes déjà épris d'elle, je suis heureuse de le constater, mais il vous faudra accepter de la partager.

— Épris ? répéta Marche.

— Continuez à jouer les beaux ténébreux inabordables si vous le souhaitez, mais je vous connais mieux que personne, sauf peut-être ce saltimbanque que vous appelez votre valet. J'ai vu votre regard posé sur elle. Votre affection m'enchante autant qu'elle me rassure sur votre bonheur à venir.

— Voici une discussion que, par manque de temps, je ne peux entamer. Je suis certain que Negus attend avec impatience de m'habiller. Accepteriez-vous de me réserver une danse ce soir ?

— Vaurien !

Les yeux brillant de malice, Lady Bolbracken le frappa de son éventail.

— Retournez à votre épouse, enchaîna-t-elle. Dansez avec elle et emmenez-la au lit. Montrez-lui que vous l'aimez et pensez à vous réserver quelques heures de bon sommeil avant de partir en voyage. Dites bien à Valeria qu'elle ne s'inquiète pas concernant sa mère ! Je veux aussi la voir choisir une femme de chambre parmi notre personnel, à Londres, avant d'embarquer. Ai-je pensé à vous parler de la voiture ? La calèche restera à votre disposition tant que vous en aurez besoin.

— Vous l'avez déjà mentionné, certes, mais pas plus d'une douzaine de fois. Maintenant, si vous n'avez pas d'autres instructions, je vais aller me préparer.

— Allez donc, cher garçon. Nous n'échangerons probablement pas plus de trois mots durant la soirée et, demain, je dormirai tard. Donc, je crains de ne pas vous revoir avant votre départ. Une fois encore, *bon voyage* ! Et de tout cœur.

Marche s'inclina et prit congé. Il était heureux que sa tante le traite enfin en adulte et que l'affection qui les unissait puisse s'exprimer – en paroles, tout au moins. Malheureusement, cela ne le rendait que plus honteux de son mensonge. Irrité, il secoua ce rappel inattendu de sa conscience comme un homme écarterait des guêpes. En temps voulu, la véritable Valeria atteindrait sa majorité et la mascarade prendrait fin. Pour une raison quelconque, Marche n'éprouva pas à cette idée le soulagement auquel il s'attendait. *Parce que je n'ai pas encore mis ce garçon dans mon lit,* décida-t-il. En vérité, il n'avait pas subi une aussi longue période de chasteté depuis sa découverte des plaisirs du sexe, peu après sa puberté.

Soulagé d'avoir identifié la source de son inhabituelle émotivité, il résolut d'y remédier le plus vite possible.

NEGUS RECULA et évalua son travail.

— Je crains que ce soit sans espoir ! Vous êtes une femme des plus originales et des plus tentatrices.

Valentin haussa un sourcil.

— En quoi le terme 'tentatrice' doit-il être considéré comme un compliment ? Avez-vous la moindre idée de ce qu'il implique ?

Les joues tavelées de taches de rousseur du valet gonflèrent quand son visage se fendit d'un grand sourire.

— Sa Grâce et vous devez avoir des conversations des plus intéressantes, remarqua-t-il.

Valentin se détourna pour examiner son reflet dans le grand miroir. La robe de satin lavande était serrée sous sa poitrine ; de là, le tissu somptueux tombait droit jusqu'au sol. Le style grec lui dénudait les bras et les épaules, mais Negus avait dissimulé sa musculature virile sous un châle de soie à longues franges, brodé en violet, ivoire et vert mousse. Une magnifique broche de Lady Bolbracken fixait, au niveau du sternum, le nœud dont les plis souples ajoutaient à l'illusion d'une poitrine menue. Autour du cou, Valentin portait un beau collier de diamants, améthystes et perles, et d'étincelantes boucles d'oreilles, dont les gemmes atteignaient presque ses clavicules. Ses cheveux, relevés en chignon, étaient épinglés de bijoux. Quelques longues mèches brunes cascadaient sur la nuque.

Une femme du monde ne paraissait pas en public sans être maquillée, mais Negus avait eu la main légère. Valentin, avec ses yeux violets, sa peau d'albâtre, ses sourcils et ses cils sombres, ses joues roses et ses lèvres naturellement colorées n'avait pas besoin d'artifices pour rehausser sa beauté.

— Vous avez raison, soupira le jeune homme, attristé.

— Monsieur ?

— Je ressemble à une femme, si l'on ne tient pas compte de ma taille.

— Ou de la solidité de votre mâchoire, monsieur, déclara Negus. Il faut beaucoup d'entourloupettes pour vous transformer en femme, n'en doutez pas.

— Je sais que vous essayez de me rassurer, ce que j'apprécie. J'aimerais que d'autres se montrent aussi attentionnés que vous.

— *D'autres* ? Vous parlez de Sa Grâce ?

— Pourquoi prend-il un tel plaisir à me taquiner ? s'emporta Valentin. Oh, bonté divine ! Veuillez me pardonner. Il est tout à fait malséant de ma part de critiquer votre maître en votre présence.

Avec un clin d'œil complice, Negus lui tendit une paire de gants de soirée, en satin violet, qui montaient jusqu'au coude.

— Le duc et moi ne sommes pas toujours cérémonieux. Si je peux être assez hardi pour vous parler franchement, comme je le ferais avec un compagnon… ?

D'un signe du menton, Valentin accepta la proposition implicite, aussi inhabituelle soit-elle. Il prit aussi les gants lavande où de petites perles délicatement cousues dessinaient le blason des Woodbine.

— Eh bien, reprit le valet, je suis au service de Sa Grâce depuis des années, nous étions encore des garçons quand je l'ai connu. Je l'ai vu dans bien des situations délicates, si vous voyez ce que je veux dire.

Negus posa le doigt le long de son nez avec un regard entendu.

— Bien sûr. Et je constate aussi que vous êtes bien plus qu'un simple domestique pour lui.

— Le destin l'a fait naître parmi la noblesse et moi, dans le ruisseau, déclara Negus sans amertume. Ni lui ni moi n'avons eu notre mot à dire et le monde ne nous a pas fait de cadeau. Mais Lord Marche m'a choisi comme ami et je l'assiste dans la mesure de mes moyens.

— Quel dommage que vous ne puissiez être égaux en privé !

— Attention, milady, plaisanta Negus. Avec des opinions aussi avancées, vous risquez d'être prise pour un bas-bleu !

— Je ne connais pas ce terme.

— Eh bien, il existe un cercle de dames de qualité qui aiment à se réunir pour parler de leurs lectures et de divers autres sujets. Elles apprécient aussi bien les poèmes de la Grèce antique que les travaux d'aiguille.

— Ce qui, bien sûr, leur donne la réputation d'être des originales et provoque quolibets et mépris. Si j'étais véritablement une femme, je souhaiterais recevoir de l'instruction.

Pris par la conversation, Valentin ne remarqua pas la porte qui s'ouvrait derrière lui.

— Jusqu'à récemment, enchaîna-t-il, j'ignorais tout des us et coutumes de la haute société. J'avoue être souvent choqué par l'aberrante stupidité de ce que je découvre. Cependant, rien n'est plus déroutant à mes yeux que la position dans laquelle les femmes sont reléguées. Comment les hommes ont-ils l'inconscience d'infantiliser les compagnes avec lesquelles ils partageront leur vie ? Je comprends bien qu'il leur est plus facile de contrôler une idiote, mais enfin, comment est-il souhaitable d'avoir pour épouse une simple poupée ? La conversation d'une illettrée doit être atrocement ennuyeuse !

— Un homme et son épouse peuvent être égaux en privé, déclara Marche derrière lui.

Le jeune homme pivota sur ses élégants talons.

— Je préférerais prendre le voile que vivre une existence aussi confinée. Ces quelques jours de mascarade m'ont donné un aperçu de l'enfer. Comment une femme endure-t-elle une telle supercherie pendant des années et des années ?

— Je présume que toutes en deviennent plus ou moins folles.

— Je suis d'accord. Mener une double vie provoque inévitablement une peur constante d'être découverte. Aucune personne saine d'esprit ne peut le supporter longtemps.

— Vous le croyez vraiment ?

— Votre Grâce, intervint Negus, j'ai préparé vos vêtements.

Irrité par cette interruption, Marche lui répondit sèchement :

— Avez-vous terminé avec la duchesse ?

— Non, monsieur, pas tout à fait. J'aurais voulu ajouter un ou deux conseils, en particulier demander à Lord Blythestone de faire preuve de patience à votre égard, mais aussi lui rappeler que vous avez de rares qualités. C'est sans importance, puisque vous me semblez pressé de me voir débarrasser le plancher. Dans ce cas, je retourne à mon cagibi.

— Negus, attendez ! Je ne vous ai pas complimenté quant à l'apparence de Valentin. Il sera la plus belle dame du bal !

— Adressez vos félicitations au jeune homme, monsieur. C'est son beau visage qui se remarquera, non les colifichets dont je l'ai revêtu.

— Je vois. Bien, je présume que je ferais mieux de me préparer.

Une fois le duc dûment vêtu, Negus recula d'un pas et porta la main à son front pour soulever un chapeau imaginaire.

— À demain, Milord. Je veillerai à ce que la voiture vous attende devant la porte, prête à partir dès que vous aurez terminé de déjeuner.

— Parfait. Bonne nuit, alors.

Le valet s'apprêta à sortir.

— Merci, Negus ! s'écria Valentin.

— C'est un plaisir de vous servir, monsieur, déclara Negus en s'inclinant très bas avant de s'éclipser.

Une fois seul avec le duc, Valentin l'apostropha :

— Je jurerais que vous prenez un déplorable plaisir à vous montrer aussi désagréable que possible !

— Pourquoi cette agressivité envers votre époux bienaimé ? demanda Marche.

— Vous avez parlé à Negus comme s'il n'était qu'un serviteur !

— C'est ce qu'il est.

— Mais c'est aussi un homme discret, d'après ce que j'ai compris, sinon vos penchants seraient connus de tous.

Marche esquissa un sourire.

— Mes… *penchants* ?

— Vous savez très bien de quoi je parle, votre… hum, votre intérêt envers les hommes.

— C'est bien plus qu'un intérêt, je vous assure.

— Vous n'avez pas même la décence d'avoir honte d'une telle aberration ?

— Pourquoi le devrais-je ?

En deux longues enjambées, Marche vint devant Valentin.

— Dites-moi pourquoi je devrais avoir honte, insista-t-il. Après tout, je suis comme Dieu m'a créé, n'est-ce pas ? C'est donc Lui qui m'enflamme les reins quand je vous regarde. Pourquoi devrais-je en avoir honte ?

Valentin fronça les sourcils.

— Votre argument est spécieux. En y réfléchissant, je trouverai pourquoi.

— Je crains que vous n'en ayez pas le temps, les activités intellectuelles devront attendre. Nos invités nous attendent pour ouvrir le bal.

L'expression de Marche se détendit lorsqu'il ajouta :

— Ne prenez pas cet air paniqué, voyons ! Il vous suffira de rester près de moi et tout se passera bien.

— Je suis sur les nerfs. La pensée d'être exposé comme un usurpateur me donne la nausée. Je ne sais pas si je pourrais supporter les regards outrés et les doigts accusateurs.

— Rien de ce genre n'arrivera si nous restons prudents.

Marche prit la main du jeune homme dans la sienne.

— Êtes-vous prêt à entrer en scène ? demanda-t-il.

Perplexe, Valentin le dévisagea.

— Vous êtes un homme étrange et lunatique. D'une seconde à l'autre, vous passez d'un égoïsme glacé à une bonté surprenante. C'est déconcertant.

— Et vous êtes tout à fait adorable. J'aimerais que nous soyons réellement mariés. Dans ce cas, je pourrais vous étendre sur ce lit et prendre mon plaisir avec vous, quitte à faire attendre toute cette belle noblesse.

Valentin baissa les yeux.

— J'aimerais que vous évitiez de parler ainsi, murmura-t-il.

— Pourquoi ? Parce que mes paroles vous dégoûtent… ou parce qu'elles vous excitent ?

— Comment pouvez-vous penser que je puisse accueillir favorablement vos avances ?

Très amusé, Marche gloussa.

— Je vous embrassé, mon cher. L'auriez-vous oublié ?

— Comment le pourrais-je ?

Le duc ouvrit en même temps la porte de leur suite. Valentin, très raide, se laissa conduire dans le couloir.

— Peu importe vos dénégations, mon petit renard, votre corps ne sait pas mentir. Vous rêvez autant à mes caresses que j'aie envie de vous les octroyer. Et si vous le niez, je vous traiterai de menteur.

Peu après, le prince régent aperçut le couple qui entrait dans la salle de bal.

— Ah, les voici enfin ! tonna-t-il. Marche, veuillez éviter de nous priver plus longtemps de la compagnie envoûtante de votre duchesse. Venez, ma chère, rejoignez-moi et permettez-moi de rendre hommage à une déesse. Votre heureux mari aura ensuite le droit d'ouvrir le bal avec vous.

Marche se pencha pour chuchoter rapidement à l'oreille de Valentin :

— Vous êtes jeune, belle et mystérieuse. Ils veulent vous adorer. Laissez-les faire.

Valentin releva le menton et offrit un aimable sourire au rondouillard prince de Galles.

— Votre Altesse, dit-il d'une voix douce et respectueuse. Ce sera pour moi un honneur… et un plaisir.

— Oh, vraiment ? Charmante, vous êtes absolument charmante ! s'exclama le prince George. Marche a intérêt à rester vigilant, car je pourrais être tenté de vous voler à lui. Vous êtes délicieuse, ma chère.

Marche s'inclina.

— En tant que fidèle sujet de Votre Altesse, toutes mes possessions sont à sa disposition … sauf ce bijou particulier. Au risque d'être désigné comme traître, je n'y renoncerai jamais, pas même pour mon prince.

George afficha la pose d'un pugiliste.

— Par le diable ! Dois-je me battre contre lui ? demanda-t-il à la cantonade. Je vous assure que je m'en sens tout à fait capable aujourd'hui. Qu'en dites-vous, Marche ? Allons-nous nous combattre pour la dame ?

— Non ! s'écria Valentin, posant la main sur le bras du prince. Je vous en supplie, monsieur, ne vous en prenez pas à mon mari !

— Là, là, ma chère, la rassura George. Je plaisantais, voyons, et Marche le sait bien. N'est-ce pas, cher duc ?

Une fois de plus, Marche s'inclina.

— Votre Altesse manie l'esprit comme personne.

Le prince tapota la main de Valentin.

— Là, vous voyez ? Je vous pardonne, Marche ! Vous êtes chanceux d'avoir une défenderesse si persuasive.

— Certes, monsieur. À présent, avec votre permission, ma duchesse et moi-même allons ouvrir le bal.

Le prince George s'inclina devant Valentin qu'il ramena jusqu'à Marche. Après une dernière révérence au régent, Valentin laissa le duc le conduire au centre de la piste de danse. Tous les yeux étaient braqués sur eux. Marche posa une main légère sur sa taille et lui prit les doigts. Valentin hésita brièvement, puis se souvint de poser son autre main sur l'épaule de son cavalier. Ils étaient prêts à valser, mais l'orchestre entonna un quadrille. Aussi Marche recula-t-il d'un pas pour s'incliner devant Valentin, qui sombrait déjà dans une profonde révérence. Pendant que le maître de danse décidait les figures, Valentin garda les yeux sur le duc, suivant ses gestes et ses indications discrètes. Après quelques minutes, d'autres couples les rejoignirent et le quadrille devint plus animé.

Quand la musique prit fin, Valentin en fut grandement soulagé, du moins jusqu'à ce que débute une danse country. À nouveau, les couples s'alignèrent, en deux lignes, les hommes d'un côté, les femmes, de l'autre. Tous sautillaient gaiement au rythme de la mélodie enjouée, changeant de partenaires à chaque passage. Très vite, Valentin en perdit le souffle. Tournoyer ainsi lui donnait le vertige.

— Cher monsieur, annonça-t-il à son cavalier du moment, veuillez m'excuser, mais je me sens un peu étourdi.

Gilbert Traverton, marquis de Hapwood, se trouvait être l'époux de sa dame d'honneur. Il réagit vite et quitta le quadrille, Valentin à son bras.

— En vérité, madame, vous semblez prête à vous pâmer. Permettez-moi de vous conduire dans un coin tranquille pour vous laisser le temps de retrouver votre souffle.

— Je vous remercie.

Valentin, sentant son malaise empirer, s'appuya sur le jeune noble.

Marche, occupé à faire danser deux belles pleines de feu, ne remarqua pas que Gilbert entraînait Valentin et lui faisait quitter la salle de bal.

Peu après, Lord Hapwood ouvrait la porte d'un petit salon retiré et indiqua, d'un signe de la main, à Valentin d'y entrer. D'un regard attentif, Gilbert vérifia qu'il n'y avait personne dans le couloir, ni d'un côté ni de l'autre, puis il verrouilla derrière lui.

— Je vais vous servir un cordial, annonça-t-il.

Il se dirigea vers un buffet sur lequel se trouvait posé un coffret à liqueur et versa un doigt de liquide ambré dans un verre. Il le tendit ensuite à Valentin.

— Voici pour vous, madame, dit-il. Ce brandy vous fera du bien.

Valentin hésita, devait-il évoquer son manque d'accoutumance à l'alcool ? Il préféra s'en abstenir, car humer simplement l'odeur enivrante le rendait un peu plus alerte. Quelques gorgées lui permettraient sans doute de se remettre. Il porta le verre à ses lèvres et en vida la moitié. Le brandy lui enflamma la gorge avant d'allumer dans son ventre un incendie qui le réchauffa tout entier. Si seulement il pouvait aussi desserrer son étouffant corset, il était sûr qu'il retrouverait vite son état normal.

— Merci, murmura-t-il. Je me sens mieux.

À sa grande surprise, Gilbert mit un genou à terre et leva sur lui un regard ardent. Lord Hapwood récupéra le verre que le jeune homme éberlué tenait toujours, le posa sur le tapis et serra dans les siennes les mains gantées de satin lavande.

— Je rêvais d'avoir l'occasion de me trouver seul avec vous, ô incomparable, déclara-t-il. Vous m'avez ensorcelé, j'oublie toute prudence quand vous me regardez avec ces yeux célestes, mon ange. Je veux vous prendre ici même, sans attendre. Répondez à ma flamme, je vous en supplie !

Valentin était bien trop sidéré pour répondre. Gilbert s'empressa de combler le silence retombé par d'autres brûlantes déclarations :

— Je n'avais jamais rencontré une dame de la noblesse avec l'innocence d'une fille de la campagne. Il y a en vous une pureté lumineuse qui m'attire comme un phare un navire perdu en mer. Si vous repoussez mes avances, j'en mourrai ! Je ne supporterais pas plus votre indifférence qu'une fleur le dur hiver, quand elle se meurt d'être privée de soleil. Vous ne me condamnerez pas, n'est-ce pas ? Je suis certain que vous serez miséricordieuse !

Valentin tenta de retirer sa main de celle de Gilbert. Il tira si fort qu'il en perdit son gant.

— Monsieur… commença-t-il.

Le bouillant Lord l'interrompit :

— Vous êtes unique ! Quelle odieuse injustice que vous ayez été unie au Béhémoth sans laisser à d'autres l'honneur de vous courtiser. Je ne peux l'accepter et, je le répète, je dois vous avoir.

— Milord !

Valentin voulut se relever, mais il en fut empêché par le marquis qui se pressait contre ses genoux, accroché à ses jupes comme à une bouée de sauvetage. Gilbert posa une main sur le bras du siège de Valentin et se pencha.

— Non, ne me fuyez pas ! Offrez-moi au moins un baiser, un doux baiser et je m'en satisferai.

— Un b-baiser ? répéta Valentin.

Entre son corset et cet excité trop bavard, il se sentait pris au piège. Certes, il était ignorant des us et coutumes du beau monde, mais il refusait de croire qu'embrasser la femme d'un autre était un comportement acceptable.

Hapwood attira Valentin plus près de lui avec un sourire satisfait, certain d'avoir bientôt une autre conquête à son tableau de chasse. Il perdit vite son air suffisant en recevant un poing dans la mâchoire. Aussi maladroit que fut l'uppercut, Gilbert bascula en arrière et s'étala de tout son long sur le tapis, renversant le verre de brandy.

Valentin, enfin libéré, en profita pour se relever d'un bond.

Au même moment, la porte s'ouvrit et lady Hapwood entra. Elle aperçut son mari, vautré dans une flaque de brandy, et fronça le nez comme devant un relent nauséabond.

— Vous pourriez au moins vous relever devant une dame, Gilbert, dit-elle.

La marquise n'avait pas l'air aimable. Elle scruta ostensiblement l'entrejambe du gentilhomme et ajouta :

— Je vois qu'une partie au moins de votre personne est 'levée'.

Hapwood se remit debout et protesta :

— Georgiana ! Vous vous méprenez, ma chère. J'aidais la duchesse à se remettre d'un malaise quand j'ai glissé sur ce maudit tapis.

— Que vous vous vous donniez la peine de mentir me surprendra toujours ! répliqua son épouse, avec un ricanement méprisant.

Elle se détourna de son mari pour jeter à Valentin un regard hautain.

— N'est-ce pas la rougissante mariée dont je suis la dame d'honneur ! s'exclama-t-elle, hargneusement. Dire que Lady Bolbracken cherche à nous faire croire que vous êtes une fille toute simple, élevée dans un couvent et pure comme la rosée du matin ! Ah ! Je ne suis pas dupe. Vous paraissez aussi vierge que la neige fraîchement tombée, je vous l'accorde, mais je vois l'aventurière sous votre mascarade.

— Oh !

Lady Hapwood éclata de rire.

— N'affichez pas un air aussi dévasté, ma chère. Je ne compte pas vous trahir. Au contraire, je vous admire.

— Vous m'admirez ? balbutia Valentin

— Bien sûr. Vous jouez remarquablement la naïveté, vous savez, j'ai rarement vu une aussi bonne actrice. Une fois à Londres, quand vous aurez fait votre entrée officielle dans le monde, n'hésitez pas à me rendre visite, je vous recevrai en amie.

Sidéré par l'indifférence que la marquise affichait aux incartades de son mari, Valentin retomba machinalement dans le carcan des bonnes manières :

— C'est très aimable de votre part.

— Il ne s'agit pas d'amabilité, mais de calcul ! intervint sèchement Gilbert. Quel succès mondain obtiendrait Georgiana si elle était la première à vous recevoir à Londres !

— Je vous prie de ne pas interférer dans une conversation à laquelle vous ne connaissez rien, rétorqua sa femme. Nous ne sommes pas en public, Gilbert, je n'hésiterai pas à vous fustiger en vous indiquant ce que je pense de vous.

Gilbert se frotta la mâchoire.

— Très bien, ma chère, mais je vous déconseille de vous frotter à celle-ci. J'ai la sensation d'avoir été renversé par un cheval.

— Vous le méritiez, rétorqua Georgiana avec dédain. Venez, à présent, Gilbert, ne nous attardons pas. Il y aura déjà bien assez de ragots si je n'ai pas été la seule à remarquer votre absence mutuelle. Retournons ensemble au bal et laissons à la duchesse le temps de se ressaisir.

Elle esquissa une petite révérence, puis avança pour prendre le bras de son mari.

Valentin attendit que la porte se referme sur le couple avant de bouger. Sa main était endolorie, mais il ne s'en préoccupait pas, encore sous le choc de la scène qui venait de se produire. S'il avait été une femme, la situation aurait pu mal tourner, il n'en doutait pas. Il étudia son reflet dans le miroir et ne vit aucun signe révélant le déplaisant incident. Le marquis avait compté le violer dans ce petit salon et seule une tache humide sur le tapis en témoignait. Quelle absurdité !

Valentin resserra son châle sur ses épaules de soie avant de retourner dans la salle de bal. Il lui fallait retrouver Marche. Il l'avait à peine rejoint quand Lord Strand se précipita également. Il s'inclina très bas. Il s'adressa ensuite à la foule d'une voix de stentor :

— Milord, noble dame et nobles amis, me feriez-vous l'honneur d'écouter de nouveaux versets dédiés à la mariée, ma déesse ?

À nouveau, le baronnet s'inclinait avec panache.

— Il est d'un pénible ! grogna le duc entre ses dents.

Ignorant Strand, il se pencha vers Valentin et chuchota :

— Vous me manquiez. Où aviez-vous disparu ?

— J'étais… indisposé, répondit Valentin, d'une voix à peine audible.

Darby St-Denis se mit à déclamer son adoration dans des vers ampoulés, mais vibrants de sincérité. Lorsque l'ode prit fin, Valentin remercia le poète en affirmant que l'hommage lui faisait tourner la tête. Lord Marche prit sa réflexion au pied de la lettre et annonça que son épouse et lui allaient prendre congé, mais qu'il espérait voir ses invités continuer à festoyer tout le reste de la nuit, si tel était leur souhait.

Le couple s'apprêtait à quitter la salle quand Murdmont sollicita de Marche un moment d'entretien. Par respect pour sa tante, le duc le lui accorda, Valentin partit donc le premier.

Une fois dans le couloir menant à sa suite, il poussa un soupir de soulagement. Il sursauta en entendant une voix derrière lui, en haut de l'escalier. Il se détendit en réalisant de qui il s'agissait et, par politesse, accepta de le suivre pour une entrevue urgente.

Il ne fut pas retenu très longtemps. Quand Marche le rejoignit dans leur chambre, Valentin était déjà déshabillé et couché. Il feignit d'être endormi.

Peu après, il sombra véritablement dans le sommeil.

VII

À SON réveil, valentin entendit des éclats de voix. Il vit Marche à la porte de la chambre, nu comme au jour de sa naissance, criant contre quelqu'un se trouvant dans l'antichambre. Valentin mit un long moment à comprendre le sens des paroles échangées, occupé comme il l'était à admirer le large dos du duc, sa taille mince et ses longues jambes musclées. Quand il réalisa que son regard s'attardait sur la fermeté des fesses, il s'empourpra et quitta son lit pour enfiler une robe de chambre.

— Vous avez réveillé mon épouse, Murdmont ! tonna Marche. J'envisage sérieusement de vous en demander réparation. Je vous conseille de vous retirer sur-le-champ et d'avoir le bon goût d'attendre une heure décente pour m'entretenir, en tout cas après que j'ai pris mon petit déjeuner. Sinon, je vais être obligé de vous jeter dans le couloir sans plus me soucier de qui nous verra !

Une nouvelle voix se joignit à la conversation.

— Votre Grâce ?

— Negus ? Damnation ! Feriez-vous aussi partie de la délégation Mauvaises Manières ?

— Monsieur, il est de tristes nouvelles qui ne supportent pas d'être hurlées derrière une porte fermée.

— Pourquoi diable Murdmont n'a-t-il pas commencé par-là ? Nous avons perdu une bonne partie de la matinée en vaines récriminations sans aboutir à rien de sensé. Laissez-moi m'assurer que ma duchesse est prête à recevoir de la visite et je vous laisserai entrer.

Marche se retourna et Valentin, comme attiré par un aimant, baissa les yeux sur son organe viril. Hypnotisé, il ne pouvait plus s'en détourner.

Pour une raison inexpliquée, il désirait ce barreau d'acier dressé devant lui. Il avait envie d'y toucher. Jamais encore il n'avait ressenti de si forte attraction ! Il voulait connaître la texture d'une peau qui lui semblait aussi douce que des pétales de rose, poser un baiser sur le gland renflé, en goûter la chaleur contre ses lèvres. Un incendie naquit en lui, ses entrailles se liquéfièrent, son sexe commença à durcir.

Mortifié par sa réaction, Valentin mettait plus de temps que nécessaire pour attacher sa ceinture : il était tellement troublé qu'il ne parvenait plus à faire le nœud.

— Permettez-moi de vous aider, dit Marche.

Il prit la ceinture des mains tremblantes de Valentin.

— Comment, vous frissonnez ? s'emporta-t-il tout à coup. Maudits soient Murdmont et sa fichue maladresse !

Une fois le peignoir dûment attaché, le duc regarda Valentin dans les yeux.

— Êtes-vous prêt à les recevoir, ou bien voulez-vous encore quelques instants pour vous remettre d'avoir été si brutalement éveillé ?

Valentin jeta un coup d'œil en direction des fenêtres. L'aube n'était pas encore levée. Le duc ne patienta guère.

— Alors ? Que décidez-vous ?

— Je préfère que nous les laissions entrer pour savoir la cause de toute cette agitation.

Marche lui tapota l'épaule, à travers le satin du peignoir.

— Vous avez raison ! Une fois cette affaire réglée, nous serons libres de monter en voiture et de quitter cette maison de fous.

— Et je pourrai à nouveau porter des habits d'homme !

— Je rêve de vous voir en pantalon.

— Vous feriez mieux d'enfiler le vôtre, monsieur, si nous devons avoir de la visite.

Marche baissa les yeux sur sa nudité.

— Ah, en effet. J'ai l'habitude de dormir en costume d'Adam. J'espère que vous n'en êtes pas choqué.

— Non, bien sûr que non. Pourquoi le serais-je ?

— Pourquoi, en effet ? se moqua le duc.

Tout en parlant, il enfilait sur une robe de chambre d'un vert profond.

— Monsieur, j'ai déjà vu une queue, protesta Valentin, qui, pour la première fois, prononçait le mot sans évoquer l'appendice arrière d'un animal. J'en suis également pourvu, vous savez !

— Je ne le sais que trop ! Pour le moment, j'ai à peine eu le temps d'y toucher, mais je suis certain que vous êtes bien monté dans ce domaine.

Valentin retint son souffle quand le duc passa derrière lui et glissa un bras autour de sa taille. Il ne bougea pas en sentant une grande main descendre le long de son corps, à travers les plis volumineux de sa robe de chambre. Conscient d'être nu et très excité sous le satin, il était écartelé entre des sensations contradictoires. Alors que les doigts de Marche effleuraient son ventre nu, les coups sur la porte reprirent de plus belle.

— Par l'enfer ! s'exclama le duc. J'avais oublié ces importuns.

Il s'écarta et traversa la chambre pour ouvrir la porte. Valentin fit quelques pas tremblants jusqu'à un fauteuil où il parvint à s'asseoir juste à temps.

Déjà, Negus entrait avec un grand plateau.

Derrière lui, Murdmont était comme un corbeau poursuivant un moineau.

— À présent, je vous écoute, Sir Malcolm, l'apostropha le duc. Qu'y a-t-il donc de si urgent pour que vous envahissiez ma suite avant même que le jour soit levé ?

— J'ai le regret de vous informer d'une bien triste nouvelle : la duchesse de Bolbracken est décédée.

Valentin leva les yeux de la tasse de chocolat chaud que Negus lui versait. Le choc qu'il ressentait se lisait sur son visage candide. Très vite, il baissa la tête, se souvenant que c'était au duc, son mari, de s'exprimer au nom de leur couple.

Marche, manifestement sidéré, consulta du regard son valet pour se faire confirmer la nouvelle. Négus répondit d'un simple clin d'œil, ce fut suffisant d'ailleurs. Le duc reporta son attention sur l'agent d'affaires de sa grand-tante.

— Comment est-ce arrivé ? Et comment êtes-vous au courant ? Pourquoi est-ce vous qui venez m'en informer ?

— Eh bien, monsieur, je vous rappelle que je m'occupe des finances de la duchesse.

Murdmont pencha la tête de côté. Les chandelles de la pièce se reflétèrent sur les cheveux sombres, séparés d'une raie médiane.

— Sa mort ne me libère pas de mon devoir envers elle, ajouta-t-il.

— Vraiment ?

Très raide, Marche se tourna vers Valentin pour dire :

— Veuillez m'excuser un moment, ma chère.

74

— Où comptez-vous aller ? s'enquit Murdmont.

— Voir ma tante, bien entendu.

— Dans ce cas, nous vous accompagnons. Et je pense que la duchesse devrait venir aussi

Valentin se leva et rejoignit le duc pour lui prendre le bras.

— Il a raison, je tiens à être à vos côtés.

Marche l'effleura d'un regard, lisant dans ses yeux violets compassion et désir de le soutenir en ces temps d'épreuve.

— Merci, murmura-t-il.

Il laissa Murdmont passer le premier et le suivit jusqu'à la suite qu'occupait sa tante.

Lorsqu'il pénétra dans la pièce, il trouva le médecin personnel de Willamina occupé à se laver les mains.

— Je suis profondément désolé, Votre Grâce, déclara le docteur Sawyer. Je viens de constater le décès de notre bonne duchesse.

— Je ne comprends pas, déclara Marche. Elle m'a paru aussi solide qu'un cheval de trait, hier, pendant le bal.

— Je la trouvais également en parfaite santé, docteur Sawyer, intervint Murdmont.

— Eh bien, elle était âgée, certes, mais je lui donnais encore plusieurs années à vivre, reconnut le praticien. Le problème... Je ne vois aucun moyen d'atténuer la nouvelle, aussi vais-je être direct. À mon avis, elle a été empoisonnée.

— Que diable ! Vous êtes sûr de ce que vous dites ?

Quand Marche avança vers le docteur Sawyer d'un pas enragé, comprendre pourquoi il avait reçu le sobriquet de 'Béhémoth' devint évident.

— Oui, monsieur. Je crains fort que ce soit le cas.

Marche s'approcha du lit et fixa la silhouette immobile de sa tante, couverte jusqu'au menton d'une courtepointe richement brodée au blason des Woodbine. Le vieux dragon lui parut dramatiquement fragile dans ce grand lit. Le médecin avait fermé les yeux de la défunte, mais son visage portait encore les traces d'une pénible agonie. Marche tomba brusquement à genoux et s'empara de la main inerte qu'il serra entre les deux siennes.

Il baissa la tête et chuchota :

— Vous allez me manquer, ma tante.

D'instinct, Valentin vint poser la main sur l'épaule de l'homme agenouillé que le chagrin écrasait.

— Je suis désolé.

— Vraiment, madame ? murmura Murdmont.

Il avait parlé juste assez fort pour être entendu de tous. Lord Marche releva vivement la tête. Ce fut au praticien qu'il s'adressa :

— Docteur, serait-il possible que le deuil affecte mon ouïe ?

— Dans ce cas, j'ai le même souci, votre Grâce, répondit le docteur Sawyer. Sir Malcolm, qu'insinuez-vous au juste ?

— Je n'hésiterai pas à parler, car il n'est pas dans ma nature de taire la vérité, déclara Murdmont. J'ai d'excellentes raisons de soupçonner la duchesse de Marche d'avoir empoisonné ma bienfaitrice.

Marche se releva et approcha de l'accusateur avec une fureur glacée.

— Vous allez devoir vous expliquer davantage, monsieur.

— Je vous en prie ! s'offusqua le praticien. Respectez la défunte, n'élevez pas la voix dans cette chambre.

— Vous voudriez que j'accepte sans réagir que cet individu insulte mon épouse ?

Valentin lâcha alors le bras de son mari – il n'avait même pas réalisé s'y être accroché. En vérité, le duc venait de l'écarter de Murdmont avec une aisance déconcertante, comme si son poids était inconsistant.

Le jeune homme chercha à calmer le bouillant Béhémoth.

— Le docteur Sawyer vous demande simplement d'agir en gentleman et de laisser à Lord Murdmont le temps de s'expliquer.

— La duchesse a raison, Sir Malcolm, répliqua le docteur. Vous venez de porter à son encontre une grave accusation. Je n'arrive pas à comprendre comment vous envisagez l'implication d'une jeune femme aussi digne dans ce crime odieux. Cependant, nous devrions laisser la défunte reposer en paix et nous retirer au petit salon de l'étage pour de plus amples explications.

— Très bien, concéda Marche, la mâchoire crispée.

Il fit quelques pas et cria :

— Negus ! Où diable est-il passé ?

— Il ne nous a pas accompagnés, répondit Valentin. Il est sans doute resté dans notre suite.

Ils quittèrent tous la chambre de la duchesse pour passer dans un boudoir adjacent.

— En quoi avez-vous besoin de votre valet ? demanda Murdmont. Tous les domestiques du château sont à votre entière disposition.

— Effectivement, les laquais ne manquent pas, répliqua sèchement Marche. L'opulence est à la fois une bénédiction et une plaie. J'attends toujours que vous présentiez vos excuses à ma femme ou que vous nous donniez le motif de votre accusation.

— Eh bien, hier soir, Lady Willamina m'a convoqué, car elle souhaitait modifier son testament en faveur de cette jeune personne.

— Ce qui est tout à fait naturel, s'empressa de dire le docteur Sawyer.

— Ma tante m'a informé de sa décision juste avant le bal, précisa Marche. Je doute que mon épouse ait pu être au courant.

— Vraiment, Marche ? susurra Murdmont avant de tourner son regard froid vers Valentin. Qu'avez-vous à répondre, *milady* ?

Valentin ne prit pas le temps de réfléchir aux implications de sa réponse, il se contenta de dire la vérité.

— J'ai rencontré Lady Willamina alors que je remontais dans ma chambre, la nuit dernière. Elle m'a intercepté en demandant à me parler. Je l'ai accompagnée jusqu'à sa… la chambre que nous venons de quitter. Elle m'a indiqué qu'elle était impatiente d'apprendre à mieux me connaître et qu'elle venait de modifier son testament en ma faveur.

Il se tourna vers Marche pour préciser :

— Je n'ai pas eu le temps de vous en parler plus tôt, Votre Grâce.

— Ah ! déclara l'homme d'affaires, très satisfait. Vous voyez, elle était au courant ! La cupidité est très souvent le motif d'un meurtre et je suis certain que, dans ce cas, ce sera facile à prouver.

— Il n'y a pas de 'cas' ! tonna Marche. Nous ne sommes pas au tribunal !

— À vous d'en décider, monsieur. Nous pouvons attendre votre retour à Londres et porter l'affaire devant un magistrat, ou bien la régler ici-même, sous l'égide du prince régent. Je présume que vous conviendrez comme moi qu'il est investi de l'autorité nécessaire ?

— Et qui seraient les jurés ?

— Le prince George serait à la fois juge et jury.

Se détournant de l'austère homme d'affaires, le duc examina Valentin, assis sur le bord d'une élégante bergère, enveloppé de dentelle et de satin rose, sa brillante chevelure dénouée sur ses épaules et ses grands yeux sérieux, fixés sur lui.

Le silence éternisa, de plus en plus tendu.

— C'est à vous d'en décider, ma chère, dit enfin le duc.

— Je ne vois aucune objection à cet arrangement, répondit Valentin. Je ne crains rien de la justice, je n'ai certainement pas provoqué la mort de la chère dame.

Marche se tourna donc vers Murdmont pour aboyer :

— Très bien, organisez votre tribunal. Une fois que ce sera terminé, si je ne reçois pas vos plus plates excuses, je vous en demanderai réparation. Est-ce bien compris, monsieur ?

— Je n'approuve pas la violence, répondit Sir Malcolm. Je préfère compter sur la vivacité de mon esprit que sur la force de mon bras.

— J'en doute fort ! D'après la rumeur, vous n'hésitez pas à brutaliser les plus faibles que vous, vous n'êtes qu'un lâche !

Murdmont jeta au duc un regard haineux, mais il n'eut pas le temps de répliquer. Une fois de plus, le docteur Sawyer intervenait pour ramener le calme.

— Messieurs, je vous en prie ! Je viens d'écrire un message au prince régent pour solliciter son intervention. Je comprends que vous soyez très éprouvés par ce qui vient d'arriver, mais n'oublions pas qui nous sommes : les Anglais ne laissent pas leurs émotions les gouverner. Sauf votre respect, madame.

Ce disant, Sawyer s'inclina devant Valentin.

— Je suis certaine que les Anglaises étaient comprises dans votre réflexion, monsieur, répliqua le jeune homme avec un petit sourire.

— Certainement. Le courage ne s'exprime pas toujours sur un champ de bataille, vous savez. À présent, voici ce que j'ai résumé au prince de mes premières observations. En voyant le visage contracté de la duchesse, j'ai d'abord cru à une terrible maladie. Elle vivait encore quand je suis arrivé auprès d'elle, mais elle délirait, secouée de nausées. Je n'ai rien pu faire, sauf adoucir ses derniers moments. Ce fut seulement après que les domestiques aient donné au corps les premiers soins que j'ai noté des signes d'intoxication au réalgar.

— De l'arsenic ! s'écria Valentin impulsivement. Pour la tuer aussi vite, la dose devait être importante, ne croyez-vous pas ?

Le médecin acquiesça.

— Certes. Hum… vous connaissez le réalgar, madame ? Voilà qui me surprend.

— J'ai été élevé au couvent, monsieur. Les religieux utilisent régulièrement du réalgar ou de l'orpiment, tous deux minerais d'arsenic, pour leurs onguents médicinaux. Pauvre Lady Willamina ! Quelle mort affreuse !

Valentin s'interrompit en ouvrant de grands yeux.

— Veuillez me pardonner, Lord Marche, ajouta-t-il, penaud.

— Peu m'importe où vous avez appris à manipuler le poison, intervint Murdmont, ce qui m'intéresse, c'est que vous venez d'avouer vos connaissances en la matière. Je trouve aussi surprenant que vous appeliez votre époux 'Lord Marche'.

— Je ne vois pas en quoi cela vous étonne, monsieur, répondit Valentin. Vous êtes pour moi un étranger, et vous le resterez, sans doute, je trouve donc naturel d'utiliser en votre présence un certain formalisme.

Souffleté par son ton hautain, Murdmont en resta sans voix.

— Qu'en est-il de la vivacité de votre esprit, Murdmont ? s'enquit Marche, sarcastique.

— Vous réchauffez une vipère en votre sein, Marche ! Je comprends votre intérêt, car cette aguicheuse, aussi rusée que belle, satisfait sans doute vos appétits charnels. Je pense cependant que vous cesserez d'être son champion lorsque vous aurez entendu mon réquisitoire.

— Vous vous trompez. J'aime ma femme et vous ne réussirez pas à me faire changer d'opinion à son égard.

À ces mots, Valentin sentit son cœur s'envoler dans sa cage thoracique en battant follement des ailes. Puis il serra les poings, cachés dans les plis épais de son peignoir, et se sermonna : Marche ne faisait que jouer un rôle. De plus, quelle importance ? Pourquoi se souciait-il des sentiments envers lui d'un débauché perverti ? Pourquoi son cœur s'était-il enflammé en entendant Marche parler d'amour ? Pourquoi sa chair traîtresse s'engorgeait-elle chaque fois que Valentin jetait ne serait-ce qu'un simple coup d'œil à son 'mari' ? Serait-il lui aussi intéressé par les hommes, par Marche ? Oui, sans doute, s'il devait en juger par sa réaction aux caresses du duc, à sa seule proximité. Valentin avait l'habitude d'être scrupuleusement honnête envers lui-même, il reconnut donc qu'il aimerait connaître l'expérience de céder à la passion du duc.

— Je vous remercie, cher époux, déclara-t-il.

Marche se plaça près de son siège et prit sa main, indiquant ainsi à Murdmont qu'ils feraient face ensemble à cette accusation insensée.

— Ma tante vous a engagé, Sir Malcolm, car elle appréciait votre acharnement de bouledogue, déclara le duc d'un ton hautain. Je constate que sur ce point-là au moins, elle ne se trompait pas à votre sujet. Après la liquidation de sa succession, je ne vous retiendrai pas.

— Voilà qui ne m'étonne pas. Votre indignation est distrayante, Votre Grâce. Dites-moi, que savez-vous au juste de votre épouse ?

— Qu'elle est la réponse à mes prières !

Murdmont réussit à peine à retenir son ricanement.

— Vous parlez en homme épris. Je peux vous garantir que la réalité ne correspond pas aux apparences.

Valentin leva sur le duc un regard effaré. Murdmont connaissait-il leur secret ? Que faire à présent ?

Ils furent interrompus par un valet qui ouvrit la porte, pour faire entrer le prince régent, suivi de son favori, Beau Brummell. Tous se relevèrent pour s'incliner devant leur souverain.

— Il suffit, Murdmont ! le sermonna le prince. Je tiens à entendre la suite des débats.

D'un geste autoritaire, Marche ordonna au domestique d'approcher un fauteuil au centre de la pièce. Le prince y prit place avec soin, en veillant à ne pas froisser les pans de son magnifique peignoir de velours bleu. Une fois dûment installé, il agita la main pour autoriser les autres à reprendre leur siège. Marche resta debout, près de Valentin. Brummell resta aussi debout, derrière le fauteuil du prince, occupé à vérifier que les plis de sa cape mettent bien sa mince silhouette en valeur.

Le prince examina tour à tour les personnes présentes dans le boudoir.

— Ah, docteur Sawyer ! s'exclama-t-il. Vous tombez bien ! Je crois ne pas tromper en affirmant que nous aurions tous bien besoin d'un remontant à l'heure actuelle.

— Un cordial me semble tout à fait conseillé, Votre Altesse. Excellente idée ! Laissez-moi vous verser un petit verre de clairet.

Le prince se tourna vers le duc de Marche.

— J'ai été navré d'apprendre la disparition de la duchesse de Bolbracken. C'était une femme très originale, je l'appréciais beaucoup.

Marche s'inclina.

— Je vous remercie, Votre Altesse.

— Madame, s'excusa le prince auprès de Valentin, je suis désolé de devoir intervenir en de si douloureuses circonstances.

Valentin baissa pudiquement les yeux.

— Votre Altesse est trop aimable, répondit-il. Votre présence ne peut au contraire que nous soutenir.

George lui sourit aimablement. Enfin, il reporta son attention sur Lord Murdmont.

— Comment osez-vous croire cette noble dame coupable de meurtre ? Vous aurais-je mal compris ?

80

Murdmont s'inclina, avant de répéter ce qu'il savait : la duchesse de Marche avait appris la veille qu'elle hériterait une fortune à la mort de la grand-tante du duc.

— Marche hérite de bien plus encore, souligna le prince régent. Pourtant, vous ne l'accusez pas d'avoir assassiné Lady Bolbracken.

— Tout le monde connaît Sa Grâce, milord. Malgré son physique imposant et son tempérament volatile, je doute qu'il soit capable de tuer de sang-froid. Par contre, cette femme est une étrangère. N'avez-vous pas trouvé suspect qu'elle arrive au dernier moment, sans bagages ni femme de chambre pour l'accompagner. Est-elle réellement Miss Randwick, ou une aventurière ayant pris sa place ?

— C'est absurde ! s'offusqua le praticien. Tout le monde peut remarquer que la duchesse est une femme exquise, aussi distinguée que parfaitement éduquée !

Le prince hocha la tête.

— Je suis du même avis que vous, monsieur. Une charmante créature, en vérité, mais laissons Murdmont aller jusqu'au bout de ses accusations.

— J'insiste, s'entêta Murdmont, cette femme peut-elle prouver être Valeria Randwick ?

— Bien entendu ! rétorqua Marche. Ma tante ne m'aurait jamais laissé épouser une bohémienne, je vous l'assure.

— Certainement pas, renchérit le prince, goguenard.

Murdmont se redressa, très raide.

— Cette catin vous a tous bernés avec son air modeste, mais les faits sont indéniables. Elle sait manier le poison. Elle bénéficie de la mort de la duchesse et elle a été la dernière à se trouver avec ma cliente.

— Vous n'apportez là aucune preuve de la culpabilité de cette charmante dame !

— Permettez-moi de continuer, Votre Altesse. J'ai bien remarqué la surprise du duc en apprenant la visite inopinée de son épouse à sa tante. J'en conclus qu'elle ne lui en avait pas parlé. Pourquoi cette dissimulation ? Est-ce le seul secret que garde la duchesse ?

— Par le diable ! grogna Marche.

— Vous ne me croyez pas ? insinua Murdmont, l'air sournois. Voulez-vous que je vous révèle un autre rendez-vous clandestin de votre innocente épouse ?

— Clandestin ! répéta Marche, ulcéré. Comment osez-vous, monsieur !

— À votre avis, où ai-je trouvé ceci ?

Sir Malcolm tira de sa poche un long gant de soirée, en satin lavande. Après l'avoir examiné, Lord Marche, pensif, se tourna vers Valentin.

— Ce gant vous appartient-il, ma chère ?

Valentin avait bien entendu reconnu le gant cousu de minuscules perles. Une nausée lui serra l'estomac.

— Oui, confirma-t-il. Je l'ai perdu hier soir, au bal.

— Pourriez-vous nous préciser où, exactement ? insista avidement Murdmont.

— Dans un petit salon, celui qui a des rideaux chinois.

— Et vous n'avez pas remarqué l'avoir laissé ? Pourquoi cette négligence, madame ?

Valentin leva les yeux sur Marche.

— Je…

Il s'interrompit. Comment relater ce déplaisant incident ? Sa réputation ne manquerait pas d'en souffrir.

Un pli de contrariété marqua le front du duc.

— Parlez, madame. J'ai confiance, je sais que vous n'avez pas démérité.

— Votre foi conjugale est touchante, monsieur, déclara Murdmont, mais peut-être devrions-nous plutôt entendre le marquis de Hapwood ? Voyez-vous, il se trouvait lui aussi hier soir dans le salon chinois.

— Que vient faire dans cette histoire ce pantin ridicule ? demanda Marche à Valentin.

— J'aurais du mal à vous l'expliquer. Je n'ai rien à me reprocher, mais, quelles que soient mes explications, je vais paraître stupide ou infidèle.

— Je vous en prie, ma chère, insista gentiment le Prince George. Je veux entendre la vérité.

Valentin serra les doigts et s'exprima sans oser regarder son époux.

— Eh bien, après le quadrille, j'avais la tête qui tournait. Sir Gilbert m'a proposé de me reposer un moment dans un endroit calme, loin du bruit et de l'agitation. Il m'a servi un verre de brandy. Peu après, sa femme est venue nous retrouver. Je ne pourrais dire au juste quand j'ai perdu mon gant.

— N'avez-vous rien à ajouter ? insista Murdmont.

— Monsieur, il ne s'est rien passé d'autre.

— Ce n'est pas ce que dit la marquise d'Hapwood. Elle vous accuse d'avoir tenté de séduire son mari. Vous lui auriez remis votre gant à titre de souvenir.

Valentin le fixa, sidéré d'un tel mensonge.

— C'est faux, monsieur !

— Je crains qu'il nous faille entendre les Hapwood, dit le prince.

Valentin, très troublé, se redressa.

— Sir Gilbert s'est emparé de ma main, avoua-t-il. Au début, j'ai cru qu'il voulait me réconforter, mais ensuite, il a essayé de m'embrasser. Je n'ai pas voulu écouter ses belles paroles ! C'est un vil séducteur !

— Vous paraissez très agitée, ma chère, s'inquiéta le prince. Voulez-vous prendre un moment pour vous reposer dans votre chambre ?

— Il faut la faire surveiller, déclara Murdmont.

— Je doute que ce soit nécessaire, trancha sèchement le prince. Voyons, vous ne pensez quand même pas qu'elle puisse s'enfuir par une fenêtre du second étage ?

Il s'adressa à Valentin d'un ton adouci.

— Retirez-vous, très chère. Je vous ferai quérir sous peu.

— Votre Altesse, le salua Valentin en faisant la révérence.

Dès que le valet lui ouvrit la porte, Valentin tourna les talons et quitta la pièce, contrarié de laisser son sort en d'autres mains que les siennes. Malheureusement, une femme avait le devoir d'obéir à un homme, et surtout à son prince, n'est-ce pas ? À présent, il allait devoir affronter un long moment de solitude à s'inquiéter de ce qui se disait de lui – et de ce que Marche penserait du tête-à-tête de sa jeune épouse avec le beau Gilbert, Lord Hapwood.

Le valet qui gardait la porte du boudoir lui jeta un regard interrogateur et Valentin réalisa alors qu'il s'attardait devant la porte. Il souleva les lourds plis de sa robe de chambre et s'éloigna précipitamment.

VIII

VALENTIN S'INSTALLA sur la banquette, sous la fenêtre et regarda à travers les petits carreaux plombés. Les arbres dépouillés et le ciel gris s'accordaient à son humeur morose, et la blancheur neigeuse qui recouvrait le jardin était, à ses yeux, une métaphore représentant son esprit. Comment expliquer que la situation, dans le salon chinois, n'avait pas été ce qu'elle paraissait ? Déjà, le duc n'était pas d'une nature confiante, ensuite, Valentin avait eu plus d'un exemple de son tempérament irascible. Comment espérer que Marche l'écoute après avoir entendu les mensonges de Hapwood, quels qu'ils soient ? Valentin était pratiquement certain d'être bientôt renvoyé du château. Avec un peu de chance, on le raccompagnerait à l'auberge avec les maigres bagages qu'ils avaient emportés avec lui. Sinon, il se retrouverait dehors, sans un sou, en plein hiver, et devrait se débrouiller seul pour retrouver son chemin.

Étrangement, ce n'était pas cette sinistre perspective qui lui glaçait le cœur. Non, c'était l'idée de devoir quitter Marche. À présent que Valentin était au pied du mur, il comprenait ce que son expulsion allait lui faire perdre. Jamais il n'avait rencontré d'homme comme Loel Woodbine, aussi fascinant, envoûtant. Certes, le duc était arrogant, et brusque, et entêté ; certes, il s'octroyait des libertés choquantes, mais il lui avait aussi accordé sa confiance en le traitant comme un égal. Et Valentin regretterait éternellement, sans plus se soucier qu'il s'agisse d'un terrible péché, de ne pas avoir saisi l'opportunité de connaître l'amour physique avec un homme. La curiosité le rongerait. Et l'amitié chaleureuse qui avait commencé à se développer entre eux lui manquerait plus que tout. Aussi insensé que ce fût, il avait été infiniment heureux d'être la cible de l'attention du géant, de son humour caustique, de ses…

Sa rêverie fut interrompue par l'ouverture de la porte du couloir qui se referma bientôt. Puis on frappa à la porte de la chambre et le duc annonça sa présence. Avant que Valentin n'ait retrouvé sa voix, Marche pénétra dans la pièce.

Valentin se leva, ses cheveux dénoués éclairés par le soleil d'hiver qui brillait derrière lui. Il attendit sa condamnation en silence.

— Fichu idiot ! s'exclama le duc.

Relevant la tête, Valentin rencontra les yeux dorés, aussi perçants que ceux d'un faucon. Il soutint sans broncher ce regard féroce.

— Voici un qualificatif ambigu. Qui est l'idiot, au juste ? Moi, ou vous ?

Il était trop tendu pour mesurer ses paroles.

— Je dirais volontiers que tous les hommes sur terre sont des idiots, mais dans ce cas particulier, *vous* l'êtes d'avoir laissé un porc en rut comme ce Gilbert vous entraîner à l'écart. Et moi, je suis idiot d'avoir cru, ne serait-ce qu'un instant, que vous pourriez faillir à votre devoir, même si notre mariage n'est qu'une mascarade. Murdmont est un idiot de s'imaginer qu'il réussira à vous faire porter la culpabilité du meurtre de ma tante. Et le prince George… eh bien, le cher homme n'a rien à voir avec notre discussion.

— Veuillez, je vous prie, avoir l'amabilité de me rappeler le sujet de ladite discussion. Je me suis un peu perdu dans votre liste d'idiots.

— Ne soyez pas contrariant ! C'est vous qui avez commencé en commettant la sottise de vous isoler avec un autre homme que votre mari. Nous ne sommes mariés que depuis quelques jours et vous voici déjà mêlé à deux scandales ?

— Mufle ! s'écria Valentin. Dire que je me rongeais les sangs à l'idée de vous quitter !

— Me quitter ?

Marche traversa la pièce en quelques enjambées rapides pour saisir Valentin par les poignets.

— Où comptiez-vous aller ? demanda-t-il.

— Pourquoi passez-vous votre temps à me brutaliser ?

— Je ne fais que vous retenir, sinon, je crains de vous perdre.

— Veuillez m'épargner vos sarcasmes, monsieur, je n'ai pas le cœur à les subir en ce moment.

— Je plaisantais en parlant de votre comportement scandaleux. Certainement pas en affirmant vouloir vous garder.

— Je vous en prie, ne vous gaussez pas de moi. Je n'ai aucune expérience…

Marche attira Valentin contre sa poitrine. Puis il se pencha, ses lèvres effleurant presque le visage tendu.

— Je suis sérieux, déclara-t-il.

Il posa sa bouche sur celle de Valentin en un tendre baiser et se redressa.

— J'ai été très en colère contre vous, reconnut-il.

Le souffle court, Lord Blythestone ouvrit de grands yeux.

— Vraiment ? souffla-t-il.

— Oui, ragea le duc, quand j'ai entendu Hapwood se vanter d'avoir goûté à votre douceur, je… Je n'avais jamais connu une telle fureur ! Sans la présence des gardes du prince, j'aurais pu le tuer à mains nues.

— Je ne vous ai pas trahi avec le marquis ! affirma Valentin.

À peine les mots avaient-ils quitté ses lèvres, il réalisa la portée de sa dénégation. Le duc également, d'après l'expression de son visage. Sa question suivante le confirma d'ailleurs :

— Vous reconnaissez donc avoir quelque chose à trahir ?

Valentin baissa les yeux, examinant les clavicules de son vis-à-vis.

— Je vous en prie, ne soyez pas cruel, cessez ces insinuations. Soyez brutal, si le cœur vous en dit, mais soyez franc. Je vous en supplie.

— En général, un homme préfère être sûr de lui avant de montrer ses cartes. Mais puisque vous insistez, je vais vous dévoiler mon jeu.

— Voyons, monsieur, murmura Valentin, en relevant les yeux, comment pouvez-vous douter d'avoir déjà tous les atouts en main ?

En voyant le regard doré s'éclaircir, il comprit avoir donné la bonne réponse, pour une fois. Même si son aveu le vouait à la damnation, il ne comptait pas se renier.

Marche éclata d'un rire soulagé.

— Petit renard ! Je n'arrive pas à croire avoir été vaincu par un jeune homme inexpérimenté qui tient autant à sa vertu qu'une nonne, mais sacrebleu, j'aimerais me noyer dans ces grands yeux violets. Tu partages réellement mes sentiments, Val ?

Valentin rassembla son courage. Il n'était plus un enfant, il était temps qu'il accepte ses désirs d'homme, ceux que tout humain éprouvait. Depuis son plus jeune âge, son éducation monacale l'avait contraint à brider ses pulsions physiques et il ne lui était pas facile de modifier les habitudes de toute une vie. Il risquait cependant de gâcher ses chances s'il ne répondait pas à l'homme qui se trouvait devant lui. Voulait-il passer le reste de ses jours à se demander ce qu'il avait raté ?

Il déglutit avec difficulté, la gorge tout à coup asséchée.

— Je... Je sais que vous me désirez... bredouilla-t-il.

— Morbleu ! s'écria Marche. Bien entendu ! Quand je t'ai aperçu à la porte de la chapelle, tu n'étais à mes yeux que la poulinière que ma tante m'imposait d'épouser, pourtant, je te désirais. Et je n'arrivais pas à comprendre qu'une femme puisse m'intéresser, alors que, depuis l'adolescence, j'avais toujours eu d'autres inclinations. Quand j'ai découvert que tu étais un homme, la passion que tu m'inspirais est devenue un incendie, plus brûlant que les feux de l'enfer. Je savais bien que c'était de la folie, mais l'amour n'a que faire du bon sens.

— L'amour ? hoqueta Valentin.

— À présent, c'est toi qui es cruel, Val. Il ne m'est pas facile de mettre mon cœur à nu et...

— Attendez, l'interrompit Valentin. Pourriez-vous me laisser parler ?

— Oui. Ce serait faire preuve de miséricorde.

— Je sais que vous me désirez, répéta Valentin. À ma totale surprise, j'ai découvert que je vous désirais aussi.

Marche l'étreignit si fort qu'il en perdit le souffle et ne put reprendre la parole avant un long moment.

— J'avais déjà décidé, reconnut-il, de ne pas résister à vos prochaines avances, mais je n'aurais jamais cru vous entendre me parler d'amour.

Marche appuya son front contre celui de Valentin.

— Eh bien, j'ai aussi un aveu à te faire. Sans le décès de ma tante, j'aurais pu continuer ce que j'avais prévu, c'est-à-dire te séduire, avant de passer à d'autres conquêtes, comme je l'ai toujours fait. Mais ce matin, quand j'avais du chagrin, ton soutien m'a été précieux. Ensuite, j'ai entendu cette terrible accusation contre toi. À la terreur qui m'étreignait, j'ai compris mes sentiments pour toi.

— Vous avez eu peur pour moi ?

Marche sourit de son air incrédule.

— Pas simplement peur, précisa-t-il, j'étais terrifié à l'idée de te perdre, ce qui m'a ouvert les yeux. J'ai compris alors ce que je ressentais.

— J'avoue être complètement dépassé.

— Si tu n'as rien à ajouter, peut-être pourrais-je recommencer à t'embrasser ?

— Vous êtes mon mari, chuchota Valentin, l'air faussement modeste.

— Est-ce là ta vengeance pour mes plaisanteries sur le sujet ?

— Je pense que jouer les prudes a un certain charme.

— J'ai la sensation d'être une saucisse qui vient de tomber dans une poêle à frire… je me demande bien pourquoi ?

— Je ne chercherai même pas à tenter de vous l'expliquer, monsieur.

— Vraiment ? Parfait ! Si tu n'utilises pas tes lèvres pour parler, je me sens libre de les embrasser.

Marche se pencha sur Valentin, un bras passé autour la taille souple, l'autre main lui soutenant la tête. Le jeune homme gémit doucement en sentant une langue chaude tracer la ligne de ses lèvres, puis les ouvrir et plonger à l'intérieur. Aussi naturellement que la glace fond au printemps, Valentin ouvrit la bouche dans une invitation tacite. Lorsque la langue de Marche caressa la sienne, il réagit d'instinct, savourant la caresse humide et y répondant timidement d'abord, puis de plus en plus fiévreusement. Tandis que leurs langues dansaient un ballet, il eut une soudaine vision de son membre rigide agissant de la même façon contre celui du duc. Ses genoux en flageolèrent. Marche le soutint d'un bras ferme sans rompre leur baiser. Au contraire, il ne fit que l'approfondir, conquérant l'intérieur de sa bouche tandis que sa main glissait du creux des reins jusqu'à la rondeur des fesses. Valentin gémit plus fort encore et s'accrocha éperdument aux larges épaules pour supporter la vague de chaleur qui montait en lui. Rougissant de son impudicité, il se pressa contre le duc, bouleversé par la sensation qui lui nouait le ventre. Il fut vaguement conscient que la ceinture de sa robe de chambre s'ouvrait et que de grandes mains glissaient sous le satin pour se refermer sur ses hanches.

Valentin s'étrangla.

— Oh, pitié ! Ce nectar est par trop enivrant. Je ne peux y goûter qu'à toutes petites gorgées, sinon je risque de me ridiculiser.

— Quand nous sommes ensemble, dans notre chambre, tu peux te libérer, tu sais. Te voir perdre la tête me plairait bien.

Valentin se mordit la lèvre avec une soudaine appréhension.

— Comptez-vous… consommer notre mariage dès à présent ?

— Je mentirais si je niais que c'est mon vœu le plus cher. J'aimerais pénétrer ton doux fourreau et voir tes beaux yeux s'écarquiller en ressentant ma présence au plus profond de toi pour la première fois, mais non, je ne te demanderai pas de te plier à ma volonté dans ce domaine. Toutefois, si *tu* souhaites faire l'amour, je ne te le refuserai pas.

— Je vous remercie d'être aussi patient envers moi. Mes hésitations doivent vous sembler très puériles. Je désire sincèrement m'offrir à vous, mais…

Lord Marche l'interrompit en posant un baiser dans ses cheveux parfumés.

— Chut, dit-il. Laisse-moi te satisfaire. Tu n'as rien de plus à faire qu'à regarder. Ainsi, lorsque tu te sentiras l'envie de recommencer, tu sauras comment agir. Tu ne te sentiras pas aussi…

Il ne termina pas sa phrase, comme s'il cherchait ses mots. Valentin eut un petit sourire ironique.

— … ignorant ? Maladroit ? suggéra-t-il.

Marche ne répondit pas, sa bouche étant occupée à des tâches bien plus agréables. Il déposa une pluie de baisers du front pur jusqu'aux lèvres renflées du jeune homme. En même temps, il pétrissait la chair souple des flancs, descendait jusqu'aux globes jumeaux des reins, fermes et veloutés. Il plongea les doigts dans la fente tiède qui les séparait. Valentin tressaillit à ce contact. Marche le rassura par de nouveaux baisers en murmurant des paroles rassurantes. Abandonnant momentanément le délicieux arrière-train, il prit Valentin par les épaules et fit glisser la robe de chambre, sa bouche possessive découvrant aussitôt le torse dénudé.

Valentin serra les poings et retint le vêtement autour de sa taille, cachant la partie inférieure de son corps.

Lord Marche le félicita, ses lèvres sur sa peau.

— Tu es magnifique ! Je suis impatient de te découvrir tout entier, mais pour le moment, te dévoiler par étape suffit à me combler.

Valentin lui fut reconnaissant de garder une voix détendue, presque amusée. Il craignait, s'il réfléchissait trop à ce qui se passait entre eux, que l'embarras l'empêche de continuer. Or, il en avait très envie. Par chance, les caresses de son mari l'enflammaient autant qu'un frottement sur de l'amadou. Désireux de faire cesser le tourbillon de ses folles pensées, Valentin se livra tout entier aux sensations qui l'emportaient, sans plus s'en sentir coupable. Il aurait peut-être honte plus tard, quand il reprendrait ses esprits, mais, pour le moment, le feu l'attirait trop.

Marche passa derrière lui, les bras autour de la taille souple, et s'empara des poignets coincés dans les plis du lourd satin. Il mordilla la nuque ployée, les épaules, et, avec un soin délibéré, écarta les mains de Valentin. Le tissu tomba, moulant le sexe érigé de façon alléchante. Valentin ferma les yeux. Depuis ce jour lointain de son enfance, quand Frère César l'avait surpris en train d'examiner son bas-ventre et sévèrement corrigé, il ne touchait plus à cet endroit que pour se laver. La caresse sensuelle du satin sur sa peau sensible lui fit tourner la tête et son excitation monta encore d'un cran.

Il sentait le souffle chaud de Marche sur son oreille, puis ses dents en mordiller le lobe, cette brève minuscule douleur envoyant un courant de plaisir jusqu'à son bas-ventre. Son sexe durcit encore et, irrésistiblement attiré, le jeune homme s'appuya contre celui qui le tenait dans ses bras. Il céda à la douce pression du duc et laissa le peignoir glisser jusqu'à terre dans un murmure de satin.

Marche le serra contre lui, plus fort encore, une grande main découvrant les muscles tendus de son ventre, l'autre se refermant tendrement sur le long cou renversé.

— Par tout ce qui est sacré à mes yeux, je te jure n'avoir jamais désiré personne comme je te veux aujourd'hui. C'est une émotion tout à fait nouvelle pour moi. De ce fait, je m'apprête, tout comme toi, à pénétrer en territoire inconnu.

— Si vous devez continuer à parler, faites-le, mais que cela ne vous empêche pas de me caresser, je vous en prie.

L'excitation de Marche s'enflamma à ces mots.

— Bien volontiers, répondit-il. Quant au côté physique de notre relation, je me sens dans mon élément, c'est la partie émotionnelle qui me pose un problème, vois-tu, car je ne connais rien à l'amour. Je n'ai jamais éprouvé ce tendre sentiment qui...

Il s'interrompit quand Valentin étouffa un gémissement, parce que des doigts savants venaient d'effleurer ses mamelons. Marche les pinça, provoquant chez son jeune amant un cri étranglé.

— Si je peux apprendre l'amour physique, haleta Valentin, vous pouvez apprendre le reste. Vous êtes intelligent, après tout, aussi...

Le duc le fit taire en accentuant sa caresse, faisant rouler les petites crêtes sensibles entre son pouce et son index. Valentin n'arrivait pas à comprendre d'où provenait la sensation délicieuse qu'il éprouvait ; chaque découverte était encore meilleure que la précédente et son plaisir ne faisait qu'augmenter.

Marche insinua la pointe de sa langue dans son oreille avant d'y chuchoter :

— Voici un échange tout à fait honnête. Tu m'apprendras l'amour, je t'enseignerai comment le faire.

La contraction que Valentin ressentait au bas-ventre devint une douleur presque insupportable quand la main du duc descendit, joua avec sa toison pubienne et effleura son gland humide. Plus que tout au monde, Valentin voulait une vraie friction sur son sexe érigé. Il en avait besoin, tellement qu'il craignit de défaillir sous la force de son désir. Par chance, la grande main chaude ne tarda pas à répondre à son vœu informulé, empoignant enfin sa palpitante colonne de chair. À la première pression, Valentin sentit ses genoux lâcher ; sa tête bascula en arrière contre l'épaule du duc.

Marche en profita et s'empara de sa bouche pour un ardent baiser. En même temps, il le caressait de langoureux va-et-vient. Valentin gémissait sans discontinuer contre les lèvres de son amant. Puis il sentit se presser contre lui la preuve que Marche était dans le même état que lui et, d'instinct, roula des hanches et se frotta contre cette bosse révélatrice.

Marche gronda son approbation et enfonça plus profondément sa langue dans la bouche de Valentin. Puis il changea de position, son sexe s'incrustant entre les fesses nues. Il ondula au rythme de ses caresses. Valentin, la gorge contractée, en perdit le souffle. La sensation la plus intense qu'il ait jamais ressentie le saisit aux tripes, l'envoyant en plein ciel dans une explosion glorieuse qui lui arracha de longs jets de jouissance.

Marche soutint d'un bras ferme son jeune amant qui savourait son premier orgasme. Frottant son visage contre la nuque souple, il regarda Valentin jouir jusqu'à ce que son corps redevienne mou. Puis il lui pressa un tendre baiser sur la tempe et l'emporta dans ses bras jusqu'au lit. Il l'y coucha, amusé de voir ses paupières papillonner.

Les lèvres roses s'entrouvrirent en un lent sourire.

— Vous êtes un faiseur de miracles, Sir Loel ! souffla Valentin.

Marche s'assit sur le côté du lit et écarta du beau visage une mèche de cheveux.

— Vraiment ? plaisanta-t-il. J'aurais cru que les talents de ce genre ne bénéficiaient pas de la bénédiction du ciel.

— Dans ce cas, vous avez le charme de Satan et je ne peux vous résister.

Le duc posa la main sur une joue empourprée.

— T'aurais-je corrompu, alors ? Débauché ?

— Dites plutôt que vous m'avez ouvert les yeux et montrer qu'il existait un monde plus vaste que celui je connaissais déjà.

— Ce nouveau monde te plaît-il ?

— Infiniment, répondit Valentin avant de bâiller.

— Je constate que ma compagnie t'ennuie, se moqua le duc.

— Absolument pas ! C'est simplement que je n'arrive plus à garder les yeux ouverts. Je suis désolé.

— Dans ce cas, dors. Je veillerai à ce que tu ne sois pas dérangé.

— Mais vous n'avez pas…

Valentin posa sur la cuisse du duc une main hésitante. Il reçut en réponse un grand sourire.

— Ah, oui, effectivement. Ne t'inquiète pas. Le problème finira bien par se résorber tout seul.

— Mais vous n'avez eu aucune… satisfaction.

— Bien au contraire ! À ma grande surprise, je me sens comblé. Bien sûr, j'aimerais aussi être assouvi et couché à côté de toi, mais ton plaisir a été le mien. N'est-ce pas une étonnante découverte ?

— Oh que si ! La plus merveilleuse des découvertes, si vous voulez mon avis.

Valentin couvrit de sa main un autre bâillement.

— Pardonnez-moi, s'excusa-t-il aussitôt. J'aimerais continuer cette leçon d'amour, car vous êtes un instructeur des plus intéressants, mais je ne peux plus résister au sommeil.

Quand Marche se pencha pour déposer un baiser sur chacune de ses paupières, Valentin s'enhardit à le prendre par la nuque pour le retenir et caresser ses lèvres des siennes. Le duc sentit son cœur bondir, saisi par d'intenses émotions qu'il n'avait plus ressenties depuis l'enfance, quand chaque jour lui offrait d'étonnantes découvertes. Il retrouvait le même cocktail de plaisir innocent, d'enthousiasme et son émerveillement, certes un peu effrayé, était cependant amplifié par le lien qu'il ressentait avec Valentin. Plus il donnait, plus il recevait, ce qui troublait le cynique qu'il était devenu, le faisant douter de tout ce qu'il croyait connaître du monde. Il lui faudrait du courage et de la vigilance afin de ne pas retomber dans ses habitudes éprouvées par le temps. Pour une fois, il tenait à se révéler tout entier. Il devait croire à la réalité de ses sentiments : son nouvel amour n'allait pas s'évaporer comme le brouillard derrière une vitre en hiver.

Quand Marche redressa enfin la tête, il effleura les lèvres de Valentin et lui a conseilla de dormir, de prendre du repos avant l'épreuve qui l'attendait. Il ne lui avait pas encore relaté ce qui s'était passé dans le boudoir après son départ. Murdmont s'était efforcé de peindre la nouvelle duchesse comme une aventurière sans le sou, habituée aux manipulations et aux mensonges, prête à tout pour arriver à ses fins. Puis il avait réclamé le témoignage de

Lord et Lady Hapwood. Marche, après une heure passée à écouter de telles inepties, était furieux. Le prince George, manifestement mal à l'aise, avait interrompu la réunion en demandant aux parties concernées de prendre un moment de repos pour garder l'esprit clair. Murdmont avait peu apprécié ce délai, mais, malgré son outrecuidance, il n'avait pu contredire le régent. D'ailleurs, George avait annoncé qu'il interrogerait seul la duchesse de Marche au cours de l'après-midi, accompagné de sa garde personnelle et de ses favoris. Marche, après une dernière mise en garde à l'égard de Murdmont et un bref entretien avec Negus, s'était empressé d'aller retrouver Valentin

Avant de se redresser, le duc se pencha sur son amant déjà presque endormi pour un vœu solennel :

— Je ne laisserai rien ni personne te porter tort.

Il aurait désespérément voulu pouvoir s'étendre à côté de Valentin, le prendre dans ses bras et s'endormir en l'écoutant respirer, mais ce plaisir sublime devrait attendre. Il avait des tâches à accomplir et très peu de temps disponible.

Valentin était un homme, mais, tant que durerait la mascarade, il serait traité en femme, avec les égards dus au supposé sexe faible. Marche craignait fort de voir son amant déclaré coupable sous de fallacieux prétextes, ce qu'il refusait d'accepter.

Il finit par se redresser à contrecœur, après avoir caressé une dernière fois les beaux cheveux brillants. Valentin s'agita légèrement. Marche s'éloigna du lit et quitta la chambre, déterminé à protéger son amant. Pour ce faire, il devait découvrir le véritable meurtrier de Lady Willamina.

IX

— JE SUIS dévasté !

Darby St-Denis s'effondra sur la méridienne de sa chambre. Il sortit un carré de dentelle de la manche de sa robe de chambre violette et se tapota le coin des yeux avant de se couvrir le visage.

Neville Stokes s'installa devant son ami.

— Que diable vous arrive-t-il, Strand ? demanda-t-il. Il est à peine onze heures et vous êtes déjà debout et tout agité ? Snowhurst et moi nous apprêtions à descendre nous sustenter, nous nous sommes arrêtés chez vous par courtoisie, mais nous n'aurions jamais pensé vous trouver déjà levé.

En entendant son nom, Crispin Ludstall, qui se versait un verre de vin chaud, releva les yeux.

— Hein ? Que se passe-t-il, Tarmegent ?

— Ceci ne vous concerne pas, Snow. Au fait, vous devriez vous asseoir, vous me paraissez vacillant.

— Remarquable idée ! répondit Crispin. Je suis touché par votre sollicitude et...

Darby l'interrompit en s'exclamant :

— Comment aurais-je pu continuer à dormir ? N'avez-vous pas entendu la nouvelle ? C'est une infamie des plus incroyables ! Oh, quel malheur, quelle déchéance !

Ses deux amis échangèrent un regard perplexe, puis Tarmegent insista :

— Envisagez-vous de nous expliquer la raison de votre détresse ?

— Ma déesse est accusée de meurtre !

— La duchesse de Marche aurait-elle commis un crime ? s'écria Crispin.

Bondissant sur ses pieds, Darby arracha aux mains tremblantes de Snowhurst sa coupe d'argent, qui heurta le mur avec fracas avant de rouler sur le sol, éclaboussant de tâches grenat le vert menthe du tapis.

— Sinistre *sot* [11] ! Je vous interdis de proférer une ineptie pareille !

Neville le retint par le bras.

— Calmez-vous, Strand. Vous êtes manifestement bouleversé et vous laissez votre émotion prendre le pas sur votre raison. Asseyez-vous et buvez ce cordial.

Il récupéra le verre de Crispin, le remplit à nouveau et le tendit à Darby. Sans même remarquer son geste, son ami cacha sa tête dans ses mains.

— C'est une catastrophe ! gémit-il. Comment un homme sain d'esprit peut-il imaginer une colombe aussi pure capable de commettre un crime aussi terrible ? Elle est enfermée dans sa chambre comme un cygne dans une cage et je ne peux rien faire pour la réconforter !

— Dans ce cas, racontez-nous ce qui motive cette accusation, réclama Neville.

Darby inspira profondément, bien que son nez fût bouché par les larmes.

— Je vais essayer. Murdmont, ce misérable serpent, a découvert la nuit dernière Lady Bolbracken, morte sur son lit. Depuis lors, il tente de convaincre le prince régent que la duchesse de Marche est une meurtrière. Par Dieu, si je pouvais l'étrangler...

Darby tordit vicieusement son mouchoir de dentelle. Neville chercha des yeux le conseil de Crispin, mais ce dernier était occupé à se resservir du vin. Comprenant qu'il ne lui serait d'aucune aide, Tarmegent chercha comment sortir son malheureux ami de sa quasi-hystérie.

— Écoutez, Strand, commença-t-il dit d'un ton prudent, je crains que vous ne succombiez à une attaque d'apoplexie si vous ne vous calmez pas. Rappelez-vous que votre famille à des antécédents...

Darby, qui s'apprêtait à faire une crise de nerfs, s'arrêta net à ces paroles dont la justesse le pénétra malgré la fureur qui lui embrumait le cerveau. Sa mère, célèbre beauté du grand monde, avait eu un tempérament

---

11 En français dans le texte.

irascible auquel elle cédait à la moindre provocation. Elle s'était écroulée au cours d'un accès de rage, alors qu'elle tempêtait contre sa modiste qui lui avait confectionné un chapeau désuet. Elle était morte avant même d'avoir touché le marbre. Elle venait de fêter ses vingt-trois ans à l'époque, précisément l'âge que Darby atteindrait lors de son prochain anniversaire.

— Merci, Tarmy, déclara-t-il posément. Je n'oublierai pas le grand service que vous venez de me rendre.

Neville agita vivement la main comme pour se débarrasser d'une pestilence.

— Peuh ! C'est bien normal. Sans vous pour l'égayer, le monde serait bien trop terne.

— Quelle remarquable déclaration ! s'écria Darby

Il jeta un coup d'œil en direction d'un bureau placé devant sa fenêtre, qu'éclairait la lumière du nord.

— Peut-être devrais-je la noter, ajouta-t-il pensif.

— Je vous certifie que je m'en souviendrai pour vous. En attendant, venez, cher ami, je meurs de faim, Snow a déjà pratiquement terminé votre carafe de vin chaud. Venez avec nous prendre un rafraîchissement.

— Je dois m'habiller et…

Darby aperçut son reflet dans l'un des nombreux miroirs de sa chambre et poussa un cri d'horreur.

— Au nom du ciel ! Regardez de quoi j'ai l'air ! Avec ces taches rouges qui me marbrent le visage, je ressemble à un maudit Français atteint de la vérole ! Il me faudra au moins une heure de maquillage pour être présentable.

— Nul ne s'en moquera alors que vous affichez votre préoccupation concernant la duchesse.

— Vous êtes très aimable, Tarmy, mais vous et moi savons parfaitement que nos *soi-disant* [12] pairs se gausseront de moi si j'apparais ainsi en public. Après tout, j'ai un rang à tenir.

Darby se redressa courageusement et se brossa les dents avant d'appliquer sur son visage une légère couche de poudre de riz. Il sortit plusieurs petites boîtes rondes et de minuscules fioles, se tapota les joues de liquide rose et humecta ses lèvres d'un onguent carmin.

---

12 En français dans le texte

— Superbe ! s'exclama Neville. On jurerait que vous vous êtes levé de bonne heure pour une promenade de santé dans les jardins. À présent, venez manger.

Il se tourna pour indiquer au dernier membre de leur trio :

— Snowhurst, nous partons.

— Je vous suis. À votre avis, Marche va-t-il nous jeter dehors maintenant que Lady B. s'en est allée retrouver un monde meilleur ? J'espère que non. Ma rente ne sera pas encore arrivée si je retourne à Londres avant le quinze du mois, et j'aurai tous mes créanciers à ma porte.

Darby enfilait un gilet de brocart argent.

— Vous devriez acheter un vignoble, Snow, déclara-t-il. Vous n'auriez plus à dépendre des commerçants.

— Voici une idée remarquable, Strand ! bredouilla Crispin, d'une voix pâteuse. Passer mon temps à courir après l'alcool commence à devenir vraiment contraignant. Auriez-vous les fonds nécessaires à me prêter ?

— Nous en reparlerons à notre retour à Londres, répondit Darby. En attendant, je suis certain que les caves de Wandeleigh suffiront à étancher votre soif.

— Je devrais penser à emporter quelques bouteilles dans ma chambre pour la nuit. Cela m'épargnerait d'avoir à me relever.

— Certainement, trancha Neville.

Le ton de sa voix indiquait que pour lui, le sujet était clos. Il enchaîna aussitôt :

— Et si nous allions rejoindre les autres invités histoire de connaître leur avis sur les derniers événements ?

Darby frissonna.

— Je n'ose à imaginer les rumeurs que colportent ces vautours sur la chère dame. Oui, Tarmy, vous avez raison, mêlons-nous à eux pour tenter de sauvegarder sa précieuse réputation. D'ailleurs, je tiens dès à présent à vous poser une question fondamentale : comptez-vous m'assister ? Et au besoin, me servir de témoin ?

— Bien entendu ! répondit Neville. Je préférerais cependant éviter un duel. Je suis partisan de la raison contre la force brute.

Darby, qui arpentait le couloir, haussa le ton :

— Je n'accepterai pas la moindre calomnie sur ma noble déesse ! proclama-t-il. Vils perfides, veillez à vos paroles !

Tarmegent soupira.

— Très bien, Strand. La dame est un diamant de première eau et, si vous êtes décidé à être son champion, je vous soutiendrai de mon mieux, comme toujours.

— Moi aussi ! affirma Crispin

Il gesticula pour illustrer son propos, ce qui éclaboussa de vin le mur et les marches de l'escalier.

Neville enjamba la flaque.

— Dommage que l'alcool ne puisse être l'arme d'un duel, marmonna-t-il. Vous gagneriez sans faillir.

ASSIS PRÈS de la cheminée, Valentin se redressa en entendant s'ouvrir la porte du couloir. Peu après, Marche frappa et pénétra dans la chambre, les mains tendues vers lui. Valentin s'élança pour se jeter dans ses bras, réconforté d'abord de l'étreinte qu'il reçut, puis enflammé d'une tout autre sensation. Un peu gêné de son comportement éhonté, sinon dévergondé, le jeune homme frotta son visage contre le velours du vêtement que portait le duc. Après une très brève hésitation, il releva la tête et quémanda un baiser.

Marche, enchanté, s'empara aussitôt des lèvres offertes. Un frisson lui courut le long de la colonne vertébrale quand Valentin ouvrit la bouche pour l'accueillir. Il trembla de plus belle en voyant son jeune amant lui rendre son baiser et caresser sa langue de la sienne avec un enthousiasme sensuel.

Il fallut un long moment au duc pour trouver la force de s'écarter.

— Auprès de toi, j'oublierais tout, la terre et le firmament, reconnut-il. Nous n'avons cependant pas le temps de batifoler. Quelle honte ! Dûment mariés, nous devrions déjà être partis en voyage de noces et avoir la liberté de savourer un mois entier en tant que mari et femme, mais…

Il s'interrompit en voyant le visage de Valentin.

— Pourquoi ce sourire ? demanda-t-il.

— *Dûment mariés* ? Croyez-vous que deux hommes aient droit à une lune de miel ? Je suis navré d'en rire, mais j'avoue trouver votre discours très amusant.

— Petit renard ! Tu es aussi rusé que spirituel ! Dès que tu oublies ta timidité, ta langue est impitoyable, avec une précision diabolique pour placer le sarcasme. En vérité, mon cher, tu as l'âme d'un rebelle.

— Non, vous vous trompez. Je m'en tiens toujours à l'étiquette. Je suis pudique et…

Marche resserra les doigts sur ses fesses fermes. Valentin en perdit le souffle et la voix.

— Quand je touche à ces délicieuses rondeurs, je parierais que tes pensées sont nettement moins chastes que tu le prétends.

— Loel ! souffla Valentin.

Il n'avait pas oublié les caresses reçues ni la jouissance extatique qu'il en avait retirée.

— Je vous en prie, ajouta-t-il, ne vous moquez pas de moi.

— Tu es la tentation personnifiée, Val, mais tu as raison : l'heure n'est pas aux plaisanteries licencieuses. Pour commencer, il faut que tu reprennes des forces. Je t'ai apporté du chocolat chaud et des gâteaux. Le prince aurait accepté que tu quittes ta chambre pour descendre dans la salle à manger, mais j'ai pensé que tu préférerais éviter les regards curieux de nos invités.

— Vous avez raison. Je vous remercie, milord, de votre sollicitude.

— Et j'aimerais te voir renoncer à me vouvoyer quand nous sommes ensemble.

Valentin sirota une gorgée de son chocolat.

— Je tâcherai d'être moins formel pour te faire plaisir, chuchota-t-il.

Il devina qu'il rougissait, à la chaleur qui lui enflamma les joues.

— Ces gâteaux sont une recette turque, déclara le duc.

Il n'avait pas l'habitude de parler d'amour, mais il se sentait capable de démontrer ses sentiments par des actes – par exemple, en veillant sur Valentin.

Le jeune homme s'empara d'un petit croissant et y mordit. La délicate pâte feuilletée fourrée aux amandes fondait sur sa langue. Il termina sa friandise en quatre bouchées, lorgnant déjà sur les trois qui restaient dans l'assiette.

Marche s'amusa de sa gourmandise.

— J'aimerais te parler pendant que tu manges, si tu ne crains pas que ta digestion en soit troublée…

Il attendit pour reprendre la parole que Valentin lui fasse signe de continuer.

— Très bien, donc, d'ici environ une heure, le prince George viendra t'interroger dans ta chambre. Je n'ai pu empêcher la présence de Murdmont, mais il ne sera pas autorisé à te parler. À titre de réconfort, laisse-moi t'assurer que le prince et la moitié de son entourage ont succombé à ton charme. Tu es la nouvelle coqueluche de la bonne société !

— Je me demande bien pourquoi. J'ai du mal à comprendre en quoi je peux intéresser les gens sensés.

— Ne me dis pas que tu considères le jeune Strand comme un homme sensé !

— Malgré son engouement pour moi – ou plutôt, pour Valeria – il n'est pas pour autant bon pour Bedlam [13]. Le pauvre ! Il se sentirait stupide s'il découvrait la vérité !

— Oh, la stupidité ne lui fait pas peur, je te le promets. Il en a l'habitude. Si tu veux mon avis concernant ton succès, je dirais que nos invités voient en toi une femme, à la fois douce et fougueuse, qui ne ressemble à aucune autre. Ils sont frappés de stupeur et de perplexité, et je les comprends. Quel homme peut résister à la tentation de résoudre une énigme ? Le pourrais-tu ?

— Je n'en sais rien, mais je trouve ta théorie très flatteuse.

— Ou alors, reprit Marche avec un sourire sardonique, peut-être sont-ils tout simplement attirés par l'amour grec. Dans ce cas, ils réagissent à l'homme que tu es.

— Et voilà, tu recommences ! D'une seconde à l'autre, tu passes d'un gentilhomme modèle à un vaurien diabolique. Pourquoi t'obstines-tu à détruire ma bonne opinion de toi ? Cela devient fastidieux, Loel.

— Tu crois vraiment que j'agis ainsi ?

— Certainement, et de façon constante, d'où mon choix du mot 'fastidieux'.

Marche eut un petit rire.

— Si tu ne réagissais pas avec tant de passion, je pourrais sans doute…

— Ne t'avise pas de prétendre que je suis responsable de ton impertinence !

— Dans ce cas, je ne vois pas l'intérêt de poursuivre le débat. T'ai-je déjà dit que le prince est de ton côté ? À mon avis, il refuserait de te croire adultère même s'il se trouvait au lit avec toi.

— J'ai du mal à appeler justice une telle partialité.

— Je m'en soucie peu, ce qui compte pour moi, c'est que tu sois disculpé.

— J'espère que tu ne penses pas cela ! s'exclama Valentin.

Après une légère pause pour retrouver son calme, il enchaîna :

---

13 Célèbre asile d'aliénés de Londres

— Bien sûr, je te suis reconnaissant de vouloir me protéger, mais je préférerais que la justice s'applique, pleine et entière. Je n'ai pas besoin de passe-droit.

— Évoquons brièvement ton accusateur, Murdmont. J'ai certains soupçons à son égard, mais il faudra que j'en discute avec Negus avant de pouvoir étayer une accusation. Malheureusement, mon damné valet semble avoir choisi pour disparaître le moment le plus inopportun.

— Je n'ai pas revu Negus depuis ce matin, depuis que Lord Murdmont m'a accusé d'être une aventurière.

— C'est pareil pour moi, ce que je trouve très étrange. Negus a ses défauts, mais il ne m'a jamais failli.

— Tu me sembles fatigué, Loel, déclara timidement Valentin.

Marche releva vivement la tête.

— Tu sais, depuis la disparition de ma mère, ma tante était la seule à utiliser mon prénom.

— Oh, excuse-moi. Je ne recommencerais pas.

— Non, tu m'as mal compris. J'aime entendre mon nom sur tes lèvres. Dis-le encore, s'il te plaît

— Loel, chuchota Valentin. Veux-tu te reposer un moment ? Tu mettrais la tête sur mes genoux…

Marche fut debout avant même que Valentin ait fini de parler. Il tomba à genoux devant le fauteuil et posa la tête sur ses cuisses en fermant les yeux. Valentin lui effleura les cheveux d'une main tremblante. Puis il s'enhardit et détacha le ruban qui les retenait sur la nuque. Il enfonça les doigts dans leur masse soyeuse pour masser le crâne du duc.

— C'est très agréable, reconnut Marche. J'aimerais rester éternellement ainsi.

— Eh bien, si tu me nourris régulièrement de chocolat chaud et de croissants turcs, les étoiles auront sans doute le temps de s'éteindre dans le ciel avant que j'aie envie de bouger.

— Insolent !

— Si tu me trouves insolent, je me demande ce que tu penserais de Valeria. Elle n'a pas la langue dans sa poche !

— Est-elle aussi spirituelle que toi ?

— J'ai entendu dire qu'elle avait le verbe aussi acéré qu'une dague.

— Je préfère te garder et laisser ta sœur à son fiancé, décida Marche.

— Randall et elle doivent être mariés à présent. C'est un peu triste, j'ai toujours cru que je conduirai Valeria à l'autel et je n'ai même pas assisté à ses noces.

Marche leva les yeux pour croiser son regard.

— Si tu veux, nous leur offrirons un mariage si extravagant que les gens en parleront pendant des mois.

— Ma mère en serait certainement enchantée.

— Et toi ?

— Moi aussi.

Valentin s'empourpra quand le duc lui prit les mains.

— Loel, chuchota-t-il, j'aimerais te confier ce que m'a dit hier soir Lady Willamina.

— Bien sûr. Je suis impatient de l'entendre.

— Je l'ai suivie dans sa chambre. Je m'y trouvais depuis quelques minutes à peine quand elle m'a fixé de façon intense. J'ai vraiment eu du mal à ne pas baisser les yeux.

— Quand j'étais enfant, j'appelais cela 'le regard de la Méduse'.

— C'est une image très juste.

Marche resserra les doigts sur les siens.

— Et ensuite ? demanda-t-il.

— Après m'avoir examiné avec attention, elle m'a annoncé que j'étais un garçon plein de ressources.

— Ainsi, elle avait deviné la supercherie ?

— Effectivement. Je m'attendais à subir un sermon véhément, mais elle ne m'a fait aucun reproche. Oh, elle était déçue, bien entendu, mais elle m'a avoué ne plus t'avoir vu aussi heureux depuis ton enfance. Elle m'a embrassé avec chaleur en me conseillant de t'aimer de tout mon cœur.

— Je suis sidéré.

— Imagine alors ma stupéfaction.

— Pourquoi ne pas me l'avoir dit plus tôt ? s'étonna le duc.

— Je n'avais pas trouvé le bon moment pour cette révélation. Et je ne voulais pas que tu penses que cela me donnait un motif supplémentaire pour…

— Non, coupa Marche, jamais je ne te croirais capable d'une telle vilenie. Même si ma tante avait menacé de tout révéler, tu n'aurais pas levé la main sur elle.

— Tu fais confiance à un parfait étranger ?

— Tu n'en es plus un pour moi, à présent. Tu es mon ami et, oserais-je le dire, mon amant.

— Je pense le terme justifié, monsieur.

— J'aime te voir rougir.

Lord Marche lui caressa la joue du dos de la main. Valentin posa sur ses doigts un baiser timide avant de se redresser.

— Si je dois recevoir le prince régent, il faut que je me prépare. Regarde un peu dans quel état je suis !

Toujours agenouillé, Lord Marche scruta le jeune homme échevelé qui se tenait devant lui.

— Incomparable ! murmura-t-il.

Valentin fit un bruit de bouche impatienté avant d'aller ouvrir son armoire pour inspecter sa garde-robe.

— Quel dommage que Negus se soit absenté ! Je n'ai pas son habilité avec un rasoir. Si j'ai peu de poils au menton, je ne suis tout de même pas imberbe.

Marche se remit debout.

— Si tu n'as plus besoin de moi, je vais continuer à chercher ce faquin.

— Je vais tenter de me rendre présentable. Et si je ne suis pas aussi impeccable que je le devrais, j'espère que ce sera attribué au chagrin de cette atroce accusation.

Valentin caressa le satin de la robe 'du matin' qu'il avait choisie. Avant de quitter la chambre, le duc lui jeta un regard par-dessus son épaule et déclara :

— J'aime beaucoup ce rose foncé.

Valentin la sortit de l'armoire et la plaça devant lui, examinant son reflet d'un œil critique. *Celle-ci ferait aussi bien l'affaire qu'une autre*, décida-t-il. Le corsage était doublé de duvet de cygne, ce qui lui tiendrait chaud, en plus de sa chemise en lin.

Il se coiffa en attachant ses longues mèches d'ébène en queue de cheval, nouées par un ruban dont les pans retombaient sur sa poitrine pour mieux camoufler son absence de seins. Il vérifia son reflet dans le miroir et, une fois encore, se demanda pourquoi personne n'avait découvert la vérité. Il était grand, dégingandé, et sa mâchoire était trop forte.

Saisi d'un accès de panique, il serra les poings, si fort que ses ongles s'enfoncèrent dans ses paumes.

Quelle folie d'avoir cru que cette mascarade avait une chance de s'arranger discrètement ! Tout finirait en désastre. Il serait démasqué et Marche deviendrait la risée du beau monde, ridiculisé, raillé sans pitié.

Et après ce scandale, aucun d'eux ne pourrait réapparaître en société. À moins que Marche endure la compassion de ses pairs, les dents serrées et un sourire forcé plaqué au visage, en prétendant avoir été dupe d'un escroc qui cherchait à le dépouiller.

Assailli par des doutes de plus en plus oppressants, Valentin en perdit la faculté de raisonner. Il n'était pas vraiment en état de subir un interrogatoire serré. Cet homme horrible, Murdmont, avec son nez pointu et son œil vif, ne ferait de lui qu'une bouchée.

Il se reprit grâce à un gros effort de volonté, respira plusieurs fois et se remémora l'enjeu qui dépendait de lui. Revenant devant son miroir, il s'étudia avec attention. D'un coup de pinceau, il posa une touche de rouge sur ses lèvres pour en renforcer la couleur. D'une main attentive, il ajouta du carmin à ses joues et frotta pour estomper. Ne sachant trop ce qu'il pouvait faire de plus, il passa le bâton de khôl sur ses paupières en tentant de copier l'expertise de Negus. Il ne réussit qu'à s'emplâtrer les cils d'un noir charbonneux et sa tentative de réparer les dégâts ne fit que les accentuer. Il finit donc par y renoncer.

Pensant que d'étincelants bijoux empêcheraient peut-être les regards de trop se porter sur son visage, il ouvrit son coffret à bijoux. Il essayait toujours de décider lesquels porter quand Marche revint en compagnie du prince.

Valentin porta la main à son cou pour mieux fermer sa collerette.

— Entrez !

— Veuillez nous excuser, madame, déclara George en ouvrant la porte de l'antichambre. J'ai eu l'idée niaise que vous seriez plus à l'aise dans votre chambre.

Valentin esquissa une révérence.

— C'est au contraire une idée pleine de sollicitude, Votre Altesse. Je vous remercie de votre grande bonté.

— Oubliez cela, madame. Il est bien normal qu'un gentilhomme cherche à réconforter une dame.

Le prince régent s'installa dans un fauteuil et, d'un signe, donna à son entourage l'autorisation de s'asseoir.

— Bien, reprit-il, réglons rapidement ce regrettable incident, ce qui nous permettra de reprendre les festivités, voulez-vous ?

— C'est mon vœu le plus cher, Votre Altesse.

Valentin releva la tête avec un sourire reconnaissant. George fut aussitôt fasciné par les prunelles violettes cernées de noir, les larmes ayant délayé les cosmétiques. Il éprouvait une profonde compassion pour cette belle jeune fille venue de si loin pour épouser un inconnu et qui se trouvait mêlée à une complexe affaire d'assassinat.

Quand le prince réussit enfin à détourner les yeux de la duchesse de Marche, il jeta un sombre regard à son accusateur. Murdmont fixait également Valentin avec avidité, comme une fouine s'apprêtant à dévorer une nichée d'oisillons.

Marche, ayant aussi remarqué les intentions meurtrières d'un personnage qui lui déplaisait infiniment, eut beaucoup de mal à réprimer sa colère. Et le prince George nota son expression.

— Vous êtes mécontent, monsieur, remarqua-t-il. Et je comprends vos raisons. Je n'aimerais pas me trouver à la place de Sir Malcolm s'il devait vous rencontrer dans un coin désert.

Valentin fut un peu choqué d'entendre une telle délectation dans la bouche du prince, mais il constata alors l'inquiétude de l'agent d'affaires et ne put retenir un sourire.

Murdmont apprécia peu sa réaction.

— Vous trouvez cela amusant, drôlesse ?

— Lord Murdmont ! tonna le prince. C'est à moi de poser les questions.

Marche prit place derrière la chaise de Valentin et posa la main sur son épaule, à la grande fureur de Murdmont – qui devait considérer des plus inconvenantes cette attention conjugale en public. D'ailleurs, la posture même du duc démontrait une totale agressivité vis-à-vis des accusateurs de son épouse.

Le prince se pencha en avant.

— À présent, ma chère, excusez-moi de m'immiscer dans votre vie privée, mais je dois vous demander si...

Il fut interrompu quand on frappa à la porte.

— Par le diable ! s'exclama-t-il, surpris.

— Qui est là ? aboya Marche.

— Veuillez m'excuser, Votre Grâce, répondit Negus à travers la porte, mais vous avez demandé à me voir de toute urgence.

— Veuillez m'excuser, Votre Altesse, dit Marche. Avec votre permission, je dois m'entretenir un moment avec mon valet.

— Encore un délai ! protesta Murdmont. Que peut-il avoir comme information importante ?

— Je ne le saurai qu'après lui avoir parlé, répondit sèchement le duc.

Il entrouvrit la porte, car il comptait parler à Negus dans l'antichambre, mais il fut brutalement repoussé et une tornade en robe vichy lui passa sous le nez.

À peine Anne Kermartin aperçut-elle Valentin qu'elle s'écria avec horreur :

— Oh, ma pauvre dame ! Vous êtes si pâle, si décharnée ! Que vous ont fait subir ces dénaturés d'Anglais ? Vous ont-ils seulement nourrie ?

La Bretonne toisa d'un œil noir le noble géant qui tentait de l'intercepter. Marche s'adoucit en comprenant l'identité de cette étrangère et la salua d'un signe de tête.

— Mes hommages, madame. Comme vous le constatez, votre maîtresse est occupée pour le moment, mais je suis sûr qu'elle sera...

Marche ne compléta pas sa phrase en remarquant la discrète dénégation de son valet. La corpulente gouvernante en profita pour affirmer d'un ton péremptoire :

— Monsieur, mon agneau a besoin de moi, je ne la quitterai pas.

— Quelle impertinence ! s'offusqua Lord Murdmont, la lippe dédaigneuse. Qui est cette... cette *femme*, bien qu'elle n'en mérite guère le titre.

Valentin se redressa aussitôt.

— Elle fut ma nourrice avant d'être notre gouvernante, monsieur, c'est une fidèle alliée de ma famille, répondit-il d'un ton tranchant. Je vous prierais de bien vouloir lui accorder la courtoisie que mérite une femme de son âge, s'il vous reste quelque éducation.

Marche eut chaud cœur en voyant son jeune amant défendre une domestique avec une telle ardeur. Dès le premier regard, l'étonnant physique de Valentin l'avait frappé, puis sa jeunesse et sa naïveté l'avaient attiré, intrigué, mais c'était son courage qui l'avait vaincu. Dès que Blythestone libérait son tempérament passionné, il devenait aussi pur et étincelant qu'un diamant au soleil. Comment Marche aurait-il pu lui résister ?

Il s'empressa d'intervenir pour couper à Murdmont l'herbe sous le pied :

— Votre Altesse, je vais devoir une fois de plus solliciter votre indulgence en vous priant d'accorder à Lady Marche quelques instants d'intimité avec sa suivante.

— Une suivante ! couina Sir Malcolm sans cacher son incrédulité. Cette paysanne mal dégrossie n'est pas digne d'approcher une jeune personne de qualité !

— J'ai été élevé en apprenant la politesse et les bonnes manières, intervint Valentin. Vous en êtes tristement dépourvu, monsieur, comme le démontrent vos paroles, aussi je doute que vous sachiez reconnaître 'une personne de qualité'. Vous commencez à m'exaspérer

— Et alors ? ricana Murdmont. Que comptez-vous faire, petite écervelée ?

— Ma dame a un champion, répondit Marche. Je vous ai déjà jeté mon gant et je n'hésiterai pas à vous donner la raclée que vous méritez. Passons dans le couloir pour éviter aux dames la vue de votre sang.

Le prince chercha à calmer les esprits :

— Marche ! Je vous en prie, un peu de tenue ! Je dois avouer détester toutes ces procédures !

Il jeta un coup d'œil autour de lui et poussa un soupir.

— Lady Valeria, ajouta-t-il, je vous autorise à vous retirer dans votre boudoir avec votre chaperon, si cela vous fait plaisir. Marche, pourriez-vous envoyer un de vos domestiques quérir Beau et lui demander de me rapporter mes pantoufles ? Oh, pendant que vous y êtes, j'apprécierais aussi que vous nous fassiez monter un en-cas. Et ne lésinez pas sur la quantité, j'ai bien besoin de me sustenter.

— Je m'en charge, Votre Altesse.

Du coin de l'œil, Lord Marche surveilla Valentin qui quittait la pièce. Il baissa la voix pour parler à son valet :

— Bon travail ! Vous avez introduit le chat dans le pigeonnier. Même si j'ignore comment vous avez réussi cet exploit, seul le résultat compte.

Il frappa l'épaule du petit homme elfique. Negus eut un sourire satisfait.

— J'ai pensé qu'il fallait à votre jeune monsieur une présence féminine et quelqu'un susceptible de confirmer son identité. Je connaissais le nom de l'auberge où résidait sa mère, j'ai donc suivi la rivière et trouvé ce que je cherchais. Mais je vous conseille de vous méfier de cette virago. Elle ne m'a pas ménagé durant le trajet. À l'en croire, je serais responsable de tous les malheurs du monde, depuis les frimas de l'hiver jusqu'à l'inconfort du mauvais chariot que j'avais loué.

— Je resterai sur mes gardes. Est-elle réellement la bonne des Randwick ?

— Elle préfère le titre de *gouvernante*.

— Je vois. Bien joué, Negus ! À présent, j'ai encore une tâche à vous confier : passez aux cuisines et faites-nous envoyer de quoi nourrir Son

Altesse. Et pensez aussi à vous restaurer. Demandez également à un valet d'aller quérir M. Brummell que le prince réclame.

Negus acquiesça et s'éclipsa. Abandonnant l'antichambre, Marche retourna dans sa suite et, machinalement, jeta un coup d'œil au panneau derrière lequel Valentin avait disparu.

Il s'adressa à Murdmont avec sarcasme :

— Quelle surprise, n'est-ce pas ? Je ne m'attendais pas à voir apparaître ainsi la vieille nourrice de Valeria.

— Je doute que cette arrivée soit une coïncidence, marmonna aigrement l'homme d'affaires. Ce qui soulève bien des questions...

— Je vais commencer par la première, dit Marche. Comment nous occuper en attendant le retour de ces dames ?

X

— ANNE, AU nom du ciel, que faites-vous là ? s'écria Valentin à peine la porte refermée.

— J'ai été enlevée – ou c'est tout comme – par ce petit valet maigrichon, mais quand il m'a expliqué que vous aviez des ennuis, j'ai eu hâte d'arriver. Comment osent-ils douter de votre identité !

— Eh bien, ils n'ont pas tort de se méfier, car je suis bel et bien un imposteur. En tout cas, je ne suis pas Valeria. Cette histoire est devenue horriblement compliquée !

Valentin soupira avant d'ajouter :

— Je vous en prie, asseyez-vous.

— Je crains que ce me soit impossible, répondit Anne, avec une grimace. Le drôle avait loué un chariot des plus inconfortables, vous n'imaginez pas combien de fois j'ai rebondi sur ce siège en bois. J'ai le…

Elle jugea opportun de changer de sujet :

— Mon Dieu, regardez-vous ! Votre sœur serait magnifique dans cette robe !

— Je n'en doute pas. Sauriez-vous où elle se trouve ?

— Randall et Valeria ne sont pas encore rentrés d'Écosse.

D'inquiétude, Valentin se mordit la lèvre.

— Et ma mère ?

— Je ne sais si je dois vous en parler, répondit Anne d'un ton hésitant.

— Que voulez-vous dire par là ?

— C'est un sujet délicat, mon jeune maître.

— Serait-elle souffrante ? Parlez, je dois savoir !

109

— Non, ne vous inquiétez pas. Elle se porte bien. À dire vrai, je ne l'avais pas revue aussi en forme depuis le décès de monsieur votre père.

— Je sais combien Mère a souffert de la traversée.

— Ah, oui, en effet, mais depuis lors, M. Harston l'a escortée à Bath pour y prendre les eaux. Et elle va beaucoup mieux.

— Qui est M. Harston ? s'étonna Valentin.

— M. Frederick Horace Harston est un gentilhomme que connaissait autrefois Lady Blythestone. Elle l'a retrouvé par le plus grand des hasards dans cette charmante auberge où Lord Marche nous a logés. Madame la comtesse est toujours à Bath, en compagnie de… hum, de son galant.

— Je suis… stupéfait.

Anne, avec un sourire entendu, se pencha pour lui caresser la main.

— *Aye*. Moi aussi, cela m'a fait un choc. Milady, toujours si réservée, qui se met à courir sur le rivage, sans son chapeau, en riant comme une enfant pendant que M. Harston la poursuit, c'est… eh bien, j'estime qu'elle a bien mérité son bonheur. Après toutes ces épreuves !

— Vous la croyez heureuse ? C'est vrai ?

— Bien sûr, mon jeune monsieur.

Valentin sourit.

— Dans ce cas, tant mieux. Je prie le ciel que Mère profite le plus longtemps possible de son gentleman.

— Je ne m'attendais pas à tant de compréhension de votre part, surtout après notre dernière entrevue. Vous étiez un vrai petit moine, vous savez, sévère et désapprobateur.

— Je vous prie d'oublier cet incident. Je trouve déjà mortifiant que vous ayez assisté à ma transformation en femme, il serait très injuste que vous me jugiez sur mon attitude en ce jour funeste.

Anne sourit, les joues creusées de fossette, en dévisageant celui qu'elle avait aidé à mettre monde.

— Si seulement vous aviez pu rester à la maison ! Dans ce monastère, ils vous ont rendu rigide, de corps et d'esprit. Valeria a une démarche plus virile que la vôtre, vous savez. Non, ne regardez pas de cet air sévère votre vieille nourrice, mon cher garçon. Il ne s'agissait pas d'une critique, au contraire ! Quand Valeria vous a sorti de votre couvent, vous étiez tout timide et effacé, vous n'auriez pas fait peur à une mouche. Aujourd'hui, il y a du feu dans vos yeux. Vous ressembliez terriblement à votre père quand vous avez pris ma défense. Merci.

— Une femme n'a jamais à remercier l'homme qui défend son honneur.

— Voyez, vous parlez aussi comme votre cher père ! Maintenant, racontez-moi ce qui se passe. En quoi puis-je vous aider !

CRISPIN LUDSTALL eut un aparté avec Neville Stokes, alors que tous deux assistaient à un duel verbal entre Darby St-Denis et Beau Brummell.

— J'espère que le dîner ne se fera pas attendre, Tarmy. Je me sens capable de dévorer tout un sanglier, s'il est bien arrosé de sauce à la menthe.

Neville jeta un coup d'œil au porto que Snow avait à la main et essaya de juger la quantité de liquide déjà absorbée, ceci afin de tenter de discerner l'humeur du moment de son ami. S'il ne s'était pas trompé sur le nombre de verres, Crispin en était encore au stade convivial.

— Je vous avoue que j'ai également un petit creux. À mon avis, ce temps glacial nous donne un appétit d'ours.

— Il faudra que je pense à demander à la domesticité d'envoyer quelques bouteilles dans ma chambre. La nuit dernière, quand je suis allé me remplir un verre, j'ai connu une expérience des plus déstabilisantes.

— Ah ?

— Je m'étonne de ne pas en avoir les cheveux blancs. J'étais dans le couloir, en chaussettes, quand une terrible apparition s'est matérialisée devant moi.

— Serait-ce encore Napoléon ?

Snowhurst cligna des yeux et tourna un regard vitreux vers son compagnon.

— Pardon ? Oh, non ! J'aimerais voir Boney tenter d'envahir mon sommeil, je recevrai le sournois petit bonhomme comme il se doit !

Neville leva la main pour couvrir son bâillement.

— Je n'en doute pas.

— Je n'invente rien, Tarmegent. Je vous rappelle qu'il y a eu un meurtre sous ce toit. J'ai croisé un esprit démoniaque échappé des enfers pour réclamer une âme.

— Vraiment ? Et quelle forme avait donc prise ce démon ?

— Il était grand et sombre, tout vêtu de noir, avec des yeux aussi noirs que le gouffre éternel, sans pitié ni miséricorde. Quand il m'a regardé, j'ai tremblé dans mes bottes.

— Vous venez de dire que vous étiez en chaussettes.

— Quoi ?

— Peu importe. Continuez votre récit.

Seul le silence lui répondit. Étonné, Neville se tourna vers Crispin.

— Vous vous sentez bien ? demanda-t-il.

— Damnation ! Je viens de comprendre quelque chose. Ce démon était le spectre de Sir Malcolm !

— C'était peut-être lui, en chair et en os. Y avez-vous pensé ?

— Non, c'était un esprit. J'en suis certain.

— Où disiez-vous avoir vu cette créature infernale ?

— Devant la porte de la suite de la défunte, où vouliez-vous que ce soit ?

— Et vous êtes sûr de l'heure ? Au milieu de la nuit ? Ce n'était pas au cours de la matinée ? insista Neville qui ne quittait pas son ami des yeux.

— Non, je sais ce que je dis. Pourquoi ce regard fixe ? demanda Snowhurst avec suspicion.

— Parce que je suis stupéfait. Mais ne cherchez pas à en connaître la raison.

Abandonnant Snow à son vin, Neville appela Darby :

— Strand ! Il faut que je vous parle !

De prime abord, Lord Darby parut ennuyé d'être interrompu, mais un valet approcha alors de Brummell pour lui transmettre un message. Le favori du prince ne lui prêtant plus attention, Darby accepta d'écouter Neville, qui lui chuchota à mi-voix les informations qu'il venait de recevoir. Strand en resta bouche bée.

Il se tourna instantanément vers Brummell et demanda :

— Le prince vous réclamerait-il par hasard ?

— En effet. Malgré ce qu'en disent mes détracteurs, Son Altesse apprécie mes conseils.

— Je n'ai jamais prétendu le contraire. J'aimerais vous accompagner.

— Oh… eh bien, je ne vois aucun inconvénient à ce que vous veniez avec moi. Par contre, ce sera à Prinny de décider s'il consent ou pas à vous recevoir.

— Je n'ai pas besoin d'une audience avec le prince, mon cher, je vais vous charger de lui répéter un renseignement qui infirme les ignobles accusations portées contre la duchesse de Marche.

Brummell leva haut ses sourcils épilés, exprimant un intérêt authentique – une véritable rareté.

— Auriez-vous de nouvelles informations ?

— Effectivement, et elles désignent un nouveau suspect bien plus plausible.

— Dans ce cas, ne tardons pas, monsieur, dit Brummell en partant d'un bon pas.

SOUS LE coup de la surprise, le prince George se décomposa en écoutant le message que son favori lui chuchotait à l'oreille. Il jeta un regard acéré à Lord Murdmont et déposa dans le plateau son gâteau aux épices à peine entamé. Lorsque Brummell se redressa, le prince déclara :

— Voici un nouvel élément des plus intéressants, en effet. Prenez une assiette, mon cher, servez-vous.

Sir Malcolm intervint :

— Pardonnez mon impatience, Votre Altesse, ce nouvel élément concernerait-il notre affaire en cours ?

— C'est le cas, monsieur, c'est le cas, mais nous attendrons le retour de Lady Marche pour en discuter.

Irrité, Murdmont pinça les lèvres, mais sans oser insister. Le silence retomba, seulement troublé par le frottement sur la vitre d'une branche décharnée et le cliquetis des couverts en argent sur la porcelaine de Chine.

Murdmont venait pour la troisième fois de tirer sa montre de son gousset lorsque s'ouvrit enfin la porte du boudoir. Les quatre hommes se levèrent aussitôt. Anne Kermartin s'écarta et laissa entrer Valentin.

Le jeune homme s'excusa d'une voix douce :

— Je vous prie de bien vouloir me pardonner de vous avoir fait attendre, messieurs, mais j'avais passé trop de temps en robe de chambre.

Le prince régent s'approcha et porta la main de Valentin à ses lèvres.

— C'est sans importance, ma chère ! Je vous trouvais charmante en tenue d'intérieur, mais je ne vous reprocherai pas d'avoir voulu vous changer. Laissez-moi vous dire que vous êtes incomparable !

— Je ne peux qu'approuver Votre Altesse, ajouta Marche. Ma chérie, cette tenue vous va à ravir.

Valentin lissa sa jupe en mousseline tilleul ornée de broderie chinoise.

— Cette robe fait partie de mon trousseau, précisa-t-il, elle m'a été offerte par Lady Bolbracken. Je l'ai peu connue, mais elle m'a montré une grande gentillesse. Elle m'a accueilli dans sa famille à bras ouverts.

— Et pour la remercier, vous l'avez tuée ! jeta Murdmont.

— Monsieur, vous n'êtes pas un gentleman ! ne put empêcher de répondre Brummell.

Le prince George calma son confident en posant une main sur son bras.

— Sir Malcolm s'oublie probablement parce qu'il est très affecté par la mort de sa cliente. Maintenant, asseyons-nous et essayons une fois encore de résoudre cette affreuse affaire. En vérité, malgré mon intervention, ce sera aux tribunaux londoniens d'en décider à notre retour en ville.

— En effet, Votre Altesse, déclara Murdmont. Cependant, nous pouvons établir dès à présent les faits, ce qui facilitera grandement une enquête ultérieure.

— Vous avez raison, confirma le prince. Il y a donc un premier fait que j'aimerais vous entendre expliquer, monsieur. On vous a vu la nuit dernière quitter la suite de Lady Willamina. Qu'avez-vous à répondre ?

— Il y a certainement erreur concernant l'heure. Hier soir, j'ai vu ma cliente. Très tôt, ce matin, j'ai été le premier à découvrir son corps, avant l'arrivée de la femme de chambre.

— Non, monsieur, le témoin affirme vous avoir vu au milieu de la nuit.

— Je demande à le voir !

— Oh, vous le verrez, monsieur, vous le verrez certainement. Je ne suis pas sot, Sir Malcolm. Avez-vous cru que je me contenterai de quelques questions de principe avant de donner mon verdict ? Ou que la matinée a été perdue ? Vous vous trompez. Pendant que nous restions ensemble dans cette pièce, mes gardes ont fouillé votre chambre, monsieur. Ils y ont découvert des choses extrêmement intéressantes.

Murdmont ne broncha pas, mais son visage se durcit.

— Veuillez me préciser ce que vous entendez par 'intéressantes' ? demanda-t-il, d'une voix contrôlée.

— Pour être plus précis, j'aurais dû employer le mot 'incriminantes', déclara le prince.

— C'est absurde !

— Surveillez votre ton, monsieur, dit Brummell, qui ne supportait pas le moindre manque de respect envers le prince régent.

— Si j'ai bien compris, déclara Marche, Murdmont est suspecté d'avoir assassiné ma tante.

— Si votre duchesse était présumée coupable pour avoir rendu visite à Lady B... il est bien normal que Sir Malcolm bénéficie du même traitement, ne croyez-vous pas ?

— Certainement, Votre Altesse, répondit Marche.

Il se tourna vers Murdmont et ajouta :

— Je vous ai déjà promis une raclée, je n'ai qu'une parole, ne l'oubliez pas.

L'agent d'affaires eut un rictus méprisant :

— Fanfaronnez pendant que vous en avez la possibilité, grosse brute. Vous avez mérité le surnom de Béhémoth à cause de votre taille, mais aussi parce que vous êtes une créature métaphorique. Né avec une cuillère d'or dans la bouche, vous ne connaissez que le velours et le satin, vous avez des cohortes de domestiques pour satisfaire vos moindres besoins. Si vous aviez compris ce qui se passait sous votre nez, vous cesseriez d'aboyer et vous pavaner, vous constateriez que la poulinière acquise par votre tante est en vérité une toute autre monture. Vous n'avez pas su manier le fouet, monsieur, et...

La tirade s'interrompit brutalement, car Murdmont reçut un coup de poing en plein visage. Le prince regarda calmement le sang couler de la bouche éclatée.

— Vous l'avez cherché, monsieur, commenta-t-il. Quand le vin est tiré, il faut le boire.

Marche grimaça en agitant ses doigts douloureux.

— J'utiliserai une autre méthode la prochaine fois, décida-t-il.

Murdmont plaquait sa manche sur son visage.

— Vous me le paierez ! promit-il

— À l'aube, répondit laconiquement Marche. Je vous attendrai.

Si Murdmont resta impassible, il se sentait acculé, pris entre le marteau et l'enclume, et sa situation devenait rapidement intenable. Ayant dépassé la mesure, il savait désormais que son habileté à manier le verbe ne pourrait le tirer d'affaire. S'il refusait le duel, il serait déshonoré ; un lâche étant mis au ban de la bonne société, personne n'accepterait plus de le recevoir. Sa seule option était d'accepter le défi, ce qu'il fit d'un bref hochement de tête. Il sortit ensuite un mouchoir de sa poche pour endiguer son saignement.

— Ai-je votre parole que vous ne quitterez pas le château, monsieur ? demanda le prince.

— Bien sûr, Votre Altesse.

Murdmont s'inclina. En se redressant, il vacilla, saisi d'un vertige.

— Si vous voulez bien m'excuser, ajouta-t-il, je dois consulter le médecin.

Le prince George lui ayant accordé congé, Murdmont quitta la pièce. Dans le couloir, il trouva Strand appuyé contre un mur et lui lança un regard haineux. Le jeune Darby en eut un frisson d'effroi. Par la porte restée entrouverte, il aperçut Valentin et, ébloui, oublia instantanément Sir Malcolm. Attiré comme un papillon de nuit par une flamme, il pénétra dans la chambre et s'inclina profondément devant le petit groupe.

— Je vous supplie de me pardonner cette intrusion impardonnable, bredouilla-t-il. J'ai entendu des éclats de voix et je n'ai pu m'empêcher d'écouter. Marche, je vous supplie de m'accorder l'honneur d'être votre second.

Marche leva un sourcil sceptique.

— Savez-vous manier l'épée ou le pistolet ?

— Je dirais volontiers que c'est sans importance, car je suis certain que vous châtierez Murdmont de sa perfidie, me privant ainsi du plaisir de le faire. Toutefois, je vous certifie savoir tenir une arme. Je me suis déjà trouvé sur le champ d'honneur.

— Très bien, Strand. Dans ce cas, je vous aurai à mes côtés pour défendre l'honneur de ma dame.

Une fois de plus, Darby s'inclina avec panache.

— Merci, Votre Grâce ! Je vous en suis à jamais redevable.

— Je vous remercie infiniment, monsieur, dit Valentin.

Darby s'agenouilla et leva sur sa déesse des yeux pleins d'étoiles.

— Milady ! Si vous avez besoin de moi, vous n'avez qu'un mot à dire pour que je sois à votre entière disposition. Pour recevoir de vos lèvres angéliques un autre mot doux, je suis prêt à tout.

— Il suffit, Strand ! intervint Marche. Vos discours enflammés embarrassent mon épouse.

Effectivement, Valentin avait les joues aussi flamboyantes qu'un ciel au coucher du soleil. Il jouait nerveusement avec son tour de cou en perles, l'énorme diamant de son anneau de mariage envoyant des reflets de lumière irisée sur la mousseline de sa robe.

Darby se redressa.

— Je vous demande pardon, madame. Je me comporte en chien fou qui ne sait comment plaire à sa maîtresse, vous êtes bien aimable de me pardonner. Aussi sincères que mes paroles aient été, elles ont sans doute sonné à vos oreilles comme des jappements maladroits. Ma seule excuse, c'est que votre beauté et votre grâce m'éblouissent et me rendent idiot.

— Vous êtes bien trop sévère, monsieur, dit Valentin.

Marche se racla la gorge.

— Puisque nous aurons un duel demain, à l'aube, Strand, je vous suggère une bonne nuit de repos.

— Mais le soleil n'est pas encore couché !

— Vous devriez peut-être passer à la chapelle et purifier votre âme, suggéra Valentin. Une heure ou deux de prière ne fera que renforcer votre vaillance.

Darby finit par comprendre que son départ était souhaité. Il salua avec la grâce d'un maître de ballet.

— C'est un excellent conseil, milady. À demain, alors.

Il disparut et referma la porte sur lui.

— Il est très courageux, remarqua Valentin.

— Il est jeune et idiot.

Sur ce, oubliant Darby St-Denis, Marche demanda au prince :

— Votre Altesse, j'aimerais savoir ce que vous avez trouvé d'incriminant.

Surpris, George se détourna de Brummell pour le regarder.

— Hein ? De quoi s'agit-il ?

— Je me demandais ce qu'avaient trouvé vos gardes dans la chambre de Murdmont.

— Oh, rien du tout, mon cher ! Ce n'était qu'un mensonge pour mieux le ferrer. M'auriez-vous cru ? J'en suis ravi ! Tout à fait ravi ! J'ai donc bien tenu mon rôle, comme au théâtre.

Marche s'inclina devant son souverain.

— Ce fut remarquable, en effet, Votre Altesse. Et vous avez eu là une à une idée tout à fait astucieuse.

— Je ne supportais plus la façon dont il traitait votre douce épouse.

Le prince se leva pour saluer Valentin.

— Cependant, reprit-il, je n'ai pas abusé de mes prérogatives royales. Il me fallait bien faire semblant de prendre au sérieux ce goujat... Je comprends mal ce qu'il espérait obtenir. À présent, chère duchesse, je vais vous laisser vous reposer. Marche, je serai avec vous demain, à l'aube.

— Oserais-je vous prier de ne pas venir en compagnie de toute votre cour, Votre Altesse ?

— Osez, osez, Marche, répondit George, bon enfant. Je crains néanmoins que vous ne soyez déçu. Venez, Beau. Il me faut à présent une petite partie de whist pour retrouver ma bonne humeur.

— Excellente idée, Prinny. Puis-je vous suggérer de remettre vos mocassins ?

Le prince baissa les yeux sur ses chaussons brodés et éclata d'un rire joyeux.

— Vous avez diablement raison ! Imaginez le scandale que je provoquerais si j'apparaissais au salon en pantoufles !

Il changea de chaussures avant de se relever lourdement et traversa la pièce jusqu'à la porte que Brummell lui tenait ouverte. En voyant sortir le prince, Marche s'inclina une nouvelle fois.

Ensuite, il affronta du regard Valentin et Anne, un sourcil levé, l'air diabolique.

— Eh bien, mesdames ?

— Il n'y a qu'une femme dans cette pièce, Votre Seigneurie, rétorqua Anne avec audace.

Marche lui sourit.

— Vous avez tout à fait raison.

— Que va-t-il se passer à présent, Loel ? demanda Valentin.

— Il y aura une enquête pour élucider la mort de ma tante, bien entendu, mais vous n'aurez plus à subir la toxicité de Murdmont.

— Et ce duel ?

— Je ne peux m'en dédire.

— Loel !

Le regard d'Anne passait de son jeune maître à la silhouette imposante de Lord Marche. Elle remarqua leur connexion, malgré la distance qui les séparait. Elle se tut cependant, se souvenant que Valentin n'était plus un enfant soumis à son autorité. Elle se racla délicatement la gorge.

— Je devrais peut-être prendre congé… suggéra-t-elle.

Valentin se tourna vers elle.

— Chère Anne, après votre voyage, vous devez être épuisée.

— Je vais appeler Negus, intervint Marche. Il conduira à votre… gouvernante aux quartiers des domestiques.

— Je voudrais accompagner Anne et m'assurer qu'elle est bien installée.

— Comme vous voulez.

Marche inclina la tête et offrit son bras au jeune homme.

Anne Kermartin n'en crut pas ses yeux en voyant la transformation de Valentin : devant elle, il devint une jeune et belle jeune dame auprès de son seigneur et maître. La gouvernante s'inquiéta, d'après elle, cette farce finirait mal, mais elle serra les lèvres et garda son avis pour elle, comme elle l'avait déjà fait quelques semaines plus tôt, en Bretagne. Désormais, elle était sur place, elle pourrait aider Valentin en cas de problème. Ceux-ci ne tarderaient sans doute pas, car si elle devait en croire ce coquin de valet, le duc menait une vie très agitée.

UNE FOIS Anne dûment installée, Marche entraîna Valentin par un chemin détourné qui les fit traverser le jardin d'hiver. Un endroit très agréable, dont le toit en verrière laissait entrer la lumière.

— Au monastère, je passais beaucoup de temps à l'extérieur, fit remarquer le jeune homme.

Marche le regarda caresser les feuillages et les fleurs de la serre du bout des doigts tout en marchant. Ce geste lui parut d'une sensualité presque insupportable.

— D'après ce que je connais des monastères il y a peu de différence entre l'intérieur et l'extérieur. Il y fait aussi froid…

Valentin ignora sa réflexion pour demander :

— Qu'allons-nous faire, Loel ?

Prenant son jeune amant par la main, Marche l'attira derrière un tilleul planté dans un baquet en bois.

— Que voudrais-tu faire ? demanda-t-il.

— Depuis mon arrivée, tout a été si vite que j'ai peu eu le temps d'envisager l'avenir, mais quand il m'arrive d'y penser, je suis très inquiet.

— Donne-moi un moment pour déchiffrer ce que tu veux dire.

Il frottait le pouce sur son poignet, là où battait son pouls. Valentin sentit la chaleur se répandre à travers lui depuis la main du duc posée sur lui.

— Oh, j'ai l'impression qu'il y a une ombre autour de moi. Je ne peux voir où je vais avant d'en être libéré. J'aimerais tant que Valeria nous rejoigne !

— Veux-tu que je lui envoie un messager ?

— J'ignore où elle se trouve.

Marche le prit dans ses bras pour mieux le réconforter.

— Que puis-je faire pour te rassurer ?

— Renvoie-moi dans le passé, au moment où ma sœur m'a convaincu d'accepter cette mascarade insensée.

— Même si c'était en mon pouvoir, je refuserais de le faire, pour ne pas courir le risque de ne pas te rencontrer.

— Cela ne pouvait arriver, répliqua Valentin à mi-voix, car je serais probablement devenu ton beau-frère.

— Et j'aurais dû passer le reste de ma vie à t'avoir en face de moi, à table, et à craindre que ma femme devine mon désir pour toi, tout en sachant qu'il m'était impossible de t'approcher sans la trahir de façon indigne ?

— Tu as raison, ce serait une bien triste existence.

Marche posa une main sous son menton pour lui faire relever la tête. Il quêta des yeux sa permission, puis, l'ayant obtenue, l'embrassa tendrement.

— Je connais le moyen de te faire oublier tes idées noires, Val, murmura-t-il sur ses lèvres.

Valentin étouffa en cri en sentant une grande main lui empoigner le fessier.

— Marche ! Nous ne pouvons pas… pas *ici* !

— Chut.

Le duc le fit taire d'un baiser et continua à le caresser. S'enfonçant dans l'ombre, il plaqua le jeune homme contre un pilier et pressa son corps sur le sien. Vaincu, Valentin referma les bras sur le large dos et répondit fébrilement au baiser. Marche lui glissa une jambe entre les cuisses, son sexe rigide se frottant à celui de son compagnon à travers l'épaisseur de leurs vêtements.

— Laisse-moi te faire penser à autre chose pendant un moment, souffla-t-il.

Valentin ne protestant pas, le duc s'empressa de continuer. Il s'écarta légèrement et referma les doigts sur le sexe de son jeune amant, sous le satin. Valentin gémit sous la ferme caresse, oubliant ses soucis sous l'excitation de ses sens. D'un geste timide, il laissa descendre sa main sur les reins du duc, car il souhaitait rendre le plaisir qu'il recevait. Le géant réagit avec ardeur à son contact et le caressa plus vigoureusement encore. S'enhardissant, Valentin réussit à faire passer ses doigts entre leurs deux corps pour prendre en coupe la preuve flagrante de l'excitation de Marche. Instantanément, ce dernier lui donna toute la place nécessaire pour continuer. Valentin resserra les doigts, testant la résistance du bâton d'acier, qu'il fut enchanté de sentir frémir sous sa paume. Marche déglutit avec difficulté, un petit bruit étranglé s'échappant de sa gorge contractée. Il jouit quelques secondes plus tard.

— Par le diable ! s'exclama-t-il.

Il poussa un soupir, son souffle agitant les cheveux qui cachaient l'oreille de Valentin.

— Je suis maladroit, excuse-moi ! souffla Valentin.

Il ne put en dire davantage, car il explosa à son tour sous les habiles caresses de son amant. Puis Marche se pencha et pressa le front sur le marbre froid de la colonne. Ses lèvres étaient collées au cou de Valentin.

— Tu n'as vraiment aucune raison de t'excuser !

Valentin, les jambes coupées par son orgasme, avait du mal à retrouver son souffle.

— Je t'ai fait mal. Tu as crié.

Marche gloussa.

— Ce gémissement ne m'a pas été arraché par la douleur. Tu as crié aussi !

À ces paroles surprenantes, Valentin sursauta et ouvrit de grands yeux, oubliant la fatigue qui lui alourdissait les paupières.

— Veux-tu dire que tu as aussi trouvé… le soulagement ?

— Ne l'as-tu pas senti ?

— J'aurais cru qu'il fallait plus de temps et d'efforts pour… Quelle sottise ! Pourquoi ne puis-je trouver mes mots ?

Pendant quelques instants, il n'y eut plus dans le jardin d'hiver que le gai clapotis de la fontaine. Marche reprit ensuite la parole d'une voix prudente :

— Tu croyais que je mettrais plus de temps à jouir ?

— Tu as tant d'expérience, je te pensais un peu… blasé. Je n'ai pas l'habitude, alors je craignais de ne pas te…

— Quoi ?

— … de ne pas être capable de satisfaire un homme aussi sophistiqué que toi.

— Je suis plus que satisfait, Val, je suis comblé.

Valentin parut perplexe.

— Tout a été si rapide.

Marche lui embrassa le cou.

— J'ai joui, c'est tout ce qui compte à mes yeux. C'était rapide, je te l'accorde, mais mon plaisir a été grandiose. J'ai été éperonné par tes caresses, les premières que tu m'accordais. Je serai plus endurant à l'avenir.

— Je n'ai pas voulu insinuer que…

— Je sais, coupa Marche. Tu es l'être le plus attentionné que je connaisse. J'espère que tu ne perdras pas tes qualités uniques au fil du temps. Ce serait bien dommage !

— Si je change, c'est parce que tu me gâtes trop, souffla Valentin.

Le duc le serra dans ses bras à l'étouffer. Et Valentin lui rendit son étreinte de toutes ses forces. Au bout d'un moment, il s'agita pour se libérer.

— Nous avons eu la chance de ne pas nous faire surprendre, ne tentons pas plus longtemps le sort.

Il s'éloigna d'un pas allègre, mais la douce lassitude du plaisir charnel ne tarda pas à lui faire ralentir l'allure. Il dormait debout en arrivant dans la suite qu'il partageait avec le duc.

XI

En se réveillant, Valentin s'étira langoureusement et se gratta le ventre. Une petite plaque sèche s'écailla sous son ongle, ce qui lui remit en mémoire les événements de la veille au soir. Il eut la sensation d'être enveloppé dans la chaleur sensuelle d'une couverture en velours. Plein d'anticipation, il roula sur lui-même pour vérifier si Marche était éveillé. Puis il ouvrit de grands yeux en voyant la place vide de l'autre côté du grand lit. Il évalua la lumière qui émanait de la fenêtre : l'aube n'était pas encore levée. Valentin poussa un soupir soulagé : Marche n'était pas encore sorti se battre en duel.

À travers la porte de la chambre, il perçut des voix étouffées. Il se glissa hors du lit, couvrit hâtivement sa nudité d'une robe de chambre en taffetas, traversa la pièce et pressa son oreille contre le panneau. Malheureusement, le bois était épais, il ne comprit pas le sens des mots échangés.

— Je suis absurde, décida-t-il, en se souvenant qu'il était censé être la maîtresse des lieux.

D'une main décidée, comme s'il ignorait la pièce occupée, il tourna la poignée et pénétra dans le boudoir. Deux hommes se trouvaient devant la cheminée.

— Oh, je vous prie de m'excuser... déclara Valentin.

— C'est à nous de vous présenter des excuses, ma chère, pour avoir troublé votre repos, répondit le duc de Marche. D'ailleurs, Hapwood s'apprêtait à prendre congé.

Gilbert, marquis de Hapwood, salua Valentin en disant :

— Je me devais d'accomplir mon devoir.

— Vraiment, monsieur ? s'étonna Valentin. Et lequel ?

123

— Lord Murdmont m'a fait l'honneur de me désigner son second, aussi, mon rôle…

Marche lui coupa la parole :

— Il est venu m'annoncer les armes qu'a choisies mon adversaire. Murdmont ne sachant pas tenir une épée, nous nous battrons au pistolet.

— Monsieur, vous l'avez déjà défié, s'offusqua le marquis. Vous n'avez pas besoin de continuer à l'insulter.

— Je n'en ai pas *besoin*, mais énoncer la vérité me procure un grand plaisir, rétorqua Marche avec hauteur. Murdmont étant abondamment pourvu de défauts, l'insulter est tâche facile. D'ailleurs, si ma duchesse n'était pas dans la pièce, je vous échaufferais les oreilles en vous détaillant ce que je pense de ce misérable. D'un autre côté, je suis en deuil, aussi vous devrez attendre mon opinion de Malcolm Jonas.

Vexé, Gilbert redressa les épaules.

— Je vois que vous êtes déterminé à vous montrer odieux. Puis-je suggérer que la duchesse se retire ?

— Non, monsieur, ce que fait mon épouse ne vous concerne en rien. Je préfère d'ailleurs ne même pas entendre son nom sur vos lèvres, ce serait le souiller.

Hapwood ricana avec une fatuité haineuse.

— Vous ne m'avez toujours pas pardonné cette petite aventure, n'est-ce pas ? Si je n'étais pas un gentleman, Béhémoth, j'évoquerai volontiers la douceur enflammée d'une dame qui… Aaah !

Il poussa un piaillement.

— Mais enfin, monsieur ! Lâchez-moi ! couina-t-il, à moitié étranglé.

Loin d'obtempérer, Marche referma le poing sur son plastron, soulevant Gilbert sur la pointe des pieds avant de l'écraser violemment contre le mur près de la cheminée. Le marquis en perdit le souffle.

— Écoutez-moi bien, aboya Marche d'un air menaçant. Je vous interdis d'évoquer mon épouse, de l'approcher, d'effleurer le sol sur lequel elle vient de passer. Si je vous vois lui jeter un seul regard, je vous arrache les yeux et je les mets dans du formol sur mon bureau.

Sur ce, il lâcha enfin sa proie. Affolé, le marquis s'écarta vivement.

— Vous êtes fou ! bredouilla-t-il.

Marche le fixa de son regard d'aigle.

— Dans ce cas, méfiez-vous, car les fous peuvent être dangereux.

— Votre comportement est scandaleux ! Il s'agit d'un duel entre gentlemen, pas d'une rixe entre paysans.

— Peut-être avez-vous besoin d'un rappel…

À peine Marche avait-il bougé que Hapwood recula en levant les mains. Puis, se reprenant à grand-peine, il tenta de retrouver une attitude plus digne.

— Profitez de votre arrogance pendant que vous le pouvez, Béhémoth, peut-être vous retrouverez-vous bientôt devant un adversaire à votre taille. J'aimerais saluer la dame avant de prendre congé, mais je préfère ne pas vous provoquer davantage.

— Dans ce cas, disparaissez !

Hapwood se raidit, outragé d'être traité comme un domestique.

— Je m'en vais, monsieur, mais nous serons appelés à nous retrouver très vite. J'espère que vous avez un bon chirurgien, car je vous assure que Sir Malcolm manie parfaitement le pistolet.

— Il suffit, monsieur ! s'écria Valentin. Allez-vous-en !

Son éclat de voix parut surprendre les deux hommes. Marche éjecta Hapwood du boudoir et referma vivement la porte derrière lui.

— Jeune imbécile ! marmonna-t-il.

— De qui parles-tu ? demanda Valentin. De Hapwood ou de moi ?

— De Hapwood, naturellement, répondit Marche. Je m'étonne beaucoup de le voir seconder Murdmont dans un duel contre moi. Ses dettes doivent être d'une importance extrême !

Perplexe, Valentin haussa haut les sourcils. Le duc se hâta d'expliquer le sens de sa remarque :

— Le marquis de Hapwood est un noble de vieille souche, aussi Malcolm Jonas n'aurait-il jamais dû pouvoir le manipuler ainsi. Vois-tu, Murdmont est un parvenu, il a acheté son titre, tandis que les Traverton possèdent Hapwood Chase depuis que Dieu a dit : 'Que la lumière soit !'. Comme tout noble digne de ce nom, un Traverton ressent une profonde horreur pour le commerce, l'industrie et ceux qui s'y adonnent. Donc, la seule explication à cette étrange alliance est que Hapwood soit endetté jusqu'au cou auprès de Murdmont – et que ce misérable ait fait pression sur lui.

— De quelles affaires au juste Murdmont s'occupe-t-il ?

— Il est à la fois juriste, gestionnaire et banquier. Il accorde des prêts aux nobles nécessiteux, propose des investissements aux nantis et gère par ailleurs la fortune de plusieurs pairs du royaume. Ma grand-tante, que Dieu ait son âme, le prenait pour un homme efficace, intelligent et ambitieux, et admirait fort qu'il soit arrivé à son rang actuel en étant parti de rien. Je ne sais trop si elle l'estimait réellement, mais elle lui a confié la gestion de toutes nos affaires.

Valentin jeta un coup d'œil en direction des hautes fenêtres. Une lueur d'un gris étain se levait à l'est, mais le soleil ne pointait pas encore à l'horizon. L'aube était encore loin. La neige tombait.

Sans détourner les yeux de dehors, Valentin chuchota :

— Je ne veux pas que tu sois blessé.

Marche s'approcha de lui et posa un bras sur son épaule.

— Moi non plus, je n'y tiens pas. Pourtant, ce duel était inévitable, je ne pouvais laisser passer tel affront. Mon défi a été impulsif, certes, mais à présent, l'honneur m'interdit de me rétracter.

— J'aimerais pouvoir me rendre sur le pré.

Marche le serra dans ses bras.

— Ne dis pas des choses pareilles ! L'idée que tu sois en danger m'est insupportable !

— Crois-tu qu'il me soit facile d'endurer la perspective qu'il t'arrive quelque chose ?

Marche s'écarta de Valentin et le tint à bout de bras pour mieux le dévisager.

— Excuse-moi, j'ai parlé sans réfléchir. C'était stupide, n'est-ce pas ?

— Certainement, monsieur, mais je vous pardonne ce lapsus.

Valentin baissa la tête pour ajouter :

— ... et j'aimerais t'embrasser.

— Pourquoi hésites-tu ?

— Je fais de gros efforts pour rester décent, Loel.

Marche prit le beau visage entre ses mains et fit basculer la tête brune.

— Les moines qui t'ont élevé devaient être très sévères.

— Oui, ils l'étaient... stricts et rigoureux. Certains étaient même intolérants, ce que je trouve plutôt choquant chez un religieux.

Le duc eut un reniflement sarcastique.

— Nos expériences sont tout à fait différentes, pourtant j'aurais volontiers cru que l'Église anglicane était la plus intolérante.

— Tous les frères n'étaient pas aussi étroits d'esprit. Notre abbé en particulier était un disciple de Saint François d'Assise. D'après lui, pour espérer le pardon, il fallait également pardonner à autrui.

— Es-tu du même avis ?

— Oui.

Marche déposa sur ses lèvres un doux baiser.

— Une chance pour moi ! murmura-t-il.

Puis, enivré par cette bouche renflée, il y goûta à nouveau. Valentin lui rendit son baiser, intensément conscient qu'il ne portait qu'un peignoir.

Quand le duc se redressa, Valentin souffla :

— Veux-tu revenir au lit avec moi ?

— Quelle douce et merveilleuse invitation ! Je la préfère à une déclaration d'amour. Tu ne peux imaginer l'importance qu'ont pour moi tes paroles. J'aimerais cependant savoir ce qui t'a motivé : crains-tu tellement de me voir mourir ce matin ? Oui, bien sûr... je lis sur ton visage que j'ai bien deviné.

Marche affermit son étreinte sur son jeune amant.

— J'aimerais infiniment m'étendre avec toi et te faire découvrir les plaisirs qui se savourent à deux, mais je ne veux pas abuser des circonstances. Je préférerais que tu t'offres à moi parce que ton désir dépasse la pudibonderie de ton éducation.

— Douterais-tu de la sincérité de mon désir ?

Marche cacha son sourire dans l'épaisse chevelure odorante du jeune homme.

— Tu *crois* me désirer.

— Je détecte dans vos paroles une note de condescendance, monsieur.

— Pas du tout, il s'agit de l'affection que j'éprouve à ton égard. Mais je ne suis pas surpris que tu ne saches pas faire la différence : après tout, tu n'es qu'un affreux petit lutin contrariant !

Valentin sourit.

— Si je ne peux te convaincre de renoncer à ce duel, Loel, comment puis-je t'aider à t'y préparer ?

Marche le prit par la main et lui fit traverser le boudoir jusqu'à un fauteuil confortable dans lequel il s'installa, le jeune homme sur ses genoux. Dans les bras l'un de l'autre, ils regardèrent les flocons recouvrir les jardins d'une couche blanche. Valentin, la joue appuyée sur la tête de Marche, gardait le silence, heureux de ce contact chaleureux. La petite pièce devenait une bulle d'intimité qui les protégeait du monde extérieur, de la froideur derrière les vitres.

Ils ne bougèrent pas avant que les premiers rayons du soleil teintent en rose la neige immaculée.

— C'est l'aube, remarqua Marche.

— Non, pas encore.

— Si, regarde... Le soleil apparaît à l'horizon.

Résigné, Valentin se leva.

— Très bien. Puis-je t'accompagner ?

— Une dame n'assiste jamais à un duel, voyons !

— Je suis Bretonne, l'aurais-tu oublié ? Ne dit-on pas : *autre temps, autres mœurs*. En Bretagne, il est peut-être courant d'assister à un duel avant de prendre le petit déjeuner.

— Petit renard ! Très bien, si tu veux venir, pourquoi pas ? Bravons les conventions. Nous affronterons ensemble ceux qui s'aviseront de…

On frappa à la porte. Le duc devina qu'il s'agissait de son valet.

— Entrez !

Effectivement, Negus apparut à l'entrebâillement de la porte.

— Je vous prie de m'excuser, mais la Bretonne est dans l'antichambre et elle refuse de s'en aller.

Marche se redressa pour enfiler une robe de chambre.

— Faites-la entrer. Et vous devriez lui être reconnaissant, car elle vous décharge de servir de femme de chambre à Lord Blythestone. Libéré de la tâche de gérer ces oripeaux féminins, vous aurez enfin du temps à consacrer à votre service habituel. Mes cravates ne sont plus les mêmes depuis mon mariage !

Valentin éclata de rire. Ce fut avec ce son jeune et joyeux dans les oreilles que Marche se retira dans sa chambre, suivi de Negus.

Anne et Valentin entamèrent le long processus de rendre présentable une dame de la noblesse.

VALENTIN DÉTOURNA la tête du petit groupe assemblé, tout en veillant à ce que le bord de son chapeau protège ses yeux du soleil matinal. Il ne le quittait pas son 'mari' du regard : le duc avait une demi-tête de plus que Lord Strand, son second, ou le chirurgien. Il venait d'ôter sa veste et son gilet, ne portant plus qu'une chemise blanche en mousseline et son pantalon en daim. Le soleil levant poudrait d'or le noble profil et les favoris qui lui encadraient le visage. Valentin fut terrorisé à l'idée que Marche n'aurait peut-être plus jamais l'occasion de se raser. Les jambes coupées, il vacilla. Sa vision se brouilla, son souffle s'étrangla dans sa gorge.

— Vous me semblez bien pâle, ma chère, s'inquiéta le prince régent. Auriez-vous besoin des services de mon médecin particulier ?

— Non, je vous remercie, Votre Altesse. Ce n'était qu'un vertige.

— C'est bien normal, ma chère, vu les circonstances. Je ne peux dire que j'approuve votre présence en ce lieu, mais j'admire votre courage. Vous êtes une enchanteresse, chaque nouveau jour ne fait que le confirmer davantage.

— Je craignais de provoquer un scandale en apparaissant ce matin, mais il est de coutume, en Bretagne, qu'une épouse soutienne son mari.

— *Brava*, ma chère, *brava* !

Beau Brummell applaudissait discrètement, de ses mains gantées. Il s'adressa ensuite au prince :

— *Brava*, n'est-ce pas, Prinny ? Il y aura des commérages, je n'en doute pas, mais peu importe ! J'ai toujours admiré le panache ! Votre geste est admirable, milady, surtout pour une aussi récente épousée. Admirable et original !

— Vous avez toujours le mot juste, Beau ! le félicita le prince en riant.

Puis il se retourna et jeta un coup d'œil dans la clairière, bien trop circulaire pour être l'œuvre de la nature.

— Où diable est passé Murdmont ? se plaignit-il.

Hapwood se demandait manifestement la même chose, car son regard égaré ne cessait de fixer l'ouverture dans la haie qui tenait lieu de 'porte'. Murdmont l'avait réveillé bien avant l'aube et envoyé chez Marche, pour décider du choix des armes, mais depuis lors, nul ne l'avait plus revu.

— Avez-vous l'heure, Beau ? demanda le prince régent.

De façon théâtrale, Brummell tira de sa poche une grosse montre en or accrochée à une chaîne qui scintillait de tous ses feux.

— Par tous les diables ! Je crains que le pleutre se soit enfui à la française !

Le docteur Sawyer se racla la gorge.

— Votre Altesse, messieurs, Lord Murdmont est en retard et... ah, voici, Lord Tarmegent et Lord Snowhurst ! Ils nous apportent peut-être des nouvelles... Messieurs, que se passe-t-il ?

Neville Stokes s'inclina devant le duc.

— Nous avons fouillé de fond en comble la maison et les communs. Le responsable de vos écuries m'a appris que Murdmont lui avait réclamé un cabriolet attelé de vos deux meilleurs chevaux. Votre homme s'est absenté pour demander votre accord et Murdmont en a profité pour brutaliser un lad et le forcer à atteler. Votre palefrenier ayant appris votre duel, il n'a pas osé vous déranger. Quand il est retourné à ses chevaux où il a trouvé son lad ensanglanté et constaté la disparition de deux chevaux et d'une voiture. Il voudrait savoir s'il doit envoyer des hommes à la poursuite de Murdmont. Voyez-vous, il ne sait que faire, vu que Sir Malcolm était l'un de vos invités.

— Il a aussi vidé ses affaires dans sa chambre, ajouta Crispin d'une voix pâteuse. Je parle de Murdmont, pas du palefrenier.

— Je vous remercie, messieurs, déclara le médecin. Apparemment, nous allons devoir poursuivre sans Lord Murdmont. Lord Hapwood, vous êtes son second, êtes-vous prêt à le remplacer ?

— Bien entendu, répondit Gilbert, sans réussir à cacher son anxiété.

— Votre Grâce, cela vous convient-il ?

Marche acquiesça.

— Oui. Finissons-en.

Le prince régent avança et pointa du doigt un écrin à pistolets que Beau Brummell tenait dans les bras.

— Je tiens à offrir mes propres armes de duel, dit-il.

Marche y jeta un coup d'œil.

— C'est très aimable à vous, Votre Altesse.

Hapwood s'inclina.

— Je vous remercie également. Au moins, nous savons que ces pistolets n'ont pas besoin d'être vérifiés, n'est-ce pas ?

Chacun des duellistes reçut une des armes et le coffret fut écarté.

Le docteur Sawyer toussota pour attirer l'attention générale.

— Messieurs, veuillez vous placer dos à dos.

Valentin, mort d'inquiétude, serra les poings, sans se soucier de froisser la délicate dentelle de ses gants. Depuis que Murdmont avait accepté le défi du duc, il sentait un poids de plus en plus lourd lui peser sur le cœur. L'anxiété qui l'étreignait devenait si terrible que Valentin avait du mal à rester debout. Il n'était pas certain de pouvoir supporter qu'un pistolet soit pointé sur la poitrine de Marche. Il chercha à se rassurer : le destin n'aurait certainement pas la cruauté de lui arracher son bonheur tout neuf.

Terrorisé, il baissa la tête, ferma les yeux, et pria le ciel pour que Marche ne soit ni blessé ni tué.

De l'autre côté de la petite clairière, Darby ne quittait pas des yeux la jeune duchesse et, bouleversé, constatait son chagrin à peine contenu. La ligne du long cou et des épaules droites étaient aussi souple et gracieuse qu'une tige de fleur exotique ondulant dans la brise, aussi enivrante qu'un sonnet. De toute son âme, Strand aurait voulu être capable d'exprimer l'émotion qu'il ressentait. Il dut faire un effort pour se souvenir des raisons de sa présence en ce lieu. Sa muse devrait attendre la fin du duel.

Hapwood et Marche tenaient chacun leur pistolet par sa crosse arrondie, canon pointé vers le ciel. D'une démarche de somnambule, ils accomplirent les vingt pas réglementaires que le médecin comptait à haute voix. Pour Valentin, le temps passa au ralenti, comme dans un rêve. Il aurait voulu se réveiller, tout arrêter. Il aurait également préféré ne pas être piégé dans son rôle de femme et se tenir aux côtés de Marche sans provoquer un scandale. Seul Satan était capable d'avoir inventé un tourment aussi raffiné et cruel : éprouver une telle terreur pour son bienaimé et devoir le cacher. Le jeune homme s'étonna que personne n'entende le battement affolé de son cœur au moment où les duellistes se retournèrent pour s'affronter.

Hapwood, qui représentait l'insulté, devait tirer en premier. Il baissa son arme, visa Marche et fit feu rapidement. Un nuage de poudre noire éclata et la balle effleura l'épaule du duc avant de se perdre dans la haie derrière lui. Gilbert blêmit. Il changea de position et se mit de profil, pour présenter une moindre cible à son adversaire.

— Ce n'est pas après vous que j'en ai, monsieur, déclara Marche.

Il leva son pistolet et tira en l'air. Le prince George frappa dans ses mains.

— C'est parfait ! s'exclama-t-il avec jovialité. Si votre honneur est satisfait, nous allons en rester là.

— Non, intervint Hapwood. Il est de mon droit de tirer un second coup. J'espère qu'il vous reste des munitions.

— Mais enfin, monsieur ! s'étonna le médecin. Après le beau geste du duc, vous ne voudriez quand même pas…

— Le duc a tiré en l'air, ce que je considère comme une insulte, docteur. Marche aurait aussi bien pu annoncer haut et clair qu'il ne me trouvait pas digne de l'affronter sur une question d'honneur.

Valentin ne put se taire plus longtemps :

— Imbécile ! Le duc vous a épargné et voilà comment vous l'en remerciez ? Vous n'êtes pas digne d'être un gentleman !

Gilbert ricana.

— Quelle violence inattendue sur d'aussi douces lèvres ! se moqua-t-il. J'ai fait le vœu d'y goûter à nouveau, mais il vous faudra attendre, ma beauté, que j'aie tué votre bête.

— Comment osez-vous… ? s'étrangla Valentin.

— Monsieur !

— Hapwood !

Les protestations fusèrent de toutes parts. Cependant, le médecin avait rechargé les pistolets, Hapwood accepta le sien avec une moue suffisante.

— J'avoue avoir été un peu audacieux, déclara-t-il, mais devant une telle tentatrice, c'est bien pardonnable.

Il fit face à son adversaire et cria :

— Êtes-vous prêt, Marche ?

— Je suis prêt, répondit le duc en prenant position.

— Loel, non ! s'écria Valentin.

Marche lui jeta un coup d'œil, les yeux pleins d'une émotion difficile à décrypter. Pourtant, Valentin en ressentit une sérénité incompréhensible. Il repoussa ses terreurs et se redressa, le regard brillant de fierté devant le courage de son amant. Marche le dévisageant toujours, Valentin lui offrit un sourire. Marche s'inclina profondément, un sourire aux lèvres.

Gilbert en prit ombrage.

— Pourquoi diable souriez-vous ?

— Je vois mal en quoi ma bonne humeur vous concerne, Hapwood. Mais si cela trouble votre visée, veuillez m'en excuser.

Hapwood vérifia son pistolet.

— C'est une arme excellente. J'ai retenu la leçon de mon coup d'essai. Je ne vous raterai pas une deuxième fois.

— Vous avez intérêt, monsieur, car je ne tirerai pas en l'air.

En guise de réconfort, le prince George offrit son bras à Valentin. Puis il lui tapota la main.

— Il n'y en a plus pour longtemps, ma chère, murmura-t-il.

Le coup de feu retentit. Marche fut touché. Sous l'impact, il tomba à genou, la chemise marquée d'une tache sanglante. Il secoua la tête, ce qui libéra ses cheveux de leur ruban, et se redressa péniblement. D'un regard fulgurant, il refusa les soins du praticien et pointa son pistolet sur le marquis de Hapwood. Le canon frémit très légèrement avant de se stabiliser. Le duc pressa la gâchette. Gilbert reçut la balle dans le cou. La carotide éclatée, il mourut en quelques secondes.

Quant à Marche, il vacilla et retomba à genou. Valentin se précipita pour le soutenir. Darby était également à ses côtés. Ensemble, ils aidèrent le duc à s'étendre de tout son long. Valentin pressait déjà sur la plaie un mouchoir qui s'imbibait rapidement de sang. Le docteur Sawyer, après avoir constaté le décès de l'infortuné Hapwood, s'approcha et ouvrit la chemise du duc pour examiner la blessure.

Après une brève auscultation, il prit sa décision.

— Je vais devoir intervenir ici même, sans attendre, annonça-t-il. Lord Strand, pourriez-vous avoir l'amabilité de m'apporter mon sac, je vous prie.

— Pensez-vous que je vivrai ? haleta Marche.

— D'après ce que je vois, votre poumon n'a pas été touché. Vous avez eu beaucoup de chance, car la balle vous a atteint au torse sans toucher d'os. Une fois que j'aurai nettoyé la plaie, il faudra simplement veiller à ce qu'il n'y ait pas d'infection.

— Oh, merci, docteur ! s'exclama Valentin.

Le docteur Sawyer eut un sourire

— Je suis certain que vous aurez la plus dévouée des infirmières, Votre Grâce, conclut-il.

LES BOUGIES brillaient dans la chambre. Le médecin, après une visite tardive, venait de s'éclipser. Au silence qui régnait dans le château, Valentin devina que leurs invités se préparaient à se coucher. Il ôta sa belle robe de chambre et vint s'asseoir à côté du lit.

Marche leva sur lui des yeux que le laudanum rendait vitreux. Après avoir refusé deux fois d'être drogué, il avait fini par céder quand le praticien lui avait assuré qu'une bonne nuit de sommeil accélérerait sa guérison.

— Tu es l'homme... le plus beau... le plus magnifique... que j'aie jamais vu, marmonna-t-il péniblement.

Valentin cacha son sourire sous la mèche de ses cheveux dénoués.

— J'ai donc le choix entre beauté et magnificence ?

— Non, tu as toutes les qualités, tu es avenant, séduisant, charmant...

— Vous avez du vocabulaire, monsieur.

— Viens te coucher avec moi, Val.

— Je le ferai quand tu te seras endormi. Le médecin t'a ordonné le repos et je ne veux pas te rendre la tâche plus difficile.

— Mon petit moine, chuchota Marche avec tendresse. Je t'aime si fort.

Valentin déglutit, les larmes aux yeux.

— Je t'aime aussi, reconnut-il d'une petite voix. J'ai passé la journée à remercier Dieu de t'avoir épargné.

— C'est étrange, mais ce matin, je n'avais pas peur. J'étais certain de ne pas mourir. Veux-tu savoir pourquoi ?

— Oui, bien sûr

— Parce que ma place est auprès de toi. Si nous étions séparés, ce serait la fin du monde.

— Ciel, la muse de Strand serait-elle contagieuse ?

— Non, c'est toi qui m'inspires de nouveaux sentiments, de nouveaux mots.

— Je suis ravi, cher monsieur, vraiment. Le jour de notre rencontre, je me disais qu'il me faudrait t'apprendre à te comporter décemment, mais au final, c'est moi qui ai changé. Tu m'as…

— … corrompu. Est-ce là le mot que tu cherchais ?

— Absolument pas. Tu m'as montré que l'enseignement que j'avais reçu était incomplet. Si j'ai encore du mal à accepter mes pulsions charnelles, je refuse de croire que le rapprochement de deux amants est un péché. C'est Dieu qui nous a créés, y compris cette matière brute qu'est notre chair. Et l'amour s'exprime aussi bien sur le plan physique que spirituel. C'est une fusion de corps et d'âmes. Si l'union conjugale n'était destinée qu'à la procréation, l'acte ne nous procurerait pas une telle extase. Pour moi, c'est… comme une ode à l'amour.

— C'est une bien belle déclaration, mon bienaimé !

Valentin rougit. Son teint, à la lumière des bougies, prit un délicat ton de rose et de perle.

— Le suis-je vraiment… ton bienaimé ?

— Bien entendu ! Tu n'appartiens qu'à moi. Ne l'oublie jamais, ajouta le duc avec fermeté.

— Du calme !

Valentin se pencha et posa une main apaisante sur la poitrine du blessé.

— Mieux vaut changer de sujet, ajouta-t-il. Mieux encore, nous devrions cesser de parler pour que tu puisses dormir.

— Comment veux-tu que je dorme ? Malgré le laudanum, ta présence m'enflamme les sens.

Malgré lui, Valentin tourna la tête pour examiner le grand corps étendu. Au niveau du bas-ventre, une bosse révélatrice, cachée par le drap, attestait de l'excitation du duc.

— Je vois, reconnut-il. Pour le moment, il n'y a rien à faire.

— Tu pourrais au moins me caresser, ce serait un grand soulagement.

Valentin s'imagina répondre à cette suggestion… et un frisson lui remonta dans le dos. La voix de baryton, rendue plus rauque par la somnolence et la fatigue, était une caresse que le jeune homme ressentait jusqu'au tréfonds de son être. Un tourbillon d'étincelles s'agitait dans son ventre comme des lucioles dans un bocal. Il s'efforça de les oublier et grimpa sur le lit.

— Tu peux me serrer dans tes bras, chuchota-t-il. Rien d'autre.

Marche l'empoigna et l'allongea contre lui, du côté où il n'était pas blessé, un bras sur les épaules. Valentin se moula au corps puissant et glissa la main sous les couvertures, refermant les doigts sur le sexe du duc.

— Morbleu, Blythestone ! rugit Marche.

— Silence ! marmonna Valentin.

Marche suivit la consigne, le souffle coupé sous la caresse qui l'explorait, d'abord timidement, puis s'enhardissait. Le cœur de Valentin accéléra quand le duc poussa un sourd gémissement.

Le jeune homme appréciait tout ce qu'il découvrait : contact, odeur, sensation… la chaleur du bâton de chair, la toison bouclée, les bourses pleines, les cuisses fermes, l'humidité, le parfum musqué. Quand sa première curiosité fut satisfaite, il reprit ses va-et-vient le long du membre, avec une légère torsion en arrivant au gland. Relevant la tête, il déposa aussi une pluie de baisers sur la mâchoire râpeuse, les lèvres délicieusement irritées par la barbe qui repoussait.

Marche laissa descendre sa main de la taille du jeune homme à son sexe.

— Ne t'arrête pas ! haleta-t-il.

Valentin accentua ses mouvements et quelques secondes plus tard, ses doigts furent inondés d'un liquide chaud et épais. Il continua à caresser le duc jusqu'à la fin de son orgasme.

Marche poussa un soupir repu.

— C'est la meilleure berceuse que j'ai jamais reçue ! déclara-t-il.

Valentin se figea.

— Tu es satisfait !

— Je suis… enchanté !

— Alors, tu devrais pouvoir trouver le sommeil, n'est-ce pas ?

— Quand je résonne encore une cloche de cathédrale ?

Valentin se nicha contre le duc.

— Quelle jolie formule !

Après une pause, il ajouta :

— Je suis tellement heureux que tu sois en vie !

— Moi aussi.

Marche l'embrassa sur le front.

— Bonne nuit, mon bienaimé, souffla-t-il.

— Bonne nuit, mon mari, répondit le jeune homme d'une voix ensommeillée.

Au moment où Marche ferma les yeux, il crut entendre le rire moqueur de sa grand-tante, celui qu'elle avait toujours quand un mâle arrogant se faisait rabattre le caquet.

— Reposez en paix, chuchota-t-il à son fantôme.

Il s'endormit quelques secondes plus tard.

XII

— QUEL COUP de théâtre ! Fit remarquer Crispin. Je viens du salon de jeu, tout le monde ne parlait que de Murdmont. Comment a-t-il pu s'enfuir ? Sa réputation ne s'en remettra jamais !

Confortablement allongé dans une méridienne, le jeune noble regardait son ami Darby préparer sa malle.

— C'est certain. Aucun pair ou noble du royaume n'acceptera plus de le recevoir. S'il veut encore espérer gérer ses affaires, Murdmont devra engager un secrétaire pour traiter avec ses clients.

Sur ce, Darby plia soigneusement une de ses précieuses culottes de peau. Neville, à l'autre bout de la pièce, laissa tomber le rideau de la fenêtre et s'approcha d'eux.

— Pensez-vous qu'il aura le toupet de continuer à exercer ? demanda-t-il. À sa place, je m'exilerais le plus loin possible, dans l'Empire russe, par exemple.

— J'aimerais croire qu'il le fera, Tarmy, répondit Darby, mais en vérité, que m'importe ? Je méprise de tout mon être ce misérable, que sa couardise met plus bas que le plus infime des vers de terre. Il paiera pour ses méfaits, j'en fais le serment !

— Ne me dites pas que vous persistez dans vos projets insensés ! protesta Crispin, d'une voix languissante.

Darby se tourna vers lui, avec dans les mains son épée dans son étui.

— Bien sûr que si ! Dans le cas contraire, pourquoi préparerais-je mes bagages ? Et je compte garder avec moi mon épée jusqu'à ce que je retrouve Murdmont et que je puisse le défier en duel.

— N'est-ce pas à Marche de s'en charger ?

137

Darby le fusilla d'un regard noir.

— Écoutez, Snow, vous avez le choix, soit vous gardez pour vous vos idées grotesques, soit vous disparaissez de ma chambre.

Crispin baissa les yeux sur son verre pratiquement vide.

— Excusez-moi, j'ai parlé sans réfléchir.

— Bien, à présent, veuillez m'excuser, je dois prendre congé de notre hôte.

— Je vous accompagne, Strand, déclara Neville. D'abord, dans la chambre de Marche, ensuite, à Londres.

— Merci, Tarmy. Je savais pouvoir compter sur vous.

— Je viens ainsi, ajouta Crispin, qui se redressa et vacilla.

— Ne préféreriez-vous pas rester ici un jour ou deux de plus ? objecta Neville. Je vous rappelle que les tavernes sur la route de Londres sont espacées de plusieurs kilomètres.

— Vous voudriez vous distraire sans moi ? Il n'en est pas question ! Taïaut !

Dans le dos de Crispin, Neville rencontra les yeux de Darby et ils échangèrent un regard entendu. Avec le même sourire de connivence, ils rattrapèrent leur ami et l'encadrèrent afin qu'il ne bascule pas en traversant le grand hall.

Dans l'antichambre de la suite ducale, ils furent accueillis par le valet de Marche. Negus les salua en se touchant le front.

— Bonjour, messieurs. Belle journée, n'est-ce pas ? Que puis-je pour vous ?

— Le duc reçoit-il ? demanda Darby.

Negus leur présenta un plateau d'argent qui sembla apparaître par magie. Darby, Neville et Crispin y déposèrent leurs cartes. Le valet s'inclina respectueusement, puis frappa à une autre porte et disparut dans la chambre.

Il mit longtemps à revenir, le trio commença à s'impatienter.

Enfin, Negus leur ouvrit la porte et déclara :

— Le duc et la duchesse de Marche vont vous recevoir, messieurs.

Les trois jeunes nobles entrèrent d'un pas conquérant. Ils trouvèrent le duc alité et s'inclinèrent pour le saluer.

— Bonjour, messieurs. À quoi dois-je le plaisir de votre visite ? demanda Marche.

Il souffrait encore de sa blessure, sa voix rauque l'indiquait.

Darby répondit le premier.

— Nous prenons bientôt la route de Londres, Votre Grâce, nos chevaux sont déjà prêts. Nous comptons traquer ce misérable Murdmont et lui faire la peau.

— Quoi !

Marche se redressa trop vite et grimaça de douleur. Au même moment, Valentin arrivait du boudoir. Il se précipita au chevet de son époux.

— Le docteur Sawyer vous a conseillé du laudanum, déclara-t-il. Vous devriez accepter, milord ! Je vous en prie...

Se tournant vers les visiteurs, Valentin prit un air sévère.

— Si c'est à cause de vous que le duc s'agite ainsi, je vais vous demander de le laisser se reposer.

Darby s'inclina profondément, pliant un mollet joliment formé

— Nous ne comptions pas nous attarder, ô la plus belle des dames. Nous ne voulons surtout pas que Murdmont échappe à la justice.

Le regard de Valentin effleura le trio et revint au duc de Marche.

— Je ne comprends pas.

— Ces jeunes fous veulent aller traquer Murdmont, répondit le duc.

— Quelle excellente idée ! s'exclama Valentin.

Remarquant sans doute l'expression sombre de Marche, il reprit d'un ton plus hésitant :

— Vous n'êtes pas de cet avis ?

— Je préférerais m'occuper moi-même de ce faquin, ma chère.

— Vous êtes blessé, souligna Darby. Il vous faudra un certain temps pour recouvrer la santé. Et j'ai eu l'honneur de vous seconder.

— Ai-je la moindre chance de vous convaincre si je vous interdis de partir ? demanda le duc, tout en connaissant déjà la réponse à sa question.

Ses trois visiteurs prirent l'air buté et refusèrent de croiser son regard.

Marche soupira et reprit :

— Si vous refusez d'écouter la voix de la raison, pourriez-vous au moins attendre que je puisse vous accompagner ?

— Mais cela risque de prendre des jours, voire des semaines ! protesta Darby.

— Non, monsieur, je vous demande seulement quelques heures de patience. Cela vous convient-il ?

Valentin ouvrit la bouche, puis se ravisa. Il savait inutile de demander à Marche de renoncer à ses projets. Plutôt que perdre son temps en vaines discussions, mieux valait qu'il veille à rendre le voyage de son amant le plus confortable possible. Il sonna donc et réclama le praticien.

Le docteur Sawyer réussit à persuader le duc de prendre du laudanum dans un verre de brandy. Puis il remit à Valentin une provision de médications et, avant de partir, leur annonça clairement son opinion sur la folie qu'ils s'apprêtaient à commettre. Negus était déjà descendu pour faire préparer la voiture. Il revint dans la chambre du duc accompagné de domestiques chargés d'emporter les bagages.

Une fois assuré que les préparatifs allaient bon train, Valentin s'excusa pour enfiler sa tenue de voyage. Il opta pour sa tenue d'équitation vert bouteille.

À son retour dans la chambre, il découvrit Strand et ses amis qui aidaient Marche à se vêtir. Anne arriva peu après, indiquant que les bagages de la duchesse avaient été chargés dans la voiture et que l'impertinent valet lui avait transmis un message pour Sa Grâce : le cocher attendait devant la porte.

Marche fit quelques pas vacillants et chercha discrètement un appui au bras de Valentin qui se tenait à ses côtés.

— En route, madame, dit-il avec un grand sourire.

— POUR VOUS dire la vérité, je suis contrarié, déclara Valentin une fois monté avec le duc dans la voiture. Ce matin, j'avais espéré pouvoir enfin retrouver des habits d'homme.

Lord Marche ne put lui répondre sur-le-champ, car il tentait d'aider Anne Kermartin qui avait un peu de mal à faire passer ses imposantes rondeurs à travers la portière. Il tentait de prendre le bras de la gouvernante quand Valentin le prévint :

— Vous ne devriez pas, c'est à vos risques et périls, chuchota-t-il.

Negus, remarquant sans doute que l'embarquement prenait plus de temps que prévu, contourna la voiture et décida de prêter main-forte à son maître. Dûment propulsée en avant par un coup d'épaule dans l'arrière-train, Anne poussa un hurlement et fit irruption dans l'habitacle, où elle s'écroula sur la banquette en face du couple, à bout de souffle et ulcérée. Negus replia les marches, referma le portillon et salua les occupants d'un signe de tête avant de reprendre sa place à côté du cocher. En général, il voyageait à l'intérieur, avec le duc, mais la lueur meurtrière qu'il avait lue dans le regard d'Anne lui donnait une soudaine envie d'air frais.

Il ne fallut que quelques heures pour atteindre Londres, mais le déplorable état de la route parut allonger le voyage. Sans se soucier de bienséance, Valentin se colla contre Marche, tentant ainsi d'atténuer les secousses que provoquaient les nombreuses ornières. Au début, Anne garda le silence que réclamait sa position subalterne. Ensuite, elle retrouva son naturel et s'exprima avec la même franchise que dans la cuisine des Blythestone.

— Excusez-moi si je me répète, jeune maître, mais vous voir avec tous ces volants et ces rubans me perturbe beaucoup. Vous ressemblez terriblement à Valeria. Du coup, chaque fois que vous ouvrez la bouche, votre voix me donne un choc.

— Je trouve la voix de Sir Valentin très agréable, dame Kermartin, intervint Marche.

— Je suis bien d'accord, Votre Seigneurie. Mais Valeria…

Elle baissa la voix avec un regard entendu :

— … hum, *l'autre* Valeria, si vous voyez ce que je veux dire, a un timbre beaucoup plus musical – du moins quand elle ne s'oublie pas en hurlant comme un charretier. Vous, milord, avez une voix très virile.

— Vous plaît-elle ? Je l'ai acquise il y a quelques années.

Valentin haussa les épaules et s'adressa à sa gouvernante :

— Vous voyez ? Il est incapable de rester sérieux plus de trois minutes. C'est une habitude des plus frustrantes.

— Je ne ferais jamais confiance à un homme qui n'a pas le sens de l'humour, répondit Anne. Pas plus qu'à un homme incapable de boire.

— Oh, il a le sens de l'humour, certes, mais il a surtout le sens du sarcasme.

Marche émit un reniflement moqueur.

— Auriez-vous besoin d'un mouchoir ? s'enquit Valentin.

— Non, merci. Et si vous voulez mon avis, je ne vois aucun mal à échanger quelques plaisanteries maritales. Vous êtes bien de mon avis, j'espère, dame Kermartin ?

Anne ne fut pas insensible au sourire ravageur du duc.

— *Aye*, milord, répondit-elle avec entrain.

— Anne ! protesta Valentin. Vous êtes censée être de mon côté ! Vous devriez convenir avec moi que le duc se montre parfois trop caustique.

— Certes, mais Sa Grâce est un homme, et un bien bel homme, si je peux me permettre. Il est bien connu que les hommes sont des lunatiques. Mieux vaut ne pas les contrarier, sinon ils risquent de devenir irascibles ou maladifs.

— Quelle folie ! s'exclama Valentin. Je suis un homme, je vous le rappelle, je suis pourtant d'humeur égale.

— C'est exact, monsieur, j'aurais dû préciser *la plupart* des hommes sont des lunatiques.

Marche gloussa, ce qui le fit bouger, aussi son rire se transforma-t-il vite en grimace douloureuse. Valentin était outré.

— Je suis autant un homme que lui ! insista-t-il

— Je n'en doute pas, répondit Anne. Mais vous avez été élevé par des moines franciscains dans un monastère, loin de la méchanceté du monde. Alors, vous avez peu en commun avec un homme aussi expérimenté que Lord Marche, ou même ces jeunes dandys qui nous escortent.

— Vous avez raison, soupira Valentin.

Il baissa les yeux sur ses doigts effilés, surpris de les trouver doux, souples et blancs. Au monastère, il avait été exempté de travail manuel, surtout quand il s'agissait de tâches exténuantes, et employé à recopier d'anciens manuscrits. Tout à coup, il ressentit le besoin impérieux d'avoir de vraies mains d'homme, marquées d'entailles et de cicatrices, ou au moins un peu calleuses. Si seulement il avait pu chevaucher comme Darby et ses amis, en plein air, l'épée au côté, plein de noble panache ! Il attendait avec de plus en plus d'impatience le jour où il pourrait revendiquer son véritable nom.

— Pourquoi ce pli sur votre front, mon petit ange ? demanda Anne, en lui donnant le surnom qu'elle employait pour lui étant enfant.

Valentin lui sourit affectueusement.

— Ah, pour rien. Je me suis oublié un moment sous le poids de mon fardeau, mais le désespoir est un péché auquel je refuse de céder. Armés de courage et de persévérance, nous finirons par résoudre nos difficultés actuelles, j'en suis certain.

— J'aimerais que mon épaule soit déjà guérie, déclara le duc.

— J'aimerais pouvoir vous défendre jusqu'à ce que vous soyez remis, répondit Valentin.

Marche lui jeta un long regard.

— Merci, dit-il enfin. Je n'ai jamais entendu de plus merveilleuse déclaration.

— J'avais des doutes, intervint Anne, à présent, je sais. Vous êtes amoureux l'un de l'autre ! Je devrais en être choquée, mais ce n'est pas le cas. Pour vous dire la vérité, je suis très heureuse pour vous.

— En ce qui me concerne, déclara Marche, je n'ai pas peur des feux de l'enfer. Je reste fidèle à mon cœur. À mes yeux, rien n'est plus vil que se marier sans amour.

— Je suis bien d'accord avec vous, monsieur, mais je ne sais trop ce que dira milady quand elle sera au courant.

— J'espère que Valeria sera enceinte à ce moment-là.

Anne sourit.

— Oui, madame votre mère aurait alors autre chose en tête, c'est sûr. Que comptez-vous faire, jeune maître, si je peux me permettre de vous poser la question ?

Valentin inspira profondément.

— Eh bien, pour commencer, il nous faudra organiser les funérailles de Lady Bolbracken. Ensuite, nous veillerons à ce que Murdmont soit traduit en justice.

Anne acquiesça.

— Certes, mais je parlais de votre futur avec Lord Marche.

Valentin jeta un coup d'œil à son amant.

— Je ne peux m'empêcher d'espérer que nous resterons ensemble, mais en vérité, j'ignore ce que l'avenir nous réserve. Valeria et moi avions bien peu réfléchi aux ramifications de notre subterfuge.

Une fois de plus, Marche étouffa son rire en reniflant.

— Êtes-vous certain de ne pas avoir besoin d'un mouchoir ? demanda Valentin d'une voix sirupeuse.

— Si c'était le cas, je suis certain que vous en avez un à me proposer.

Anne se mit à glousser, la main sur sa bouche.

— Eh bien, maître Valentin, soyez certain que je ferai tout ce qui est en mon possible pour vous aider.

APRÈS DE courtes étapes pour reposer les chevaux et sustenter le petit groupe, ils atteignirent Londres bien avant la nuit. Le cocher arrêta la voiture devant le perron de Bolwood House, la demeure londonienne de la famille Bolbracken-Woodbine, aussi réduite soit-elle en l'état actuel des choses.

Le valet qui gardait la porte se précipita pour annoncer l'arrivée des nobles visiteurs. Peu après, le majordome venait accueillir le duc et la duchesse, accompagné de deux solides domestiques pour décharger les bagages. Anne veilla sur les opérations, indiquant les malles et sacs qui appartenaient à Lady Marche qu'elle recommanda aux valets de manier avec le plus grand soin.

Sans se soucier d'eux, le majordome s'inclina devant Sir Loel, désormais duc de Marche et de Bolbracken.

— Votre Grâce. Nous vous souhaitons la bienvenue. À vous aussi, madame la duchesse.

— Merci, Ambrose, répondit Marche.

Valentin se contenta d'un gracieux signe de la tête.

— Le… le cercueil de ma tante était bien arrivé ? ajouta le duc.

— Oui, milord. Il a été placé sur le catafalque de la chapelle.

— Parfait. Je vous remercie.

— Milady manquera à tous, monsieur.

Comme si cet aveu chargé d'émotion était inconvenant, le majordome se racla la gorge et redressa le menton.

— Je vais m'occuper de vos bagages, Votre Grâce, ajouta-t-il, un peu compassé. Auriez-vous une préférence concernant votre logement ?

— Je n'y avais pas encore réfléchi. Que suggérez-vous ?

Ambrose jeta un bref coup d'œil à Valentin.

— J'ai pensé que vous et votre dame seriez peut-être mieux dans la chambre du saule. Elle a récemment été rénovée de fond en comble.

— Je vous fais confiance. Je vous charge aussi de veiller à restaurer ces jeunes dandys.

Il désigna le trio toujours à cheval.

— Je doute qu'ils restent avec nous, ajouta-t-il, mais ils ne refuseraient sans doute pas un petit cordial

Ambrose s'inclina derechef.

— Je m'en occupe tout de suite, monsieur. Je dois aussi vous signaler que le personnel s'est réuni pour vous accueillir et vous offrir ses meilleurs vœux.

Pendant que les bagages montaient à l'étage, le duc et la duchesse passèrent en revue l'importante domesticité de la maison. Marche fit une brève eulogie de sa grand-tante, avant d'assurer ses serviteurs qu'il interférerait aussi peu que possible dans le fonctionnement de la maison. Valentin les remercia de leur accueil et s'efforça de mémoriser leurs noms.

Puis Marche lui prit le bras et l'entraîna vers l'escalier, réclamant qu'on lui fasse monter un plateau avec un léger repas.

Dans leur chambre, ils trouvèrent Negus et Anne déjà occupés à vider les bagages.

— DAMNATION ! JURA Darby.

Il arpentait de long en large le salon de Bolwood House.

— Si ça se trouve, Murdmont se trouve déjà aux colonies, aux Antilles ! ajouta-t-il.

Marche se racla la gorge. Surpris, Darby leva les yeux et constata la présence de Valentin au seuil de la porte. Horrifié d'avoir proféré un juron en présence d'une dame, le jeune baronnet s'inclina profondément et se répandit en excuses.

— Veuillez me pardonner, madame. Je n'ai pas plus de manières qu'un Peau-Rouge.

— Je vous pardonne de tout cœur, mon cher Strand, répondit Valentin. Vous avez été si serviable pendant la convalescence de mon mari !

Darby se courba à nouveau.

— Ce fut pour moi un plaisir et un honneur, madame. Cependant, nous sommes arrivés depuis déjà deux jours et je crains que notre proie ne soit hors de portée.

— Nous ignorons s'il compte s'enfuir ou pas, rétorqua Marche. Il peut très bien se cacher à Londres, sous notre nez.

— J'ai arpenté la ville en long et en large, monsieur. Partout, j'ai demandé après lui et personne n'a pu me renseigner. Ses employés travaillent toujours, mais j'ai bien vu, à leurs regards, qu'ils sont inquiets. Si je peux me permettre, peut-être pourriez-vous intervenir… ?

— Pourquoi ? Je serais ravi de ne plus jamais revoir cette canaille. Et pour être franc, je commence à me lasser de vous demander d'oublier cette affaire.

— Pourquoi ne pas au contraire la lui confier ? chuchota Valentin.

Darby avait l'ouïe fine.

— Excellente suggestion ! s'enthousiasma-t-il. Envoyez-moi après Murdmont ! Je n'abandonnerais jamais sa piste !

— Je suis trop faible pour résister. Très bien, Strand. Vous serez mon émissaire, mais à condition que je sois régulièrement informé de la progression de votre enquête.

— J'y veillerai, monsieur, avec ardeur et fidélité !

À nouveau, Darby s'inclina avec panache et quitta le salon d'un pas ragaillardi.

— Maintenant, tu seras tranquille, fit remarquer Valentin.

Marche s'installa dans un fauteuil confortable en retenant sa grimace.

— Crois-tu ?

— Eh bien, Strand ne te dérangera plus.

— Ne regretteras-tu pas ses visites régulières ? Il passait pratiquement toutes les heures ces deux derniers jours.

— Strand est très… enthousiaste. J'apprécie sa vivacité d'esprit.

— Tiens, tu l'appelles Strand ? J'ai remarqué que tu disais Darby quand tu es avec lui.

Un petit froncement de perplexité marqua le front de Valentin.

— Quelle étrange idée !

— Tu n'as pas répondu à ma question. Laisse-moi t'en poser une autre : pourrais-tu m'expliquer pourquoi tu t'adresses à lui d'une voix aussi sensuelle et sirupeuse ?

— Je n'avais pas remarqué. Je pensais parler à *Darby* sur le même ton qu'à ses amis, répondit Valentin en s'attardant délibérément sur le prénom du jeune noble.

— Eh bien, ce n'est pas le cas. Tu te comportes différemment avec lui.

— Et si j'en juge à ton aigreur, cela te contrarie ?

— Bien entendu ! Pourquoi devrais-je apprécier de te voir jeter des regards enamourés à un jeune vaurien qui se prend pour un poète ?

Se redressant d'un bond, Valentin vint se placer devant le fauteuil du duc.

— Serais-tu jaloux ?

— Et alors ?

— Loel, tu es ridicule ! Je sais bien que tu trouves ton oisiveté insupportable, mais tu dois laisser à ta blessure le temps de cicatriser. Et tout le monde apprécierait que tu cesses de te comporter en ours mal léché.

Valentin s'adoucit et prit un ton câlin pour proposer :

— Maintenant, allons retrouver Negus pour qu'il t'enlève cette tenue de deuil. Si Lady Willamina a pu nous voir aujourd'hui, du haut du ciel, je suis certain qu'elle a apprécié la foule venue lui rendre hommage.

Marche se redressa, toujours maussade.

— Tu es bien pressé de changer de sujet, grommela-t-il.

— Que voulais-tu que je dise de plus ?

— Es-tu attiré par Strand ?

— Pardon ? s'étonna Valentin.

— Il me semble que le sens de ma question est évident.

— Non, absolument pas. Qu'insinues-tu au juste ? Serait-ce le laudanum qui te trouble le cerveau ?

— Je ne suis pas aveugle. Tu flirtes éhontément avec Strand.

— Ce n'est pas vrai, Loel ! Je m'intéresse à lui, mais seulement parce qu'il se montre pour nous deux un ami fidèle.

— Il est amoureux de toi et tu le sais très bien.

— Il me serait difficile de l'ignorer, mais c'est un amour platonique, celui d'un poète pour sa muse. Il ne me désire pas.

Marche eut un rire amer.

— Tu es d'une naïveté confondante. Bien sûr qu'il te désire ! C'est un homme !

— Moi aussi !

Le duc agita une main dédaigneuse.

— Aucun rapport ! aboya-t-il.

— Vraiment ?

Valentin s'était exprimé d'un ton calme, son visage composé ne présentait aucun signe de colère, pourtant le duc sentit ses cheveux se hérisser sur sa nuque. Il choisit ses paroles avec soin :

— Je parlais de ton orientation sexuelle, tu partages mes goûts, après tout.

— Je reconnais n'avoir aucune expérience avec une femme. Si c'était le cas, peut-être serais-je comme ces fougueux jeunes nobles qui collectionnent les conquêtes pour les ajouter à leur tableau de chasse.

Valentin s'interrompit un moment, pensif.

— Pour dire la vérité, je ne crois pas être tenté par leur exemple. Ce que je ressens à ton contact me convainc que je ne suis pas destiné à désirer une femme… ni un autre homme que toi.

— Je suis très heureux de te l'entendre dire, Val. S'il te plaît, pardonne-moi ma folle jalousie. Je me suis comporté de façon ridicule.

— Je ne t'en veux pas. Tout est de la faute de ces vêtements que je suis contraint de porter.

— À présent, qui dit des sottises ? se moqua le duc.

Valentin étendit les amples jupes de sa robe de mousseline.

— Je me sens grotesque !

— Tu es adorable.

— C'est vraiment ainsi que tu m'apprécies ? Tout enrubanné et le visage peinturluré ?

— Je te préfère tout nu.

147

Valentin sourit.

— Bien, là, je te reconnais enfin. Tu en reviens toujours au sexe.

Marche le prit par la taille pour le rapprocher de lui.

— Comment pourrait-il en être autrement ? Ta silhouette, ton visage, tout en toi est provocation.

— Loel ! Nous ne sommes pas dans notre chambre !

— Et alors ? Quand nous y sommes, tu te refuses à moi en prétextant ma blessure.

— Tu as entendu comme moi les conseils de ton chirurgien. Je suis moi aussi impatient de reprendre mon enseignement, mais je refuse de jouer avec ta santé.

Marche gloussa.

— C'est un risque qui vaudrait la peine d'être couru.

Ils quittèrent le salon vers le grand escalier desservant le premier étage.

— J'ai réfléchi, déclara Valentin, je n'avais que cinq ans quand mon père m'a fait entrer au monastère. Je ne regrette pas mon éducation, mais sur certains points, elle a été incomplète. De nos jours, un gentleman est censé posséder certains talents. J'ai un peu pratiqué la danse, mais personne n'a pensé à m'apprendre l'escrime.

Marche ravala la protestation qu'il avait sur la langue. Il comprit également que Valentin avait raison : il se comportait vis-à-vis du jeune comte de Blythestone avec une certaine condescendance. Certes, c'était dans le but louable de le protéger, mais, s'il tenait à conserver l'estime de son amant, il ferait mieux de modifier son attitude. Marche était certain que le jeune homme n'abandonnerait pas ses principes, même par amour, aussi plutôt que de déchoir, il le quitterait, ce qui leur briserait le cœur à tous les deux.

Marche devait le traiter en égal pour le garder à ses côtés.

— Dès que j'aurai retrouvé la santé, je serais ton maître d'armes, promit-il.

— J'en serais enchanté, mais je tiens cependant à commencer mes leçons le plus tôt possible.

— Il nous faudra alors trouver un instructeur qui n'a jamais rencontré la duchesse de Marche. C'est possible, éventuellement, et tu devras t'entraîner en secret pendant notre séjour à Londres.

À ces derniers mots, il retomba dans son obsession habituelle :

— Quel gâchis ! s'exclama-t-il. Nous perdons notre temps ! Les constables n'ont rien trouvé et je ne supporte pas l'idée que Murdmont coure toujours.

Ils étaient presque à la porte de leurs chambres quand Valentin prit le duc par la main et noua ses doigts aux siens.

— Son crime ne restera pas impuni. Tu veilleras à ce que justice soit faite à ta tante. Je n'en doute pas.

Marche resserra son emprise sur sa main.

— Ta confiance en moi me fait chaud au cœur. Ah, voici Negus !

— Dans ce cas, je vous laisse dans de bonnes mains, milord, déclara Valentin, en reprenant un ton plus formel.

Il passa dans sa chambre, une pièce adjacente, où Anne l'attendait pour l'aider à se changer.

Une fois seul avec son valet, le duc déclara à mi-voix :

— Negus, connaîtriez-vous un tailleur discret ?

— Je ne comprends pas, Votre Grâce. Vous comptez changer de fournisseur ?

— Je me suis mal exprimé. J'aurais besoin d'un tailleur qui ne nous reconnaisse pas et ne nous pose pas de questions indiscrètes.

— Il vous faut un nom pour quand ?

— Le plus tôt possible. Blythestone commence à s'impatienter dans la dentelle et les rubans.

Negus aida le duc à enlever sa veste.

— Je m'en occuperai donc de toute urgence, monsieur, affirma-t-il.

— Je vous en remercie par avance. Plus vite vous me trouverez ce tailleur, plus heureux en sera... ma duchesse.

— Je vois. Je suis le garant de votre bonheur conjugal, Votre Grâce.

Après avoir rangé la veste dans la garde-robe, Negus revint avec une autre, souple et doublée de velours, mieux adaptée à une soirée passée à la maison.

— Ne vous avisez pas de faire des plaisanteries douteuses au sujet de Blythestone ! aboya Marche. Je ne le tolérerai pas.

Negus, qui nouait la cravate du duc, une riche couleur bordeaux, garda soigneusement les yeux fixés sur ses doigts.

— Je sais, monsieur. J'ai tout de suite compris que le jeune lord était différent.

— Vraiment ? Tant mieux. Dans ce cas, oubliez que j'ai haussé le ton, voulez-vous ?

— Bien sûr, monsieur. Que voulez-vous faire ce soir, descendre dans la salle à manger ou dîner dans votre chambre ?

— Je préférerais rester ici, mais je n'en déciderai pas avant d'avoir demandé son avis au comte de Blythestone.

Negus tressaillit de surprise, mais il se reprit très vite.

— À vos ordres, monsieur.

Peu après, il sortait pour s'enquérir des desiderata de Valentin.

XIII

— EH BIEN, quelle transformation !

Le duc de Marche, qui venait d'entrer dans la bibliothèque, s'arrêta pour admirer les nouveaux atours du comte de Blythestone : une redingote gris tourterelle ouverte sur un gilet pourpre et une belle chemise de lin immaculée. La culotte de peau moulait les longues jambes souples, de hautes bottes bien cirées soulignaient la courbe de ses mollets. La sombre chevelure bronze, attachée en catogan, bouclait dans le dos jusqu'au creux des reins.

— Vraiment ? demanda Valentin. Cela vous plaît ?

Marche s'approcha et boutonna le gilet au niveau de la taille, démontrant ainsi qu'il avait pleinement retrouvé l'usage de ses deux mains. Il se mit ensuite à jouer avec la cravate de soie noire.

— Tu es un parfait dandy dans cette tenue. Tu es également aussi tentant que le péché.

Valentin le regarda à travers ses longs cils.

— Et tu n'as rien d'inconvenant à ajouter ?

— Je le ferais bien volontiers si je ne craignais d'être réprimandé.

— Vraiment ?

Marche acquiesça solennellement.

— Je te rappelle, reprit le duc, que je me suis fait reprocher mon excitation de sanglier en rut, ma mentalité de chat de gouttière et mon impatience d'étalon juste avant la monte.

Valentin écarta les bras et se désigna d'un geste de la main.

— J'aimerais juste entendre une opinion honnête.

— Tu es superbe et je traverserais l'enfer pour une telle vision. Par contre, si tu veux de la franchise, je rêve surtout de t'entraîner dans un recoin discret et de t'arracher tout ce que tu portes.

Valentin le regarda d'un air pensif

— Donc… tu me désires toujours, même si je ne suis plus vêtu en femme ?

— En doutais-tu ?

Marche désigna son entrejambe. Valentin y jeta machinalement un coup d'œil et ne put retenir un sourire devant la bosse révélatrice qui déformait le pantalon du duc.

— À mon avis, tu as recouvré la santé, Loel.

— En tout cas, je me sens apte à remplir mon devoir conjugal.

Le duc détacha le ruban qui retenait les cheveux du jeune homme et baissa la tête pour embrasser une longue mèche soyeuse.

— Je suis d'accord. Voudrais-tu m'accompagner dans notre chambre ?

— Volontiers ! Si tu veux, je pourrais même te porter.

Valentin eut un rire un peu tremblant.

— Ce serait mon vœu le plus cher.

— Dans ce cas, qu'il soit exaucé !

— Non ! protesta Valentin.

Quand Marche se précipita sur lui en criant 'taïaut', Valentin fit un bond en arrière. Puis, par jeu, il s'enfuit en courant. Le duc le poursuivit à travers les pièces et les couloirs jusqu'à l'escalier. Ils montèrent les marches l'un derrière l'autre et se retrouvèrent peu après dans leur chambre. Valentin se retourna et serra le duc dans ses bras. Puis il se laissa tomber en arrière, sur le lit, entraînant son amant avec lui. Sous l'impact, ils se cognèrent le front et le nez. Sans s'en soucier le moins du monde, ils embrassèrent avec force et passion.

Au bout de quelques secondes, Marche se redressa et ses baisers devinrent tendres, profonds et langoureux, comme un gourmet s'attardant sur un plat à la saveur enivrante.

À bout de souffle, il s'écarta enfin et, les yeux dans ceux de son jeune amant, il reconnut :

— Par toutes les puissances de l'enfer, tu provoques en moi un incendie !

— Tu me fais le même effet. J'ai bien trop chaud avec tous ces vêtements.

Comprenant l'allusion, Marche s'empressa de déshabiller Valentin, tâche peu facile, car celui-ci cherchait en même temps à détacher les lacets de son pantalon. Il fit ensuite glisser le cuir souple le long de ses jambes et laissa le duc ôter ses bas.

— Tu es superbe, Loel ! Une véritable œuvre d'art de la nature !

— As-tu fini de m'admirer ?

Valentin secoua la tête.

— Non, j'ai l'impression de contempler le plus parfait modèle des sculpteurs de la Grèce antique. Combien j'aimerais avoir un corps comme le tien !

Malgré lui, Marche gonfla le torse, très fier de ce compliment, mais il chercha à cacher sa réaction. S'agenouillant sur le lit, il aida Valentin à se débarrasser de ce qui lui restait de vêtements.

— Quels dégâts nous provoquerions si nous étions du même acabit ! se moqua-t-il. Deux colosses en pleins ébats passionnés seraient capables de tout casser.

— Quelle vision !

Marche approcha son visage du sexe érigé, puis sourit en voyant l'expression scandalisée de Valentin.

— Dites-moi, cher Blythestone, vous avez beaucoup d'imagination et je constate qu'elle vous fait de l'effet.

Valentin ouvrit la bouche, prêt à protester, mais il perdit toute envie de parler quand une bouche brûlante se referma sur lui. Il retomba en arrière, les genoux flageolants. Entre ses cuisses, Marche changea de position puis se mit à le goûter, coulissant de haut en bas, une main serrée sur la base de son membre, l'autre jouant avec ses mamelons. Après quelques secondes d'un plaisir extatique, Valentin décida de ne pas rester passif. Empoignant Marche sous les aisselles, il l'attira contre lui et l'embrassa fiévreusement. Le duc pesa sur lui, leurs deux corps imbriqués, et s'arrangea pour que le moindre mouvement provoque une friction au bon endroit. Soudés l'un à l'autre, les deux amants s'empoignèrent comme deux lutteurs au cœur du combat.

Puis Marche s'empara des poignets de Valentin, les plaqua au matelas et poussa ses hanches en avant, frottant son sexe contre celui de Valentin. Ce dernier se cambra pour accentuer le contact, puis gémit sa frustration quand le duc s'arrêta brutalement.

— Je comprends, murmura Marche en se redressant. Moi aussi, je suis excité, mais je refuse de gâcher ta première fois par précipitation.

Allonge-toi, je vais te préparer de mon mieux, je veux que tu apprécies ce qui va se passer. Je ne te mentirais pas : c'est toujours un peu douloureux, mais le plaisir que tu ressentiras le compensera bien. Es-tu partant ?

Valentin lui jeta un regard incrédule.

— Oserais-tu me laisser dans un tel état ? Je tiens à te signaler que c'est de ta faute si je suis aussi impatient. Tu n'as cessé de me répéter que tu me désirais. Je me demande pourquoi, monsieur, alors que je me décide enfin à accepter, vous vous sentez tenu d'hésiter.

— Je n'insisterai pas, tu m'as amplement convaincu.

Ce disant, Marche se leva pour approcher de sa table de toilette. Il choisit une petite fiole parmi plusieurs et revint vers le lit. Il se recoucha près de Valentin, se pencha et l'embrassa doucement.

— Allonge-toi, répéta-t-il, et écarte les jambes.

Sous le regard attentif de son amant, le duc s'humecta les doigts d'huile. Puis, distrayant Valentin d'un baiser, il glissa la main entre ses jambes, glissa entre ses fesses. Le jeune homme se crispa un peu, mais cela ne dura pas, il se détendit et rendit le baiser avec ardeur. D'un doigt prudent, Marche cercla l'entrée de son corps avant de le pénétrer d'une phalange. Valentin se figea, mais, confiant en l'expérience du duc, il se soumit à son toucher. Les yeux fermés, il tâtonna et referma les doigts sur le sexe de Marche.

Du coup, le duc reprit la parole d'une voix éraillée.

— À présent, je vais enfoncer mon doigt complètement. J'irai doucement, tu n'auras pas mal, car l'huile facilitera la pénétration. Il ne faut surtout pas que tu te crispes.

— D'accord. Je ferai de mon mieux.

Marche lui sourit tendrement.

— Je sais, souffla-t-il.

Il força l'anneau musculaire et, pour distraire l'attention de Valentin, referma la bouche sur un mamelon sensible. Malgré la stimulation, l'avertissement et l'onguent, Valentin trouva très étrange cette intrusion. Le doigt allait et venait en lui, un peu plus loin à chaque passage. Il s'habitua peu à peu au contraste choquant entre plaisir et douleur, surtout qu'une troisième sensation venait s'ajouter… il n'aurait su la nommer, mais il avait l'impression d'être rempli de bulles de champagne, qui pétillaient gaiement et l'enivraient. Il se mit à se tordre sur les draps, le souffle coupé, secoué de frissons. Il crut exploser quand Marche appuya sur une zone particulièrement érogène. Toutes ses terminaisons nerveuses se concentrèrent sur ce seul endroit.

— Que fais-tu ? gémit-il.

— Je te l'ai déjà dit, je te prépare.

— Écoute, ce n'est pas vraiment désagréable… mais j'ai quand même envie de… pousser, d'expulser ton doigt.

— Pas vraiment désagréable ? répéta Marche, amusé. Je vais te faire changer d'avis. Tu es prêt à passer à l'étape supérieure ?

Valentin acquiesça d'un geste languide, puis il étouffa un cri. Marche venait de faire tournoyer son doigt sur la prostate de son amant.

— Que fais-tu ? répéta-t-il. Je n'ai jamais connu de sensations pareilles.

— Écoute, je t'ai déjà répondu, je te prépare. Où as-tu la tête ?

Tout en continuant ses va-et-vient, Marche utilisa son autre main pour masturber son amant.

— Oh, mon Dieu ! s'écria Valentin d'une voix étranglée.

Pendant quelques instants, le silence de la pièce ne fut troublé que par sa respiration difficile et ses petits cris. Puis Valentin demanda doucement :

— Est-ce ce que je vais sentir quand ta virilité sera en moi ?

— En plus fort.

Le duc ajouta un autre doigt. Valentin sursauta.

— Oh !

— Plus tu seras bien ouvert, plus tu ressentiras de plaisir, mais je t'avertis une fois encore : la pénétration initiale sera douloureuse.

Valentin sourit et reprit ses caresses au rythme paresseux des doigts qui le pénétraient.

— J'ai la tête qui tourne, souffla-t-il. Je n'arrive pas à croire que je suis dans cette position : nu, les jambes écartées, avec les doigts d'un homme en moi. Je me sens si…

Marche l'interrompit quand il se redressa, ôtant ses doigts de son amant.

— Val, ta confiance en moi me fait honneur, je n'y faillirai pas.

— Je te fais la même promesse.

Prenant le duc par le cou, Valentin l'embrassa avant de retomber sur le lit en disant :

— Je suis tout à vous, monsieur.

Marche s'humecta à nouveau les doigts d'huile et les introduisit entre les cuisses ouvertes.

— Relève un peu les genoux dit-il. Attends, je vais t'aider…

Prenant une jambe de son amant, il la posa sur son épaule. Il s'enduisit le sexe d'huile et se mit en position.

— Il y a plusieurs façons de procéder, indiqua-t-il, mais j'espère que tu aimeras celle-ci, c'est ma préférée.

— Dans ce cas, je suis certain qu'elle me plaira aussi.

Marche tourna la tête et posa un baiser sur le genou à portée de ses lèvres.

— Tu ne peux imaginer le plaisir que j'éprouve à te voir comme cela. Je t'ai désiré dès que je t'ai vu et depuis lors, mon intérêt n'a pas diminué d'un iota. Au contraire, il n'a fait que grandir et s'enraciner, ce que j'ai encore du mal à comprendre.

Valentin l'écoutait à peine, distrait par le sexe énorme qu'il sentait contre lui. C'était à la fois effrayant et libérateur. Aux affres de la passion, il en oubliait son éducation, ses belles manières, et devenait une créature dont les pulsions devaient être satisfaites. Il ne pensait plus au péché, mais il avait peur... peur de l'inconnu, de la douleur. Secoué de frissons, Valentin releva les yeux. Il retrouva la voix en croisant le regard de son amant.

— Moi aussi, je t'ai désiré, souffla-t-il.

Marche réprima son rire, pour ne pas laisser croire à Valentin qu'il se moquait de lui. Son jeune amant qui découvrait les confessions sur l'oreiller méritait d'être encouragé. Il se pencha vers le visage aimé.

— Le désir existe entre nous, c'est certain, mais il y a bien davantage.

Il poussa les hanches en avant, dans le berceau des cuisses de Valentin, son sexe huilé lui caressant l'entrejambe. Il effleurait ses lèvres d'un baiser chaque fois qu'il bougeait.

— Quel délicieux tourment ! souffla Valentin contre sa bouche.

— Je t'aime, répondit Marche. Demande-moi tout ce que tu veux, je te le donnerai.

— J'aimerais que tu me prennes, sans plus de discours ni de retenue.

Un lent sourire découvrit des dents solides du duc. Cette fois pourtant, il garda le silence. D'une main, il empoigna Valentin par la cuisse, de l'autre il se repositionna. Les yeux dans les yeux, il pénétra son amant, lentement, laissant son poids le pousser en avant. Il devait lutter contre ses instincts qui réclamaient de se précipiter. Il voulait rester patient afin que son amant savoure cette initiation. L'étau de velours brûlant qui se refermait sur son sexe lui procurait un plaisir proche de l'extase. Il brûlait, impatient de pouvoir se déchaîner jusqu'à l'orgasme. Mais pour rien au monde, il ne voulait voir la douleur brouiller les si confiantes prunelles violettes levées sur lui.

Pour le moment, Valentin écarquillait des yeux émerveillés.

Chaque fois que Marche voyait une crispation sur son visage, il se figeait et caressait doucement le jeune homme jusqu'à ce qu'il se détende. Puis Valentin lui demandait de continuer, sans paroles, d'un simple mouvement du menton, et le duc reprenait sa progression.

Bientôt, il fut enfoui jusqu'à la garde, avec des fesses fermes pressées contre son bas-ventre.

Valentin poussa un très long soupir et lâcha enfin le drap qu'il tenait dans ses poings crispés.

— Loel, grogna-t-il. J'ai peur d'éclater comme une saucisse trop remplie.

— Veux-tu que je me retire ? Ou préfères-tu attendre de t'habituer à ma présence ?

Une fois de plus, Marche embrassa son amant tout en le masturbant. Contre ses lèvres, Valentin haletait et gémissait au rythme des va-et-vient de sa main. Au début, il ne bougea pas, mais il s'anima bientôt et rendit attouchements et baisers. Oubliant la brûlure au creux de ses reins, Valentin caressa le dos de son géant, les muscles herculéens que le désir gonflait. Peu à peu, l'insupportable tension s'apaisa pour devenir un sentiment de plénitude. Soulagé, Valentin pensa qu'il pourrait s'y faire. La seule idée d'être possédé par son bienaimé lui paraissait incroyable, une connexion physique consacrant le sentiment qui les unissait.

Il renversa la tête, détachant ses lèvres de celles du duc.

— Oh, mon Dieu !

Marche, qui le surveillait, vit ses yeux se mouiller de larmes retenues. Valentin commençait à découvrir le grand mystère de l'amour physique, son regard se piquetait d'étoiles comme le ciel à la nuit tombée. Marche se retira avec autant de précautions que précédemment, fasciné par les émotions qui se succédaient à toute vitesse sur le visage transfiguré.

— Maintenant, nous pouvons… commença-t-il

Il poussa un profond gémissement : Valentin venait de serrer ses muscles internes, cisaillant son gland à l'endroit le plus sensible.

— Par le diable ! C'est divin !

— Quoi ? demanda le jeune homme, le regard enflammé. Ceci, peut-être ?

À nouveau, il se contracta.

— Si tu continues, je finirai à Bedlam. Voilà de quoi alimenter les ragots : le démoniaque Lord Marche vaincu par un innocent.

Valentin éclata d'un rire joyeux, ses larmes s'écoulant sur ses tempes pour se perdre dans ses cheveux.

— Cesse de procrastiner et prouve-moi que l'amour vaut bien tout ce que tu m'as promis. Vraiment, je penserai presque que tu n'as pas... Oh !

D'un coup de reins, Marche venait de le pénétrer, ce qui coupa net son discours. Le duc ondula des hanches, Valentin poussa un cri et s'agrippa aux draps, comme s'il craignait de léviter. Un éclair de plaisir le galvanisa de la tête aux pieds, ses orteils se recroquevillant nerveusement.

— Au nom du ciel !

Il ne put en dire davantage. Marche recommença et sourit quand Valentin exprima son enthousiasme par un hurlement. Cela continua, encore et encore, le duc ne s'enfonçant jamais complètement dans l'étroit fourreau, mais à chaque poussée, il heurtait la prostate de son amant qui s'envolait de plus en plus haut dans le tourbillon de sa jouissance. De plus, le duc accompagnait ses manœuvres de caresses, surveillant leur effet sur le visage renversé. D'instinct, le jeune homme souleva le bassin pour s'empaler davantage, ce qui poussa aussi son sexe dans le poing crispé sur lui. La double sensation étant exaltante, Valentin se tordit sur le lit comme en proie à une fièvre féroce, il gémissait sans discontinuer, à la recherche de son plaisir.

De plus en plus excité, Marche resserra sa prise sur la cuisse du jeune homme et se lâcha enfin, donnant à son amant ce qu'il réclamait sans même le savoir. Sous le pilonnage du géant, Valentin poussa un cri étranglé et se mit à jouir, perdu dans une houle qui l'emportait très loin de la réalité.

Quand le sexe de Valentin se ramollit, le duc le lâcha et porta les doigts à sa bouche, goûtant l'essence de son amant sans cesser son martèlement, toujours plus profond, toujours plus fort. Encore frissonnant du contrechoc de son orgasme, Valentin glissait sur les draps froissés sous la force de ces coups de boutoir, geignant son plaisir. Marche se pencha, pliant en deux le corps souple pour pouvoir regarder ses yeux. Valentin voyait flou, les lèvres entrouvertes, le souffle court. Il paraissait enivré de plaisir. À cette vue, le duc ressentit un élan érotique qui déclencha son plaisir. D'autant plus que Valentin le prenait par les cheveux pour l'attirer et l'embrasser avec ferveur.

Quelques instants plus tard, le duc s'écroula sur lui de tout son poids.

— Je vais t'écraser, fit-il remarquer sans conviction.

Mais son jeune amant ne manquait ni de force ni d'endurance. Il le serra dans ses bras, l'enveloppa de ses jambes, et tous deux profitèrent béatement d'un moment de repos bien mérité. Marche frottait son visage dans le cou mouillé de sueur, alternant ses baisers de petites morsures.

— Tu bandes toujours, chuchota Valentin à son oreille.

Marche gloussa.

— Je m'étais demandé ce que tu dirais après ta première fois, je n'avais pas prévu cela.

— Si nous ne bougeons pas, ton sexe redeviendra-t-il flaccide ?

— Quoi ? Certainement pas !

Marche s'agita légèrement, provoquant un petit gémissement.

— Qu'y a-t-il ? s'inquiéta-t-il. Suis-je trop lourd pour toi ?

Valentin lui adressa un long sourire paresseux.

— Au contraire, milord. J'adore te servir de matelas. Ton poids sur moi est une sensation sublime.

— C'est vrai ?

Marche releva la tête pour scruter son amant, auquel il trouva un regard légèrement vitreux, mais éclatant d'humour joyeux.

— Bien entendu, cher et respecté mari, répondit Valentin. J'ai beaucoup apprécié cette initiation et j'aimerais recommencer à être l'objet de tes tendres attentions. Je crains de devenir dévergondé, tu sais, je t'importunerai sans arrêt pour retrouver cet avant-goût du paradis. Tu avais parlé de me corrompre, n'est-ce pas ? Je pense que tu m'as seulement convaincu.

— Je ne m'en plaindrai certainement pas. Et je suis prêt à répondre à tes désirs.

Pour le prouver, Marche se redressa et bougea le bassin. Valentin, surpris, poussa un jappement qui se termina en geignement de bonheur parce que les dents du duc venaient de se refermer sur son mamelon érigé.

— Crois-tu qu'il soit possible de déjà recommencer ? s'étonna Valentin.

— Certes. D'ailleurs, tu le vois bien …

Marche poussa en avant, s'enfonçant dans le souple étau qui le gainait.

— Tu n'espères quand même pas que je…

Valentin s'étrangla lorsque Marche l'empala plus profondément,

— … que je croie sur parole un débauché sarcastique ! termina-t-il d'une voix haletante. Je veux des actes, non de beaux discours, monsieur le duc !

— Comptez sur moi, cher comte.

Et Marche se mit au travail pour prouver à Valentin son endurance.

XIV

Valentin jouait avec la toison qui bouclait sur la poitrine de son amant.

— Marche, déclara-t-il tout à coup, je voudrais rendre visite au salon de Mme Dahlram.

Une ligne apparut entre les sourcils dorés du duc.

— D'où connais-tu ce nom ?

— Darby et ses amis en ont parlé un jour en croyant que je n'entendais pas. D'après ce qu'ils racontaient, il s'agit d'une maison aux mœurs douteuses, n'est-ce pas ?

— Justement, pourquoi voudrais-tu y aller ?

— Pourquoi fréquentais-tu cet établissement ?

Marche se redressa dans le lit.

— Tu as entendu parler de ma mauvaise réputation !

— Oui, et j'ai surtout entendu dire que tu la méritais bien.

Marche prit la main de Valentin pour embrasser chacun de ses doigts.

— C'était avant notre mariage !

— J'espère bien. Je me suis dit que nous serions plus libres dans le salon de Mme Dahlram, en public. Cela peut paraître stupide, mais....

— Non, mon bienaimé, ce n'est pas stupide. Après tout, c'est la raison qui justifie l'existence de tels endroits : fournir un sanctuaire aux hommes comme nous.

— Un sanctuaire, vraiment ? Alors, emmène-moi le visiter.

Déjà, Valentin se levait et commençait à se vêtir.

— Tu es bien plus... exigeant depuis que tu portes des vêtements masculins, remarqua le duc.

À son tour, il quitta le lit. Le drap glissa et révéla son corps solide et nu. Marche prit Valentin dans ses bras et insista :

— Tu ne veux pas passer un peu plus de temps au lit ?

— Loel, je suis affamé !

— Je vais nous faire monter un plateau.

Il avait déjà la main sur la sonnette quand Valentin le retint.

— Non, ne cherche pas d'excuses pour perdre du temps. Si tu refuses de m'accompagner, j'irai tout seul. Je demanderai mon chemin au premier passant que je croiserai.

— C'est du chantage ! Comment peux-tu t'abaisser à une manœuvre aussi vile ?

— Qui m'a enseigné l'efficacité du machiavélisme et de la duplicité, à ton avis ?

— Il est impoli de répondre à une question par une autre.

— Oh, habillez-vous, monsieur. Je suis impatient de découvrir ce diabolique salon.

— Dans ce cas, mieux vaut que je t'accompagne.

— Après y avoir pris une tasse de thé, nous pourrons nous enquérir d'un maître d'armes. Qu'en penses-tu ?

— J'allais justement te le proposer.

Marche resta immobile pendant que Valentin, déjà prêt, lui nouait sa cravate.

Dans le hall d'entrée, ils croisèrent Negus.

— Déjà prêt à sortir, milords ? s'étonna le valet.

— Le jeune Blythestone tient à prendre une tasse de thé dans un salon privé.

— Dans ce cas, je vais chercher ma casquette.

— Non, Negus, je n'aurais pas besoin de vos services aujourd'hui. Nous nous contenterons d'un en-cas avant de retourner à d'autres tâches qui requièrent notre attention.

— Très bien, monsieur. Je ne pensais pas à mal, je vous assure.

Marche pencha la tête pour scruter son valet

— Pourquoi aurais-je pensé différemment ? s'enquit-il d'une voix doucereuse.

Valentin intervint :

— Vous parlez tous les deux par énigme. De quoi s'agit-il ? Je vous serais reconnaissant de me traiter en adulte.

161

— C'est un souhait que beaucoup partagent, monsieur ! s'exclama Negus avec ardeur.

Marchal agita son chapeau d'un geste menaçant.

— Vaurien !

Le valet eut un sourire entendu. Marche lui jeta un regard mauvais.

— Je viens de penser à une chose, Negus : en mon absence, vous risquez d'avoir du temps libre. J'espère que vous n'en profiterez pas pour recommencer à jouer.

— Certainement pas, Votre Grâce ! J'accepterai peut-être de jouer aux cartes, mais pour rien au monde je ne parierais un sou sur un maudit bourrin. Ces bêtes-là sont bien trop lunatiques à mon goût.

— Je suis heureux de vous l'entendre dire.

Marche sortit dès que Negus lui ouvrit la porte.

— Que Votre Grâce ne se fasse pas de souci, persifla le valet dans son dos. Je vous ferais pourtant humblement remarquer que votre fortune, à l'heure actuelle, est pratiquement illimitée.

Marche fit un effort pour retenir son sourire.

— Il suffit, insolent !

Puis se tournant vers Valentin :

— Venez, Blythestone. Allons découvrir les délices de ce fameux salon.

NON LOIN de Bolwood house se trouvait le quartier du Croissant, où les hobereaux *nouveaux riches* [14] étaient fiers de résider. Chacun désirait être vu, aussi y avait-il foule sur le boulevard. Marche et Valentin, partis à pied pour le centre-ville, marchèrent d'un bon pas et réussirent à éviter ceux qui cherchaient à les intercepter, jusqu'au moment où une jeune femme se plaça sur leur passage. Lady Georgiana, la veuve du marquis de Hapwood.

— Mais n'est-ce pas là le duc de Marche ? s'exclama-t-elle. Votre Grâce, j'espère que vous ne vous ressentez plus de votre blessure.

Marche s'inclina pour la saluer.

— Je suis tout à fait remis, madame, comme vous pouvez le constater. Par contre, je suis étonné de constater que vous avez déjà abandonné le deuil.

---

14 En français dans le texte

162

Georgiana gloussa, comme si Marche plaisantait, sans faire mine de reconnaître la réprimande implicite : il était scandaleux qu'une veuve apparaisse en public si peu de temps après la mort de son mari.

— Je crains que Hapwood n'ait monté le mauvais cheval, répliqua-t-elle avec indolence. J'espère que vous ne m'en voudrez pas de son erreur de jugement.

— Je n'ai rien contre vous, madame.

— Je vois. Il me faudra un certain temps pour regagner vos bonnes grâces.

Abandonnant le sujet, Lady Georgiana tourna vers Valentin un regard curieux.

— Vous ne m'avez pas présenté votre charmant compagnon, monsieur, protesta-t-elle.

— Voici Valentin Randwick, comte de Blythestone, le frère de mon épouse.

La marquise tendit la main d'un geste langoureux.

— Enchantée de vous rencontrer, milord. Vous ressemblez à votre sœur de façon tout à fait... surprenante.

Valentin s'inclina sur la main de la jeune femme, effleurant de ses lèvres le gant qui la couvrait.

— Effectivement, madame. Je l'ai souvent entendu dire.

— C'est vraiment étrange. J'ai demandé à Strand pourquoi Valeria attirait tous les regards. Savez-vous ce qu'il m'a répondu ? Qu'elle était unique, parce que sa beauté ne suivait pas les canons classiques. D'après lui, aucune autre femme du beau monde ne peut lui être comparée. Ainsi, votre sœur conquiert simplement en étant différente. N'est-ce pas... inhabituel ? Peut-être sera-ce bientôt la mode d'être inhabituel.

Elle eut un petit rire aigu, avant d'enchaîner :

— Moi par exemple, pour ressembler à la duchesse de Marche, il me faudrait grandir en centimètres et retrouver l'innocence d'un agneau nouveau-né. Où est-elle, au fait, la charmante enfant ? J'avais espéré la voir à l'éloge funèbre de Lady Bolbracken, mais je n'ai pu y assister, bien entendu.

— Je n'ai aucune influence sur opinion publique, madame, dit Marche.

— Hapwood n'a pas eu le choix, vous savez. Murdmont détient tous les...

Elle s'interrompit brusquement avec un doux sourire.

— Je vous prie de bien vouloir m'excuser, reprit-elle d'un ton contrit, mes affaires personnelles n'ont certainement aucun intérêt pour vous. Profitez bien de votre promenade, messieurs.

Elle les salua d'une petite révérence avant de s'éloigner. Elle fut reconnue par d'autres passants, car ils s'écartèrent pour éviter de la croiser.

— Je n'arrive pas à comprendre que tu aies pu rester aussi calme, Loel, remarqua Valentin.

— Cela ne me fut pas difficile puisque je disais la vérité.

— Elle a paru accepter que je sois le frère de Valeria.

— Eh bien… Si je dois te souligner l'évidence, tu l'es.

— Tu sais bien de quoi je parle !

— Bien entendu, mais j'adore te voir faire la moue.

— Quoi ? Je ne fais jamais la moue. Ce serait d'un puéril !

— En effet. Maintenant, filons avant d'être à nouveau interceptés et obligés d'accepter une invitation quelconque.

LE SALON de Mme Dahlram se trouvait dans une maison d'apparence banale que rien ne distinguait des bâtiments voisins, en briques et en bois, encadrant une ruelle pavée. Cependant, une fois entré, le visiteur recevait un choc, car les murs, du sol au plafond, étaient tapissés de riches soieries qui donnaient l'impression d'être dans une gigantesque tente bédouine. Les pièces étaient encombrées de tapis moelleux, de divans, d'imposants coussins et de tables basses, et éclairées par des lampes à huile en cuivre. L'air sentait le parfum et le bois de santal.

Alors que Valentin s'arrêtait dans l'entrée, les yeux écarquillés, le duc demanda :

— Qu'en penses-tu ?

— J'ai du mal à croire que je suis toujours à Londres, ou même en Angleterre.

Un serviteur en turban et livrée chatoyante chuchota à l'oreille du duc, qui donna son accord d'un signe de tête. Les deux visiteurs suivirent ensuite leur guide et s'enfoncèrent dans les couloirs obscurs. Peu après, s'ouvrait devant eux la porte d'un petit salon privé aussi exotique et opulent que le rez-de-chaussée.

Le duc s'apprêtait à y entrer quand une voix l'interpella, à l'autre bout du couloir.

— Marche !

Le duc se retourna pour vérifier qui l'appelait. Il s'excusa ensuite auprès de Valentin.

— Je vais m'entretenir une minute avec ce gentleman. Si je t'abandonne, tu n'en prendras pas ombrage ?

— Non, si tu ne fais que lui *parler*.

— Fais-moi confiance, mon bienaimé.

Sans chercher à être discret, Marche lui caressa la joue.

— Tu verras, ce salon est très agréable, ajouta-t-il. Je n'en ai pas pour longtemps.

Valentin trouva dans la pièce où il pénétra un plateau somptueusement garni : du thé accompagné de spécialités exotiques, dont de minuscules pâtisseries au miel. Saisi d'un appétit féroce, il s'installa sur le divan et se servit. Il dévorait un troisième *petit four* [15] quand on frappa doucement à la porte. Valentin se figea, sans savoir quoi faire. On frappa encore.

— Êtes-vous là, mon gros nounours ?

La porte s'entrouvrit, un jeune homme apparut. Il sembla surpris de trouver Valentin.

— Vous n'êtes pas le duc ! s'exclama-t-il.

Très raide, Valentin se redressa.

— C'est exact, remarqua-t-il sèchement. Que voulez-vous à Marche ?

— Puis-je entrer ?

Dès que Valentin acquiesça, l'inconnu avança d'une démarche ondulante. De plus en plus consterné, Valentin remarqua le beau visage, les abondantes boucles blondes et les vêtements rutilants. Que diable ce joli freluquet voulait-il à son amant ?

— Seigneur ! Vous me regardez comme si je sortais tout droit des enfers !

— Je… Veuillez m'excuser, mais je ne vous connais pas.

— Je suis dans le même cas. Samuel m'a signalé que le duc de Marche venait d'arriver, mais manifestement, il s'est moqué de moi.

— Non, Marche est effectivement là. Je peux en témoigner, car je suis venu avec lui. Il m'a quitté un moment pour s'entretenir avec une personne de sa connaissance. Il ne devrait pas tarder à revenir.

— Vous êtes arrivé avec le Béhémoth ! Voilà qui me coupe le souffle, je dois le reconnaître.

---

15 En français dans le texte

— Je ne comprends pas ce que vous insinuez, monsieur.

Le blond Ganymède se mit à rire.

— Vous êtes un néophyte plein de promesses. Non, ne faites pas la moue, mon tout beau, cela n'a rien d'une insulte. Écoutez, je vais vous donner mon nom, vous ferez pareil et nous allons tout recommencer

— Très bien. Je suis Valentin Randwick, comte de Blythestone.

— Ah, un noble ! Pendant un moment, j'ai cru à une histoire des plus choquantes entre le duc et vous. Quant à moi, vous pouvez m'appeler Aurelio, si vous voulez, mais mon vrai nom est Tobias Fleet.

— Aurelio convient à vos cheveux d'or [16], mais je préfère m'en tenir à M. Fleet jusqu'à ce que nous nous connaissions mieux.

Au ton qu'employait Valentin, cette éventualité lui paraissait peu probable.

— Comme vous voulez. Mes amis m'appellent Toby. Aurelio est le nom que j'utilise dans mon travail.

— Votre travail ? C'est-à-dire ?

D'après Valentin, Toby devait être un artiste, un comédien peut-être.

— Je vends du plaisir.

Souriant de l'ahurissement de Valentin, Toby précisa :

— Je m'occupe des gentlemen ayant urgemment besoin d'un soulagement, que je leur procure avec douceur et application.

Lord Blythestone paraissant toujours aussi dérouté, Toby abandonna les métaphores :

— Je travaille dans un bordel.

— Vous êtes... un...

Valentin bégayait, sans trouver ses mots.

— Vous vendez votre corps ? souffla-t-il.

— Je ne gère pas ce côté-là, j'ai un agent, mais je vends effectivement mes faveurs sexuelles.

— Excusez-moi !

Valentin se releva d'un bond et courut vers la porte.

— Oh, cher ! Ne me dites pas que vous avez peur de rester avec moi ?

Valentin se figea et se retourna.

— Je n'ai pas *peur* !

— Craignez-vous alors d'être souillé par ma présence ?

---

16 Vient d'Aurèle, du latin '*aurum*' : or

— Je ne sais pas. Vous êtes la première putain que je rencontre.

— Oh. Et d'après votre ton, c'est le pire des péchés, n'est-ce pas ?

— D'après l'éducation que j'ai reçue, certainement.

— Regardez-moi, Lord Blythestone. Ai-je l'air malade ou dégénéré ? Ai-je l'air d'un esclave contraint par un maître cruel de céder contre mon gré à des étrangers ?

— Non, mais vous forniquez en dehors des liens sacrés du mariage. C'est un péché, vous ne pouvez le nier.

— Si, je le nie. Les prêtres veulent nous faire croire que seule la procréation justifie un acte sexuel, mais ce n'est pas vrai. La réalité prouve le contraire ! Je le vérifie plusieurs fois par jour !

Valentin étouffa la réplique moralisatrice qu'il avait sur les lèvres. N'avait-il pas récemment fait la même réflexion à Marche ? Puisqu'il ne considérait plus l'amour entre deux hommes comme un péché, il lui fallait bien rejeter le postulat que la procréation était l'unique but de l'amour physique. Les deux croyances étaient incompatibles puisqu'un enfant ne naîtrait jamais d'une relation sodomite.

Il revint s'asseoir sur le divan.

— J'ai parlé trop vite, reconnut-il.

Toby pencha la tête, ses yeux verts pétillant d'intelligence.

— Vous ne ressemblez pas aux autres nobles qui fréquentent ces lieux.

— Pourquoi dites-vous ça ? s'étonna Valentin.

— Par ce que vous n'hésitez pas à reconnaître vos torts. Rien que cela vous différencie d'eux.

Valentin sourit.

— Vous restez le seul prostitué de ma connaissance. J'avoue ne rien connaître à votre profession.

Toby sourit d'avoir été promu de 'putain' à 'prostitué'.

— Voulez-vous que j'approfondisse votre éducation ?

— Volontiers, restez jusqu'au retour de Marche.

— Je vois ce qu'il apprécie en vous. Vous n'êtes pas qu'un joli visage.

— C'est très aimable à vous de me le dire.

Toby retrouva son sourire éclatant.

— À présent que nous sommes bons amis, que voulez-vous savoir ?

Valentin posa la première des questions qui le hantaient :

— Connaissez-vous bien le duc de Marche ?

— Voulez-vous une réponse franche ?

— Bien entendu.

— Je le reçois depuis quelques années. C'est un honneur pour moi.

— Est-ce là ce que vous appelez de la franchise ?

— Je me suis montré franc, pas vulgaire. Mais si vous insistez, je peux vous détailler nos rencontres.

— À la réflexion, mieux vaut sans doute vous en abstenir.

Valentin resta un moment silencieux, absorbant le fait qu'il se trouvait devant un des anciens amants de Marche. Il avait beau savoir que Loel, avant de le rencontrer, n'avait pas vécu comme lui une vie d'abstinence, se trouver confronté à la réalité était pour lui un choc.

Et Tobias était tellement beau !

— Excusez-moi, reprit-il. Je ne me sens... pas bien.

— Vous l'aimez.

Valentin acquiesça, incapable de le nier.

— Dans ce cas, enchaîna Toby, laissez-moi vous rassurer. En général, quand le duc prévoit une visite au salon, il envoie à l'avance son valet pour s'assurer de ma disponibilité. Aujourd'hui, il ne s'est même pas donné la peine de s'enquérir de moi.

— Nous avons pris au dernier moment la décision de venir.

— Non, vous ne comprenez pas. Si le duc ne m'a pas demandé, c'est qu'il n'a plus besoin de moi. C'est l'évidence même.

— J'espère que vous dites vrai. Je ne pourrais supporter qu'il...

Valentin s'interrompit brusquement. Il avait beau se trouver en présence d'un homme qui connaissait bien le duc, il ne pouvait se résoudre à évoquer son amour.

Une fois de plus, Toby devina son dilemme.

— Vous souffrez à l'idée qu'il a connu le plaisir avant vous, avec d'autres.

Valentin hocha la tête, soulagé de ne pas avoir dû énoncer ses craintes à haute voix.

— Inutile de ressasser un passé dont vous ne faisiez pas partie. Vous risqueriez de gâcher ce que vous avez avec lui, présent et avenir. Et si mon gros nounours a trouvé en vous un vrai compagnon, j'espère sincèrement que vous resterez ensemble jusqu'à votre dernier souffle.

— Comment pouvez-vous être aussi généreux ? Marche vous aurait-il inspiré de... de l'affection ?

— Le duc de Marche vient ici...

Toby fit une pause et se corrigea :

— … *venait* ici dans le but d'oublier brièvement son combat perpétuel pour garder les apparences en société. Je me fiche du personnage irritable et hautain qu'il joue parmi ses pairs, dans l'intimité, il est… eh bien, je n'ai sans doute pas besoin de vous l'expliquer, n'est-ce pas ?

Valentin secoua la tête.

— Non, ce n'est pas la peine.

— Il n'y a pas assez d'hommes comme lui, affirma Toby.

— Donc, entre vous deux, tout n'était pas seulement une question d'argent.

Toby croisa son regard.

— Ne ressassez pas le passé, Sir Valentin, dit-il avec fermeté.

— Vous cherchez à me ménager, mais je crains, en vous voyant, qu'il préfère les blonds.

Toby gloussa.

— Voyons, même si j'avais été chauve, Lord Marche ne l'aurait même pas remarqué. Ce n'est pas pour mon physique qu'il m'a choisi. D'ailleurs, il ne l'a pas fait. Mme Dahlram m'a un jour envoyé dans sa loge, à l'opéra, en me chargeant d'attirer sa clientèle. Il a aimé mon audace. Par la suite, même s'il lui arrivait de prendre son plaisir ailleurs, c'était en général moi qu'il demandait.

— J'aurais tant de questions à vous poser… Si la bienséance le permettait.

— Personne ne saura jamais ce qui se passe entre nous.

Valentin gloussa nerveusement.

— J'imagine qu'il vous arrive souvent de prononcer ces mots !

— Ah, vous avez le sens de l'humour ! Tant mieux ! Je commençais à m'inquiéter de votre sérieux. Demandez-moi ce que vous voulez.

— J'aimerais que vous me parliez de lui.

Toby s'était attendu à des questions concernant les techniques sexuelles, mais il dissimula rapidement sa surprise.

— Eh bien, je viens de vous raconter comment nous nous sommes rencontrés. Avant de fréquenter le salon, il satisfaisait ses désirs dans des orgies privées, à la campagne. Il devait se montrer discret, bien entendu, mais il n'avait pas à craindre que ses partenaires le dénoncent, car ils auraient subi la même disgrâce.

— A-t-il jamais été…

Valentin ne put continuer.

— Vous vous demandez s'il a déjà été amoureux, n'est-ce pas ? Il a un jour évoqué son premier amant, un souvenir douloureux, apparemment. Quand je l'ai interrogé, il m'a parlé d'un homme plus âgé, avec des yeux sombres et intenses. Il n'a pas voulu m'expliquer la raison de leur rupture, mais j'ai bien compris qu'il en avait gardé des séquelles.

Toby se pencha au-dessus de la table basse.

— En vérité, reprit-il, je le pensais incapable d'aimer. Je le connais depuis des années et je l'ai toujours vu garder ses distances.

— Même au lit ? ne put s'empêcher de demander Valentin.

— Oui, même dans l'intimité, je n'ai jamais eu l'impression d'avoir toute son... son attention.

Valentin rougit en évoquant l'intensité du regard de Marche fixé sur lui, aussi brûlant que le soleil en plein été.

Pour couvrir son embarras, il prit un autre gâteau, une tartelette. Il venait à peine d'y mordre quand la porte s'ouvrit. Marche entra dans la pièce, la bouche ouverte, prêt à parler, mais il se ravisa en apercevant Tobias Fleet.

Ce dernier se redressa.

— Bonjour, Votre Grâce.

— Bonjour, Toby.

Le regard doré et suspicieux de Marche passait de l'un à l'autre des deux hommes.

— Nous parlions de vous, Loel, déclara Valentin calmement.

Il souleva la théière et demanda :

— Voudriez-vous une tasse de thé ?

— Je préférerais savoir ce que vous disiez.

— Est-ce bien prudent ?

Valentin remplit une tasse qu'il tendit au duc. Celui-ci l'accepta machinalement, sans quitter Toby des yeux.

— J'espère que le jeune Tobias a su retenir sa langue, grogna-t-il.

— Je cherchais à apprendre comment vous satisfaire, déclara Valentin pince-sans-rire. M. Fleet a été assez aimable pour me donner d'intéressants conseils. Je n'aurais jamais cru qu'un tel plaisir soit possible sans enlever ses vêtements !

Le duc se tétanisa, sous le choc. Il réalisa avoir été berné en entendant Toby éclater d'un rire joyeux. Son expression s'adoucit

— J'ai été pris, reconnut-il avec un sourire résigné. Très amusant, Valentin.

Il se tourna vers son ancien amant et demanda :

— Toby, pourriez-vous nous laisser, je vous prie ?

— Bien sûr, monsieur.

Tobias Fleet s'inclina avec souplesse, puis écarta de son visage ses boucles blond pâle.

— Serait-il trop audacieux de ma part de vous féliciter, Votre Grâce ? ajouta-t-il.

— Sans doute, mais j'accepterai quand même vos vœux.

— Vous les avez, de tout cœur.

Peu après, il quittait la pièce et refermait sans bruit la porte derrière lui.

— Tu parais nerveux, Loel, fit observer Valentin

— De quoi as-tu parlé avec Tobias ?

— Je te l'ai déjà dit, de toi. J'ai du mal à croire que M. Fleet est un catamite. Il s'est exprimé tout à fait librement devant moi, mais sans vulgarité.

— Librement ? C'est-à-dire ?

— Vraiment, Loel, n'insiste pas. Je comprends que les hommes aient des besoins à satisfaire et M. Fleet est intéressant, à la fois beau et distrayant.

— Ah, tu l'as trouvé attrayant ? insista le duc dont la voix s'éraillait.

— C'est la vérité. Je ne suis pas aveugle. Quant à toi, maintenant que tu es marié, je te rappelle que tu n'as plus besoin des services de M. Fleet ni de ses semblables.

Le visage du duc se détendit en un lent sourire.

— J'ai apprécié mon temps avec Aurelio, mais il n'était qu'un palliatif. Maintenant que tu es là, j'ai tout ce qu'il me faut.

Valentin se leva et avança jusqu'à son amant.

— Je t'aime tellement ! souffla-t-il. Je supporterais mal de ne pas te suffire.

Marche le prit dans ses bras et le serra férocement, cachant son visage dans ses cheveux sombres.

— Tu es tout pour moi, bien plus que je ne le mérite.

Valentin s'écarta pour prendre entre ses paumes le visage aimé et l'embrasser ardemment. Le duc réagit à cette invite en resserrant son étreinte, plaquant le corps souple contre le sien.

Valentin savoura le contact de cet homme si fort et puissant, appréciant la rigidité des muscles à travers les vêtements. Il glissa les doigts dans les cheveux fauves du duc, qu'il libéra de leur ruban de cuir.

Marche glissa la langue entre les lèvres de Valentin, avec des va-et-vient qui étaient une incitation flagrante au péché. Valentin réagit et poussa un long gémissement.

— Je ne veux que toi, chuchota Marche contre sa bouche.

— D-d'accord, bredouilla Valentin. M-moi aussi.

Marche se remit à l'embrasser, mimant avec sa langue la possession qu'il envisageait dans un avenir proche. Stimulé, Valentin évoqua leurs récents ébats. Un incendie naquit au centre de son être, faisant fondre ses os et bouillir son sang. Il rendit le baiser avec ardeur.

Le duc glissa la main dans son dos, sous le tissu de la chemise, la grande paume se plaqua entre les omoplates. L'autre main du duc était sur la poitrine de Valentin, pinçant un mamelon à travers le lin. La douleur, brève mais intense, lui envoya des étincelles de feu jusqu'au bas-ventre. Valentin gémit dans la bouche de Marche. Comme dans un feu de forêt, toutes ses terminaisons nerveuses s'enflammèrent.

D'un geste impatient, Marche releva la chemise et prit entre ses lèvres la petite crête brune et érigée. Il la caressa de sa langue, puis l'aspira, provoquant chez son jeune amant de nouveaux cris étouffés. Le duc passa à l'autre mamelon. En même temps, il insinua alors sa main sous la ceinture du pantalon et referma les doigts sur le sexe engorgé. Valentin se cambra de plaisir.

Impitoyable, le duc le caressait de toutes parts, les dents titillant le mamelon sensible, les doigts malaxant le membre dur, chaud et soyeux. Valentin avait l'impression de perdre le contrôle de son corps.

Devinant sa reddition, Marche donna libre cours à sa passion. En sentant l'air frais lui caresser les cuisses, Valentin comprit que son pantalon était baissé jusqu'à ses genoux. Des doigts insidieux glissaient entre ses jambes, caressaient ses bourses, passaient entre ses fesses, trouvaient l'ouverture de son corps. Quand un doigt le pénétra, Valentin en perdit le souffle, le bas-ventre inondé de feu liquide.

— Par pitié, Loel. Je vais m'évanouir, haleta-t-il. Lâche-moi, je veux te caresser aussi. Je veux à mon tour te réduire le cerveau en bouillie.

— C'est une proposition intéressante. Mais je préfère te savourer encore un moment avant de perdre la tête.

Marche fit remuer son doigt. Valentin gémit sous la caresse exquise et réclama un autre baiser. Marche ne se fit pas prier et s'empara voracement de sa bouche, frissonnant de plaisir quand Valentin l'embrassa avec la même ferveur. Il recula de quelques pas, son amant dans les bras, jusqu'à une méridienne. D'une légère pression au sternum, il poussa Valentin à s'y étendre.

Le jeune homme, redressé sur les coudes, se laissa retirer son pantalon, le regard plein de confiance levé sur son amant. Puis le duc posa le genou sur le divan et se pencha pour un nouveau baiser. Il ne se lassait pas de ces lèvres renflées, les plus douces qu'il ait jamais goûtées.

D'instinct, Valentin se cambra sous sa bouche. Il ouvrit la chemise du duc et caressa la large poitrine. Profitant de son abandon, Marche le pénétra à nouveau, heureux de trouver son conduit encore lubrifié de leurs précédents ébats. Sous l'intrusion, Valentin étouffa un cri, mais il souleva aussi les hanches pour s'offrir davantage. Le doigt épais s'enfonça davantage, cherchant l'endroit sensible contre la paroi soyeuse. Valentin tressaillait à chaque caresse, soumis à un plaisir si intense qu'il en était presque insupportable. Il craignait presque de voir exploser son organe engorgé, pourtant son excitation ne cessait de monter, plus haut, toujours plus haut.

— Attends ! souffla-t-il d'une petite voix étranglée.

Marche haussa un sourcil et, impitoyable, caressa son sexe sur toute sa longueur.

— Je rappelle que je paie ce salon à l'heure. Tu vas me ruiner !

Valentin étouffa un rire nerveux.

— Tu le mérites bien après m'avoir dépravé ! répondit-il entre deux hoquets.

Il leva les yeux et vit les prunelles topaze, attentives comme celles d'un faucon surveillant sa proie. Puis le duc se pencha pour réclamer sa bouche. Avec un sourire, Valentin posa la main sur la nuque fauve pour garder son amant contre lui.

Quand ils se séparèrent enfin, Marche récupéra un flacon en cristal sur une petite table d'appoint. Il se versa de l'huile sur les doigts et reprit ses tendres attouchements, ajoutant son index au majeur déjà introduit dans l'étroit fourreau. En même temps, il caressait son membre que le désir avait mouillé. Valentin gémissait et se tortillait sur le divan chaque fois que Marche stimulait sa prostate.

— Écoute, souffla le jeune homme, je suis sans doute volage et égoïste, mais j'ai changé d'avis. Je ne veux plus attendre, je veux sentir ta queue en moi.

Le duc sourit de cette exigence inattendue.

— Oui, milord, répondit-il.

Il termina de se déshabiller, humecta son sexe et se positionna. À peine Valentin sentit-il une pression qu'il se raidit.

— Attends, je t'en prie !

— Est-ce douloureux ? s'inquiéta le duc.

— Non. C'est juste… la première fois, je n'ai pas pu… Je voudrais…

Il s'interrompit, écarlate.

— Tu peux tout me dire, Val. Je pensais que tu le savais déjà.

— Eh bien, j'aimerais regarder… Te voir… entrer en moi.

Marche s'empressa de dire :

— Bien sûr ! Laisse-moi t'aider à te redresser.

Une fois accoudé, Valentin, fasciné, regarda Marche enfoncer en lui un de ses doigts. Puis le duc saisit son sexe d'une main et le présenta entre ses fesses, effleurant au passage ses bourses soyeuses, lourdement gonflées. Valentin poussa un gémissement éperdu. Changeant d'avis, le duc joignit leurs deux organes dans sa grande main et les frotta l'un contre l'autre.

— Loel, arrête ! Si tu continues, je ne vais pas pouvoir me retenir.

— Tant mieux, mon bienaimé. Vas-y, jouis.

— Attention à ton… Oh ! Oh, mon Dieu !

Valentin poussa des petits cris de jouissance qui rythmaient son orgasme. Les jets de son sperme éclaboussèrent le gilet du duc.

N'y tenant plus, Marche lâcha son amant et le pénétra, forçant d'un coup de reins l'anneau contracté. Valentin s'étouffa et serra les dents, mais il regardait toujours, avec avidité, le sexe énorme disparaître en lui. Marche gronda sous la sensation des muscles internes qui se refermait sur sa chair la plus sensible. Quant à Valentin, il constata rapidement que son plaisir n'était pas terminé. Marche le caressait toujours, mordillant son cou, pinçant ses mamelons et malaxant doucement son sexe qui recommençait déjà à durcir.

Avec un sourire satisfait, le duc regarda le bel organe s'ériger de son nid de boucles sombres, poussant contre sa paume comme le museau humide d'un chien réclamant des caresses. Sans plus attendre, il pénétra son amant en profondeur, d'un mouvement prudent, mais régulier, sans cesser de le masturber. Il accorda ses caresses à ses coups de reins. En réponse, Valentin souleva les hanches, se pressant davantage dans le poing serré sur son sexe.

— Je pensais avoir connu ce matin le comble de la jouissance, souffla-t-il entre deux gémissements. Mais voilà que nous le surpassons.

— Excuse-moi, répondit Marche d'une voix tendue, mais cette fois-ci, je ne vais pas durer aussi longtemps.

174

— Si tu es heureux, mon amour, je le suis aussi.

De sa main libre, Marche releva la cuisse de Valentin pour mieux s'enfouir en lui. Valentin trouva l'orgasme avec un grognement surpris, roulant sa tête de droite à gauche sur les coussins du divan, les cheveux épars sur le brocart. Il s'abandonna au plaisir. Marche l'empoigna aux genoux pour accélérer la cadence. Ouvrant grand les longues jambes de Valentin, il enfonça ses pouces dans la chair souple et gronda sa jouissance en sentant l'étau se refermer sur lui. Peu après, il trouva son plaisir et savoura la sensation exquise qui le traversait de part en part, son sang battant à ses oreilles comme un tambour en pleine bataille. Les genoux flageolants, le duc retomba de tout son poids sur Valentin avec un long soupir de satisfaction extatique. Le jeune homme l'entoura de ses bras et déposa un baiser sur le haut de sa tête.

— J'aime ce que nous faisons ensemble, soupira-t-il, repu. Et j'aime aussi ce qui se passe ensuite.

Il frissonna délicieusement quand une langue brûlante cercla son mamelon. En même temps, le sexe planté en lui eut un frémissement. Marche ondula des hanches. Valentin s'accrocha à ses épaules.

— Arrête, je t'en prie ! Si tu m'excites encore, je crains d'en mourir. Trois orgasmes par jour, c'est amplement suffisant, je t'assure.

— Très bien, murmura le duc.

Il calma son mari de douces caresses et de baisers.

— Cependant, ajouta-t-il, pour être exact, je me dois de te rappeler que je t'ai offert quatre… voyage à Cythère.

— Eh bien, c'est assez ! répondit Valentin.

Il se tortilla et protesta :

— Je t'en supplie, arrête !

— Je ne bouge pas, dit Marche.

— Menteur ! Je sens très bien que ta queue cherche à me labourer.

— Dans ce cas, que faire ?

— J'ai besoin de reprendre mon souffle. Je t'en prie…

Marche commença à se soulever

— Dans ce cas, je vais te libérer. Si je ne m'écarte pas, je crains de ne pouvoir résister à la tentation.

Valentin frissonna sous la soudaine sensation de vacuité. Par chance, Marche le reprit dans ses bras pour un long baiser. Le froid qu'éprouvait le jeune homme disparut. Quand son amant releva la tête, Valentin avoua :

— Je crains de m'habituer à être aussi gâté, tu sais, tu es tellement gentil avec moi !

— Profites-en pendant que ça durera, jeune néophyte. Dès que tu seras aguerri, je serais sans pitié avec toi.

— Tu es incorrigible !

— Enfin, tu le réalises ! C'est parfait ! Puisque je suis un cas désespéré, cesse de tenter de m'améliorer, tu as mieux à faire de ton temps.

— Par exemple ?

— Eh bien, satisfaire ton mari devrait être ta priorité. Tu as pris une initiative admirable en quémandant les conseils de M. Fleet, mais ce n'est qu'un début.

— Je constate que tu es très fier de ta mauvaise réputation. Je prierai pour toi, afin que tu n'aies pas à payer tous tes péchés en même temps.

— Amen ! s'exclama Marche avec force.

XV

Domenico Angelo, maître d'armes, quitta le groupe de ses élèves en les voyant arriver. Le parquet de la grande salle d'entraînement était couvert de sciure de bois pour éviter que les escrimeurs ne glissent. Le comptable d'Angelo s'inclina devant Marche et Valentin, puis s'écarta avec déférence en voyant approcher son employeur, avec lequel il échangea quelques mots à mi-voix.

Puis le maître d'armes rejoignit Marche et salua profondément.

— Je suis au regret d'apprendre que Votre Grâce a dû attendre. Vous êtes un de mes clients privilégiés et bien entendu, je ferai pour vous une exception.

Marche accorda au célèbre épéiste un salut respectueux.

— *Signore*, je ne veux pas abuser de votre bonté.

— J'insiste. Je prendrai en main ce jeune homme pour lui donner une bonne instruction. Et j'attendrais pour le paiement la fin de vos difficultés financières.

— Ah, vous avez mis le doigt sur un problème épineux. J'aimerais découvrir la nature desdites difficultés. Je viens justement de les apprendre, lorsque votre comptable m'a informé que mes dernières factures étaient revenues impayées.

— C'est une erreur de sa part. Il s'en excusera sans attendre.

— Ne vous inquiétez pas, répondit Marche, il a agi de bonne foi et par loyauté envers vous. *Signore*, je regrette d'avoir perturbé vos leçons pour une question aussi triviale. Mon ami et moi reviendrons lorsque le problème sera résolu.

— Vous avez été un merveilleux élève, Votre Grâce, déclara Angelo. Je serai ravi d'enseigner l'escrime à votre ami quand vous le voudrez.

Valentin s'inclina en silence.

— Je vous remercie, répondit le duc, c'est pour moi un honneur de recevoir de votre part un tel compliment.

Il se tourna vers Valentin :

— Venez, Blythestone. Je crains que vos leçons ne doivent attendre.

Il tourna les talons et s'éloigna d'un pas rageur.

— Puis-je savoir où nous allons ? Demanda Valentin.

Il tenta de ne pas laisser son exaspération percer dans sa voix, mais Marche paraissait devenu sourd : il avançait à toute vitesse, droit devant lui, comme un phaéton dont l'attelage serait emballé.

— Je vais voir mon banquier, répondit Marche par-dessus son épaule. J'aurais dû lui rendre visite dès notre retour en ville. J'avais prévu de passer ce matin, mais en sortant du salon de Mme Durham, j'étais un peu distrait.

— Veuillez m'excuser si mes caprices vous ont détourné d'une tâche manifestement urgente.

Marche s'arrêta brusquement, obligeant plusieurs passants à quitter le trottoir pour contourner l'obstacle qu'il représentait.

— Seule mon arrogance est à blâmer ! s'emporta le duc. Ce matin, au salon, Lord Kirkcap, avocat de renom, m'a pris à part pour me rapporter une rumeur récemment entendue et je ne lui ai pas prêté l'attention nécessaire. À dire vrai, Sir Anthony est une vraie commère, mais ceci ne justifie en rien ma légèreté. Strand m'avait déjà averti que Murdmont, en disparaissant, aurait fait main basse sur plusieurs des fortunes dont il avait la gestion. J'aurais dû me renseigner aussitôt !

Valentin se remit en marche.

— Dans ce cas, nous ne tardons pas, déclara-t-il.

Le duc le rattrapa en deux longues enjambées.

— Ne comptes-tu pas profiter de l'occasion pour me faire la morale ?

— Que veux-tu dire ?

— Tu m'as souvent conseillé de prendre la vie au sérieux, et je n'ai fait que rire et me moquer de toi. À présent, il semble que je paie les conséquences de mon inconscience.

— Tu ne peux en être certain d'avant de t'être entretenu avec ton banquier.

Marche lui jeta un regard oblique.

— En vérité, je pense que Murdmont projetait purement et simplement de me ruiner. Il a dû mijoter son plan pendant des années. Je t'expliquerai plus tard les raisons de sa haine à mon égard.

Il s'arrêta devant un bâtiment de brique sombre à parement de marbre.

— Veux-tu m'attendre dehors ? reprit-il

— Tu ne préfères pas que je vienne avec toi ? s'étonna Valentin.

Marche soupira.

— Ce n'était qu'une requête, pas un ordre. Ceci n'a rien à voir avec toi ou…

Valentin l'interrompit :

— L'heure n'est pas aux explications. Va t'occuper de tes affaires, moi, je t'attendrai dans le salon de thé de l'autre côté de la rue.

— Je t'en remercie.

Marche baissa la voix pour ajouter :

— C'est mon sot orgueil qui parle, mon bienaimé.

— Je sais.

Valentin lui offrit un sourire réconfortant avant de tourner les talons.

— JE NE comprends pas, dit Valentin.

Ignorant la pile d'invitations posée sur la console de l'entrée, il courut derrière Marche. Le duc n'avait pas ouvert la bouche depuis qu'il était sorti de chez ses banquiers et comptables, Jonas, Moer, et McMurtrey. Malgré tous ses efforts, Valentin n'arrivait pas à le faire émerger de son humeur sinistre.

— Loel, je t'en supplie, parle-moi ! Assois-toi et dis-moi ce qui se passe !

Le duc pénétra dans le petit salon en criant :

— J'ai besoin d'un verre. Viens ici, viens boire avec moi !

— Très bien.

Valentin le rejoignit et accepta un verre rempli d'un liquide ambré.

— À présent, pour l'amour de Dieu, explique-toi, ajouta-t-il.

Le duc vida son cognac et posa le verre vide sur une petite table.

— Je suis ruiné.

— Non, corrigea aussitôt Valentin. *Nous* sommes ruinés.

Marche lui prit la main pour l'attirer dans ses bras. Il l'embrassa sur le front avant d'avouer :

— J'avais espéré que tu restes à mes côtés, mais je craignais que ce soit trop demander.

— À mes yeux, nous sommes mariés, même si le monde refuserait de valider de notre union. Quel conjoint serais-je si je désertai le navire à la première difficulté ?

— L'heure est grave. J'aurais dû me méfier bien plus tôt de Murdmont que je soupçonnais de malversations et d'abus de confiance. Tu es certain de ne pas vouloir te venger de moi et de mes sarcasmes ? Voici l'occasion rêvée !

— En toute justice, tu as eu de bonnes raisons d'être distrait ces derniers temps, entre le chagrin du décès de ta tante, ta blessure et ma présence constante. À présent, explique-moi ce qui s'est passé.

— Murdmont avait la procuration de ma tante et, depuis un certain temps déjà, il gérait sa fortune en toute liberté. Il a dérobé les titres de propriété de l'essentiel de nos biens et le coffre familial, à la Barclay, a été vidé. Comme je te le disais, Murdmont mûrit probablement son plan depuis longtemps. Ton arrivée a été le catalyseur qui a tout mis en mouvement.

— Aurait-il des griefs personnels contre ta famille ?

Marche se servit un autre verre d'alcool. Il reprit la parole, sans répondre directement à la question.

— Nous ne sommes pas les seuls à avoir été ruinés, les Traverton, les Sudville, le vieux Sir Jabez Wallwhit et les Worrel-Shepard ont également tout perdu.

— Avez-vous une chance de récupérer votre argent et le reste ?

— Éventuellement, nous recouvrerons sans doute nos biens et propriétés si nous réussissons à prouver que Murdmont est un escroc, mais cela prendra du temps. En attendant, il a notre or et se gausse probablement de nous en le dépensant sur le continent. J'aimerais surtout lui faire payer son crime afin que ma tante puisse reposer en paix.

— Je te comprends très bien. Nous devrions embarquer et rejoindre Strand. Nos bagages pourraient être prêts en moins d'une heure.

— Tu serais d'accord pour que je traque Murdmont ?

— Oui, à condition que je vienne avec toi.

Marche lui posa la main sur la joue.

— Tu es le meilleur homme que je connaisse, souffla-t-il.

Valentin se hissa sur la pointe des pieds pour l'embrasser.

— Dans ce cas, fais un effort pour être digne de moi, plaisanta-t-il gentiment.

Marche se mit à rire

— Petit renard ! Où est le moinillon coincé qui a volé mon cœur ?

— Il n'est pas bien loin, milord.

Valentin s'écarta et traversa la pièce. Marche le rattrapa et lui passa un bras autour de sa taille. Ensemble, ils montèrent le grand escalier en direction de l'étage.

— Et je veux toujours prendre des leçons d'escrime ! ajouta Valentin.

— Une fois dans notre chambre, je serai heureux de pratiquer sur toi mes coups d'estoc.

— Notre dernier… duel date de trois heures à peine !

Le duc fit semblant d'en être effaré.

— Si longtemps ! Excuse-moi, je n'ai pas vu le temps passer.

Ils pénétraient dans leur suite, Marche posa la main sur les fesses de Valentin et les malaxa avec ardeur.

— De quoi parlez-vous, monsieur ? demanda une voix intriguée.

Anne rangeait des draps de lin dans une grande malle posée sur gigantesque lit du duc.

Marche ôta sa main de reins de Valentin et s'inclina devant la gouvernante, inventant rapidement une réponse courtoise :

— De votre patience, Dame Kermartin.

— Aurais-je donc besoin de l'être, Votre Grâce ?

— Certainement, chère madame, et je vous remercie de vos bons soins envers mon cher ami Blythestone.

Valentin changea de sujet :

— Auriez-vous reçu des nouvelles de la famille, Anne ?

— En effet, répondit-elle, les yeux pétillants. Votre mère a reçu un message de Valeria, qui l'informait de son mariage en Écosse. Milady a aussitôt décidé d'aller chercher sa fille. M. Harston s'est organisé pour louer une confortable voiture. Ils sont actuellement en route.

— Je vois, déclara Valentin. Pourquoi cela vous rend-il aussi joyeuse ?

Elle lui sourit gentiment.

— Eh bien, monsieur, si j'ai bien compris les allusions de madame votre mère, elle espère bien que M. Harston suivra l'exemple de votre sœur. Je parle d'un mariage à Gretna Green, bien entendu.

— Oh, mon Dieu !

Marche, perplexe, scrutait les yeux vides de son amant.

— Voyons, c'est une bonne nouvelle, je présume.

— Certes, certes, mais l'idée que ma mère…

Valentin s'interrompit et reprit ses esprits. Il changea à nouveau de sujet et s'adressa à son ancienne nourrice :

— Anne, le duc et moi prenons la route sans attendre pour…

La gouvernante leva les sourcils en voyant que Valentin ne terminait pas sa phrase. Le jeune homme s'était tourné vers le duc.

— Où allons-nous ? demanda-t-il.

— Rappelez-vous du dernier courrier de Strand, répondit Marche, Murdmont se trouve à Amsterdam, sans doute occupé à engranger autant d'or que les banques néerlandaises veulent bien en accepter.

— Dans ce cas, nous embarquons pour les Pays-Bas, déclara Valentin, l'air pensif. Loel, que vont devenir vos domestiques ?

— Par le diable ! Vous me faites honte ! Je n'avais pas pensé à eux.

— Eh bien, l'idée m'est venue qu'Anne ne pourrait nous accompagner durant notre voyage. Dites-moi, Lamberglyn Park fait-il partie des propriétés dont Lord Murdmont vous a volé les titres ?

Marche réfléchit avant de reprendre la parole.

— Damnation ! Je pense que vous avez là une excellente idée. Ma tante vous ayant légué les terres et le château, Murdmont n'a pu y toucher. Nous allons envoyer le personnel à Lamberglyn jusqu'à notre retour. Si vous voulez bien vous charger de superviser nos bagages, Blythestone, je descends donner mes instructions à Ambrose. Il a été pendant de nombreuses années le majordome de ma tante et je lui confierai les rênes de la maison en toute confiance. Dès que Murdmont sera condamné, la domesticité retrouvera sa place.

— J'aurais presque pitié de Murdmont en pensant à ce qui l'attend quand vous l'aurez retrouvé, dit Valentin.

— Ne gâchez pas votre temps à vous apitoyer sur ce misérable, le sermonna Anne. Votre Grâce, vous pouvez vaquer à vos occupations. Nous nous chargerons en votre absence d'emballer vos affaires

Dans l'intimité de leur chambre, Marche n'hésita pas à embrasser Valentin avant de quitter la pièce.

Une fois la porte refermée derrière le duc, Valentin affronta sa gouvernante, encore enflammé par la passion que son amant déclenchait en lui d'un simple regard. Anne nota la rougeur et l'agitation de son jeune maître, et n'eut aucun mal à en deviner la cause.

— Ainsi, vous ne regarderez jamais une femme, n'est-ce pas ? demanda-t-elle à mi-voix.

Valentin rougit à la racine des cheveux.

— Je présume que vous me désapprouvez…

— Un peu, je suppose. Puisque vous n'envisagiez pas de devenir prêtre, je m'étais dit qu'un jour, je vous aiderais à élever vos enfants. Apparemment, ce ne sera pas le cas. J'aurai au moins ceux de Lady Valeria.

— Avez-vous pensé à avoir des enfants, Anne ?

— Je n'ai jamais trouvé le bon père, mon cher.

— Anne, je vous remercie infiniment de votre aide.

La gouvernante baissa les yeux sur une pile de chemises.

— Je dois avouer que j'apprécie vous voir enfin dans des vêtements décents, répondit-elle. Votre relation avec le duc devrait me choquer, c'est exact, mais puisque vous vous aimez, ce n'est pas à moi de vous juger ou de vous dire que c'est interdit. Et je suis heureuse qu'il vous aime aussi sincèrement.

— Je l'aime aussi.

— Je le sais bien, sinon jamais vous ne lui octroieriez de telles privautés.

— Si notre comportement vous offense …

Valentin ne sut comment terminer sa phrase. Anne plia des bas de laine avant d'ajouter :

— Eh bien, non, reconnut-elle. J'ai encore un peu de mal à m'y habituer, pour sûr, mais cette union ne me parait pas contre nature. Contrairement à ce que prétend le clergé !

Valentin traversa la pièce pour embrasser sa nourrice.

— Merci, très chère Anne, dit-il avec ferveur. Vous ne pouvez imaginer combien votre approbation compte pour moi !

Anne essuya le coin des yeux avant de pousser doucement Valentin pour lui faire quitter la chambre.

— Sauvez-vous, à présent, dit-elle. Je dois ranger vos vêtements et préparer vos malles. Si vous devez embarquer, il faut que vous ayez tout le nécessaire.

— QUE LES anges veillent sur eux ! murmura Anne.

Elle regardait s'éloigner la voiture qui emmenait Blythestone et Marche sur le port. Elle se tamponna les yeux et rangea son mouchoir dans sa poche

— Je suis certain que le jeune maître est béni du ciel, fit remarquer Negus.

— Je crains de ne pas me fier à votre jugement en matière divine, répondit-elle en étouffant un dernier sanglot.

— Au contraire, madame. Je connais au moins deux anges, voyez-vous, puisque j'ai le plaisir de servir le comte de Blythestone et le duc de Marche.

— Bouffon ! Tenez votre langue, je ne veux plus entendre de tels sacrilèges !

Anne cacha son sourire en tournant les talons pour rentrer dans la maison. Negus courut derrière elle.

— Je n'ai pas voulu vous offenser. Moi aussi, vous savez, je m'inquiète pour mon maître. Que lui prend-il de partir à l'étranger sans moi ? Où trouvera-t-il quelqu'un capable de lui attacher correctement sa cravate ? Les Français sont des bons à rien !

Anne s'arrêta brusquement, les mains sur les hanches.

— Je suis Bretonne !

— Je ne vous en veux pas.

— Farfadet ! Allez-vous-en, j'ai du travail.

— Moi, je n'en ai guère, maintenant que le duc est parti. Je pourrais peut-être vous aider, si vous acceptez.

— Là, vous me surprenez…

Anne dévisagea Negus et hésita, avant de reconnaître à contrecœur :

— Si vous êtes sincère, j'accepterais volontiers votre aide pour préparer notre départ. Je préfère ne rien demander aux valets. Ils m'impressionnent !

Negus eut un grand sourire.

— C'est à cause de leur livrée. Dans ce bel habit, ils paraissent plus nobles que le duc !

Cette fois, Anne lui sourit franchement.

— Quand je les vois se pavaner, l'air fier, le nez en l'air, je pense toujours à des jars dans une basse-cour de ferme.

— Je n'ai jamais vu de ferme. Je suis né en ville, j'y ai grandi, je ne connais rien d'autre.

Anne se remit en route.

— Je ne vous en veux pas, déclara-t-elle. Et je demande bien comment vous vous adapterez à notre nouvelle résidence. La maison est inhabitée depuis des années.

— Je suis certain que vous la rendrez très vite habitable.

— Assez de bêtises ! Nous allons devoir emmener toute la domesticité, certes, mais nous remettrons Lamberglyn en état avant le retour de Leurs Seigneuries.

— Bien entendu. Et ne vous inquiétez pas pour faire obéir les valets et le reste des domestiques. Ils savent tous que je parle au nom du duc en son absence.

Au pied de l'escalier, Anne se tourna vers lui :

— Dans ce cas, demandez-leur de charger autant de literie et de vaisselle que les chariots peuvent en emporter.

En guise de salut, Negus effleura son front d'un doigt.

— Je m'en occupe tout de suite. Quand vous aurez terminé vos malles, je veillerai aussi à ce qu'elles soient embarquées sur une des voitures. Je vais envoyer une des livrées louer autant de chariots à bagages que les fournisseurs en ont de disponibles.

— Excellente idée ! À présent, au travail !

Negus s'éloigna, le sourire aux lèvres. Il trouvait peu agréable d'avoir perdu toutes ses économies, mais ayant déjà une fois échappé au ruisseau, il était confiant de pouvoir recommencer à s'enrichir. De plus, Dame Kermartin était une femme intéressante. En attendant que le duc mette de l'ordre dans ses affaires, elle animerait et dirigerait la maison.

Negus espéra que son maître apprécie sa traque.

XVI

— Par l'enfer, qu'était-ce donc ? Grommela Marche dans l'obscurité de la petite cabine.

Valentin, qui s'était endormi sur son amant, s'agita nerveusement.

— Parles-tu de ce bruit infernal ? marmonna-t-il. Je t'en prie, demande-leur d'arrêter.

Marche le repoussa doucement pour pouvoir se lever. Au même moment, le bateau tangua brutalement et Valentin fut éjecté de l'étroite couchette. Marche le rattrapa de justesse alors qu'un autre coup de canon retentissait. Le plancher de bois tremblait sous leurs pieds.

Le duc s'empressa d'enfiler son pantalon.

— Apparemment, nous sommes attaqués, remarqua-t-il.

Valentin récupérait sa veste quand la porte de la cabine s'ouvrit avec fracas. Marche leva les poings, prêt à se battre, mais leurs agresseurs étaient nombreux, il se retrouva rapidement épinglé au mur, avec Valentin pressé à ses côtés. Ils étaient les deux seuls passagers à bord du navire marchand, *Clarissa*.

Peu après, les prisonniers, mains liées derrière le dos, furent ramenés sur le pont où se trouvait déjà le butin qu'avaient récupéré les pirates – des Français. Caisses et barils étaient déjà transférés sur un navire flibustier. Un homme autoritaire s'approcha pour inspecter les prisonniers.

— Qui êtes-vous, monsieur ? aboya Marche.

Le pirate salua profondément, avec panache.

— Je suis le Roi des Corsaires, capitaine du *Revenant*, répondit-il. Vous pouvez m'appeler Roi.

— Vous êtes un pirate ! rétorqua Marche. Et vous ne manquez pas de toupet, à ce qu'il paraît.

— Je salue votre courage, monsieur. Vous portez des vêtements modestes, mais vous avez l'arrogance d'un grand seigneur. Je pense que vous me rapporterez une belle rançon.

Marche éclata de rire.

— Je vous offrirai volontiers tout l'or que je possède !

— *Merci*, répondit distraitement Roi en français.

Son regard venait d'être attiré par les longs cheveux brillants de Valentin.

— Qui est votre charmant compagnon ? ajouta-t-il.

— M. Randwick, mon secrétaire.

— *Monsieur* Randwick, vraiment ? Et *il* serait votre secrétaire ? Quelle chance ! Ma plume a bien besoin d'être trempée à l'encrier, ricana-t-il.

Le corsaire se tourna pour appeler un de ses hommes :

— Achille ! Emmène ce jeune *homme* dans ma cabine et veille à ce qu'il y reste.

Marche se débattit avec fureur en voyant Achille empoigner Valentin par le bras. Il fallut trois hommes pour le retenir.

— Voilà qui est intéressant ! constata Roi. Dites-moi, ce *secrétaire* aurait-il auprès de vous un rôle plus intime que tailler vos crayons et gérer vos comptes ?

— Comment osez-vous parler de moi comme si je n'étais pas là, monsieur ! explosa Valentin. Veuillez au moins avoir la courtoisie de m'adresser directement vos questions.

— Je compte le faire très bientôt. En attendant, Achille, conduis-le dans ma cabine.

Lorsque Valentin fut entraîné, Marche lutta contre les hommes qui le maintenaient.

— Si vous lui faites le moindre mal, je vous tuerai ! hurla le duc.

— Ah, c'est bien ce que je pensais. Vous éprouvez de tendres sentiments pour votre secrétaire. Dites-moi, s'agit-il d'une affaire de cœur ou bien d'un… arrangement pécuniaire ?

Marche le foudroya d'un regard meurtrier et ne daigna pas répondre.

— Je trouverais seul la réponse, ajouta Roi.

Il ordonna à ses hommes de conduire le duc à fond de cale et de le mettre aux fers. Après avoir chargé son quartier-maître de veiller sur le butin, il retourna dans sa cabine.

— Tu peux lui ôter ses liens, dit-il à Achille.

Il s'adressa ensuite à Valentin :

— Eh bien, *monsieur* Randwick, accepteriez-vous d'écrire une lettre pour moi ?

— Cela dépendra, monsieur, de la nature de votre correspondance.

— Je veux que vous contactiez la famille de votre employeur pour les informer du montant de la rançon que je compte exiger de lui.

— Non, monsieur, je n'écrirai pas ce courrier.

Roi se pencha sur le prisonnier assis devant lui.

— N'auriez-vous pas remarqué que vous êtes à ma merci ? ironisa-t-il.

Valentin frotta la peau éraflée de ses poignets.

— Je vois mal comment je pourrais l'oublier.

— Vous suivrez les ordres que je vous donne, sinon votre désobéissance aura des conséquences regrettables.

— Peu m'importe !

— Dans ce cas, c'est votre compagnon que je punirai.

— Si vous touchez à Loel, je trouverais le moyen de vous le faire payer.

— Loel, hein ? Dites-moi, *chérie*, il fait partie de la noblesse, n'est-ce pas ?

— Je ne vous dirai rien et veuillez éviter ce genre de familiarités déplacées.

— Vous n'aimez pas les mots doux, *ma belle* ?

— C'est inconvenant.

— Inconvenant ? Vous avez l'audace d'employer ce ton avec moi ? J'obtiendrai bientôt votre reddition.

Sans laisser à Valentin le temps de réagir, le corsaire lui saisit la mâchoire et l'embrassa.

Reprenant ses esprits, le jeune homme le repoussa vivement et se redressa.

— Comment osez-vous !

Roi renvoya le garde et ajouta :

— Je vais oser bien davantage. Viens ici, *chérie*. Tu as du répondant, mais tu finiras par me céder.

— Jamais !

— Pas même pour sauver la vie de ton employeur ?

— Il ne voudrait pas vivre à ce prix et jamais je ne le trahirai de cette façon.

— Tu parais sincère.

Le capitaine pencha la tête en étudiant Valentin.

— Garde ton honneur, *ma belle*. Ton Loel a bien de la chance d'avoir une maîtresse aussi fidèle et courageuse.

— Je pense que vous avez mal compris le sens du mot 'maîtresse' en anglais, monsieur, et je ne veux pas que vous m'appeliez '*ma belle*'. Ni que vous me tutoyiez.

— Veuillez me pardonner si je vous ai offensé.

— Il ne s'agit pas d'offense, c'est inconvenant.

D'un geste brusque, Roi saisit Valentin par l'avant de sa chemise et la déchira. Il éclata de rire.

— *Mon dieu ! Quelle absurdité !* Je croyais que vous étiez une femme.

— Comment osez-vous ! s'exclama Valentin pour la troisième fois en moins d'une heure.

— Je vous demande une fois de plus de bien vouloir m'excuser, monsieur. Je vous ai prise pour la maîtresse d'un noble fortuné, voyageant déguisée pour des raisons de sécurité.

— Comment avez-vous pu imaginer une chose pareille ?

— À ce qu'il paraît, ma vue n'est plus ce qu'elle était.

Légèrement adouci, Valentin croisa les bras sur les pans de sa chemise.

— Cela me semble évident.

— À présent, je constate que vous n'êtes effectivement pas une femme. Pourtant, vous êtes superbe. Mon épouse…

Ulcéré, Valentin l'interrompit :

— Votre épouse ! Vous devriez avoir honte, monsieur ! Vous aviez l'intention de forniquer avec moi alors que vous êtes marié ?

Le corsaire pinça les lèvres devant cette apostrophe scandalisée.

— Vous restez mon prisonnier, rappela-t-il sèchement.

— Ce n'est pas pour autant que je me tairai devant une infamie, monsieur !

— Ainsi, le chaton est en vérité un lionceau, hein ? Et vous n'hésitez pas à rugir contre moi ! Dans ma cabine, sur mon navire, alors que je suis le seul maître à bord !

— Je n'ai pas cherché à braver vos coutumes, répliqua Valentin, mais je vois mal le respect que je devrais à un pirate.

— Un seul mot de moi et vous êtes mort.

— Je n'en doute pas. Cela est-il censé m'inspirer le respect ? J'en doute fort.

— Et pourquoi un *pirate* s'intéresserait à ce que *vous* pensez de lui ? demanda Roi.

— Eh bien… Vous ne m'avez pas tenté de me… forcer. Je présume donc que vous avez le sens de l'honneur.

Roi inclina la tête.

— Je vous ai sous-estimé, M. Randwick. Je n'aurais jamais cru que la sagesse s'ajoute à tant de jeunesse et de beauté, mais vous avez gagné.

— Vous ne semblez pas en colère.

Le capitaine sourit.

— J'ai un certain don pour jouer au féroce flibustier, hein ? En vérité, je suis un corsaire français, porteur d'une lettre de course signée par le roi. À ce titre, j'ai le droit légitime de prendre d'assaut les navires marchands britanniques, car mes rapines profitent à mon pays, la France.

— Vous m'en direz tant ! Qui êtes-vous donc, monsieur ?

— Vous me pardonnerez si je ne vous donne pas mon véritable nom, mais je bénéficie d'un haut rang dans ma vie militaire et personnelle. D'ores et déjà, en cas d'évasion, vous détenez ma réputation entre vos mains.

— Dans ce cas, pourquoi tant m'en révéler ?

Le sourire de Roi s'accentua.

— Peut-être parce que je souhaite vous donner une meilleure opinion de moi.

— Dans ce cas, libérez Marche sans attendre et déposez-nous sains et saufs sur le plus proche rivage.

— Marche ? Vous l'appeliez Loel, il y a peu.

— La plupart des hommes ont un nom et un prénom, monsieur, rétorqua Valentin.

— C'est exact.

Le capitaine leva deux mains en signe de reddition.

— Nous ne sommes pas loin des côtes bretonnes, ajouta-t-il. Cela vous conviendrait-il ?

— Ce serait parfait. J'ai été élevé en Bretagne.

— Vraiment ? Je trouve étrange que vous n'en ayez gardé aucun accent.

— J'étais au monastère franciscain, à Cancale, près de Saint-Malo. Je présume que je parle français de façon plus cléricale que provinciale.

— Je connais bien Cancale, précisa Roi, amusé. J'ai été éduqué chez les jésuites, au monastère de l'autre côté du fleuve.

— Par le diable ! s'exclama Valentin qui, sous le coup de la surprise, employa une des expressions favorites de Marche. Notre abbé accusait toujours les jésuites de venir chiper nos pommes dès qu'elles étaient mûres.

Roi gloussa.

— Notre abbé disait la même chose des franciscains en ce qui concernait nos asperges. Personnellement, je déteste les asperges. Je préfère une bonne assiette d'huîtres chaudes de l'estuaire.

— Par pitié, monsieur, n'ajoutez rien ! Je n'ai pas pris de petit déjeuner ce matin et je crains que mon estomac à jeun n'ait du mal à tolérer vos paroles. Imaginez mon embarras si je crépissais votre tapis !

— Vu que c'est à cause de moi que vous avez manqué votre repas, permettez-moi de vous restaurer en compensation.

— Qu'en est-il de mon compagnon et des marins de la *Clarissa* ?

— Les hommes de l'équipage sont en bas, probablement déjà à table. Ils seront traités avec la courtoisie due à des prisonniers de guerre. Quant à votre ami, je vais l'envoyer quérir. Ceci vous convient-il ?

— Parfaitement, je suis toujours heureux de voir une situation s'arranger à l'amiable.

— N'avez-vous pas eu peur de moi ? demanda Roi.

— Si, bien entendu, au début.

— Pourtant, vous ne l'avez pas montré.

— Je me devais d'être courageux pour l'amour de mon compagnon, répondit Valentin.

— Ah, ainsi, c'est là votre secret. J'ai du mal à comprendre les sentiments entre deux hommes, en tout cas, exprimés de cette façon, mais si votre amour vous rend aussi courageux, je ne peux que le respecter.

— J'aimerais que tous aient votre grandeur d'âme, monsieur.

— Que c'est aimable à vous ! Je trouve votre compagnie des plus divertissantes, M. Randwick. Un plateau vous sera apporté d'ici peu et votre compagnon ne tardera pas à vous rejoindre.

LE REPAS arriva le premier. Puis deux mastodontes firent entrer Marche dans la cabine du capitaine alors que Valentin terminait goulûment une délicieuse tarte frite.

En voyant son hôte bondir à la rencontre de son ami, Roi abandonna sa tasse de café.

— J'avais donné l'ordre de le détacher, fit-il remarquer à ses hommes.

— Oui, capitaine, répondit l'un des gardes en patois breton, mais il a cherché à nous cogner.

— Lui avez-vous expliqué qu'il était libre ? demanda Valentin en breton.

Surpris, le marin se tourna vers le jeune homme.

— Nous avons essayé, *m'sieur*. Y nous comprend pas.

Valentin s'empressa d'ôter le bâillon de la bouche du duc.

— Loel, indiqua-t-il, tout est arrangé. Ces hommes ne nous veulent plus aucun mal.

— Apparemment, vous êtes prompt à vous faire des amis, aboya Marche.

— Votre jalousie est sans fondement et votre orgueil n'a aucune raison d'être chatouilleux, le sermonna Valentin à mi-voix. Vous devriez mieux me connaître à présent.

Le regard topaze perdit sa fureur.

— Excusez-moi. Dans la solitude où j'étais confiné, je me suis torturé en vous imaginant subir toutes sortes d'abus. Alors, vous trouver tranquillement attablé avec...

Valentin l'interrompit très vite :

— Dans ce cas, mieux vaut que vous ne restiez pas seul.

Par-dessus l'épaule de son amant, Marche affronta le capitaine du regard.

— Je suis Loel Woodbine, monsieur, déclara-t-il.

Le corsaire salua.

— Malheureusement, je ne peux me présenter en bonne et due forme. Faites-moi la grâce de m'appeler Roi.

— Auriez-vous abandonné l'idée de me rançonner ?

— M. Randwick s'est montré très persuasif. Vous avez là un ami des plus fidèles, monsieur. Il a refusé de me sacrifier son honneur, même au prix de votre vie.

Les yeux dorés fixés sur le Breton s'enflammèrent.

— J'espère vous avoir mal compris... Après tout, l'anglais n'est pas votre langue natale.

— C'est moi qui avais mal compris la situation, corrigea le Français. Disons que M. Randwick a brillamment passé l'épreuve et oublions ce point de discorde.

— Et cessez de regarder le capitaine aussi méchamment, Marche, intervint Valentin. Venez vous asseoir, il est temps de déjeuner.

— Il y a quelques semaines, vous deveniez blême en entendant un juron. À présent, vous prenez le thé avec les pirates. Quelle transformation, mon cher !

— Eh bien, je suis *affamé !*

Cette fois, Marche sourit pour de bon. Il prit place à table, près de Valentin.

— Vous êtes unique !

APPUYÉ CONTRE la rambarde, Marche se mit à hurler :

— Surveillez votre jeu de jambes !

Valentin, momentanément distrait, lui jeta un coup d'œil, ce qui causa sa perte. Le sabre de Roi passa sous sa garde, mettant fin à la rencontre. Valentin fit la grimace en sentant la pointe d'acier se presser sur sa gorge. Au lieu de retirer sa lame, le corsaire, d'un geste rapide du poignet, égratigna la joue de Valentin.

Surpris par la brève douleur, le jeune homme porta la main à son visage et le trouva humide. Il regarda ses doigts ensanglantés.

— Un petit rappel, déclara Roi. Si vous souhaitez manier une épée, vous ne devez jamais oublier votre objectif. Il ne s'agit pas d'apprendre des pas de danse, mon cher, l'épée que vous brandissez a été conçue pour tuer. Si vous portez une arme, acceptez l'idée qu'un jour, peut-être, vous aurez à l'utiliser. Et ce jour-là, hésiter ne sera pas une option. Vous comprenez ?

Le corsaire se tut et attendit la réaction de son élève.

— Je n'aurais pas dû me laisser distraire, reconnut Valentin, penaud.

— *Bien !*

Roi prit la mâchoire de Valentin dans sa main gauche.

— Parfait, ajouta-t-il en anglais. M. Randwick, vous aurez là une petite, toute petite cicatrice qui vous servira d'aide-mémoire, mais mieux encore, vous avez su rester calme.

— Devons-nous nettoyer cette coupure ? demanda Marche d'un ton aussi nonchalant que possible.

Voir couler le sang de Valentin l'avait bouleversé, mais lui aussi avait réussi à 'rester calme'.

— Je préfère continuer à m'entraîner, répondit Valentin.

— Je pense que vous n'aurez aucun mal à apprendre le noble art de l'escrime, déclara Roi. Vous avez ce qu'il faut, souplesse physique, rigueur mentale, maîtrise de soi. En vérité, vous progressez si vite que vous m'en donnez le vertige. À présent, *en garde* ! Nous avons juste assez de temps pour une autre leçon.

AU MOMENT des adieux, sur port de Saint-Malo, le Roi des Corsaires offrit à son élève le sabre avec lequel il s'était entraîné à son bord. Enchanté du cadeau, Valentin préféra, plutôt que le porter à sa ceinture, le ranger dans ses bagages avant d'être certain de savoir s'en servir. Roi approuva cette mesure de prudence.

Avant de faire débarquer ses Anglais, il leur offrit un dernier service :

— Je connais quelqu'un qui connaît quelqu'un… commença-t-il.

Il leur fournit le nom d'un négociant local.

— Merci beaucoup, déclara Marche en s'inclinant.

— J'espère sincèrement que vous retrouverez le scélérat que vous poursuivez et que vous lui ferez rendre gorge, dit Roi.

— Encore merci, monsieur. Bien que nos nations se fassent la guerre, je ne vous considère pas comme un ennemi.

Roi salua à son tour.

— Vous m'avez ôté les paroles de la bouche, monsieur, ou devrais-je plutôt dire : monsieur *le duc* ?

— Pour l'instant, je ne suis que M. Woodbine.

— *Bonne chance, m'sieur* Woodbine. À vous aussi, *m'sieur* Randwick.

— Merci, capitaine, répondit Valentin. Bien que je déplore les circonstances de notre rencontre, je suis heureux de vous connaître. Vous serez dans mes prières.

— *Merci.* Je suis sûr que les paroles qui émanent de votre bouche arrivent directement à l'oreille des anges. *Bon voyage !*

XVII

À Saint-Malo, Marche et Valentin ne mirent pas longtemps à trouver le commerçant auquel les avait envoyés le corsaire. M. Fantod, après avoir lu le message d'introduction de Roi, les accueillit chaleureusement.

Deux heures plus tard, les deux Anglais, copieusement restaurés, portaient de nouveaux vêtements. Ils avaient également reçu le nom d'une écurie où ils trouveraient des chevaux à louer. Après avoir remercié leur hôte, ils s'y rendirent sans attendre.

Il était presque midi. L'auberge, non loin des quais, était bondée de clients qui déjeunaient sur de grandes tables à tréteaux. La plupart ne levèrent même pas la tête de leur écuelle, pourtant, en dessous, ils jetèrent aux étrangers un regard soupçonneux. Valentin leur sourit aimablement, reconnaissant à leurs tenues des pêcheurs bretons, manutentionnaires ou artisans du chantier naval.

Sans leur accorder un regard, Marche préféra quitter la salle commune et passer à l'arrière, dans un salon plus calme.

Le propriétaire comprit vite qu'ils étaient des hôtes distingués, au porte-monnaie garni, et se précipita à leur rencontre.

— Messieurs, dit-il en breton. Soyez les bienvenus. En quoi puis-je vous être utile ?

Marche laissa Valentin répondre dans la même langue.

— Nous aimerions une bouteille de votre meilleur vin et des renseignements sur vos chevaux à louer.

— Avec grand plaisir, *m'sieur*. Je vous fais tout de suite apporter du vin et je reviens le plus vite possible pour le reste. Cette place vous convient-elle ?

L'aubergiste désignait une table près de la seule fenêtre. Au même moment, un homme, au coin de la pièce, poussait un cri strident.

— Par le ciel ! Je n'en crois pas mes yeux !

Marche et Valentin se retournèrent et virent Darby St-Denis, assis sur un banc, la jambe droite étendue devant lui sur un coussin. Le jeune dandy, en robe de chambre et en pantoufles, paraissait foudroyé de stupéfaction.

— Marche, que diable faites-vous… ?

Il repéra alors Valentin et sa voix s'étrangla.

— Ma déesse ! haleta-t-il.

— Cher monsieur, dit Valentin à l'aubergiste, nous avons retrouvé un ami. Faites-nous porter du vin, je vous prie, mais je pense que nos questions attendront.

— Je veillerai à ce que vous ne soyez pas dérangés.

Le Breton quitta la pièce, s'écartant devant la porte pour laisser entrer Lord Tarmegent et Lord Snowhurst.

Neville vit Darby tenter de se redresser et accourut vers lui en criant :

— Ne bougez pas ! Aimeriez-vous souffrir, par hasard ? Snow, venez m'aider !

Snowhurst, le bras en écharpe, fixait Marche et Valentin avec des yeux ronds.

— Tarmy, dit-il, nous ne sommes pas seuls.

— Morbleu ! Venez, vous dis-je, Strand a besoin de nous !

— Permettez-moi de vous assister, intervint Marche.

Posant la main sur l'épaule de Darby, il força le jeune homme à se rasseoir.

— À présent, Strand, ne bougez plus ! ordonna-t-il.

— Oui, restez calme, insista Tarmegent, qui ajusta le bandage sur son front.

— Calme ? bredouilla Darby.

Il se tourna vers Neville, les yeux toujours écarquillés.

— Comment le pourrais-je ? reprit-il. Ne voyez-vous ce que je vois ? Je suis dans tous mes états devant la vision de la duchesse de Marche en culotte.

Snowhurst s'esclaffa.

— Que racontez-vous, Strand ? Ce n'est pas duchesse !

— Bien sûr que si ! insista le baronnet. Je reconnaîtrai ces yeux violets même en pleine nuit. Je pourrais dessiner les yeux bandés la courbe de ces lèvres parfaites.

Son ami secoua la tête.

— Dites-moi, Strand, n'auriez-vous pas les yeux bandés ? Je vous accorde que monsieur ressemble à la duchesse de façon diabolique, mais il n'a rien d'une femme.

— Pour une fois, intervint Neville, Snow a raison. Strand, comment pouvez-vous imaginer une dame porter sur sa joue duveteuse une blessure virile ? Je parierais mes quartiers de noblesse qu'il s'agit d'une entaille reçue en duel, n'est-ce pas ?

Marche décida de couper court au débat :

— Messieurs, permettez-moi de résoudre le mystère. J'ai l'honneur de vous présenter Valentin Edward Albion Randwick, comte de Blythestone, le frère de ma duchesse.

Neville s'inclina derechef.

— Sir Valentin, Neville Jameson Stokes, vicomte Tarmegent, à votre service.

Snowhurst eut un signe de tête.

— Crispin Cornwallis Ludstall, baron Snowhurst, à votre service, monsieur.

Une fois de plus, Darby tenta de se redresser, une fois de plus, Neville le maintint dans son siège.

— Pardonnez-moi de ne pas me lever, ma blessure est insignifiante, mais mes amis s'obstinent à me croire aux portes de la mort. Je suis Darby Llewellyn St-Denis, baronnet de Strand, à votre service, monsieur.

— La chaleur de votre accueil me ravit, milords, répondit Valentin.

Darby fixait sur Valentin un œil lourd de soupçons.

— La duchesse de Marche est un parangon de féminité, déclara-t-il. J'ai pour elle le plus grand respect. Vous lui ressemblez comme un jumeau, vous savez.

Marche s'empressa d'ajouter :

— Je vous ai fait la même réflexion lors de notre rencontre, Blythestone.

— C'est exact, répondit Valentin avec un sourire.

— Ah, je m'en souviens à présent ! s'écria Darby. Blythestone, vous vivez en Bretagne, n'est-ce pas ?

— Effectivement, Valeria et moi avons été élevés tout près d'ici, même si nous n'étions pas ensemble.

— Je devine une histoire épique, déclara Crispin. Et voici Annick qui revient avec une bouteille. Brave fille, mais il nous en faudra au moins une ou deux de plus.

Valentin s'attabla avant de répondre à Snowhurst.

— Oh, c'est assez simple, à dire vrai. Mon père avait un tempérament irascible. S'étant créé de nombreux ennemis, il décida de s'exiler en Bretagne. Avant de quitter l'Angleterre, il confia la gestion de sa fortune à un homme d'affaires que lui avait recommandé un ami. À peine ma famille se trouvait-elle en France que le misérable vendait tous nos biens et disparaissait avec l'argent. Trop jeune pour comprendre le désastre, je n'ai pas réellement souffert de notre ruine, mais mon père ne s'en est pas remis. D'après la comtesse, la honte l'aurait poussé dans sa tombe avant l'heure.

— Très émouvant, remarqua Neville. Mais je ne comprends pas pourquoi vous disiez ne pas avoir grandi avec votre sœur.

— Mon père craignait que ses ennemis ne cherchent à l'atteindre à travers moi. Aussi, m'a-t-il fait élever à l'écart, dans un monastère. J'avais peu de contact avec ma famille.

— Vous étiez chez les moines ? s'écria Crispin, horrifié. Par Dieu ! Comment avez-vous réussi à leur échapper ?

— J'y résidais encore il y a quelques mois. J'ai été navré de ne pouvoir assister aux noces de Valeria.

— Dans ce cas, vous devez rester avec nous, Blythestone, nous avons beaucoup à vous apprendre.

— Les hommes ne tiennent pas tous à mener une vie de débauche, Snowhurst, susurra Marche.

— Hein ?

Se tournant vers le duc, Crispin fut brutalement dégrisé par ce qu'il lut dans ses prunelles d'ambre. Devenu nerveux, il se jeta la bouteille et remplit de vin son gobelet.

— Je vous remercie de cette invitation, répondit Valentin. Je suis certain que nous aurons au moins l'occasion de partager un repas.

— Je crains que Snowhurst s'intéresse peu à la nourriture solide, fit remarquer Marche.

Darby éclata de rire.

— Excellent, Marche ! Eh bien, mangeons à présent, et je vous raconterai nos dernières mésaventures. Comme vous l'avez sans doute deviné, Murdmont nous a échappé, mais nous avons appris où il comptait se rendre.

— Le gredin s'était établi à Nantes, déclara Neville, où il posait à l'ermite sous le nom de Maurice D'Arc. Il continuait à mener ses affaires par le biais d'agents locaux. Je n'ai jamais rencontré d'anguille aussi visqueuse !

— Se sait-il pourchassé ? demanda Marche.

Darby secoua la tête.

— Non, monsieur. Pas à ma connaissance.

— Il pratique l'usure, ajouta Neville. Pouvez-vous imaginer un toupet pareil ?

— Nous savions déjà qu'il n'avait pas le sens de l'honneur, intervint Valentin. Pourquoi hésiterait-il à s'abaisser davantage ? Il n'est donc pas responsable de vos blessures, Strand ?

Les trois dandys échangèrent des regards penauds. Puis Darby reprit la parole à contrecœur :

— J'aimerais vous dire que nous avons été blessés au cours d'une bataille rangée avec Murdmont et ses laquais, mais, pour être franc, nous n'avons pas eu l'occasion de l'affronter.

— Oui, ajouta Neville, nous avons été victimes de notre précipitation. En apprenant que Sir Malcolm avait quitté Amsterdam au milieu de la nuit, à son habitude, nous étions impatients de nous lancer à sa poursuite le plus tôt possible. Donc, nous avons... hum, *emprunté* une voiture dans la cour de l'auberge où nous nous trouvions.

— N'ayez pas peur des mots, Tarmy, coupa Crispin. J'ai purement et simplement volé cette voiture sans me rendre compte qu'elle était en réparation. J'ai été plus que surpris, je peux vous l'assurer, de perdre une roue à peine les chevaux lancés. Oh, vous pouvez rire, Marche ! Je vous comprends. C'était certainement du plus haut comique de me voir voler du siège du conducteur comme une marionnette au bout de ses fils. Je suis certain que tous les témoins de l'incident ont ri autant que vous. Je m'en suis sorti à bon compte, avec un bras cassé.

— Moi, je n'ai pratiquement rien, précisa Neville. Une bosse à la caboche, c'est tout. Le pauvre Strand n'a pas eu autant de chance.

— Il suffit ! s'emporta Darby. Ce n'est rien. Rien du tout !

Crispin se servit à nouveau du vin.

— Strand est un peu sensible sur le sujet, déclara-t-il.

— C'est l'endroit qui est sensible, pas moi ! aboya Darby. Pourrions-nous parler d'autre chose ?

— Oh mon Dieu ! s'exclama Marche, d'une voix affectée. Serait-ce votre mandrin qui a été touché, Strand ?

— Son épée a en effet plié, mais pas au point d'être bonne à jeter, plaisanta Snowhurst.

Tarmegent ne put y résister :

— C'est la triste vérité : Strand a été touché au mât.

Valentin se rapprocha du dandy écarlate.

— Cessez de tourmenter ce malheureux ! protesta-t-il. Ne voyez-vous pas qu'il souffre de vos sarcasmes ?

Strand se calma en constatant que le jeune Blythestone prenait sa défense au lieu de s'allier à ses tourmenteurs.

— D'après ce que je vois, remarqua-t-il avec hauteur, seuls les monastères bretons savent élever un gentleman digne de ce nom !

Puis il remercia Valentin qui plaçait derrière lui un nouveau coussin.

— Dites-moi, doux Sir Valentin, ajouta-t-il, que faites-vous ici avec Marche ?

— Quand il est venu m'informer des crimes de Murdmont, je lui ai proposé de l'aider et de lui servir de guide en Bretagne.

— Bien sûr. Quelle sotte question ! Vous assistez votre beau-frère, c'est bien naturel. Décidément, j'ai l'esprit brouillé !

Il leva vivement les yeux en disant :

— Non, Snow ! Pas un mot ! Et vous, Marche, un compagnon qui parle le jargon local doit vous faciliter la tâche.

— En effet, j'ai beaucoup de chance de pouvoir compter sur Blythestone, surtout à présent. En effet, après avoir tué ma tante, Murdmont nous a complètement dépouillés. Sans ma belle-famille, je serais probablement réduit à mendier dans la rue.

— Certainement pas ! protesta Valentin.

Il n'eut pas le temps d'en dire plus, leurs trois compagnons parlaient déjà tous en même temps.

— Que voulez-vous dire ? criait Neville.

— Murdmont serait un voleur ?

— Que ce fumier rôtisse en enfer ! brama Snow.

— Le diable attendra son tour, répondit Marche, je tiens à être le premier à mettre la main sur Murdmont. À présent, mieux vaut que nous ne nous attardions pas. Je compte louer des chevaux rapides et repartir sans attendre pour Nantes.

— Voyons, monsieur, s'offusqua Darby, vous ne prendrez pas la route sans avoir avalé un morceau pour restaurer vos forces. Asseyez-vous et, pendant le déjeuner, vous satisferez notre curiosité concernant ces incroyables nouvelles. Tarmy se chargera de vos montures.

Neville se redressa.

— Je m'en occupe. J'ai l'œil pour les bourrins.

— Ne vous dérangez pas pour nous, dit Marche.

Valentin adoucit le brusque refus de son amant :

— Votre sollicitude nous touche beaucoup. Merci, Tarmegent. Et merci, Strand, de votre suggestion.

— De rien, répondit Darby avec un grand sourire. J'admire infiniment votre sœur, vous savez, et je crois que j'éprouve la même sympathie pour vous.

— J'en suis très flatté, monsieur.

— Je n'en suis pas étonné ! remarqua Marche, mi-figue, mi-raisin. Bien, si les civilités sont terminées, peut-être devrions-nous réclamer aux cuisines des provisions de voyage…

Crispa posa son gobelet et se redressa.

— Je m'en charge. Veuillez m'excuser un moment.

Il quitta le salon.

— J'espère que vous n'avez pas encore mangé, déclara Darby. Annick ne devrait pas tarder à nous apporter le premier plat. Vous n'allez pas me croire, mais jamais je n'ai aussi bien mangé que dans cette taverne !

Valentin lui offrit un grand sourire.

— Si vous appréciez les fruits de mer, cela ne me surprend pas du tout. La Bretagne est bien connue pour la qualité de ses produits.

La conversation dévia sur les spécialités locales et devint vite très animée entre Valentin et Strand. Marche s'en trouva exclu. Il fronça les sourcils sous l'effort qu'il faisait pour dissimuler son irritation croissante et essaya d'ignorer sa jalousie en voyant Valentin rire des bouffonneries de Strand. Il frémit quand son amant effleura à un moment la main du blessé pour le réconforter. Objectivement parlant, il savait le geste innocent, mais son cœur ne supportait pas que son bienaimé fasse les yeux doux à un autre que lui. De plus en plus furieux, Marche décida qu'être amoureux était une véritable plaie, une douleur permanente. Pourrait-il le supporter ?

Il fut très soulagé du retour Snowhurst qui leur relata en détail son expédition dans la cuisine de l'auberge.

Le repas fut servi juste avant que Tarmegent revienne de l'écurie. Tout en mangeant, Marche narra aux trois dandys comment Murdmont avait volé la fortune de plusieurs de ses clients.

— Mais enfin, intervint Neville, le vol est évident, la justice le reconnaîtra sans peine et vous ne tarderez pas à tous recouvrer vos biens, n'est-ce pas ?

Marche hocha la tête.

— J'espère que les magistrats et les jurés en conviendront, le juge en particulier, et qu'il ne s'agit que d'une question de temps. Cependant, je voudrais voir Murdmont jugé en Angleterre, qu'il affronte ses victimes et reçoive publiquement la disgrâce qu'il mérite. Enfin, je souhaite par-dessus tout qu'il soit reconnu coupable du meurtre de ma tante et pendu haut et court.

— Vraiment, Marche ! le réprimanda Valentin. Souhaiter la mort d'autrui est un péché, aussi méprisable le coupable soit-il.

— Je n'ai pas votre âme charitable, rétorqua Marche. Rappelez-vous que je n'ai pas reçu comme vous une éducation religieuse.

— Si ce lâche a tué Lady Bolbracken, il mérite la mort, intervint Darby.

— Murdmont n'avait pas le droit de tuer, certes, s'entêta Valentin, mais nous non plus. Seul Dieu a le droit de retirer la vie qu'il nous a donnée.

— Entendez-le, messieurs ! déclara Marche avec emphase. Le jeune Blythestone possède une intégrité morale qui le place très au-dessus de nous, pauvres mortels.

Voyant Valentin lui jeter un coup d'œil perplexe, Marche haussa les épaules et se leva de table.

— Si vous voulez bien m'excuser, ajouta-t-il, je me rends à l'écurie vérifier les chevaux que nous a choisis Tarmegent.

À peine avait-il disparu que Valentin se redressa à son tour.

— Excusez-moi, jeta-t-il.

Il se précipita derrière le duc. En sortant dans la cour de l'auberge, il vit Marche qui la traversait. Il s'écria :

— Attendez-moi !

Marche s'arrêta et se retourna.

— Inutile de m'accompagner, dit-il sèchement. Retourne à l'intérieur et termine ton repas.

— Pourquoi te comportes-tu aussi étrangement ?

— Je ne souhaite pas en discuter pour le moment.

— Ne me dis pas que tu es encore jaloux de Darby, Loel ! Je te rappelle qu'il préfère les femmes.

— Si je suis jaloux, j'aurais au moins la courtoisie et le bon goût de ne pas en parler en public.

Valentin eut l'impression d'avoir été giflé. Il ouvrit de grands yeux.

— Ma compagnie et mes mauvaises manières vous pèsent-elles à ce point, Votre Grâce ? Vous seriez en vérité plus tranquille en étant seul.

— Je veux seulement que tu retournes à l'auberge afin de profiter de la compagnie de ces jeunes lords. Ils sont bien plus de ton âge que moi.

— Ainsi, en plus d'être mal élevé, je serais immature ?

— C'est toi qui le dis, pas moi, grogna le duc.

— Je comprends mal la raison de ta mauvaise humeur, se plaignit Valentin.

— Les hommes sont lunatiques. Surtout quand ils sont ducs.

— Tu n'as rien à ajouter ?

— Oh que si ! Mais j'ai envie d'être seul. Va-t-en !

Incapable de supporter plus longtemps l'expression dévastée de Valentin, Marche lui tourna le dos et s'éloigna. Mieux valait qu'il laisse sa colère se dissiper sans continuer à blesser injustement son jeune amant, décida-t-il. Il envisagea un petit galop rapide, ce qui lui aérerait les idées et lui permettrait de tester l'endurance des chevaux de louage.

Après un peu d'exercice, quand il aurait pris le temps de réfléchir à tête reposée, sans doute réussirait-il à se débarrasser de ses soupçons absurdes. Avant de pénétrer dans l'écurie, il jeta un dernier regard par-dessus son épaule, mais Valentin avait disparu.

Il haussa les épaules et s'enfonça dans l'ombre du bâtiment, vers les stalles des chevaux

— Ah, monsieur, vous tombez à pic ! déclara une voix familière.

Le duc reconnut Fantod, le marchand breton qui s'était montré si plein de ressources.

— Vous revoilà !

Le marchand exhiba toutes ses dents.

— Oui, je vous cherchais. Comme je vous avais conseillé cette auberge, je pensais bien vous y trouver. Ne suis-je pas des plus futés ?

— Que me voulez-vous ? aboya Marche que ce verbiage impatientait.

— Vous tuer.

Le duc fut frappé par derrière, en plein sur le crâne. Le premier coup le mit à genoux, le second le fit s'étaler de tout son long, puis il sombra dans le néant.

XVIII

— BLYTHESTONE ! CRIA Darby en voyant Valentin revenir dans le salon de l'auberge. Tout va bien ?

— Marche insiste pour inspecter lui-même nos chevaux, répondit Valentin. C'est un homme que j'apprécie beaucoup, mais j'aimerais le voir plus confiant.

Snowhurst et Tarmegent échangèrent un regard lourd de signification.

— Que signifie votre air de chien battu, messieurs ? s'étonna Valentin.

Darby se racla la gorge avant de reprendre la parole.

— Je présume que vous connaissez Marche depuis peu, et… donc, pas très bien, commença-t-il d'un ton prudent.

— Certes, je vous ai déjà expliqué les circonstances de notre rencontre. Je vous écoute, qu'avez-vous à me dire ?

— En bien, Marche a une certaine réputation à Londres, il est rarement cité pour son charmant caractère ou sa bienveillance envers ceux qu'il juge indignes de son attention.

Valentin releva le menton.

— Vraiment ? Valeria m'écrit qu'elle le trouve charmant et très attentionné.

— Je n'en suis pas surpris, répondit Darby. L'influence divine de ma déesse transformerait un porc en poète. Cependant, je vous assure que Marche s'intéresse rarement à ceux qui ne font pas partie de… d'un certain milieu.

— Oh, fit Valentin. J'ai entendu dire qu'il serait… débauché ?

Les trois dandys se consultèrent à nouveau du regard.

— Je ne sais trop ce que je dois vous révéler, hasarda enfin Darby. Répandre des ragots sur ses connaissances est de très mauvais goût. De plus, Marche est désormais de votre famille.

— Vous pouvez me parler franchement, monsieur, répondit Valentin. Nous sommes entre hommes, n'est-ce pas ? Entre gentlemen. Je vous certifie que je n'ai jamais trahi une confidence.

— Il ne me viendrait jamais à l'esprit d'en douter ! Je ne fais pas partie des intimes de Marche, mais des rumeurs courent à son sujet. Je vous en fais part pour vous permettre de mieux comprendre votre beau-frère. Voilà… d'après ce que j'ai entendu, il préférerait les hommes.

— Sexuellement parlant, précisa Crispin avec un air de conspirateur.

Valentin dut se mordre l'intérieur de la joue pour retenir un fou rire.

— Je suis choqué, je l'avoue, mentit-il. Jamais je n'aurais imaginé cela de lui ! Il semble tellement… viril.

— Je pense comme vous, monsieur, dit Tarmegent.

— Moi aussi, insista Snowhurst. Je me sens la naïveté d'un nouveau-né.

— Marche est aussi imposant qu'une montagne, continua Darby. Dans son ombre, il est difficile de ne pas se sentir… tout petit.

Valentin acquiesça, l'air pensif.

— C'est ce que je ressens.

— Je vous en prie, ne vous inquiétez pas trop de mes paroles. Je n'ai jamais voulu dire que Marche n'était pas un gentleman. C'est simplement qu'il est…

Il s'arrêta, cherchant ses mots. Valentin compléta pour lui :

— … un sodomite, un méprisable pervers ?

— Non, certainement pas ! J'espère que vous n'avez pas perçu dans mes paroles du mépris ou de la moquerie ? Ce n'était pas mon intention.

— Non, je n'ai rien perçu de tel. Dois-je alors supposer que vous approuvez les… penchants de Marche ?

Darby se trouvait dans une situation embarrassante. Devait-il agir comme l'exigeait la bienséance et vouer aux gémonies ceux qui pratiquaient le vice grec ? Ou dire la vérité et risquer de perdre l'estime de Blythestone ?

Crispin le sortit de son dilemme :

— Strand se moque de la façon dont un homme trouve son plaisir, à condition d'obtenir la même liberté d'expression, si j'ose dire.

— C'est très libéral de votre part, Darby, dit Valentin. Cela me fait toujours plaisir de rencontrer un homme tolérant.

— Je ne méprise mes pairs que sur leur façon de se vêtir !

— Faites-vous preuve d'esprit ou de sincérité ? demanda Valentin.

— Comme ma réflexion n'avait rien de très spirituel, j'opte pour la franchise, répondit le baronnet.

Valentin sourit.

— J'espère que nous deviendrons bons amis, Strand.

— Je vous accueillerai à bras ouverts à chacun de vos passages en Angleterre.

— Ne vous semble-t-il pas que nous sommes oubliés ? demanda Crispin à Neville.

— En effet, répondit Tarmegent.

— Peut-être êtes-vous devenus ennuyeux ? suggéra Darby, avec ironie.

— Oh, mon Dieu, cessez de vous chamailler ! s'exclama Valentin.

Neville changea aussitôt de sujet :

— Où diable est passé Marche ?

La servante entra dans la pièce pour allumer les lampes à huile. Valentin remarqua alors que la lumière avait baissé. Pris par sa discussion, il n'avait pas vu le temps passer. Il jeta un coup d'œil vers la fenêtre : le soleil, bas sur l'horizon, touchait pratiquement la mer. Marche aurait déjà dû rentrer.

Bondissant sur ses pieds, Valentin heurta la table et manqua renverser les gobelets qui s'y trouvaient.

— Attention, voyons ! protesta Crispin.

— Veuillez m'excuser. Je vais aller vérifier ce qui retarde Marche. Ne vous dérangez pas pour moi. Je n'en aurais pas pour longtemps.

Sans donner à ses trois compagnons la possibilité de répondre, il traversa rapidement le salon et sortit. En se rendant à l'écurie, il s'étonna d'avoir passé l'essentiel de la journée à paresser et à discuter. Autrefois, à l'abbaye, les moines condamnaient la parole, à moins qu'il ne s'agisse de prier pour louer le Seigneur, et rares étaient les moments d'oisiveté. Valentin fut surpris de constater qu'il avait apprécié de rester tranquillement assis, en bonne compagnie, à partager un repas, une bouteille, et à converser en toute liberté. Les sujets de la conversation n'avaient été ni élevés ni particulièrement productifs, pourtant le jeune homme se sentait bien, l'âme apaisée, comme après avoir écouté un sermon revigorant.

Il décida de maîtriser sa colère lorsqu'il retrouverait son amant. Et si Sa Grâce se trouvait encore de mauvaise humeur, eh bien, Valentin ferait de son mieux pour le calmer.

Il trouva un homme aux cheveux blonds, le dos tourné, occupé à remplir les abreuvoirs, et s'adressa à lui en breton :

— Excusez-moi de vous déranger, seriez-vous employé de l'écurie ?

Le lad hésita. Il avait reçu la consigne de ne pas parler aux Anglais, mais cet homme, aussi bien vêtu soit-il, était manifestement du coin. Il répondit donc :

— Oui, *m'sieur*. Que puis-je pour vous ?

— Je cherche M. Woodbine qui devait passer louer des chevaux. Sauriez-vous où il se trouve ?

Le garçon d'écurie haussa les épaules, tout en continuant obstinément sa tâche.

— S'il est bien nanti, il y a de bonnes chances qu'il soit sur les quais avec mon maître.

— Je ne comprends pas. Écoutez, vous être manifestement occupé, mais j'aimerais savoir pourquoi M. Woodbine serait retourné sur les quais ?

Nouveau haussement d'épaules.

— Je m'occupe pas des affaires des autres.

— Ne pouvez-vous rien me dire ? insista Valentin. C'est important.

— À mon avis, vot' gentleman est avec mon maître et m'sieur Fantod. Et je ne pense pas qu'il y soit de son plein gré.

— Fantod, le marchand ?

— Vous le connaissez ?

— Oui, répondit Valentin, le front plissé.

Il sortit une pièce de monnaie de la poche de son gilet et la jeta.

— Voici pour votre peine, ajouta-t-il. Merci.

Le lad rattrapa l'argent au vol. Il sourit en voyant la taille et la nature de la pièce.

— Merci, m'sieur ! Et bonne chance !

— Que Dieu soit avec vous et les vôtres, répondit machinalement Valentin avant de tourner les talons.

Il ne voyait aucune raison valable qui justifierait le retour de Marche au port, mais comment prédire les réactions de son amant, vu l'humeur déplorable dans laquelle ce dernier l'avait quitté ? Valentin n'envisagea même pas que Marche puisse être engagé dans une activité d'ordre privé, où l'irruption d'un tiers serait inopportune. Il ne pensait qu'à retrouver le duc le plus vite possible.

En arrivant sur les quais, il repéra aussitôt une silhouette familière occupée à surveiller le chargement d'une grosse caisse sur un petit bateau.

— Ah, M. Fantod ! s'exclama Valentin. Auriez-vous un moment à m'accorder, je vous prie ?

Le marchand sursauta et se retourna, son visage rougeaud pâlissant notablement. Il appela les deux costauds qui s'apprêtaient à emprunter la passerelle. Ils déposèrent leur caisse et s'approchèrent.

Rasséréné, Fantod dit à Valentin.

— Vous me simplifiez les choses. Il nous aurait été nettement plus compliqué d'aller vous récupérer.

Valentin, soupçonneux, fronça les sourcils.

— Me récupérer, monsieur ? Si vous comptiez me demander de vous rejoindre, vous devriez mieux choisir vos paroles.

— Et vous auriez dû éviter de vous aventurer seul sur les quais.

— Quelle sinistre formulation ! lança Valentin. Insinuez-vous que je suis en danger, monsieur ?

Le marchand ricana.

— Pardonnez mon humour déplacé, mais je commence à comprendre pourquoi Murdmont vous déteste autant. Je prendrai un grand plaisir à me moquer de lui à votre sujet quand je le reverrai.

— Parlez-vous de Sir Malcolm Murdmont ?

— Oh, que vous êtes charmant avec cet air de... de biche aux abois ! Vous ignorez l'effet que vous produisez, n'est-ce pas ? Vous avez dû rendre Murdmont à moitié fou !

— Cela me serait difficile, car je ne l'ai jamais rencontré.

— Continuez à mentir si cela vous chante. Je vous assure qu'il a deviné votre jeu, *milady*.

Valentin ne perdit pas contenance.

— Je trouve vos paroles des plus déroutantes. Qu'avons-nous, vous et moi, à voir avec Lord Murdmont ?

— Dans mon cas, c'est très simple : il me possède. C'est à lui qu'appartiennent mon commerce et ce navire, expliqua Fantod en gesticulant. Du coup, je lui obéis en tout et pour tout.

— Si vous suivez les ordres de ce misérable, ne put s'empêcher de répondre Valentin, vous êtes certainement en mauvaise posture. Si vous savez où il se trouve, veuillez m'en faire part sur-le-champ.

— *Mon Dieu !* Tant d'innocence et de rigueur ! Avez-vous la moindre idée de votre beauté quand vos yeux flamboient ainsi ? Non, sans doute pas. Si vous étiez délibérément manipulateur, Murdmont ne vous mépriserait pas avec autant d'ardeur. Je vois bien que vous le connaissez et… oh, il doit haïr l'idée même de votre existence !

— Vous vous exprimez par énigmes. Je désirais simplement savoir si vous aviez revu mon compagnon depuis que nous vous avons quitté ce matin.

— Eh bien, oui, je l'ai revu. Voulez-vous que je vous conduise à lui ?

D'un signe, le marchand indiqua aux deux dockers de maîtriser Valentin.

— Que comptez-vous faire de moi, monsieur ? demanda le jeune homme.

— À l'excès, la naïveté devient vite écœurante. Patientez encore un peu et mes hommes vous aideront à retrouver votre… ami.

Valentin recula vivement et heurta un obstacle derrière lui. Il se retourna d'un bond et écarquilla les yeux en reconnaissant… Tobias Fleet !

— Excusez-moi, Lord Blythestone. J'ai bien cru vous reconnaître et, d'après ce que je vois, j'arrive juste à temps.

— Que faites… ?

Il ne termina pas sa phrase en voyant Toby tirer son épée.

— Prenez-la !

Valentin serra les doigts autour de la poignée de la rapière.

— Et vous ? s'inquiéta-t-il.

— Je n'en ai pas besoin. J'ai ce qu'il me faut.

Il tira de sous sa chemise un long coutelas.

— Emparez-vous d'eux ! hurla le marchand à ses hommes.

Ils attaquèrent aussitôt, chacun choisissant sa proie. Toby frappa son agresseur au bas-ventre d'un coup de pied féroce. La brute tomba à genoux avec un hurlement, les mains plaquées à l'entrejambe. Toby l'assomma d'un coup sous le menton. Il se retourna ensuite pour vérifier ce que devenait Valentin : le jeune homme tenait son agresseur à distance à la pointe de son épée. Quant au gros marchand, il cherchait à bouger la caisse abandonnée devant la passerelle. Le docker que Valentin affrontait sortit de sa ceinture un couteau et le jeta, pointe en avant. Valentin l'écarta d'un coup d'épée avant de placer sous le bras du ruffian la botte que Roi lui avait apprise. L'homme, touché à l'épaule, recula en hurlant de douleur. Quand Toby les rejoignit, le blessé préféra filer.

— Beau travail ! déclara Toby. Maintenant, regardez... Cet homme me semble louche.

D'un geste du menton, il désignait le marchand qui poussait la caisse sur la planche. Valentin suivi son regard.

— C'est exact. Marche a disparu et je suis certain que Fantod sait où il se trouve.

— Dans ce cas, taïaut !

En les voyant arriver, Fantod abandonna la caisse et se précipita à l'abri de son bateau. Toby courut derrière lui, mais Valentin s'arrêta en entendant un bruit sourd. Il frappa un coup de poing contre le bois et reçut une réponse étouffée.

— Marche ?

Un cri confirma ses soupçons. Il chercha frénétiquement autour de lui un outil quelconque pour détacher le couvercle. Ne trouvant rien, il glissa la lame de son épée sous les lattes. Dès que les premiers clous sautèrent, il entendit plus clairement la voix du duc réclamer du secours.

— Je n'en ai que pour un instant, promit-il.

Il passa les doigts dans la fente et tira de toutes ses forces. En même temps, Marche poussait de l'intérieur. Le couvercle explosa et le géant jaillit de sa caisse comme un diable à ressort d'un jouet d'enfant.

— Merci ! aboya-t-il. Où est Fantod ?

Valentin lut le meurtre dans les yeux topaze. Avant qu'il ait le temps de répondre, Toby réapparut sur le pont, poursuivi par tout l'équipage. Surpris, Marche écarquilla les yeux, mais il ne perdit pas de temps à demander des explications. Écartant Valentin, il se rua vers la passerelle. Il laissa passer Toby, puis utilisa sa prodigieuse force pour écarter la planche et la faire basculer dans l'eau du port.

Les trois hommes s'éloignèrent tranquillement et disparurent dans la foule, laissant derrière eux Fantod qui leur hurlait des jurons et des insultes.

Peu après, ils étaient de retour l'auberge.

— Il ne lui faudra pas longtemps pour nous retrouver, annonça Valentin.

— Nous serons déjà partis quand il se présentera.

Marche se tourna enfin vers Toby.

— Que faites-vous là ? demanda-t-il.

— Je suis venu vous apporter un message. Pourquoi suis-je arrivé si peu de temps après vous ?

— Nous avons été retardés, déclara Marche avec nonchalance. Attaqués par des pirates, pour être précis.

— Des pirates ! s'écria Toby.

Il jeta à Valentin un regard lourd de reproche et ajouta :

— Vous ne m'en aviez pas parlé !

— Je n'en ai pas eu le temps, se défendit Valentin.

— Pour être franc, précisa Marche, nous avons plus été traités en invités qu'en prisonniers. J'ai remarqué que Blythestone s'entendait remarquablement avec les scélérats.

— M. Fleet le savait déjà, répliqua Valentin d'une voix sucrée. Après tout, je m'entends avec vous, n'est-ce pas ?

— Touché ! s'écria Toby en simulant une feinte à l'épée.

En pénétrant dans le salon de l'auberge, il salua Valentin d'un geste vainqueur.

— Diable ! s'écria Crispin. Vous semblez avoir rencontré des problèmes !

— C'est exact, Snowhurst, répondit Marche. Nous sommes extrêmement pressés, aussi veuillez ne me pas m'interrompre. Notre commerçant si serviable s'est avéré être à la solde de Murdmont. À peine l'avions-nous quitté ce matin qu'il a dû envoyer un message à son maître, informant ce scélérat de notre présence ici. Tout à l'heure, il a profité de mon passage à l'écurie pour m'assommer et m'enlever, en attendant que Murdmont décide de mon sort. Blythestone est arrivé juste à temps pour interrompre mon embarquement clandestin et me faire sortir de la caisse dans laquelle j'étais prisonnier.

Son discours fut ponctué d'exclamations incrédules. Le tumulte était tel que Toby dut lever la voix pour se faire entendre :

— C'est la raison de ma présence à Saint-Malo, milord. Mme D. m'a chargé pour vous d'un message concernant Lord Murdmont.

— Par le diable !

— Voulez-vous que je vous en parle en privé, monsieur ?

Marche regarda autour de lui.

— Non, dit-il enfin. Ces hommes sont mes amis, Je leur fais confiance. Vous pouvez parler devant eux.

— Eh bien, j'ignore si vous si le saviez, monsieur, mais Lord Murdmont est un client habituel de Mme D. Il ne vient pas au salon, il fréquente un autre établissement.

— Oh, je vois. S'agirait-il de la Cage ?

Toby acquiesça.

— Comme Votre Grâce le sait certainement, la Cage satisfait les messieurs qui aiment leur plaisir pimenté de douleur et...

Toby s'interrompit, toussota, et reprit :

— Eh bien, Lord Murdmont y est très assidu, d'après ce que j'ai entendu dire. Et il a l'habitude d'informer Mme D. de ses passages à Londres.

— Murdmont serait-il de retour ?

— Pas encore, monsieur, mais il ne va pas tarder. Mme D. a pensé que ce renseignement vous intéresserait.

— Toby, comment Mme D. savait-elle que je cherchais Murdmont ?

Le jeune homme baissa sa tête d'or et fixa le sol.

— Je lui ai parlé de vos récents ennuis, milord, après les avoir appris de Lord Kirkcap. J'espère que vous ne m'en voulez pas.

— Je n'apprécie guère que mes affaires privées soient colportées et discutées par tout un chacun, mais je ne peux nier que vous m'avez rendu un grand service.

— Deux, intervint Valentin. C'est grâce à lui que nous vous avons libéré sur le quai.

— Vous faites bien de me le rappeler, dit Marche. Toby et vous m'avez sauvé la vie et je ne vous en ai pas encore remercié.

Un tintamarre et des cris éclatèrent dans la cour de l'auberge.

— Que signifie ce remue-ménage ? s'écria Crispin.

— Apparemment, Fantod est un vrai bulldog, remarqua Marche. Je crois qu'il est temps que nous nous séparions.

Darby se redressa péniblement.

— Partez, dit-il. Nous veillerons à retenir vos poursuivants.

— Vous pouvez compter sur nous, appuya aussitôt Neville.

Marche ne chercha même pas à prétendre repousser leur offre.

— Je vous suis redevable, se contenta-t-il de dire.

Il se tourna vers ses deux compagnons :

— Blythestone, M. Fleet, vous êtes prêts ?

Valentin prit le temps de s'adresser aux trois dandys :

— Je vous en prie, ne prenez pas de risques inutiles. Vous avez déjà été blessés et je ne supporterais pas qu'il vous arrive quelque chose.

Darby agita la main dans un geste plein de panache.

— Nous ne faillirons pas à l'honneur, affirma-t-il. À présent, partez vite !

Marche, Valentin et Toby quittèrent l'auberge par la porte de la cuisine et traversèrent la cour en restant dans l'ombre des murs.

— À mon avis, chuchota Marche, mieux vaut que nous ne repassions pas à l'écurie.

— Si vous me le permettez, monsieur, intervint Toby, le bateau qui m'a conduit ici devrait accepter de nous ramener en Angleterre, si le prix était suffisamment alléchant.

— Pensez-vous que le capitaine quitterait le port dès ce soir ?

— J'en suis certain.

— Acceptera-t-il d'attendre d'être payé à notre retour ? Je n'ai pour le moment que ma parole à lui offrir.

— Et celle de Mme Dahlram en garantie, répondit Toby.

— Pourquoi se donnerait-elle cette peine ? s'étonna Marche.

Toby sourit.

— Vous ignorez le nombre d'amis que vous avez parmi ma clique.

— Votre clique ? répéta Valentin. Je présume que vous parlez des gens fidèles et dignes de confiance qui existent de par le monde ?

— Votre Grâce, celui-là, vous devriez le garder, remarqua effrontément Toby. Il a toutes les qualités : adorable à regarder et doté d'un courage à toute épreuve. Vous ne retrouverez jamais son pareil, milord.

— Oui, je sais, répondit Marche. Je ne suis pas idiot.

Puis il changea de sujet :

— Que soit damnée cette nuit sans lune ! Où est ce fichu bateau ?

— Là, monsieur, répondit Toby, le joli bâtiment avec une loupiote bleue à la poupe. Si je peux me permettre, m'accorderiez-vous l'honneur d'arranger les modalités de notre embarquement ?

— Bien volontiers. Nous vous en serions très reconnaissants.

Marche et Valentin attendirent pendant Toby attirait l'attention de la sentinelle et discutait brièvement avec elle. Peu après, ils embarquaient.

Marche et Valentin furent conduits dans l'entrepont pour ne pas être aperçus du quai. Un quart d'heure plus tard, le plancher ondula sous leurs pieds : le petit navire s'en allait vers l'Angleterre. Toby passa la tête dans la cabine pour leur annoncer qu'il resterait un certain temps à aider le capitaine.

Les deux amants se retrouvèrent seuls.

— Ainsi, notre grande aventure sur le continent se termine avant même d'avoir vraiment commencé, fit remarquer Marche

— Tu trouves ? Un enlèvement représente à mes yeux une aventure tout à fait suffisante.

— Je n'ai subi que quelques heures de confinement. Tout s'est bien terminé grâce à toi. Et à Toby, bien entendu.

Valentin le dévisagea dans l'ombre de la cabine.

— Un confinement ? répéta-t-il éberlué. Comment peux-tu parler aussi calmement de ta captivité ?

— Je suis sain et sauf, n'est-ce pas. Je suis libre ?

— C'est exact, mais si je n'étais pas intervenu à temps, tu aurais pu tomber sous la coupe de Murdmont. Je m'étonne que son homme de main ne t'ait pas tué à la première opportunité. Pourquoi t'avoir épargné alors que ta mort leur profiterait tellement ?

— À mon avis, Murdmont souhaitait s'offrir le plaisir de se venger lui-même de moi. Toutefois, c'est du passé et je ne vois aucun intérêt de le ressasser. Je tiens cependant à te remercier d'avoir déjoué le complot.

Valentin ne put garder plus longtemps son calme.

— C'est donc sans importance pour toi que mon cœur se brise à l'idée qu'il t'arrive quelque chose ?

— Si, bien sûr, c'est très important, mais… Tu sais bien que j'ai du mal à gérer mes sentiments.

— Puis-je au moins te serrer dans mes bras ?

Il avait à peine fini de parler que Marche l'empoignait dans une étreinte féroce.

— Je suis un imbécile ! Je suis désolé, mon bienaimé. Si tu t'étais trouvé à ma place…

Valentin perdit le souffle sous la force de son amant.

— J'ai eu tellement peur quand je ne t'ai pas trouvé à l'écurie, haleta-t-il.

— Mais tu as réussi à me retrouver, mon adorable limier, et tu m'as sauvé.

Marche l'embrassa sur le front.

— M'as-tu pardonné alors ? demanda Valentin.

— Quoi donc ? s'étonna le duc.

— Ce que j'ai fait qui t'a mis de si méchante humeur. Si tu n'avais pas été distrait, tu n'aurais pas été une proie aussi facile.

— Tu n'as rien fait de mal. Seul mon mauvais caractère est à blâmer.

Marche prit le temps de réfléchir avant d'ajouter :

— Et tu as raison, j'étais jaloux. J'ai du mal à supporter de te voir aussi aimable envers un autre homme.

Valentin s'écarta de lui.

— Ce que tu dis me rend très triste. Tu n'as donc aucune confiance en moi ?

— Si, bien sûr. Ce n'est pas de toi dont je me méfie.

— Craindrais-tu que je sois trop crédule, ou vulnérable ? Je t'assure que je suis capable de me défendre, le cas échéant.

— Tu as raison.

Valentin qui s'apprêtait à s'asseoir, se figea. Il n'en croyait pas ses oreilles.

— Pardon ?

— Je dis que tu as raison.

— Je ne m'attendais pas à une capitulation si rapide, j'avoue être sidéré. Continuez, monsieur.

Marche lui sourit gentiment.

— Tu as affronté et vaincu les bandits, et tu m'as délivré. Comment pourrais-je encore douter de ton courage et de ta détermination ?

Le cri étouffé de Valentin résonna particulièrement fort dans le silence de la cabine, suivi de près par le rire de Marche.

— Je ne peux résister au plaisir de te taquiner, reconnut le duc, même dans un moment aussi intense. Peux-tu me le pardonner ?

— De tout mon cœur !

— Malheureusement, tu n'as pas encore entendu toute ma confession. Je suis responsable de cette série de catastrophes.

— Comment est-ce possible ?

Marche garda le silence quelques instants.

— Je n'en ai jamais parlé à personne, dit-il enfin. Même Negus ne connaît pas ce misérable épisode de mon passé.

— Tu peux tout me dire, Loel.

— Je crains que tu ne me regardes d'un œil différent en sachant à quel point j'ai été pathétique.

— Je t'aime, grand idiot, malgré ta fierté ombrageuse, ton mauvais caractère et ton entêtement borné, je t'aime. Et tu m'aimes malgré ma pudibonderie et mes réflexions bien-pensantes. Nous sommes tout à fait assortis !

— Je ne compte pas dire le contraire.

— À présent, vu que nous avons du temps à perdre, raconte-moi ce qui s'est passé.

Dès que Valentin tendit la main, Marche vint s'asseoir à côté de lui.

— Savais-tu que Murdmont se destinait à la prêtrise ? commença le duc.

— Non.

Valentin secoua la tête, sans trahir sa surprise devant cette introduction.

— C'est lui qui me l'a dit, il y a longtemps, quand nous étions encore en de bons termes. Il a été élevé dans un monastère, comme toi, il en est parti brusquement, comme toi encore. Son père est mort perclus de dettes, sans laisser de quoi payer l'éducation de son fils. Pour entretenir sa mère, Malcolm a été obligé d'accepter un poste de tuteur.

Marche prit entre les siennes la main de son jeune amant et le regarda dans les yeux.

— Il m'est difficile d'évoquer ce passé, ajouta-t-il.

— Pourquoi ne pas commencer par ta rencontre avec Murdmont ?

— Comme tu le sais, j'ai perdu mes parents à quatre ans et je suis passé sous la tutelle de ma grand-tante. J'avais quatorze ans quand elle a décidé que mon précepteur n'avait plus rien à m'apprendre, aussi m'a-t-elle envoyé dans un établissement en vogue, où l'enseignement était très moderne. Lors de ma seconde année là-bas, j'ai eu Malcolm Jonas comme professeur d'arithmétique. Et il m'a appris bien davantage qu'à manier les chiffres.

Valentin resserra les doigts.

— Voudrais-tu dire… ?

— Qu'il m'a séduit ? Oui, mais il n'a pas eu beaucoup à insister. Je lui vouais un culte, pour te dire la vérité.

— Il devait être très différent alors.

— Bien sûr. Il était… pur, je présume, entièrement dédié à la science, exigeant, sinon intransigeant. J'étais très fier de faire partie de son cercle privilégié, j'aurais fait n'importe quoi pour attirer son attention et recevoir ses éloges.

— Et il a trahi ta confiance en t'attirant dans son lit.

Marche secoua la tête.

— Non, je ne lui en voulais pas. Je le trouvais beau, admirable, je l'idolâtrais. Il m'a fait découvrir le plaisir physique, un nouveau monde dans lequel je me suis épanoui. Je ne voyais aucun mal à ce que nous faisions ensemble, tout en sachant que la société nous condamnerait.

— Que s'est-il passé ? demanda Valentin.

— Nous avons été découverts, bien sûr. L'affaire a été étouffée, mais Murdmont a été renvoyé et déshonoré. Quant à moi, j'ai dû retourner chez ma tante, la queue entre les jambes.

— J'ai du mal à t'imaginer accepter cette sanction, même étant plus jeune.

— J'étais révolté par cette ingérence dans ma vie privée, et encore plus en colère de devoir cacher ma réaction. Dès que j'en ai eu l'opportunité, j'ai tenté de contacter Malcolm. En le revoyant, j'ai reçu un choc terrible, car il ne voulait plus entendre parler de moi. Il me rendait responsable de sa disgrâce, affirmant que je l'avais fait chuter des hauteurs éthérées des mathématiques transcendantales pour forniquer dans la boue.

— C'est absurde ! Il était un adulte et toi, un enfant.

— J'avais seize ans. L'âge où un garçon est considéré comme un homme.

— C'est absurde ! répéta Valentin. Mais dis-moi, tu n'imagines quand même pas que Murdmont ait planifié sa vengeance depuis lors ?

— C'est possible.

— Mais peu probable.

Valentin soupira avant d'ajouter :

— En tout cas, je comprends mieux l'antipathie qui existe entre vous. Quel dommage que tu n'aies pas raconté à Lady Willamina ce déplorable épisode !

— Je n'en ai parlé à personne. L'accusation de Malcolm m'avait blessé, son rejet m'a détruit. Je suis devenu celui qu'il m'accusait d'être. Pendant des années, je n'ai fréquenté que des débauchés jusqu'au moment où je suis devenu comme eux. Si tu savais le nombre de jeunes hommes que j'ai corrompus…

— Non !

— Si. Avant de te rencontrer, je me suis aussi mal comporté que mon mentor de triste souvenir. Je suis devenu comme lui que je méprisais tant, même si je ne l'ai compris qu'en voyant mon image se refléter dans tes yeux.

— Si tu continues, je vais pleurer.

— Non, je t'en prie. Cela me navrerait de voir des larmes dans tes yeux.

Valentin serra les mains de son amant.

— Je ne peux supporter l'idée que tu aies tellement souffert, mais… promets-moi de ne plus jamais t'écarter de moi. Je tiens à tout partager avec toi, joies et chagrins. Je ne veux pas que tu affrontes seul les difficultés.

Marche le prit dans ses bras et l'étreignit.

— Je t'en donne ma parole !

Valentin baissa les yeux, les joues soudain écarlates et brûlantes.

— Tu sais, murmura-t-il, à présent, j'ai l'impression que nous sommes véritablement mariés.

Marche se figea, soulevé par une vague d'émotion qui imprégnait chaque fibre de son être. Il attira Valentin contre son cœur et ferma les yeux.

— Je t'aime plus que je ne saurais le dire, souffla-t-il.

Conscient de sa vive émotion, Valentin lui prit la tête pour la poser sur son épaule, il lui caressa doucement les cheveux et lui répéta son amour, encore et encore, en lui laissant le temps de se remettre.

Peu à peu, Marche se détendit contre lui.

Se redressant, il entraîna son amant sans un mot jusqu'à l'étroite couchette et s'étendit à ses côtés. Bercés par le roulis de la mer, les deux hommes somnolèrent jusqu'au moment où Toby vint les réveiller.

XIX

— BONJOUR, MESSIEURS !

Mme Dahlram pénétra dans la pièce et prit place dans un fauteuil, ses jupes volumineuses gonflant autour d'elle.

— J'espère que Tobias et Samuel ont veillé à ce que vous soyez bien installés, ajouta-t-elle.

— En effet, madame, répondit le duc

Marche et Valentin s'étaient levés en la voyant entrer. Mme Dahlram leur fit signe de reprendre leur place.

— Nous pouvons maintenant passer aux choses sérieuses, si vous voulez bien excuser ma brusquerie.

Marche, qui s'était réinstallé sur le sofa, lui adressa un sourire aimable.

— Bien entendu. Blythestone, voici madame Lydia Dahlram. Madame, j'ai l'honneur de vous présenter Sir Valentin Randwick, un ami très cher.

Valentin s'inclina avant de s'asseoir.

— Madame, je vous suis extrêmement reconnaissant de la grande bonté que vous manifestez à notre égard.

— Je suis très heureuse d'être en mesure de rendre service à Sa Grâce. Même si sa générosité a toujours été discrète, je sais que le duc a aidé de nombreux malheureux à sortir du ruisseau.

— Cela ne vaut pas la peine d'en parler, protesta le duc, quelques sommes remises à droite et à gauche ne compensent guère, dans le grand livre du destin, le mal que j'ai commis. Oublions le sujet, je vous en prie, et parlons de nos difficultés actuelles.

Mme Dahlram hocha la tête.

— Je crains d'avoir fait preuve d'indiscrétion en m'immisçant dans votre vie privée. En interrogeant plusieurs de mes clients, j'ai appris de choquantes nouvelles, en particulier que Lord Murdmont avait volé votre fortune et celle de plusieurs autres clients qui lui faisaient confiance. L'un de mes jeunes employés est un habile comptable. Je l'ai envoyé fouiner dans les bureaux londoniens de Murdmont et parler au personnel resté sur place, dont il connaît certains membres.

— Si j'en crois votre expression, madame, remarqua Marche, les nouvelles sont mauvaises.

— Je suis certain que vous êtes de taille à le supporter, Goliath, sourit Mme Dahlram.

— Si je me souviens bien, Goliath a été vaincu par une simple pierre de fronde.

— Vous avez raison, mon image n'est peut-être pas très bien choisie, mais je suis certaine que vous arrangerez vos affaires et récupérerez la totalité de vos biens. Malheureusement, cela risque de vous prendre du temps, car Murdmont a des procurations qui l'autorisent à agir comme il l'entend.

— Vous ne m'apprenez rien, jeta le duc.

Valentin intervint :

— Les choses iront sans doute plus vite si Murdmont est reconnu coupable de meurtre, ne croyez-vous pas ?

— Voilà effectivement notre priorité, répondit Marche. Il nous faut amener Murdmont devant la justice pour le meurtre de ma tante. Ses autres méfaits passeront ensuite.

— J'aimerais avoir connu Lady B., déclara Mme Dahlram. D'après ce que j'ai entendu dire, c'était une authentique originale.

Marche baissa la tête. Aussitôt, Valentin chercha à le réconforter et posa la main sur son épaule. Mme Dahlram, qui remarqua la tendresse de son geste, cessa de s'interroger sur la nature du lien entre les deux nobles. Même si elle regrettait de perdre la clientèle du duc, elle était heureuse que le géant ait choisi un compagnon qui tienne réellement à lui. Le duc était amoureux, elle en aurait mis sa tête à couper, et ce sentiment l'avait changé, adouci et humanisé, elle en avait la preuve sous les yeux : les larmes qui coulait sur ses joues.

— Pardonnez-moi d'avoir ravivé votre chagrin, chuchota-t-elle gentiment. Voulez-vous que nous en revenions à nos projets ?

— Oui, par pitié, répondit Marche d'une voix que la douleur étranglait.

— Il nous faut nous décider, intervint Valentin. Devons-nous nous rendre à Lamberglyn Park, ou trouver une résidence en ville ? Une fois cette question réglée, nous pourrons avancer sur notre plan d'action.

— Sur ce premier point, je pense être en mesure de vous aider, répondit Mme Dahlram. Si cela vous convient, je vous invite à rester ici, où j'ai une suite discrète à vous proposer.

— Toutes nos affaires sont actuellement à Lamberglyn, donc, je pense que nous devons au moins commencer par aller les récupérer. Bien sûr, nous pourrions envoyer un message à Negus en lui demandant de préparer nos bagages et de nous les faire parvenir…

Marche se tourna pour regarder Valentin et ajouta :

— Je vais vous laisser en décider, Blythestone.

Le jeune homme réfléchit quelques instants avant de répondre :

— Nous ne gagnerions rien en envoyant un message, car il lui faudra le même temps pour aller jusqu'à Lamberglyn et en revenir. De plus, je voudrais parler à Anne pour savoir si elle a reçu des nouvelles de ma mère ou de ma sœur.

— Dans ce cas, c'est décidé, trancha Marche. Si ce n'était pas abuser de vos bontés, madame, pourriez-vous vous charger de nous faire louer une voiture ?

— Prenez plutôt la mienne, répondit-elle avec un sourire. Bien sûr, vous aurez à endurer les chérubins que j'ai fait peindre sur mes portières. Les chers petits sont plutôt affectueux, voyez-vous, et l'artiste s'est permis quelques privautés qui peuvent choquer…

Marche s'empressa de l'interrompre :

— Je pense qu'une voiture louée sera plus discrète.

À PEINE une demi-heure plus tard, Marche et Valentin montaient dans un léger phaéton tiré par deux hongres au poil brillant. Toby, qui sortait leur souhaiter bon voyage, fut chaleureusement remercié pour son aide. Il haussa les épaules et s'approcha pour tapoter l'encolure d'un des chevaux.

— Je ne suis qu'un messager, répondit-il négligemment. Tout le monde aurait agi de même à ma place.

— Eh bien, que vous le vouliez ou non, je vous en suis reconnaissant, aboya Marche.

Toby, amusé de sa brusquerie, inclina respectueusement la tête.

— *Aye*, Votre Grâce.

— Et quand mes difficultés seront réglées, vous constaterez que ma gratitude s'exprimera autrement qu'avec des mots.

— Je ne vous ai pas aidé pour recevoir une récompense !

Marche lui rendit son sourire.

— Je sais.

Il prit les rênes et lança son attelage.

— Bonne chance ! cria Toby dans leurs dos.

Valentin se retourna pour agiter gaiement la main, mais déjà le phaéton se perdait dans la circulation. Marche manœuvra adroitement son attelage pour dépasser les autres voitures et quitter le centre de Londres.

Une fois hors de la ville, il poussa les chevaux au galop, cheveux au vent et rire aux lèvres. À mi-parcours, à l'heure du déjeuner, il tourna dans un champ pour profiter du panier bien garni que Toby lors avait préparé.

À LA fin de leur repas champêtre, Valentin se releva et essuya l'herbe qui maculait ses vêtements.

— Je me sens beaucoup mieux, déclara-t-il. Je serais même parfaitement bien si je pouvais me débarrasser de la poussière de la route.

Marche lui désigna la rivière qui coulait en contrebas.

— Tu as là tout ce qu'il te faut pour prendre un bain.

— Et continuer avec des vêtements trempés ? protesta Valentin. Non, merci, monsieur.

— Tes habits resteront secs si tu les enlèves avant de t'immerger.

— Suggèrerais-tu que je nage… nu ?

— Cela ne t'est-il jamais arrivé ? s'étonna Marche.

Après une courte pause, il secoua la tête et ajouta :

— Une fois de plus, j'oublie la façon dont tu as été élevé !

— Nous n'avions jamais l'autorisation de nous mettre nus au monastère. Nous nous lavions avec une bassine, en glissant un linge savonneux sous notre soutane. Je ne voyais des frères que des visages sombres et des mains occupées.

Marche changea de sujet :

— Eh bien, moi, je me mets à l'eau, déclara-t-il. Elle sera sans doute fraîche, mais le soleil est bien chaud aujourd'hui. Viens avec moi !

— Je ne peux pas. Et si quelqu'un nous voyait ?

Marche désigna le bosquet d'arbres qui les entourait.

— Cela ne risque rien, j'ai délibérément choisi un endroit retiré. Viens, mon bienaimé. Offre-moi la vision de celui que j'aime au naturel.

— Tu réussiras encore à me faire rougir quand je serai un vieillard à la barbe blanche ! prédit Valentin.

— Tant mieux ! chuchota Marche avec ferveur.

Il se pencha pour réclamer un baiser. Quand il se redressa, Valentin jeta un coup d'œil à la rivière.

— L'eau doit être gelée, objecta-t-il.

— Tu n'auras pas froid bien longtemps, promit Marche. Viens, mon petit moine. Oublie pendant une heure ta dignité et tes vêtements. Comment peux-tu affronter calmement une bande de ruffians et avoir peur de te déshabiller ?

— Je ne sais pas.

Valentin soupira, puis un grand sourire éclaira son visage inquiet.

— Je suis certain qu'un jour, ton influence finira par me débarrasser de toutes les contraintes de mon éducation.

— Toutes ? J'espère bien que non ! Je te rappelle que tes charmes me sont exclusivement réservés.

— Idiot !

Avec un tendre petit rire, Valentin posa la main sur sa joue.

— Tu sais très bien que je ne suis qu'à toi, chuchota-t-il.

— Alors, déshabille-toi.

Déjà, Marche tirait sur la cravate de son jeune amant.

— D'accord, répondit Valentin d'un ton de défi. À condition que tu fasses pareil !

Son dernier mot flottait encore dans l'air quand la chemise du duc rejoignit son pardessus sur l'herbe. Avec un sourire espiègle, le colosse ôta ses bottes et enleva son pantalon. Comme d'habitude, Valentin perdit le souffle en voyant se dévoiler le corps puissant, magnifiquement proportionné. Il était certain qu'il n'existait nulle part ailleurs au monde un homme aussi parfait, des cheveux aussi dorés, des yeux aussi ambrés, que l'humour rendait pétillants.

Marche l'arracha vite à sa contemplation hébétée.

— Alors, tu viens ?

Il l'aida à se déshabiller. Pour la première fois de sa vie, Valentin se trouvait nu en plein air. Chaque nouvelle sensation exacerbait sa nervosité : la brise lui caressait la peau avec des doigts de soie ; le soleil lui paraissait aussi brûlant qu'un incendie. Lorsque Marche détacha son catogan et répandit ses cheveux sur ses épaules, le jeune homme frissonna en sentant les lourdes mèches glisser sensuellement dans son dos, jusqu'à ses reins nus.

— C'est une sensation très étrange, reconnut-il. Je me sens à la fois anxieux et euphorique.

— Tu ressembles à un faune qui découvre la première aube du monde.

— Il est midi passé !

— Petit renard ! Je t'offre de la poésie et tu te moques de moi ?

— Oh, c'était une ode à la nature ? J'ai cru entendre un veau perdu qui appelait sa mère.

— Tu vas me payer cette insolence ! promit Marche.

Valentin n'eut même pas le temps de crier, Marche l'avait déjà empoigné et jeté dans la rivière. Le jeune homme refit surface peu après, les yeux exorbités, crachant de l'eau et agitant fébrilement les bras. Il vit Marche perdre son sourire.

Le visage crispé d'horreur, le duc plongea pour le rattraper et le soutenir dans ses bras.

— Est-ce que tout va bien ? demanda-t-il. J'avais oublié que tu ne savais pas nager.

Valentin lui posa les mains sur les épaules et poussa vigoureusement. Pris par surprise, le duc coula. Il lâcha Valentin qui s'écarta en quelques brasses vigoureuses.

Le duc émergea rapidement, les sourcils foncés.

— Ainsi, tu sais nager, remarqua-t-il d'un ton de reproche. Tu m'as joué un tour !

— Toi aussi, alors je ne me sens pas coupable.

— J'ai cru que tu te noyais.

— Non, corrigea Valentin, tu as cru que *tu* m'avais noyé !

— Si je comprends bien, maintenant que tu as quitté tes jupes, tu ne me laisses plus le dernier mot.

— Qu'importe le dernier mot, Loel ! Tu as de moi tout ce que tu veux. Maintenant et toujours. N'en doute jamais.

Valentin se rapprocha et passa les bras autour du cou de son amant. Marche le serra étroitement contre lui, la chaleur de leurs deux corps contrastant avec la froideur de l'eau. Le duc baissa la tête, quêtant un baiser. Valentin le lui accorda volontiers, posant la bouche sur la sienne, ouvrant les lèvres et insinuant la langue dans une invite immanquable.

En entendant un doux grognement, Valentin aurait pu jurer que son cœur fondait et se répandait dans ses veines comme un feu liquide, jusqu'à son membre. La sensation du corps brûlant ondulant contre le sien dans une rivière glacée était d'une sensualité presque insupportable. À sa grande surprise, Valentin découvrit qu'il était prêt... plus que prêt à tenter une nouvelle expérience.

— Prends-moi, chuchota-t-il.

Puis il décida d'être plus direct encore :

— Je veux ta queue en moi !

Marche déglutit péniblement.

— Je le ferai volontiers, mais...

— Ne vois-tu pas combien je te désire ? insista Valentin.

Il pressa son sexe érigé contre le ventre tendu de Marche.

— Bien sûr, mais...

— ... mais nous n'avons pas d'onguent et tu as peur de faire de mal, je sais, mais avec de l'eau aussi froide, je serai engourdi. Alors...

Cette fois, ce fut Marche qui interrompit son amant.

— D'accord. Si tu y tiens tellement, je n'aurais pas l'incorrection de refuser. Pour te dire la vérité, l'idée de te faire l'amour dans ces conditions m'excite tellement que tu n'auras pas à supporter bien longtemps ma pénétration.

Valentin éclata de rire, puis il se plaqua la main sur la bouche et jeta autour de lui un coup d'œil anxieux.

— Ne sois pas timide ! implora Marche. Tu n'imagines pas à quel point j'apprécie le plaisir que tu prends à ce que nous faisons ensemble !

— Dans ce cas, cesse de parler et agis. Tu apprécieras encore plus.

Marche sourit.

— Tu ne cesses de m'émerveiller, Val, tu es un vrai plaisir pour mon cœur et mon esprit. Je vais...

Il s'interrompit pour effleurer, sous l'eau, les fesses de Valentin. Il les écarta et trouva l'ouverture de son corps. Les yeux fixés sur son amant, il introduisit doucement un doigt en lui. Valentin renversa la tête et ferma les yeux. Le duc l'assouplit doucement, léchant en même temps ses mamelons pour mieux l'exciter.

— Maintenant, haleta Valentin.

Le mot étranglé éperonna Marche qui passa instantanément à l'action. Ouvrant Valentin à deux doigts, il saisit son sexe de l'autre main et se positionna. Valentin se pencha en arrière et flotta les bras écartés, les jambes nouées autour de la taille de son amant, les yeux fixés sur le ciel pur, à l'écoute de son corps. La chaleur brûlante contre son anus était comme un sceau. Il s'empala en ondulant le bassin. Marche le prit par les hanches pour aider la manœuvre. Penché en avant, il surveillait avec attention le visage de son jeune amant. Valentin croisa son regard et lui sourit rêveusement.

— Sur mon honneur, souffla Marche, je n'ai jamais rien éprouvé d'aussi fort !

— Dis-le encore, mon amour.

— Que veux-tu entendre ? Que tu es le plus bel homme que je connaisse ? Je te le répéterai volontiers, car c'est la vérité.

— Je m'inquiète seulement de…

Valentin s'interrompit avec un gémissement parce que Marche changeait de position.

— Quoi ? insista le duc.

— Loel, tu es tellement plus expérimenté que moi. Je suis certain que Tobias Fleet savait bien mieux te…

— Non, coupa le duc. Je n'ai jamais aimé Tobias. C'était complètement différent. À présent, je ne veux que toi.

Les yeux de Valentin se remplirent de larmes.

— Vraiment ? Cela ne te dérange pas que je sois un… néophyte ?

Marche sourit.

— Au contraire. Je suis enchanté d'avoir tout à t'apprendre. Tu n'imagines pas à quel point !

— Dans ce cas, pourquoi ne pas reprendre les travaux pratiques au lieu de te contenter d'un cours théorique ?

— Si tu continues à être insolent, tu risques d'en subir les conséquences.

— C'est-à-dire ? le provoqua Valentin.

La brûlure s'était atténuée, il se sentait prêt à continuer.

— Quel culot ! Depuis quand es-tu devenu aussi audacieux ?

— Depuis que je bande si fort que cela devient douloureux.

Avec un grand sourire amusé, Marche empoigna le sexe de son jeune amant.

— Est-ce de cette douleur que tu parles ? Je pense pouvoir m'en occuper. Tu vas bander encore plus fort !

— Impossible !

Marche se mit à le caresser avec ardeur. Valentin poussa d'autres gémissements.

— C'est merveilleux ! s'exclama-t-il. Mes sensations sont exacerbées par le froid de la rivière.

— Je sais. Je crains que ton fourreau brûlant autour de moi me pousse à une éjaculation prématurée.

— C'est vrai ? Je te plais ?

— Tu sembles réclamer des compliments aujourd'hui. Je…

Marche s'interrompit une seconde, puis reprit :

— Non, ne fronce pas les sourcils, ne te détourne pas. Je ne faisais que plaisanter. Excuse-moi, je regrette vraiment de ne pas mieux savoir t'exprimer ce que je ressens pour toi.

— Je ne cherche pas de compliment… Non, ce n'est pas vrai. J'aime les entendre sur tes lèvres.

— Ainsi, tu es susceptible de mentir ! Je ne l'aurais jamais cru ! Ce jour est à marquer d'une pierre blanche.

Valentin sourit gaiement.

— Tu dis des sottises ! En tout cas, merci d'avoir pris le temps d'apaiser mes craintes ridicules. Je me sens beaucoup mieux.

Marche resserra les doigts et accéléra la cadence de ses va-et-vient.

— Cela t'aide-t-il ?

— Oui, je suis léger comme un nuage. Mon cœur est un bouchon de liège au bout du fil d'une canne à pêche.

— Rien de mieux ?

Marche renforça ses paroles d'un vigoureux coup de reins.

— Je suis une prière sur les ailes de l'amour qui va droit vers le ciel.

Tout à coup, Marche eut la gorge serrée, il n'osa pas répondre. Préférant que ses actes parlent pour lui, il se concentra sur la délicieuse tâche de faire l'amour à son jeune amant. Valentin apprécia le soutien de l'eau, qui le libérait presque des lois de la gravité terrestre ; ses cheveux mouillés flottaient tout autour de lui sous les violentes poussées de son amant. Cette apesanteur érotique était extrêmement sensuelle. Et Marche appréciait aussi l'expérience, ce qui ajoutait encore à son incommensurable plaisir.

— Je vais jouir, chuchota-t-il, émerveillé.

— Déjà ? haleta Marche. Quelle merveille d'être jeune !

— Moque-toi si tu veux, mais, par pitié, ne t'arrête pas.

— Tout le thé de Cathay ne suffirait pas à me convaincre !

Marche continua à labourer l'étroit canal qui moulait son sexe comme un gant.

— Oooh ! cria Valentin en cédant au plaisir. Mon Dieu !

Ses fluides se perdirent dans l'eau courante, mais son corps restait agité de frissons – et Marche le pilonnait toujours.

— Ah, Loel, que c'est bon !

À ces mots essoufflés, Marche trouva à son tour l'orgasme, le plaisir lui tombant dessus avec la force d'une avalanche. Les doigts resserrés sur les flancs de Valentin, il le pénétra une dernière fois, contracta les fesses et explosa dans un long gémissement d'extase.

Il tremblait encore quand il prit le corps inerte pour le soulever hors de l'eau. Valentin se laissa faire, la tête contre la poitrine de son amant, en marmonnant des mots doux contre sa toison. Repu, Marche n'avait plus la force de bouger. Il garda Valentin contre lui, savourant cette délicieuse sensation.

— Merci, chuchota-t-il.

Il posa la langue sur le mamelon gauche que le froid érigeait. Valentin gémit doucement à ce contact intime.

— Le plaisir… était partagé, je t'assure, répondit-il enfin, encore pantelant.

— Je sais. Je crains toujours que tu cèdes à ma lubricité. Je ne veux pas abuser de toi.

— Je t'en supplie, Loel, ne dis pas ça ! Ce serait affreux que ma pudibonderie gâche ton plaisir quand nous sommes ensemble. À mes yeux, ce que nous faisons est sacré et jamais…

Valentin s'interrompit, car Marche se retirait et le remettait sur pied. Puis le duc s'empara de sa bouche avec une tendresse féroce. Son baiser exprimait tout l'amour qu'il avait en lui, refoulé depuis si longtemps.

Quand ils se séparèrent enfin, Valentin renversa la tête pour fixer son amant.

— Tu pleures ? s'étonna-t-il.

— Tu crois ?

— Que se passe-t-il ?

— Je n'en ai aucune idée. Contre toute attente, je n'éprouve aujourd'hui que joie et gratitude envers le ciel. Et à l'idée que tu ressens les mêmes sentiments que moi… Par le diable ! Les mots sont dérisoires. Je n'arrive pas à l'exprimer !

— Tu n'en as pas besoin, mon amour. Je te comprends, aussi est-il inutile de l'énoncer.

Marche baissa la tête et cligna plusieurs fois des yeux avant d'oser affronter le regard de Valentin.

— Je ne sais pas ce que j'ai fait pour mériter un ange, chuchota-t-il, mais je tâcherai d'être digne de toi.

— En clair, tu préfères me voir comme une bénédiction que comme une tribulation ?

— Tu vois, tu es parfait ! Merci de m'empêcher de me ridiculiser en devenant trop sentimental.

— Je ne m'en plaignais pas, déclara Valentin.

Il déposa une pluie de baisers sur le bout du nez du duc, son menton et les commissures de sa bouche.

— S'agirait-il d'un autre mensonge ? Je vais devoir exiger un gage.

Valentin écarta les bras.

— Tout ce que tu veux, je suis tout à toi.

— Je te demande de rester toujours à mes côtés.

— Accordé ! Mais j'avoue aimer aussi être... sous toi.

Avec un sourire moqueur, Valentin repoussa le duc et s'enfuit en pataugeant. Marche, qui avait des jambes plus longues, le rattrapa avant qu'il atteigne la rive. Il le prit dans ses bras et l'embrassa une dernière fois.

— Chaque fois que tu fuiras, je te rattraperai, promit-il. Tu ne m'échapperas pas.

— Tant mieux ! Rester avec toi est mon vœu le plus cher.

Repus corps et âme, les deux hommes se rhabillèrent. Peu après, ils reprenaient leur route.

XX

— Maître Valentin ! Votre Grâce ! s'écria Anne en voyant les deux hommes entrer par la porte de la cuisine. Quelle surprise, je ne sais pas si mon pauvre cœur y résistera !

Valentin embrassa chaleureusement son ancienne nourrice.

— Pardonnez-moi cette arrivée intempestive. Notre voyage en Bretagne s'est terminé plus rapidement que prévu.

— J'ai été enlevé, annonça Marche d'un ton nonchalant.

Anne en resta bouche bée.

— Non ! Les misérables ont-ils osé aller aussi loin ?

— Certainement, ce cher Lord Murdmont emploie des sbires très déterminés, répondit Marche.

Anne secoua la tête.

— Je ne sais comment vous pouvez en parler aussi calmement. Racontez-moi ce qui s'est passé, si vous en avez le temps.

— Ce ne fut qu'un aléa de parcours, comme j'ai déjà tenté de l'expliquer au jeune Blythestone. Mon courageux agresseur m'a assommé par derrière. Il m'en reste une bosse aussi grosse qu'un œuf d'oie.

Le duc se frotta l'arrière du crâne. Puis il vit bouger la gouvernante et leva la main pour la retenir.

— *Nay*, c'est inutile, madame. Je n'ai pas besoin de soins, mon impétueux ami ici présent est venu à mon secours.

Anne jeta à Valentin un regard admiratif.

— Je n'en doute pas ! Vous ressemblez de plus en plus à votre père, comme je vous l'ai déjà dit. Mais pourquoi suis-je encore à bavarder alors que vous devez être affamés ? Asseyez-vous, asseyez-vous. Je vais vous préparer un plateau.

— Negus serait-il par-là ? demanda Marche.

— Je m'étonne que le coquin ne soit pas dans mes jupes, comme il le fait d'habitude. Oh, veuillez pardonner mon impertinence, Votre Grâce !

— Ne vous excusez pas. Je connais les défauts de mon valet. Je vous abandonne un moment pour m'enquérir de lui, je n'en aurai pas pour longtemps. Ne bougez pas, Blythestone. Je suis certain que notre voyage doit vous avoir ouvert l'appétit.

Marche sourit en voyant le jeune homme s'empourprer, puis il quitta la cuisine.

Peu après, Anne déposait devant son jeune maître une assiette bien garnie.

— Auriez-vous reçu des nouvelles de ma mère ou de ma sœur ? demanda Valentin.

— Oh, *aye*. Une lettre de Lady Amandine est arrivée juste après votre départ avec le duc. L'aubergiste a eu l'intelligence de me l'adresser à Londres. Negus m'a lu ce courrier. Ce petit coq prétentieux était tout fier de m'annoncer qu'il savait lire !

Sans laisser à Valentin le temps de placer un mot, Anne enchaîna :

— J'espère que vous ne m'en voudrez pas d'avoir pris la liberté de répondre à milady. Elle parlait d'un 'long silence épistolaire qui devenait inquiétant', voyez-vous, alors j'ai tenu à la rassurer. M. Harston et elle voyagent actuellement le long la côte ouest.

— Au nom du ciel, que tout devient compliqué ! J'ai à peine vu ma mère au cours des trois dernières années et voilà que je cherche à l'éviter depuis des semaines pour ne pas avoir à lui mentir. Et à présent que je ne suis plus sous la défroque de Valeria, la comtesse n'envisage même pas de me rejoindre.

— Voyons, monsieur, milady ignore que vous vous trouvez à Lamberglyn Park !

— Vous avez raison, bien sûr. Je vous remercie de me rassurer ainsi.

— Mangez ce qu'il y a dans votre assiette. Cela vous fera plus de bien que tous mes discours.

Alors que Valentin soulevait son couteau, Anne posa brièvement la main sur la sienne.

— Je suis tellement heureuse que vous soyez revenu chez vous, monsieur !

— Anne, ne pourriez-vous m'appeler Valentin ?

— J'essaierai peut-être, *monsieur*, répondit-elle.

Elle s'écarta pour aller lui chercher à boire.

— Que souhaitez-vous prendre avec votre repas, de la bière, de l'eau ou du vin ? demanda-t-elle.

— De l'eau m'ira très bien, merci.

— Et avec Sa Grâce, tout se passe bien, si je peux me permettre ?

— À notre première rencontre, je n'y aurais jamais cru, mais le duc s'est avéré être un homme merveilleux. Je me demande comment j'ai pu le traiter de haut et lui trouver tous les défauts. J'étais aveugle, prétentieux et intolérant.

Valentin n'avait pas remarqué le retour de Marche.

— Qu'est-ce qui vous a fait changer d'avis à mon égard ? demanda une grosse voix dans son dos.

— Mes yeux se sont dessillés, répondit Valentin du tac au tac. J'ai compris que certains de vos défauts étaient inoffensifs, sinon étonnamment agréables.

Ana dénoua les cordons de son tablier.

— Je sens que la discussion ne va pas tarder à m'échapper, je suis une femme simple, après tout.

Elle se tourna vers le duc pour demander :

— Avez-vous retrouvé le fripon que vous poursuiviez, Votre Grâce ?

— Oui, j'ai trouvé Negus, madame.

— Elle parlait peut-être de Murdmont, Marche, déclara Valentin.

— C'est exact.

— Mais 'fripon' est bien trop gentil pour un tel misérable.

Marche soupira.

— Blythestone, si vous en convenez, pourquoi vous être donné la peine de me contredire ?

— Par plaisir, reconnut Valentin. J'ai quelques épithètes pour qualifier l'assassin de votre tante, Marche.

— Lesquelles ? voulut savoir le duc.

— Je ne vous le dirai pas, je préfère entendre les vôtres.

— Je suis à court de vocabulaire, professeur, c'est bien pour ça que je vous posais la question.

Les deux hommes furent très surpris d'entendre Anne éclater de rire. Ils tournèrent vers elle le même regard interrogateur.

— Non, mais, écoutez-vous ! s'exclama-t-elle. Vous vous accordez comme deux larrons en foire. Au début, je regrettais un peu que Valentin envisage de ne pas se marier pour avoir des héritiers, mais je vois à présent qu'il a bien choisi. Vous formez une bonne paire !

Elle changea de ton pour demander au duc :

— Si vous vouliez bien m'indiquer où se trouve votre bon à rien de valet, Votre Grâce, je vous laisserais tranquille.

— Il était dans la buanderie quand je l'ai laissé. C'est étrange, d'ailleurs, depuis que je connais Negus, je ne l'avais encore jamais vu s'occuper de la lessive.

— Je vous accorde qu'il manque de compétence, mais c'est en forgeant qu'on devient forgeron, n'est-ce pas, monsieur ?

— Vous êtes le bon sens incarné, madame.

Marche salua la gouvernante qui quittait la cuisine avant de prendre place à côté de Valentin sur le banc. Il attendit qu'Anne soit hors de portée d'oreilles pour chuchoter :

— À mon avis, ces deux-là aussi forment une bonne paire. Ne serait-ce pas du plus haut comique ?

— Que votre valet courtise ma gouvernante ? Pourquoi ?

Marche, conscient de s'avancer en terrain dangereux, préféra ne pas répondre. Il prit sa fourchette et s'attaqua au contenu de son assiette. D'après lui, il risquait moins dire une bêtise en ayant la bouche pleine. Voyant qu'il se taisait, Valentin enchaîna :

— Je serais très heureux que Negus et Anne se découvrent des sentiments l'un pour l'autre. Ce sont des solitaires, ce qui est une bien triste façon de traverser l'existence.

Marche s'empressa d'avaler.

— Une fois de plus, tu parles avec sagesse. Pourrais-tu me passer le sel ?

VALENTIN ET Loel passèrent à Lamberglyn Park une nuit très agréable. Le lendemain matin, quand ils terminèrent leur petit déjeuner, une voiture chargée de leurs bagages était déjà sur la route de Londres. En faisant leurs adieux à Anne, tous deux la remercièrent d'avoir rendu si vite le manoir habitable. Marche s'attarda un moment auprès de Negus pour lui donner ses dernières instructions, puis il monta sur le siège du phaéton, saisit les rênes et lança ses chevaux.

Ils retournèrent en ville aussi vite que le leur permettait l'état des routes pavées. Bientôt, Lamberglyn et son magnifique parc boisé devinrent comme un rêve idyllique qu'ils auraient fait conjointement.

Chez Mme Dahlram, ils furent accueillis par Toby qui les introduisit dans un salon privé.

— Bon retour, messieurs. Les autres gentlemen vous attendent. Entrez, je vous en prie, je suis à vous dans une seconde.

Harmon Sudville, Lord Donshear, se leva en voyant duc pénétrer dans la pièce.

— Ah, vous voici, Marche. Je crois que vous êtes le dernier.

Marche salua ses pairs avant de faire les présentations.

— Donshear, Tarncott. Permettez-moi de vous présenter mon beau-frère, Valentin Randwick, comte de Blythestone.

Merrold Worrel-Shephard, Lord Tarncott, s'inclina. Puis une voix féminine protesta :

— Ne m'oubliez pas, je vous prie ! Ma modiste serait dévastée que personne ne remarque mon chapeau !

C'était Lady Georgiana, veuve du marquis de Hapwood. Marche et Valentin s'inclinèrent de concert.

— Madame.

Puis le duc demanda :

— Où est Sir Jabez Wallwhit ? D'après ce que j'ai entendu dire, il a aussi été dépouillé.

— Il nous a envoyé un mot, répondit Donshear. Une nouvelle crise de la goutte, voyez-vous, il ne peut se lever

Il ne put en dire plus : Toby les interrompit en faisant entrer un homme mince aux cheveux gris argenté.

— Milady, milords, je vous présente Sir Anthony Wedhight, baronnet Kirkcap, juriste et avocat de renom.

— Je voudrais pouvoir vous dire que je suis enchanté de vous revoir, Kirkcap, déclara Marche.

— Je vous comprends, je regrette également la nécessité de cette réunion, répondit Anthony. Je vous remercie de votre confiance et de faire appel à moi pour vous représenter.

— Je peux difficilement m'adresser à mon précédent homme d'affaires, rétorqua Marche, sarcastique. Voyez-vous, il semble avoir disparu.

235

Il attendit la fin des rires amers provoqués par sa réflexion avant de demander :

— Au fait, auriez-vous des nouvelles de lui ? Quelqu'un aurait-il revu Murdmont à Londres ces derniers temps ?

Toby consulta Kirkcap du regard avant de répondre :

— Sir Malcolm est effectivement revenu en ville, mais il garde profil bas. Il n'est ni chez lui ni dans ses bureaux – qui sont bien plus nombreux que vous pourriez l'imaginer. J'ai récemment appris qu'il gérait la moitié des établissements de paris à Londres !

— Je vous avais bien dit qu'il n'était pas un gentleman ! tempêta Donshear.

— Que le scélérat aille au diable ! s'écria Tarncott.

— Je suis certaine que nous souhaitons tous l'envoyer aux gémonies, déclara la marquise de Hapwood, mais plutôt que de perdre notre temps à maudire ce goujat, écoutons plutôt les nouvelles que nous apporte Sir Anthony.

Kirkcap salua son intervention d'un signe de tête.

— J'ai obtenu une audience au palais de justice, dans le cabinet d'un magistrat haut placé. Il nous reste à nous assurer que Murdmont y assiste.

— Ne vous inquiétez pas, monsieur, dit Toby. Des dispositions sont prises.

— Je ne doute pas que vous ayez la situation en main, intervint Marche, mais je dois vous prévenir que Murdmont est habile et aussi fuyant qu'une anguille.

— Sans vouloir vous manquer de respect, milord, Mme Dahlram connaît mieux cet homme que n'importe lequel d'entre vous.

Marche scruta pendant un long moment le jeune homme blond avant d'acquiescer.

— Très bien, je vous fais confiance, M. Fleet. J'espère simplement que vous avez dit vrai en niant que…

Toby lui coupa la parole avec chaleur :

— Je ne vous ai jamais menti, monsieur. Je n'ai rien à cacher. Je n'ai jamais fréquenté Sir Malcolm, ni à la Cage…

Il fit une pause avant d'ajouter :

— … ni ailleurs.

— Veuillez m'excuser d'avoir eu le mauvais goût d'évoquer cet endroit.

— Ne vous inquiétez pas, Votre Grâce, répondit Lady Hapwood. Je n'écoutais pas.

— Je m'adressais à M. Fleet, déclara Marche.

Sir Anthony se racla la gorge.

— Bien, si nous n'avons plus rien à débattre, je propose que nous nous retrouvions demain matin, à dix heures, au palais de justice, devant le cabinet de Lord Berinbroke. Je peux vous envoyer une voiture, si cela vous arrange.

— Je vous en serais très reconnaissante, répondit très vite Lady Georgiana.

— C'est entendu, madame. Prenez, si vous le souhaitez, une suivante pour vous accompagner.

La jeune veuve lui adressa une moue charmante.

— Malheureusement, monsieur, je suis contrainte à me priver des petits conforts auxquelles j'étais habituée. Voyez-vous, je crains que les voitures et la domesticité ne soient plus dans mes moyens jusqu'à ce que Murdmont soit contraint de restituer le produit de ses rapines.

Choqués, certains yeux se détournèrent en entendant la marquise évoquer son appauvrissement. Peu après, le groupe se dispersa. Le salon était presque désert quand Valentin intercepta doucement Lady Georgiana. Il s'inclina devant elle.

— Madame, je suis navré de voir une dame en difficulté. Que puis-je faire pour soulager votre détresse ?

Elle scruta quelques secondes le visage sérieux penché sur elle avant de répondre.

— Monsieur, votre générosité m'étonne et me fait… honte. Auriez-vous oublié que mon défunt mari a tenté de tuer le duc, votre… beau-frère ?

— Non, madame, je n'ai pas oublié, mais vous-même ne m'avez causé aucun tort.

— Croyez-vous ? murmura-t-elle en baissant les yeux.

Marche intervint :

— Que voulez-vous dire ?

— Voyons, vous devez bien avoir compris que Murdmont n'aurait pu réussir sans complicité. Il lui fallait une personne susceptible d'approcher ses futures proies, de les fréquenter assidûment et de reconnaître leurs points faibles. Lui-même, un parvenu, n'avait pas accès aux meilleurs salons.

— Ah, je vois. Le défunt marquis de Hapwood était sans doute l'atout que Murdmont cachait dans sa manche pour monter son ignoble projet.

Lady Georgiana haussa les sourcils.

— Gilbert ? Non ! Il était un bel homme et présentait bien, mais l'intelligence n'était pas son fort. Murdmont n'a eu aucun mal à lui dérober les titres des propriétés qu'il avait héritées de sa famille. Quand j'ai découvert le pot aux roses, nous étions déjà pratiquement ruinés. Aussi, quand Murdmont a eu besoin d'un allié, j'y ai vu l'occasion de récupérer en partie nos fonds.

— Comment ? Vous nous espionniez pour lui ?

Marche ne cachait pas son incrédulité. Lady Georgiana hocha la tête.

— C'est exact. Il insistait beaucoup pour que lui rapporte les moindres faits et gestes de votre jeune épouse. C'est moi qui lui ai remis le gant que j'avais ramassé dans le salon chinois pour impliquer la duchesse dans un scandale censé la ruiner de réputation.

La marquise se tourna vers Valentin et continua :

— Murdmont haïssait votre sœur, monsieur. J'avoue avoir eu du mal à comprendre une rage aussi intense envers une jeune femme qu'il rencontrait pour la première fois.

— Vous devez vous tromper, corrigea Marche. L'arrivée de ma duchesse a simplement fourni à Murdmont le parfait bouc émissaire, un point c'est tout.

— En y réfléchissant, votre argument est sensé, répondit-elle. À l'origine, il avait prévu de faire accuser une servante d'avoir empoisonné Lady Bolbracken. Il lui aurait été bien plus facile d'envoyer en prison une simple soubrette qu'une femme de la noblesse. De plus, une belle jeune femme comme Lady Valeria risquait d'attirer la sympathie du jury. Mais je ne me trompe pas, Votre Grâce. Dès que Murdmont a vu votre épouse à la chapelle, il a juré sa perte.

— Je ne le permettrai pas ! Il me trouvera sur son chemin !

La voix était à peine reconnaissable tellement le duc avait les dents serrées.

— Je n'en doute pas, remarqua Lady Georgiana avec ironie. De plus, il serait difficile à Murdmont de s'attaquer à une jeune femme qui semble avoir… disparu.

— Ma duchesse est discrète et effacée. Elle a préféré rester à la campagne.

— Vraiment ? Où réside-t-elle actuellement ?

— À Lamberglyn Park, répondit Valentin. Notre manoir familial.

Lady Georgiana haussa ses élégantes épaules.

— Quel dommage ! J'aimerais vraiment vous voir un jour ensemble pour mieux étudier votre étonnante ressemblance. Croyez-vous qu'il soit possible que vous ne soyez pas des jumeaux comme il y paraît ?

Valentin détourna la question par une réponse ambiguë :

— J'aimerais moi aussi retrouver Valeria. Elle me manque infiniment.

— Si vous êtes son frère, je suis son mari, intervint Marche, c'est à moi qu'elle manque le plus.

Valentin s'inclina.

— Vous avez raison, monsieur. Depuis votre mariage, vous avez eu peu de temps à consacrer à votre épouse. J'en suis profondément désolé.

— Chaque moment passé loin d'elle m'est intolérable, je vous le certifie.

— Val ressent certainement la même chose, assura Valentin.

Le duc le fixa droit dans les yeux.

— Vous croyez ? Dans ce cas, je devrais très bientôt lui rendre visite.

— Je sais que l'élu de votre cœur vous attendra, monsieur.

Lady Georgiana, surprise, examinait les deux hommes en passant de l'un à l'autre.

— Vous semblez très proche de votre sœur, cher comte, remarqua-t-elle.

— C'est l'usage en Bretagne qu'une famille soit soudée, madame, répondit Valentin.

— Quelle chance a la duchesse d'avoir deux galants hommes à son service ! persifla la marquise en enfilant ses gants. Votre conversation est fascinante, messieurs, mais je dois vous quitter, car ma couturière m'attend. Quand je suis en retard, elle devient facilement irascible.

Valentin lui ouvrit la porte et la salua d'un signe de tête au moment où elle passa devant lui. Lady Georgiana s'arrêta et se hissa sur la pointe des pieds pour lui chuchoter quelques mots à l'oreille, l'enveloppant dans un entêtant parfum d'iris qui monta à la tête du jeune comte. Du coup, il mit quelque temps à comprendre le sens des paroles de la noble dame. Ensuite, éberlué, il la regarda disparaître dans un bruissement de taffetas.

Marche l'arracha à sa transe en lui effleurant le coude.

— Eh bien ? Que t'a-t-elle dit ?

— Que j'étais bien chanceuse !

— Étrange déclaration ! ricana Marche.

— Ne le prends pas à la légère, Loel. Elle a dit 'chanceuse', elle a deviné notre mascarade.

— C'est fort possible. Cette femme est un serpent. Elle en a la langue acérée, l'intelligence et l'allure sinueuse.

— Pourquoi es-tu aussi dur ?

— Pourquoi es-tu aussi charitable ? rétorqua le duc.

— Ce n'est pas pareil…

Valentin hésita et se tut. Puis il secoua la tête et reprit :

— Mais si, bien sûr. Nous sommes différents et chacun de nous réagit selon sa nature. Excuse-moi de t'avoir repris.

Marche lui posa une main sur l'épaule.

— Je préfère que tu me signales quand je dépasse les bornes, mon petit moine. J'ai besoin de toi pour m'améliorer.

— D'accord, si tu fais pareil avec moi.

— Inutile. Tu es parfait.

— Tu es trop partial, répliqua Valentin. Et bien trop gentil avec moi !

Marche haussa un sourcil.

— J'abandonne, décida-t-il. À présent, comment allons-nous nous occuper jusqu'à l'audience demain matin ?

— Marche, n'as-tu pas écouté ce que je disais ? Lady Hapwood est au courant ! Elle sait que je suis…

— Elle ne peut avoir de certitude à moins de s'être trouvée dans ta chambre au moment où tu te déshabillais. Ses soupçons ne sont pas des preuves. À présent, pourrions-nous cesser de parler d'elle ?

— Avant cela, j'aimerais savoir comment mettre fin à cette mascarade.

D'un grand signe de la main, Marche désigna les vêtements masculins du jeune homme.

— C'est terminé. Tu as retrouvé ta véritable identité.

— Et ta duchesse de Marche passera le reste de sa vie cloîtrée à la campagne ?

— Pourquoi pas ?

— Tu risques d'avoir la réputation d'un Barbe-Bleue.

— Crois-tu ? Eh bien, ce sera certainement une amélioration par rapport à celle d'un débauché menant une vie dissipée.

— Je suis certain que personne ne pense cela de toi. Concernant Lady Hapwood, tu as sans doute raison. Elle a ses soupçons et je ne peux rien y faire. Et pour occuper notre temps jusqu'à demain, je te propose un dîner tranquille et une bonne nuit de sommeil.

Marche acquiesça sans se faire prier. Il ouvrit la porte du salon et conduisit Valentin jusqu'à la suite que Mme Durham leur avait attribuée.

— Cela ne te dérange vraiment pas d'habiter ici ? demanda le duc.

Valentin secoua la tête.

— Non. L'idée de devoir nous cacher me déplaît, mais je conviens qu'il vaut mieux que Murdmont ignore pour le moment notre présence à Londres.

— Il est probablement déjà au courant, répliqua Marche. Fantod a dû le prévenir que je leur avais échappé.

— Pas si Strand et ses amis ont été victorieux.

Par sa grimace, Marche exprima ce qu'il pensait de l'efficacité des trois dandys.

— Disons que Strand a pu les retarder, reconnut-il avec magnanimité.

— Dans ce cas, notre seule option est de faire confiance à Mme Dahlram et d'espérer que Lord Murdmont sera demain à l'audience, déclara Valentin au moment où ils pénétrèrent dans leurs quartiers.

— Attendre les bras croisés me déplaît infiniment, rétorqua le duc. Je préférerais me rendre à la Cage, attraper par le cou ce maudit lâche, le traîner dans la rue et lui donner la raclée qu'il mérite.

— C'est tentant, mais mieux vaut laisser agir les autorités.

— Il veut te détruire, mon bienaimé.

Valentin lui sourit.

— J'ai foi en toi, tu me protégeras. Je ne risque rien du tout.

— Je ne pourrais supporter de te perdre ! déclara le duc.

Il l'attira dans ses bras. Valentin referma avec force les bras sur son géant.

— Je comprends à présent pourquoi M. Fleet t'appelle 'son gros nounours', murmura-t-il.

— Petit renard !

— Je suis un renard *affamé*.

Marche l'embrassa sur le dessus de la tête et s'écarta.

— Je vais te chercher ce qu'il te faut, promit-il.

Une fois seul, Valentin ôta sa veste et se laissa tomber dans un fauteuil. Il envisageait de prendre un livre quand on frappa à la porte.

— C'est Toby, monsieur.

— Entrez.

La porte s'ouvrit. C'était bien Toby, fermement maintenu par un constable au physique imposant. Un autre policier les accompagnait.

— Désolé, monsieur, s'excusa le jeune homme.

— Toi, tais-toi.

Le constable qui le maintenait le frappa violemment sur l'oreille et releva le bras pour lui asséner un autre coup.

— Non ! s'écria Valentin, outré. Comment osez-vous frapper un prisonnier incapable de se défendre ?

— Aurelio est loin d'être sans défense, rétorqua son acolyte. Nous cherchons Lord Blythestone.

— C'est moi.

— Dans ce cas, je vous arrête, monsieur. Vous êtes accusé d'avoir assassiné la duchesse de Marche. Je vais vous demander de nous suivre.

Valentin se sentit blêmir, tandis que ses entrailles se remplissaient de plomb glacé.

— P-pardon ? bredouilla-t-il, hébété.

Le constable sortit un document de sa tunique.

— J'ai ici votre mandat d'arrêt, monsieur, tout est en ordre, comme vous pouvez le constater.

Valentin baissa les yeux sur le papier qu'il ne parvenait pas à lire.

— J'aimerais attendre le retour du duc de Marche, indiqua-t-il.

— Non, milord, nous avons reçu l'ordre de vous ramener au poste. Personne n'est au-dessus des lois, vous savez.

Résigné, Valentin enfila son pardessus.

— Je vous l'accorde, mais certains sont peut-être en dessous, dit-il sèchement. Inutile de brutaliser M. Fleet. Si vous n'avez plus besoin de lui, pourquoi ne pas le libérer ?

— Il nous arrive d'accorder un passe-droit à un informateur, reconnut le constable, mais celui-ci s'est montré peu coopératif. Alors il passera un moment au trou pour se remettre les idées en place.

La brute jeta à Toby un regard féroce :

— Il mérite surtout une bonne correction. Je me chargerai de lui faire goûter ma matraque dès que je l'aurai mis aux fers.

— Je trouve vos menaces inadmissibles ! s'écria Valentin. Je proteste !

Il fut entraîné manu militari.

— Vous protesterez au poste.

Le gros constable pinça l'oreille de Toby et lui susurra d'un ton menaçant :

— Fais bien attention à ce que tu vas répondre, mon garçon. Je veux que tu nous montres l'entrée de derrière.

Se laissant entraîner, Valentin avança aussi lentement qu'il l'osa, cherchant autour de lui un éventuel messager, mais ils ne rencontrèrent personne en quittant le salon, ni en descendant l'escalier, ni en suivant un couloir étroit jusqu'à une porte dissimulée qui les fit émerger dans une ruelle déserte coincée entre deux bâtiments. Les constables entraînèrent Valentin et Toby jusqu'à une voiture qui attendait, volets baissés.

Au dernier moment, juste avant d'être poussé dans l'habitacle, Toby se dégagea de l'étreinte de l'homme qui le maintenait et se jeta sous le ventre des chevaux. Le constable lui courut derrière en criant à l'aide, mais Toby grimpa sur un phaéton, passa sur le toit et, de là, escalada le mur d'une cour privée. Derrière lui résonnaient cris et coups de sifflet. Une grille s'ouvrit en grinçant au moment où l'évadé disparaissait.

Le constable resté près de la voiture s'en prit à Valentin :

— Rira bien qui rira le dernier. Il s'est sauvé, mais vous êtes toujours entre nos mains !

XXI

Les bras encombrés de nourriture, Marche réussit à tourner la poignée et à ouvrir la porte d'un coup de pied.

— Je n'ai pas réussi à trouver Toby annonça-t-il, alors je me suis aventuré à faire les courses moi-même. Je t'ai rapporté tout ce qui m'a inspiré. Je n'aurais jamais imaginé qu'il y ait dans les rues autant d'étals proposant des plats chauds ! Je me demande comment les voitures peuvent encore passer. Je crois que…

Marche s'interrompit en se rendant compte que la pièce était vide. Il posa ses achats sur la table la plus proche et hurla le nom de Valentin. Quand il ne reçut aucune réponse, il traversa le salon en trois enjambées et ouvrit la porte de la chambre, qu'il trouva également déserte. Légèrement inquiet, il tendit l'oreille, puis ressortit dans le couloir. Il s'étonna alors du calme qui régnait dans la maison. Son anxiété monta de plusieurs crans. Il se fit la promesse de sermonner vigoureusement Blythestone si sa disparition s'avérait être une plaisanterie de mauvais goût.

Soudain, Marche comprit ce que le jeune homme avait dû éprouver en le cherchant en vain après son enlèvement, en Bretagne. En décidant d'avoir désormais plus de considération pour le ressenti d'autrui, il dévala l'escalier jusqu'à la porte d'entrée. Il croisa sur le perron un employé de Mme Durham.

— Votre Grâce, que se passe-t-il ?

— Samuel, auriez-vous vu Lord Blythestone ce soir ?

— Oui, monsieur, il est arrivé il y a deux heures avec Tobias et vous.

Marche retint un soupir et s'exhorta à la patience.

— Je sais, aboya-t-il. L'avez-vous vu depuis que je suis sorti ?

— Non, monsieur.

— Et n'avez-vous rien remarqué d'anormal au cours de la dernière demi-heure ?

— Eh bien, il y a eu beaucoup d'animation sur le derrière.

Réalisant ce qu'il venait de dire, Samuel eut un sourire entendu.

— Hum… plutôt habituel dans une maison comme la nôtre, n'est-ce pas, Votre Grâce ?

— Je ne suis pas d'humeur à plaisanter, grogna le duc. Que voulez-vous dire ? Parlez-vous la porte secrète derrière la maison ? Quelqu'un l'aurait-il empruntée pour ne pas être remarqué ?

— C'est assez fréquent, monsieur, la plupart de nos clients n'ont pas votre courage. Vous êtes l'un des rares à arriver par l'entrée principale, vous savez.

— M. Fleet serait-il là ?

— Si vous voulez patienter un moment, monsieur, je vais le faire demander.

Samuel sonna, puis envoya le valet qui se présenta à la recherche de Toby.

— Et Mme Dahlram ? insista le duc. Est-elle encore là ?

— Non, monsieur, elle est rentrée dîner chez elle.

Marche arpenta nerveusement le hall jusqu'au retour du domestique, qui indiqua ne pas avoir trouvé Aurelio dans la maison.

— Je suis désolé, Votre Grâce, indiqua Samuel. Voulez-vous que j'envoie quelqu'un s'enquérir de Lord Blythestone ? Ce serait avec plaisir.

— Je m'inquiète peut-être à tort, reconnut Marche, mais mon instinct m'indique que, si mon ami a disparu, ce n'est pas parce qu'il avait besoin de prendre l'air. Je vous serais reconnaissant d'envoyer vos hommes à sa recherche. Quant à moi, je vais aller inspecter la ruelle derrière le salon. Peut-être y découvrirais-je un indice susceptible de m'expliquer ce qui s'est passé.

— Inutile que vous vous déplaciez, monsieur. Vous pouvez rester tranquillement à l'intérieur. Je vous préviendrai instantanément si nous trouvons quelque chose.

Marche s'éloignait déjà.

— Non, j'ai besoin de m'activer. Si vous mettez la main sur Blythestone, retenez-le. Ne le laissez surtout pas s'en aller. Attachez-le s'il le faut !

— *Aye*, milord, cria Samuel dans son dos.

Alors que le concierge s'apprêtait à transmettre ses consignes aux domestiques de la maison, Marche sortait déjà par l'entrée secrète. La ruelle où il émergea était plutôt bien entretenue par rapport à d'autres, pourtant le duc fit la grimace devant la puanteur qui s'élevait du ruisseau. De prime abord, il ne vit rien de particulier : des flaques de boue, des entrepôts délabrés, quelques minuscules jardins d'herbes aromatiques. Il hésita : devait-il aller à droite ou à gauche ? Il choisit l'endroit le plus désert. Une dizaine de pas plus loin, un reflet métallique attira son regard : un petit objet doré gisait sous une clôture en décomposition. Il se baissa et ramassa dans la boue un bouton de manchette qu'il reconnut avant même de l'avoir nettoyé. Quelques jours plus tôt, il avait offert à Valentin, qui les admirait, ces boutons de manchette en or, deux demi-ovales reliés par une chaînette gravée aux armes des Woodbine. Ces bijoux se trouvaient dans la famille depuis 1685. Jamais un homme comme le comte de Blythestone n'aurait été aussi négligent avec un cadeau d'une telle valeur, c'était inconcevable. Donc soit le jeune homme avait délibérément marqué sa piste, soit le bouton de manchette lui avait été arraché au cours d'une lutte.

— Murdmont ! cracha Marche, furieux.

Son ennemi devait avoir envoyé des hommes de main enlever Valentin. Le duc ne perdit pas de temps à se demander pourquoi le misérable tentait une manœuvre aussi téméraire, il devinait le but de son ennemi : le tourmenter en lui donnant un avant-goût de l'enfer. Comment avait-il pu autrefois s'attacher à un homme pareil ? La jeunesse n'excusait pas un tel manque de discernement. Marche s'en voulait profondément de ne pas avoir réalisé plus tôt la malveillance de Murdmont. À moins, pensa-t-il, que la noirceur de sa propre nature l'ait rendu aveugle aux défauts de son mentor.

Il repoussa ces réminiscences qui n'avaient aucune utilité à l'heure actuelle. Si Murdmont avait nui à Valentin, il le paierait de sa vie dès ce soir.

— Vous êtes arrivé, milord.

— Merci, répondit le duc. Voilà pour la course.

Le chauffeur du phaéton toucha son chapeau pour remercier son client des pièces de monnaie qu'il venait de lui remettre.

— Êtes-vous vraiment certain que vous tenez à fréquenter cet établissement, milord ? Vous semblez être un homme de qualité, si vous voulez bien excuser mon audace, peut-être ignorez-vous ce qui se passe là-dedans...

Il s'interrompit en voyant le géant pousser la porte de 'la Cage'.

— Moi, ce que j'en disais, marmonna l'homme en s'éloignant.

Une femme approcha dès que Marche pénétra dans le couloir.

— Bonsoir, monsieur, dit-elle aimablement. Auriez-vous réservé, ou bien... ?

Elle ne termina pas sa phrase, laissant la question muette flotter entre eux. Elle était superbe, avec un visage de madone et un corps voluptueux, mais, vu l'intérêt que le duc lui portait, elle aurait aussi bien pu être une statue de bois.

— Je ne suis pas venu me divertir, madame. Pourriez-vous me dire où se trouve Lord Murdmont ? Sinon je le chercherai moi-même en hurlant son nom et en ouvrant toutes les portes de votre maison.

— Ce sont les seuls choix que vous me proposez, Samson ?

— Appelez-moi Votre Grâce, Lord Marche, ou simplement monsieur.

La femme en bustier satin rouge se redressa à l'énoncé de ces titres.

— Veuillez excuser ma familiarité, Votre Grâce. Je ne connais pas encore les meilleurs clients de ma maîtresse. Puis-je vous demander ce que vous voulez à Lord Murdmont ?

Marche ne répondit pas. Au bout de quelques instants de silence tendu, la femme reprit :

— Vous avez beau être duc, la propriétaire des lieux n'appréciera pas que vous provoquiez des troubles qui risqueraient d'attirer l'attention de la police.

— Je n'ai pas l'intention de faire intervenir les autorités.

— Je ne devrais pas m'en mêler. Mme D. risque de me renvoyer, c'est certain.

— Je veillerai à ce qu'elle soit indulgente. D'ailleurs, même si vous perdiez votre poste, je vous en retrouverai un autre.

— Vous parlez bien, Votre Grâce, mais un homme aux affres de la passion promettrait n'importe quoi.

Marche sortit de son gousset sa montre dont il détacha la lourde chaîne d'or.

— Prenez ceci, dit-il en la lui tendant.

La femme récupéra le bijou d'une main avide et jeta très vite :

— Vous trouverez celui que vous cherchez au bout du couloir, dans l'avant-dernière chambre.

Quand Marche s'éloigna, elle faisait passer l'or scintillant d'une main à l'autre avec un sourire gourmand.

En arrivant devant la pièce en question, le duc entendit à travers le panneau un cri de détresse. Sans plus d'hésitation, il empoigna le bouton cuivre et le tourna. Comme il s'y attendait, la porte était fermée, il la défonça donc d'un coup d'épaule et se précipita dans la chambre, se figeant devant le spectacle qu'il découvrit. Son cœur battait si fort que ses oreilles en tintaient.

Malcolm Jonas, cravache levée, s'apprêtait à frapper un jeune homme nu, couché sur le ventre, attaché sur une table de bois. De longues mèches de cheveux noirs collés par la sueur ressortaient sur la peau pâle zébrée de marques rouge vif. Un foulard de soie noire bandait les yeux de la victime, un autre lui bâillonnait la bouche. Malgré son dégoût, Marche eut du mal à détourner le regard du tableau : les membres longs, minces et musclés, étaient striés par les nœuds compliqués d'une corde foncée. Le contraste était violent entre les lignes élégantes du corps, la chair pâle et la soie noire.

Puis le captif gémit sous son bâillon et Marche émergea de sa transe. Il ne s'agissait pas de Valentin, mais un malheureux jeune inconnu avec une perruque.

À son intrusion, Murdmont s'était vivement retourné.

— Malcolm, susurra Marche d'une voix à la douceur trompeuse, où est Lord Blythestone ?

— De quoi diable parlez-vous ? Allez-vous-en ! Instantanément !

— Je ne doute pas que vous préfériez me voir disparaître, mais je me soucie peu de vous satisfaire. Je ne m'en irai pas avant d'avoir appris où est Blythestone.

— Comment diable saurais-je ce qu'est devenu votre amant ?

— C'est vous qui l'avez fait enlever !

— Vous êtes fou ! Pourquoi prendrais-je un tel risque alors que je peux légalement l'accuser de meurtre ?

— Non, le prince George a déjà tranché…

Marche s'interrompit brusquement, conscient qu'il avait failli se faire piéger.

— Je ne comprends pas, monsieur, reprit-il rapidement. Après avoir tenté d'accuser ma femme du meurtre de ma tante, vous comptez à présent vous en prendre à son frère ?

Murdmont ricana.

— Oh, continuez, je vous en prie ! Vos mensonges sont très distrayants. Cette fois, vous ne vous en sortirez pas impunément, Marche. Vous serez disgracié, déshonoré !

— Je vous tuerai bien avant si vous avez touché à un seul cheveu de Blythestone !

Le duc fit une pause et étudia son vis-à-vis. Il reprit d'un ton plus calme :

— Vous m'en voulez toujours de ce qui s'est passé autrefois, n'est-ce pas ? Je n'ai pas tenté de vous tromper délibérément, contrairement à ce que vous semblez penser.

— Ben voyons ! Vous m'avez laissé croire que vous étiez majeur ! Vous étiez tellement mûr, tellement immense ! Comment aurais-je pu savoir que vous aviez seulement seize ans !

— Vous mentez ! Vous auriez pu vérifier mon dossier, ou interroger les autres professeurs. Vous saviez parfaitement que j'étais trop jeune, mais vous n'avez pu résister à vos désirs charnels. C'est d'avoir cédé à la tentation qui a provoqué votre déchéance.

— Vous étiez jeune, avide et égoïste, et vous n'avez pas du tout changé. J'ai déjà votre or et vos propriétés. Bientôt, je vous dépouillerai de votre dernier trésor. Votre précieux Sir Valentin sera reconnu coupable de meurtre et pendu.

En voyant Marche s'approcher de lui, l'air féroce, Murdmont brandit sa cravache.

— Attention ! hurla-t-il. Si vous m'agressez, je porterai plainte contre vous. Il existe des lois qui protègent les citoyens contre ceux qui s'imaginent encore que la violence est un droit.

— Vous avez toujours été lâche. Vous n'avez pas changé non plus.

Se détournant de Murdmont, Marche approcha de la table et libéra le jeune homme de son bâillon.

— Es-tu ici de ton plein gré ? demanda-t-il.

Trop effrayé pour répondre, le garçon secoua la tête. Sans hésiter, Marche se mit à délier les cordons qui l'immobilisaient.

Murdmont s'en indigna.

— Que croyez-vous faire ? s'écria-t-il. J'ai payé pour utiliser cette vermine aussi longtemps qu'il me plaira. Je n'en ai pas encore terminé avec lui !

— À mes yeux, chacun fait ce qu'il veut pour son plaisir, à condition de ne pas s'imposer à autrui. Vous me rendez malade !

— Oh, venant de vous, c'est hilarant, *Votre Grâce* ! cracha Murdmont en transformant le titre en juron.

— Je n'ai jamais forcé personne.

— Pensez-vous réellement que vos amants vous accueillent parce que cela leur plaît ? Vous n'êtes quand même pas aussi obtus !

— J'ai toujours pensé que mon or, au moins, les attirait.

— Vous êtes duc, vous êtes puissant. Quel roturier oserait refuser vos faveurs ?

— Là n'est pas le sujet dont je tiens à débattre avec vous. Si vous savez où se trouve Lord Blythestone, je vous conseille de m'en faire part au plus vite.

— Je vous l'ai déjà dit, mais vous n'avez pas eu la vivacité d'esprit de me comprendre à demi-mot. Votre amant est en prison, en attendant d'être jugé.

En un clin d'œil, Marche traversa la pièce et empoigna Murdmont à la gorge.

— Misérable ver de terre ! Pourquoi envoyer un gentil garçon dans un endroit aussi répugnant ?

Malgré les doigts serrés sur son cou, Murdmont réussit à répondre :

— Parce que la douleur que j'entends dans votre voix vaut plus pour moi que l'or qui s'entasse dans mes coffres. Je vous ai déjà averti de ce qui vous attendait si vous me menaciez, mais en vérité, c'est à lui que je m'en prendrai en priorité. Alors, si vous continuez…

Marche le relâcha aussitôt. Murdmont recula en se frottant le cou.

— Où est-il détenu ? demanda le duc.

— C'est à la police qu'il vous faudra poser la question.

Murdmont tressaillit en voyant le duc marcher sur lui.

— Non ! Si vous me touchez, je vous ferai arrêter !

— Je ne vois aucun constable dans cette pièce, remarqua Marche. Si je vous étranglais et que je m'arrangeais pour que votre cadavre disparaisse, qui saura ce qui s'est passé ?

Murdmont jeta un coup d'œil à sa victime : le garçon, qui frissonnait toujours, n'avait pas bougé depuis qu'il avait été détaché.

— Il y aura un témoin, déclara l'agent d'affaires.

Marche se tourna vers le jeune garçon.

— Que dirais-tu si je l'assassinais ? demanda-t-il tranquillement

— Je vous dirais merci, monsieur, répondit-il d'une petite voix.

Marche adressa à Murdmont un sourire éclatant.

— Vous voyez, il n'y a que vous et moi. Aucun de vos sbires n'est là pour vous aider, ni aucun de ceux que vous avez soumis à votre pouvoir maléfique.

Murdmont devint blême.

— N'y pensez même pas ! Vous ne vous en sortiriez pas ! Il y a trop de monde dans cet établissement. Quelqu'un vous verrait certainement et préviendrait la police.

— Je ne pense pas. Si quelqu'un me voyait, il est bien plus probable qu'il réagirait comme ce malheureux garçon que vous maltraitiez.

— Certainement, monsieur, confirma le jeune homme.

Il semblait retrouver son énergie à chaque minute qui passait.

— Si vous avez besoin de creuser un trou, ajouta-t-il, je sais où trouver des pelles.

Murdmont, enragé, perdit sa lividité et devint ponceau.

— Ingrat ! Je t'ai sorti du ruisseau en te payant plus que ce que vaut ta misérable peau et voilà comment tu m'en remercies ? En me trahissant ?

Il leva sa cravache vers sa victime, qui se recroquevilla, les mains sur la tête. Marche intervint et, d'un coup de poing à la mâchoire, assomma son ennemi pour le compte. Il aida ensuite le jeune homme à se relever et lui fit signe de le suivre.

— As-tu des vêtements, mon garçon ? demanda-t-il avant de quitter la chambre.

— Je ne suis plus un gamin, Votre Seigneurie. J'ai vingt et un ans. Et je ne sais pas où sont mes vêtements. Ils ont disparu quand je suis arrivé ici.

Marche ôta son lourd pardessus et le posa sur les épaules du jeune homme.

— Comment t'appelles-tu ?

— Les gens m'appellent Tom-le-long, monsieur.

— Vraiment ? Pourquoi ? Ta taille n'a rien d'exceptionnelle.

Tom baissa les yeux sur son bas-ventre. Machinalement, Marche suivit son regard et ne put s'empêcher de hausser les sourcils en constatant l'étonnante longueur de son organe.

— Ah, je vois. Tu mérites bien ton nom, je te l'accorde. Suis-moi. Si tu veux, je t'indiquerai un bien meilleur endroit que celui-ci.

— Serait-ce un autre bordel, monsieur ? Cela ne m'intéresse pas. J'aimerais une meilleure vie.

— C'est bien normal. Le problème, c'est que Lord Murdmont prendra très mal ta défection. Et comme il est riche et vindicatif, il te fera rechercher.

— Je ne me sens pas à ma place ici. Pourtant, je ne peux pas retourner chez moi. La ferme est trop petite pour nourrir autant de bouches.

— Tu es sûr de ne pas vouloir de mon aide ?

Tom secoua la tête.

— Non, monsieur. Merci bien. Je vais aller sur le port et chercher à m'embarquer. J'ai toujours voulu voir le monde. Le travail ne me fait pas peur.

Marche sortit de sa bourse de l'argent qu'il déposa dans la main de Tom.

— J'aimerais faire davantage pour toi, mais je suis pressé et Murdmont ne tardera pas à reprendre connaissance.

— Allez-vous le tuer ? demanda calmement Tom.

Apparemment, il n'était pas du tout opposé à cette élimination.

— Je ne peux pas, répondit le duc avec un soupir. Autrefois, peut-être aurais-je pu le faire en estimant être dans mon droit, mais aujourd'hui, ce n'est plus possible.

— Ah, bon ? Pourquoi, monsieur ?

— J'ai rencontré quelqu'un qui m'a convaincu que toute vie était précieuse et que seul Dieu avait le droit d'y mettre fin.

— Un prêtre ?

— Pas vraiment. Plutôt un ange.

— Dans ce cas, si vous voulez bien pardonner mon audace, je dirais que vous avez bien de la chance.

— Tu crois ? À l'heure actuelle, j'en doute. Je ne me sens pas chanceux du tout.

— Eh ben, si votre ange a des démêlés avec les autorités, vous devriez aller vous renseigner au poste où il a été emmené.

— C'est ce que je compte faire. Quant à toi, va voir un médecin pour ton dos. Je te souhaite bonne chance, Tom. Si un jour tu as des ennuis, reviens me voir. Tu n'auras qu'à passer au salon de Mme Dahlram et demander Aurelio, il saura où me trouver. À présent, file.

Tom salua le géant et se sauva en courant. Quant à Marche, il demanda à la première personne qu'il rencontra où se trouvait le poste de police le plus proche.

— Je suis désolé, Votre Grâce, déclara le sergent de service. Je comprends votre préoccupation et je sais que vous êtes duc, mais je ne peux vous autoriser à voir un de nos prisonniers.

Marche fit l'effort de contrôler sa colère :

— Pourriez-vous au moins me confirmer que Blythestone est bien ici ? demanda-t-il, les dents serrées.

— Seriez-vous juriste, par hasard ?

— En quoi cette question est-elle pertinente ? Lord Blythestone est de ma famille.

— Il est déjà très tard et…

— L'heure m'importe peu ! Je veux voir Blythestone, immédiatement !

— Je le sais déjà, monsieur. Ce n'est pas possible.

Marche se pencha sur le bureau

— Faites quelque chose !

— Chercher à m'intimider ne vous avancera à rien.

— Dans ce cas, veuillez m'indiquer ce qui pourrait vous faire changer d'avis.

Le sergent finit par baisser les yeux sur le registre posé devant de lui.

— Je ne vois pas ce nom inscrit ici. À mon avis, vous devriez chercher ailleurs votre…

Il s'arrêta net, la bouche pincée

— Mon… quoi ? susurra le duc.

— Pardon ?

— Je suis presque certain d'avoir entendu une censure dans votre voix.

— Vous faites erreur, dit le constable sans conviction.

— Je crois plutôt que vous avez été soudoyé par Murdmont qui vous a raconté des menteries au sujet de Lord Blythestone et de moi. Je vous préviens que si mon ami a été maltraité, je m'occuperai personnellement de châtier les responsables.

— Vous n'avez rien à faire ici, monsieur le duc. Mieux vaudrait que vous rentriez chez vous.

— Il n'en est pas question ! tonna Marche. Je ne bougerai pas avant d'avoir vu Lord Blythestone !

— Dans ce cas, vous ne me laissez pas le choix, je vais vous faire arrêter.

Marche en ressentit une telle rage qu'il en resta paralysé un long moment, incapable de parler. À peine pouvait-il encore respirer. Il éprouva le besoin presque irrépressible de détruire celui qui lui faisait obstacle, avec une violence si primale et bestiale qu'il en fut choqué. Il imagina aussi la réaction de Valentin en le trouvant accroupi près d'un corps ensanglanté et meurtri.

Peu à peu, sa fureur s'apaisa, le feu se calma dans les yeux dorés. Le duc finit par desserrer les poings.

— Je vous prie de bien vouloir m'excuser, concéda-t-il. Je suis inquiet pour mon ami.

Le sergent l'examina d'un air suspicieux, puis acquiesça.

— J'ai l'habitude, monsieur le duc. Les gens s'énervent souvent en venant au poste pour un de leurs proches.

— Si je revenais en compagnie d'un avocat, le laisseriez-vous voir mon beau-frère ?

— Peut-être. Après tout, un juriste est autorisé à s'entretenir avec son client.

— Ah, vous venez de me confirmer la présence de Blythestone !

Le constable soupira.

— Vous êtes très malin, monsieur.

— Je ne vous reproche pas d'accomplir votre devoir, mais si mes soupçons se confirment et qu'il s'agit bien d'une nouvelle manœuvre de Murdmont, votre implication me contraindra à…

Le sergent l'interrompit :

— Je vous en prie, monsieur le duc, plus de menaces !

— Une fois de plus, veuillez m'excuser.

Il baissa la voix pour ajouter :

— Je trouverais tout à fait naturel que certains versent d'importantes donations aux œuvres de la police en remerciement du travail exemplaire qu'accomplissent les constables, vous savez. Et si l'un de vos donateurs vous demandait un service, je ne vois pas pourquoi vous le lui refuseriez.

— Souhaiteriez-vous faire un don, monsieur ?

Marche vérifia rapidement ce qu'il avait sur lui et retira la chevalière de sa main droite. Il la posa sur le bureau du constable.

— Ceci vous satisferait-il ?

Le sergent fit glisser l'anneau dans un tiroir.

— Les veuves et les orphelins des gendarmes tués en faisant leur devoir vous remercient, monsieur, dit-il gravement.

— C'est bien normal. À présent, me laisserez-vous voir Lord Blythestone ?

— Non, monsieur, ce n'est pas possible. Ne vous énervez pas, ajouta-t-il très vite en voyant le visage de Marche se durcir, je ne peux autoriser qu'un avocat auprès d'un prisonnier. J'ai des ordres, vous savez. Je n'ai même pas le droit de vous confirmer la présence de votre ami en prison. Par contre, je peux lui faire porter un message, si vous voulez.

Marche ne commenta pas l'absurdité d'écrire à un homme qui n'était pas censé se trouver là.

— Vous ne pouvez rien faire de mieux ?

— Non, Votre Grâce. Je risquerais de perdre mon travail. Et j'ai une femme et sept enfants à nourrir à la maison.

Marche acquiesça, contrôlant à nouveau sa colère. Il découvrit, avec surprise, qu'il y parvenait de plus en plus facilement.

— Je comprends votre position, sergent. Auriez-vous du papier et une plume pour que je puisse écrire ?

— Bien sûr, monsieur le duc.

— J'ESPÈRE QUE vous avez une bonne raison pour me réveiller à une heure pareille, Marche !

Sir Anthony Wedhight, baronnet Kirkcap, serra contre lui sa robe de chambre et renvoya d'un geste négligent son serviteur aux yeux ensommeillés.

— Blythestone a été arrêté.

— Par le diable !

— Je n'ai pas l'intention de le tolérer, Kirkcap. Je veux que vous alliez tout de suite au poste de police le faire libérer.

Anthony se laissa tomber dans un fauteuil.

— Du calme ! Asseyez-vous et expliquez-moi ce qui s'est passé.

Il écouta attentivement le récit que lui faisait Marche de ses découvertes des dernières heures.

— Je vois, dit Sir Anthony. Je suis désolé de vous décevoir, mais le sergent était dans son droit. Si Murdmont est derrière cette ignominie, il utilise à son profit sa connaissance de la loi.

— Il doit bien y avoir quelque chose à accomplir !

— Oui, bien entendu. Nous n'allons pas laisser Blythestone s'inquiéter. Donnez-moi le temps de m'habiller et nous retournerons ensemble au poste. Je convaincrai le constable de me laisser m'entretenir avec mon client. Ainsi, je pourrais au moins rassurer ce malheureux jeune homme que son sort est en de bonnes mains.

— Vérifiez également s'il a besoin d'un médecin.

— Oui, bien entendu, répéta Anthony. C'est consternant, je vous l'accorde, mais il est bien fréquent que les prisonniers soient brutalisés.

Marche secoua la tête.

— Les constables suivront les consignes de Murdmont. J'ai appris récemment que ce misérable, pour une raison que je comprends mal, éprouvait une haine toute particulière envers Blythestone.

— Ne croyez pas tous les ragots, Marche. En tout cas, je constate que vous êtes inquiet. Je me prépare aussi vite que possible.

EN ARRIVANT au poste, Marche et Kirkcap trouvèrent à la réception un autre sergent de garde. Affirmant être à son poste depuis minuit, l'homme refusa tout d'abord de transmettre la moindre information concernant ses prisonniers. Après un interrogatoire serré, il finit par admettre que le comte de Blythestone n'en faisait pas partie. Kirkcap insista tellement qu'il fut autorisé à inspecter les cellules. Valentin ne s'y trouvait pas.

Le duc et le juriste durent donc s'en retourner bredouilles.

— Murdmont a dû me faire suivre ! tempêta Marche. Ayant appris mon passage au poste de police, il s'est arrangé pour que Blythestone soit emmené ailleurs pendant que je me rendais chez vous.

— Je ne peux vous le confirmer avant d'en savoir davantage. L'aube ne tardera pas. Je voudrais bénéficier d'un moment de repos avant notre audience. Vous devriez également aller vous coucher.

— Je ne parviendrai jamais à dormir !

Les deux hommes montaient dans la voiture du juriste quand Sir Anthony tapota l'épaule de son client.

— Vous me paraissez très attaché au jeune Blythestone, Marche, mais si vous êtes épuisé, cela ne l'aidera pas.

— Je vous prie de m'excuser de vous avoir dérangé pour rien.

— N'en parlez pas, monsieur. Vous et moi avons un point commun, même si le sujet n'est jamais abordé. Je comprends donc votre intérêt pour Blythestone et je trouve votre réaction tout à fait naturelle.

— Vous êtes bien aimable.

Dans l'ombre de l'habitacle, Anthony fixa le profil de son compagnon.

— Vous avez changé, Marche. Vous êtes devenu moins... brusque. En vérité, j'apprécie beaucoup votre compagnie.

— Si j'ai changé, c'est grâce à l'influence de Blythestone. Je ferais n'importe quoi pour qu'il soit libéré. Auriez-vous des conseils à me donner ?

— Pour retrouver vos biens, il est impératif que vous assistiez à l'audience demain. Le juge Berinbroke est impitoyable envers ceux qui ne respectent pas la justice qu'il estime représenter.

— Que m'importe mes biens si je perds Valentin !

Sir Anthony en fut sidéré.

— Il ne s'agit pas d'une simple attraction, souffla-t-il. Vous l'aimez !

Marche se couvrit le visage de ses mains.

— Oui, reconnut-il.

— Dans ce cas, écoutez-moi bien. Je suis votre avocat, je suis de votre côté. Vous ne pouvez plus rien faire pour Blythestone cette nuit, sauf peut-être le faire évader, ce que je ne recommanderais pas. Venez chez moi, je vous offrirai un lit pour les quelques heures qu'il nous reste avant l'audience. En attendant, je demanderai à l'un de mes confrères de s'enquérir de l'endroit où Blythestone est détenu. Nous verrons ensuite comment obtenir sa libération.

— C'est insuffisant !

Une fois de plus, Anthony lui tapota l'épaule.

— Je sais. Mais pour l'instant, vous devrez vous en contenter.

XXII

— DIEUX DU ciel !

Au palais de justice, Lord Berinbroke s'arrêta net à l'embrasure de la porte pour observer le groupe réuni dans son cabinet. Il reconnut Sir Anthony Wedhight, bien entendu, ainsi que la plupart des autres, dont le duc de Marche, repérable à sa haute taille. Aujourd'hui, Sa Grâce se distinguait également par son état de fatigue ; on aurait juré qu'il n'avait pas dormi depuis des jours et ses vêtements manquaient de fraîcheur.

Le visage habituellement morose de Berinbroke se renfrogna davantage. Il annonça sa présence en se raclant la gorge. Anthony, qui conversait avec Lady Georgiana, marquise de Hapwood, se retourna aussitôt.

— Votre Honneur, déclara-t-il en saluant avec déférence. Je vous remercie d'avoir accepté de nous recevoir avec un aussi court préavis.

Le magistrat attendit que son greffier lui avance son siège, devant un bureau, placé sur une estrade, avant de prendre place.

— Je vous en préviens, Kirkcap, dit-il de but en blanc, je suis de très mauvaise humeur ce matin, alors n'abusez pas de ma patience.

Anthony s'inclina une fois de plus.

— Je ferai de mon mieux pour ne pas vous faire perdre votre temps, Votre Honneur. Laissez-moi vous présenter mes clients, Lady Georgiana, marquise de Hapwood, Sa Grâce, le duc de Marche, le baronnet Tarncott et Lord Donshear. Tous ont été dépouillés de leur fortune par leur agent d'affaires, Lord Murdmont. De plus, comme je vous l'ai déjà indiqué dans mon courrier, Votre Honneur, nous souhaiterions mettre en évidence des faits criminels qui exigeront l'incarcération immédiate de Lord Murdmont.

— Où est Lord Murdmont ? J'avais requis sa présence.

— J'ignore où il se trouve actuellement, cependant…

Anthony fut interrompu par un coup frappé à la porte. Le greffier de Berinbroke alla ouvrir et deux constables entrèrent dans la pièce, encadrant Valentin.

Derrière eux, il y avait Murdmont.

— Je vous prie d'excuser notre intrusion, déclara ce dernier d'une voix ferme. J'ai cru comprendre que ma présence au palais de justice était vivement souhaitée.

D'une main sur l'épaule, Sir Anthony contraignit Marche à rester assis sans bouger pendant que Valentin était conduit jusqu'à une chaise à dossier raide près du bureau du magistrat. Les deux agents, les mains dans le dos, restèrent derrière le prisonnier. Valentin était pâle et échevelé, mais il ne paraissait guère intimidé. Il se tenait très droit et son regard, fixé sur Marche, envoyait un silencieux message de réconfort.

Le duc fut soulagé de constater que son bienaimé paraissait indemne, avec des yeux sereins et déterminés. Et il n'était pas attaché.

— Expliquez-vous, monsieur, grogna Berinbroke.

— Je suis Sir Malcolm Jonas, Votre Honneur, injustement accusé de malversation par ces nobles seigneurs. Ils cherchent à me faire porter le blâme de leur ruine, alors que j'ai seulement tenté d'endiguer leurs folles dépenses et prodigalités, je n'hésiterai pas à le dire.

— C'est à moi de décider qui est coupable, monsieur, aboya Berinbroke.

Il désigna Valentin et demanda :

— Qui est ce gentleman ?

Sans laisser à Murdmont le temps de répondre, le jeune homme répondit d'une voix très calme :

— Je suis le comte de Blythestone, Votre Honneur. J'ai été indûment arrêté et emprisonné sur l'ordre de cet homme.

Il désigna Murdmont d'un doigt pointé.

Anthony, la main toujours pressée sur l'épaule de Marche, sentit les muscles de son client vibrer sous sa paume. Il resserra les doigts dans un avertissement muet.

Puis il abandonna le duc et se leva pour se rapprocher de Murdmont.

— Qu'avez-vous à répondre, monsieur ? demanda-t-il.

Berinbroke apprécia peu cette intervention. Il foudroya le juriste d'un regard meurtrier :

— C'est moi qui mènerai l'interrogatoire, monsieur.

Ses yeux féroces passèrent ensuite à Murdmont.

— J'apprécie peu de constater que vous semblez prendre mon cabinet pour un tribunal et que vous agissez comme si vous aviez le droit d'y faire ce que bon vous semble. Veuillez changer de ton et de manières, monsieur. Votre outrecuidance me déplaît profondément

— Je n'avais pas l'intention de vous manquer de respect, Votre Honneur, déclara aussitôt Murdmont, redevenu très humble. Je me suis présenté ici, sans doute à la grande consternation de mes accusateurs, pour porter un crime à votre connaissance.

— Un crime, monsieur ? ne put s'empêcher de dire Anthony.

Réalisant son faux pas, il s'inclina devant le juge :

— Je vous prie de m'excuser, Votre Honneur.

— Ma curiosité a également été piquée, reconnut le magistrat. Je suis donc prêt à pardonner ces irrégularités de procédure à condition que les parties concernées se comportent dorénavant avec dignité. Après tout, il sortira peut-être du bon de ces circonstances anormales.

Murdmont s'inclina, puis il désigna le duc de Marche en disant :

— Votre Honneur, Lord Marche a récemment épousé l'Honorable Valeria Randwick. Tout ce tapage au sujet sa fortune prétendument dérobée n'est qu'un écran de fumée pour détourner l'attention de la sinistre vérité.

— J'en ai assez de vos sous-entendus, monsieur ! tonna Berinbroke. Soyez plus précis. Après tout, vous êtes venu pour cela, n'est-ce pas ?

— Très bien. J'accuse le duc d'adultère et j'accuse l'élu de son cœur d'avoir assassiné son épouse légitime. Je ne peux être plus clair, je présume ?

— Auriez-vous le nom de cette… créature qui aurait poussé le duc à l'infidélité ?

— Oui, votre honneur, il s'agit du comte de Blythestone.

L'accusation provoqua un tollé général dans la petite assemblée. Le magistrat dut élever la voix pour se faire entendre parmi les exclamations et réflexions horrifiées.

— Je suis extrêmement choqué, Lord Murdmont ! Par vos paroles d'abord, mais surtout par le fait que vous ayez osé les prononcer devant une dame. Si vous avez d'autres accusations de ce genre, veuillez les mettre par écrit ou m'en faire part en privé.

Il se tourna vers Lady Georgiana et inclina la tête.

— Madame, j'ose espérer que ce franc-parler ne vous a pas trop incommodée.

— De la part de Murdmont, rien ne peut me surprendre, Votre Honneur, répondit-elle. C'est un individu sans éducation, si vous voulez bien me pardonner d'être aussi directe. De plus, j'aimerais vraiment que nous en revenions au problème de captation qui justifie ma présence ce matin. Je préférerais passer le moins de temps possible en compagnie d'un tel serpent déguisé en homme.

Murdmont ne jeta qu'un coup d'œil à la noble dame.

— Voyons, un crime est bien plus important qu'un vol ! Après la mort de sa grand-tante, dont le meurtre n'a toujours pas été élucidé, je vous le rappelle, Sa Grâce a hérité d'une fortune et d'un nouveau duché. Marié depuis peu, il est pourtant apparu à Londres sans son épouse, mais en compagnie du frère de la jeune personne, un homme qui semble à peine sorti de la nurserie.

— Si je vous comprends bien, interrompit Berinbroke, vous accusez le duc d'avoir assassiné sa femme et sa tante avec la complicité de ce gentleman ?

— Exactement, Votre Honneur.

Pour ne pas se mettre en colère, Marche gardait les yeux fixés sur Valentin. Il comprenait bien qu'insulter son accusateur ou briser le mobilier ne servirait à rien, sauf à le faire expulser, sinon arrêter. Pourtant, il trouvait très difficile d'écouter sans broncher Murdmont répandre ses mensonges infâmes. Marche serra les dents, fermement décidé à ne pas s'aliéner le juge.

Anthony intervint :

— Si vous me permettez de prendre la parole, Votre Honneur, j'ai reçu le témoignage du médecin personnel de Lady Bolbracken, qui a examiné sa patiente après son décès et m'a confirmé un empoisonnement. D'après le docteur Sawyer, Lord Murdmont a tenté de faire accuser la duchesse de Marche de ce meurtre. Il a été débouté. Le duc, bien évidemment, a défié Lord Murdmont en duel pour l'honneur de sa femme. Sir Malcolm ne s'est pas présenté le jour du duel. Il s'était enfui au milieu de la nuit.

Berinbroke examina Murdmont d'un œil glacé.

— Est-ce exact, monsieur ? Si vous n'êtes pas un homme d'honneur, je ne peux croire à vos paroles.

— Je ne pouvais laisser Marche me tuer et étouffer la vérité, Votre Honneur ! plaida l'homme d'affaires.

La porte du cabinet s'ouvrit en grand, attirant tous les regards.

— Je vous ai entendu du couloir, monsieur ! s'écria une jeune voix vibrante de mépris. Un homme de votre acabit ignore ce qu'est la vérité !

— Comment osez-vous interrompre cette audience ! s'offusqua le magistrat. Constable ! Veuillez immédiatement faire quitter la pièce à ce…

Changeant de ton, il s'exclama, sidéré :

— Darby ! Hum… hum… Baronnet Strand ! Que diable faites-vous là ?

Darby St-Denis avança jusqu'au bureau d'un pas très digne, malgré sa légère claudication.

— Je vous prie de m'excuser, Votre Honneur, mais quand j'ai appris le complot ridicule qu'avait conçu ce… ce… oh ! Je n'ai pas de termes suffisamment abjects pour décrire la perfidie de Murdmont !

— C'est bien la première fois que je vous vois à court de mots depuis que vous avez appris à parler, remarqua le juge, pensif. Quel est donc votre lien avec cette assemblée ?

— Certains des plaignants sont mes amis, monsieur, et je suis prêt à leur apporter mon soutien en ce temps d'épreuve.

— Par pitié, Strand, oubliez les envolées lyriques, si cela vous est possible. J'espère que vous avez une bonne raison de perturber cette audience ?

— Je suis ici pour parler au nom de mon cher ami, le comte de Blythestone.

— Et pourquoi vous en croyez-vous le droit ?

— J'ai une formation de juriste, monsieur.

— Ah, mais je vous rappelle que vous n'avez pas terminé vos études, n'est-ce pas ?

— C'est exact. Pourtant, mon intérêt en la matière s'est récemment ranimé.

— Dans ce cas, concéda le juge, je vous autorise à rester. Et nous vous écouterons, si Kirkcap et ses clients n'y voient pas d'objections.

Murdmont tenta de s'y opposer.

— Votre Honneur… commença-t-il.

Le juge l'interrompit d'un regard féroce.

— Je vous remercie infiniment, Votre Honneur, déclara Darby en s'inclinant avec panache. Je viens de rentrer à Londres après un bref séjour sur le continent. C'est en Bretagne que je fis la connaissance du comte de Blythestone, un être tout à fait admirable qui a eu sur moi une influence très salutaire durant le peu de temps où j'ai eu l'extrême privilège de le fréquenter. Comme sa divine sœur, la duchesse de Marche, le comte est un parangon de…

— Votre Honneur ! protesta Murdmont.

— Lord Strand, intervint Berinbroke, avec un soupir, je n'ai pas besoin que vous nous fassiez le panégyrique de ce gentleman.

— Veuillez m'excuser. Je mentionnais simplement l'étonnante nature de Blythestone pour vous faire comprendre le choc que j'ai reçu quand M. Fleet, une de nos connaissances communes, m'a appris qu'il avait été emprisonné. Bien entendu, j'ai voulu découvrir de quoi Blythestone était accusé afin d'obtenir sa libération, mais il avait déjà mystérieusement disparu, escamoté par la police. Pour confirmer mes dires, j'en appelle à Sir Anthony, au duc de Marche et à divers constables dont j'ai pris les noms. D'après ce que j'ai pu apprendre, Blythestone a été arrêté à la demande expresse, appuyée sans doute par une somme d'argent, de Sir Malcolm Jonas, un homme sans honneur qui s'est enfui pour échapper à un duel, alors que plusieurs fortunes disparaissaient de façon suspecte en même temps que lui !

— Comment avez-vous appris tout cela ?

— En interrogeant les personnes impliquées et en analysant la situation.

Berinbroke en parut légèrement adouci.

— Vraiment ? En quelques heures à peine, apparemment ? Vous n'avez pas perdu votre temps, monsieur.

— Je ne dormirai que quand mon cher ami sera libéré et innocenté de ces accusations absurdes.

— Bien parlé ! Il vous reste cependant à justifier votre présence.

Lady Georgiana se redressa.

— Si la parole du baronnet ne suffit pas, Votre Honneur, peut-être accepterez-vous mon témoignage. Je n'ai pas parlé plus tôt, car accuser Murdmont m'oblige à vous révéler ma participation dans cette sordide affaire. À présent, je tiens à tout avouer. J'ai trahi ceux qui me traitaient avec amitié. J'ai appris leurs secrets et je les ai rapportés à Murdmont, qui s'en est servi pour attirer une riche clientèle. Ses victimes, croyant que le misérable possédait une incroyable intuition, lui ont confié la gestion de leur fortune. La vérité est toute autre. Murdmont…

— Milady, l'interrompit l'homme d'affaires d'une voix étranglée, chaque mot que vous prononcez vous condamne davantage !

Elle continua comme s'il n'existait pas.

— … n'a pas hésité à user des plus ignobles moyens pour dépouiller ses clients. Je présume qu'un tel comportement n'est guère surprenant chez un homme qui a commencé à s'enrichir grâce à l'usure et aux paris clandestins. Il emploie de véritables brutes pour récupérer ses mises, vous savez, des voyous qui sèment la terreur dans toute la ville.

— Comment osez-vous m'accuser sans preuve ? hurla Murdmont.

La marquise lui jeta un regard dur.

— Pour qui me prenez-vous ? Quand j'ai réalisé que vous aviez dupé et volé le pauvre Gilbert, je me suis intéressée de très près à votre passé. À l'époque, bien entendu, j'ignorais que je finirais par tomber sous votre coupe. Quelle sotte j'ai été !

— Je vous en prie, madame, asseyez-vous, vous semblez bouleversée… s'exclama Valentin.

Par galanterie, il esquissa le geste de se lever, mais il en fut empêché par un constable qui, d'une main violente sur l'épaule, le renfonça dans son siège.

Avant même de réfléchir à la portée de son geste, Marche se redressa d'un bond et fit un pas en avant. Georgiana l'intercepta en posant la main sur son bras.

— Merci de votre soutien, Votre Grâce, murmura-t-elle. Vous êtes très attentionné. Je me sentais effectivement un peu faible.

Marche, conscient qu'elle venait de lui sauver la mise, l'aida à se stabiliser et la raccompagna à sa place.

— Je vous en prie, madame, c'est bien normal. Et comme le disait Blythestone, vous en avez assez fait. Vous avez été très courageuse.

— C'est exact, madame, confirma Berinbroke.

Il se tourna vers Murdmont :

— Qu'avez-vous à répondre aux accusations de Lady Hapwood ?

— Je présume que cette piètre tentative de m'impliquer dans un complot imaginaire est une perfide vengeance féminine. Voyez-vous, la marquise me fait porter le blâme du décès prématuré de son époux. Elle tente de noircir mon honneur en…

Darby ne put en supporter davantage :

— Votre *honneur* ! Vous n'en avez plus, monsieur, vous n'en avez jamais eu ! Quand comprendrez-vous que votre réputation est en lambeaux ?

— Que m'importe votre opinion, jeune roquet sans envergure ! cracha Murdmont avec haine.

— Veuillez respecter la justice que je représente et vous comportez avec décence, monsieur ! tonna le juge.

— N'ai-je pas droit de répondre à une attaque personnelle, Votre Honneur ?

— Je vous ai insulté, monsieur, susurra Darby. Voulez-vous me défier en duel ?

— Vous devez attendre que j'en aie terminé avec lui, Strand, intervint Marche. Je vous rappelle que Murdmont a fui la dernière fois, mais j'espère toujours l'avoir au bout de mon pistolet.

— Vous avez la préséance, Votre Grâce, répondit Darby.

Il s'inclina devant le duc, puis reporta son attention sur Murdmont.

— Alors, monsieur ? J'attends toujours votre réponse.

— Ce n'est ni le bon endroit ni le bon moment pour traiter d'une telle affaire, répondit Murdmont, mal à l'aise. Je vous répondrai ultérieurement.

— En clair, vous vous sauverez le plus loin possible, jeta Darby avec mépris.

Le juge Berinbroke intervint avec autorité :

— Il suffit ! Je vous demande d'oublier les apartés d'ordre personnel et de revenir à la question qui a réuni ce matin les plaignants.

Darby s'inclina une fois de plus.

— Je vous prie de bien vouloir m'excuser, Votre Honneur. Je suis certain que seule la haine irraisonnée qu'éprouve Lord Murdmont envers le duc de Marche l'a poussé à accuser faussement son beau-frère et ami, le comte de Blythestone, et à le faire enfermer dans une cellule immonde avec la lie de la société. À mes yeux, cette infamie suffirait à ce que Lord Murdmont soit condamné et puni aussi sévèrement que la loi le permet.

— C'est certain, surtout s'il y a eu corruption.

— Les constables sont prêts à en témoigner, Monsieur, ils attendent dans le couloir. Je les ai convaincus ce matin de m'accompagner au palais de justice.

Pour la première fois depuis son arrivée, Murdmont parut se troubler. Il reprit cependant d'une voix mielleuse :

— Ces accusations devront attendre, je les réfuterai le moment venu. Je vous rappelle que nous avons deux meurtres à élucider.

— Soyez damné ! explosa Marche. Mon épouse est en vie !

— Dans ce cas, je présume que vous pourriez nous la présenter, Votre Grâce ?

Le cœur de Valentin sombra lorsqu'il vit Marche hésiter à répondre. Il tenta aussitôt de détourner l'attention sur sa personne.

— M'autorisez-vous à parler, Votre Honneur ? demanda-t-il au juge.

— Oui, monsieur. Je vous écoute.

— Il me paraît absurde d'envisager que le duc soit capable de nuire à sa tante ou à son épouse. Je le connais depuis peu, mais j'ai bien remarqué combien il tenait énormément à Lady Willamina et combien il était épris de Lady Valeria. Je m'excuse de l'inconvenance que je commets en évoquant des affaires aussi privées, mais la gravité des accusations de Lord Murdmont me force à parler. Bien entendu, il est impossible de déchiffrer sur le visage d'un homme s'il est bon ou démoniaque, ce sont donc ses actes qui le définissent. Et le duc est aussi courageux que loyal.

Berinbroke parut un peu perplexe de ce discours prononcé d'une voix vibrante. Quant à Marche, ses yeux d'ambre fixés sur Valentin brillaient comme en plein soleil.

— Je vous remercie de votre estime, monsieur, marmonna le duc. Soyez assuré que je vous la rends au centuple.

Le magistrat intervint :

— C'est tout à votre honneur, mais je crains que cela ne constitue pas une preuve légitime. Le plus simple serait peut-être un témoignage récent concernant la duchesse de Marche. Où se trouve-t-elle ?

Après un moment de silence, le duc répondit.

— Dans sa propriété de famille. Ma femme préfère la sérénité de la campagne à l'agitation citadine.

— Je la félicite d'un bon goût que je partage, mais ceci ne nous avance pas. Qui peut se porter garant de la bonne santé de la duchesse ?

Marche vit Valentin hésiter.

— Je ne permettrai pas que l'on mente pour me couvrir, s'empressa-t-il de déclarer. Pour rien au monde, je ne voudrais que mes amis s'abaissent à un tel déshonneur, quel qu'en soit le motif.

Berinbroke lui jeta un coup d'œil approbateur.

— Je vous en félicite, Votre Grâce. Quelqu'un peut-il intervenir ? ajouta-t-il. Kirkcap ?

L'avocat toussa, gêné.

— Je n'ai pas eu l'honneur de rencontrer la duchesse.

— J'ai eu ce privilège, intervint Darby, le visage extatique, je me suis approché de sa lumière, j'ai reçu la bénédiction de ses doux éloges. Un homme capable de nuire à une telle déesse serait un véritable monstre !

Murdmont eut une moue méprisante.

— Pour une fois, je suis d'accord. Pourquoi ne pas convoquer la dame à Londres pour nous assurer de sa bonne santé ?

— Je pourrais aller chercher ma sœur, Votre Honneur, déclara Valentin.

Cette fois, Murdmont ricana ouvertement.

— En effet, je crois que vous seul en êtes capable, répondit-il. J'exigerai cependant que vous vous présentiez avec elle.

— Mais enfin, protesta Lady Georgiana, nous n'allons tout de même pas patienter tout ce temps ? Veuillez excuser mon impatience, mais envoyer un message à Wandeleigh demanderait plusieurs heures, et pour que la duchesse soit prête à voyager, il faudrait bien davantage encore. Je parle d'expérience, monsieur.

Darby sourit d'un air victorieux.

— Ne vous inquiétez pas, madame, vous n'aurez pas à attendre longtemps.

Au même moment, un tintamarre retentit dans le couloir. Malgré les protestations du juge, le jeune dandy traversa le cabinet pour en ouvrir la porte.

— Je vous assure que ma présence est impérative ! criait une voix de femme très en colère.

Toutes les têtes se tournèrent devant celle que les clercs, vaincus, avaient fini par laisser passer. Une femme brune, aux yeux violets et à l'allure royale, pénétra dans le cabinet.

— Je suis venu répondre aux accusations injustes portées contre mon époux et mon frère. Quel plaisir de vous retrouver, Votre Grâce ! dit-elle avec un gracieux signe de tête en direction du duc.

Darby St-Denis s'inclina devant Lady Valeria et lui prit la main pour la conduire jusque devant le bureau du juge.

Murdmont, tétanisé, paraissait en état de choc.

— Ce n'est pas possible ! couina-t-il.

Lady Valeria se tourna vers lui, le menton levé, une étincelle combative dans les yeux.

— Encore vous ! Comptez-vous nier mon existence ? Est-ce que je ressemble à un spectre ?

— Je vous déconseille, monsieur, de contredire à ma sœur, déclara Valentin, très amusé.

Le regard de Murdmont, hébété, passait de Valentin à Valeria et notait leur étonnante ressemblance. L'escroc sut alors qu'il était battu. Peu importait la vérité à présent, la noblesse refuserait de croire que le duc de Marche avait commis cet acte insensé : épouser devant ses pairs un jeune homme déguisé et maintenir la mascarade pendant des mois. Jamais le beau monde n'admettrait avoir ainsi été dupé !

Il chercha une dernière échappatoire et bredouilla :

— Madame… Je… je craignais pour votre santé. Je suis heureux de voir que je m'étais trompé. Il reste cependant à élucider le meurtre de Lady Bolbracken qui…

Darby l'interrompit aussitôt :

— Votre Honneur, le baron Snowhurst est dans le couloir, prêt à témoigner que Lord Murdmont a été le dernier à entrer chez la duchesse douairière avant sa mort. Vous reconnaîtrez comme moi que cet homme, manipulateur et menteur, et gérant de la fortune de la défunte, avait beaucoup à gagner de sa disparition puisqu'il s'est empressé d'utiliser ses procurations pour transférer à son compte l'or et les actes des propriétés de sa cliente. D'ailleurs, en étudiant le passé de Lord Murdmont, j'ai découvert plusieurs décès éminemment suspects, car chacun d'eux a notablement enrichi ce misérable. Pour commencer, je voudrais vous parler du défunt comte de Blythestone, le père de mon cher ami.

— Espèce de freluquet ! hurla Murdmont. J'ai travaillé dur et mérité le moindre sou que j'ai acquis !

— Certes, répondit Darby, mais les honnêtes gens n'ont aucune admiration pour une fortune gagnée par le vol et l'extorsion. Vous l'ignoriez sans doute, monsieur ?

— Il est inadmissible que je doive supporter les jappements de ce prétentieux roquet… s'indigna Murdmont. Il n'a pas fini ses études ! Moi, j'ai un diplôme juridique qui me donne licence d'exercer devant les tribunaux !

— Justement, j'y venais, rétorqua Darby. Mon vieux professeur de droit n'a guère apprécié que je lui rende visite à quatre heures ce matin, mais il était déjà levé, aussi m'a-t-il reçu. Savez-vous qu'il ne vous a pas oublié, Murdmont ? Il m'a signalé que vous non plus n'aviez pas terminé vos études.

Murdmont se renfrogna, l'air hautain.

— Et alors ? J'ai passé mon diplôme en France.

— Vous n'avez pas osé nommer une université anglaise, c'est astucieux de votre part, monsieur, car votre mensonge aurait été facilement prouvé. Cependant, je comprends mal comment vous avez pu obtenir la licence de pratiquer le droit sur le sol anglais avec un diplôme français.

Murdmont paraissait acculé.

— Que voulez-vous dire ?

Le juge se pencha en avant.

— Je vais vous répondre, monsieur. En principe, un Français, ou encore un Anglais diplômé en France, a la possibilité d'exercer en Angleterre, mais… certainement pas en temps de guerre, à cause des inévitables conflits d'intérêts. Je serais très étonné que vos clients soient au courant de l'endroit où vous avez soi-disant obtenu votre diplôme.

— Eh bien… commença Murdmont. C'est très injuste…

Il fut interrompu par un cri d'outrage.

— Au nom du ciel ! s'exclama Lady Georgiana. Non seulement cet homme est un voleur et un menteur, mais il est en plus un espion français !

Murdmont lui lança un regard de pur venin.

— Ne soyez pas absurde !

— Ce sera au tribunal d'en décider, trancha Berinbroke.

Il se tourna vers les deux constables et exigea :

— Veuillez arrêter Lord Murdmont.

Avant que les deux hommes, un peu surpris par ce retournement de situation, aient le temps de réagir, Murdmont se jeta sur Darby et lui passa le bras autour de la gorge. Il recula, en se servant comme d'un bouclier du jeune noble qui se débattait.

— Ne m'approchez pas ! cria Murdmont. Sinon, je lui casse le cou.

Valentin bondit de sa chaise et percuta les deux hommes de plein fouet. Tous trois s'étalèrent sur le plancher. Murdmont, le premier à se redresser, se trouva devant une petite foule. Avec l'agilité d'un rat acculé, il sauta par la fenêtre ouverte. Marche fut le plus rapide à l'intercepter et l'empoigna par le col de son manteau, mais Murdmont se débarrassa du vêtement pour tomber un étage plus bas, dans la ruelle. Le duc étouffa un juron. Il porta ensuite les mains à ses oreilles, assourdi par les violents coups de sifflet du constable penché à la fenêtre à ses côtés.

— Poussez-vous, monsieur !

Marche s'écarta, le constable sauta et courut derrière Murdmont, suivi par son acolyte. Le duc s'apprêtait à les suivre quand il réalisa que Valentin était toujours étendu sur le plancher, la tête posée sur les genoux de sa sœur.

À ses côtés était agenouillé un Darby très agité qui l'éventait vigoureusement à l'aide d'une liasse de documents pris sur le bureau du juge.

La marquise de Hapwood, Lord Donshear et Lord Tarncott avancèrent dans le couloir pour surveiller la cohue. Lord Kirkcap, qui se tenait près de Berinbroke et de son greffier, paraissait stupéfait.

— Votre Honneur ? s'inquiéta le clerc.

— Oui, Clemp, qu'y a-t-il ? répondit le juge.

Il remarqua alors le corps inerte du jeune comte.

— Quelqu'un a-t-il pensé à prévenir un médecin ? Si ce n'est pas le cas, envoyez immédiatement un domestique.

— Tout de suite, monsieur ! répondit Clemp.

— Non, je vous en prie, ce n'est pas la peine, marmonna Valentin qui tentait de se redresser.

Sa sœur posa les doigts sur sa poitrine pour l'empêcher de bouger. La grande main de Marche couvrit celle de Valeria une seconde plus tard.

— Excusez-moi, madame, dit le duc.

La jeune femme leva les yeux sur lui et esquissa un sourire espiègle, une fossette se creusa sur sa joue droite. Valentin avait la même du côté gauche, pensa le duc.

— Bien sûr, Votre Grâce, répondit Valeria. Après tout, nous sommes… en famille.

Berinbroke quitta sa place derrière son bureau pour s'approcher du petit groupe.

— Dans de telles circonstances, un mari a bien le droit de prendre la main de sa femme, même dans mon cabinet de travail, concéda-t-il

Pour détourner l'attention, Marche s'adressa à Darby :

— Strand, vous avez été remarquable. Je n'en suis pas encore revenu !

Darby s'inclina.

— Vous exagérez, Votre Grâce.

— Pas du tout, intervint le magistrat. Le duc a bien parlé et je pense comme lui.

Darby le dévisagea, bouche bée.

— M-merci, m-monsieur, bredouilla-t-il, en retrouvant le bégaiement qui avait tourmenté ses jeunes années.

Berinbroke s'était déjà détourné.

— Blythestone ? Vous êtes sûr de ne pas avoir besoin d'un médecin ?

— Je vais bien, monsieur, répondit Valentin. Si j'avais un peu plus de place, je pourrais me redresser.

Valeria s'écarta. Le jeune comte avait l'œil vitreux, aussi Darby et Marche s'empressèrent-ils de lui offrir une main secourable.

— Mon cher frère, chuchota la jeune femme. Que vous ai-je fait ?

— Vous n'êtes pas responsable, Valeria.

Les sourcils ailés se relevèrent jusqu'à la racine des cheveux bruns.

— Eh bien, chuchota-t-elle, vous avez appris l'art du mensonge mondain depuis notre dernière rencontre !

Valentin, qui brossait la poussière de son manteau, leva les yeux sur elle.

— J'y ai bien été obligé, répliqua-t-il. Le monde que j'ai découvert depuis que j'ai quitté mon monastère me l'a imposé.

— Une vérité bien triste, déclara Berinbroke. Vous ne souffrez pas, Blythestone ? C'est étonnant, car vous avez un œuf d'oie sur la tempe.

— C'est exact, confirma Valeria.

Elle effleura l'endroit d'un index ganté de dentelle. Valentin tressaillit à son contact. Sa sœur secoua la tête.

— Ce sera douloureux, vous savez, reprit-elle. L'ecchymose deviendra bientôt aussi sombre que le cœur du diable.

— Ce n'est qu'une bosse ! Par pitié, n'en parlons plus !

— Désolé de vous contredire, intervint Marche, mais je crois que vous devriez écouter votre sœur, Blythestone.

— Vous êtes tous ligués contre moi, se plaignit Valentin. Ce n'est pas juste ! Je suis défavorisé par le nombre, aussi m'en remets-je à vos bons soins.

Le juge se racla la gorge.

— Je suppose que l'audience est levée, puisque l'un des plaignants nous a quittés précipitamment.

— Il n'ira pas loin, assura Darby. J'avais posté Tarmegent et Snowhurst des deux côtés de la rue. Grâce à leurs indications, les constables mettront rapidement la main sur ce misérable.

Marche paraissait sceptique.

— Je l'espère, Strand, mais Murdmont s'est déjà affirmé une vraie anguille.

Berinbroke s'adressa à l'avocat :

— Kirkcap, il est évident que Malcolm Jonas est coupable d'une bonne partie des accusations portées contre lui. Malheureusement, jusqu'au jugement définitif, je ne peux pas rendre à vos clients ce qui leur a été volé.

Anthony salua.

— Je sais, Votre Honneur. Merci cependant d'avoir reconnu notre bon droit.

— Entre gentlemen, je crois que Murdmont est un vil coquin. Je vous certifie que vos clients recouvreront leurs biens. De plus, si vous cherchez un partenaire dans votre étude juridique, j'aimerais vous recommander le jeune Strand, ici présent, à supposer qu'il termine ses études.

— Je suis tout à fait d'accord, monsieur. Je comptais d'ailleurs m'entretenir avec lui.

— Bien, déclara Berinbroke, d'autres obligations exigent ma présence. Je vais donc prendre congé de vous.

— Je vais également vous quitter, dit aussitôt Lady Georgiana. J'espère pouvoir trouver un fiacre !

Le magistrat, galant homme, lui proposa :

— Puis-je vous offrir de vous conduire à destination, madame ?

— Je ne voudrais pas vous déranger, Votre Honneur, minauda-t-elle.

— Allons, donc, madame. Ce serait pour moi un honneur.

— Dans ce cas, j'accepte avec gratitude votre proposition, monsieur.

La marquise de Hapwood salua le petit groupe d'une gracieuse révérence.

— Sir Anthony, ajouta-t-elle, j'espère que vous me tiendrez au courant de la suite de notre affaire.

— Bien sûr, madame. Je vous transmettrai tout ce que j'apprendrai, ainsi qu'à ces messieurs.

— Je n'ai pas à vous donner de conseils sur l'exercice de votre métier, monsieur, mais vous savez pourquoi je souhaite voir ce déplaisant incident se conclure le plus rapidement possible. Et si le tribunal me déclare coupable de complicité…

— Il n'en est pas question ! intervint Berinbroke. Vous serez témoin de la Couronne, ma chère, et je veillerai personnellement que vous ayez la garantie d'une totale immunité.

— Vous me rassurez infiniment, Votre Honneur. Si seulement mes ennuis financiers se dissipaient aussi aisément !

Le juge échangea un bref coup d'œil avec Kirkcap avant de reprendre :

— Eh bien, puisque vous consacrez une partie de temps au service de la Couronne, il me paraît naturel que vous en soyez rémunérée.

Lady Georgiana adressa à Berinbroke un doux regard reconnaissant.

— Vous parlez sérieusement ?

— Bien entendu, ma chère. Venez, à présent, je tiens à vous inviter à déjeuner.

Quittant des yeux le joli visage féminin, le juge s'adressa aux autres :

— Vous devriez nous accompagner, messieurs, vous êtes les bienvenus.

— Excellente idée, répondit Donshear. Vous venez, Tarncott ?

Marche, Valentin, Darby et l'avocat s'excusèrent. Avant de quitter son bureau, le magistrat se retourna :

— La question est loin d'être réglée, mais je ne vois aucune raison pour que vous ne repreniez pas tous une existence normale jusqu'à ce que Murdmont soit traduit en justice.

Il écarta les remerciements et s'adressa à Darby.

— Strand, n'hésitez pas à me rendre visite si vous avez besoin de mes conseils. Ma porte vous est ouverte.

Le jeune dandy fut comme foudroyé par ces paroles inattendues.

Avant de suivre le petit groupe, Lady Georgiana se pencha vers Valeria et lui chuchota.

— Pardonnez-moi d'avoir semblé vous ignorer, ma chère. Je suis heureuse de vous… retrouver.

— Tout le plaisir est pour moi, je vous assure, répondit Valeria du tac au tac.

— J'ai un jour dit à votre frère que j'aimerais vous voir ensemble pour mieux étudier votre ressemblance. J'avais du mal à croire que la nature ait pu produire deux beautés aussi parfaites, et pourtant, vous voilà ! Vous n'imaginez pas l'étendue de ma surprise !

— Croyez-vous ? rétorqua Valeria. J'ai une imagination sans limites, madame.

Georgiana parut ne pas savoir quoi répondre à cette réflexion sarcastique, car sans rien ajouter, elle s'éloigna au bras de Berinbroke.

Le jeune Darby parut émerger de sa transe.

— Merci, père ! cria-t-il dans le dos du magistrat.

Si Berinbroke l'entendit, il ne le manifesta pas. Il continua à marcher sans se retourner et disparut peu après au bout du couloir.

XXIII

— Père ? répéta le duc de marche, incrédule.

Ce fut Anthony qui lui répondit :

— L'ignoriez-vous ? Stand est le fils du juge Daniel St-Denis, marquis de Berinbroke. Et son seul héritier.

— Mon père m'a renié il y a quelques années, reconnut Darby.

— En paroles peut-être, mais pas juridiquement, précisa Sir Anthony. Et si vous voulez mon avis, vous avez impressionné le vieux lion ce matin. Je dirais même qu'il était fier de vous.

— Vous m'avez également impressionné, ajouta Valentin. Je vous remercie, mon cher Strand, d'avoir ainsi pris ma défense. Je ne sais comment vous en remercier.

Darby caressa Valeria du regard.

— J'ai agi par amour et pour la justice. Si je peux m'aventurer à citer le Barde [17], je suis *un homme qui aime passionnément, mais sans réflexion*.

— Citez qui vous voulez ! s'écria Marche, magnanime. J'aimerais entendre le récit de vos exploits, Strand. Pour vous dire la vérité, en me présentant à cette audience ce matin, j'ignorais comment elle se conclurait. Dans mon pire cauchemar, j'imaginais Blythestone disparaître, victime de la vilenie de Murdmont, et moi qui le cherchais sans jamais connaître son sort. Au contraire, nous avons été innocentés d'une accusation inepte grâce au retour inattendu de mon épouse, un miracle dont vous semblez être l'instigateur

---

17 *Of one that loved not wisely but too well*, *Othello*, Act 5, Scene 2, de William Shakespeare

— J'aimerais aussi vous écouter, ajouta Anthony. Cependant, d'autres obligations réclament mon attention. Veuillez passer à mon cabinet dès que vous en aurez l'occasion.

— Nous n'y manquerons pas, lui assura Marche. Merci encore de votre aide.

— Je suis au service de la loi, monsieur, répondit l'avocat. Cependant, il m'a été très agréable d'assister un ami.

Il se pencha pour chuchoter à l'oreille de Marche :

— Concernant ce dont nous avons discuté la nuit dernière, bonne chance, Marche !

Une fois l'avocat disparu, le duc déclara à Darby :

— À présent, je vous propose de nous trouver un endroit agréable où nous pourrons écouter comment vous avez obtenu la défaite de Murdmont.

— Bien sûr, Votre Grâce. Attendez-moi quelques instants, je vais faire avancer à ma voiture.

Le jeune homme s'inclina et tourna les talons.

— Un moment, s'il vous plaît, monsieur ! le retint Valeria. J'aimerais vous accompagner. Une bouffée d'air frais me fera le plus grand bien.

— Avec grand plaisir, madame ! s'exclama Darby, au comble du ravissement.

En s'éloignant avec le jeune dandy, Valeria lança, par-dessus son épaule un clin d'œil à Valentin. La porte se referma, laissant le jeune homme seul avec le duc.

— Quelle effrontée ! Elle l'a fait exprès !

— C'est une vraie renarde, reconnut Marche. Elle me rappelle quelqu'un, mais je n'arrive pas à me souvenir de qui il s'agit…

— Oh, cela suffit, Loel. Tu ne peux être aussi calme que tu le parais. N'as-tu pas le cœur qui bat la chamade après les événements de la dernière heure ?

Marche prit les mains de Valentin dans les siennes.

— Certainement. Quand tu es arrivé, j'ai eu beaucoup de mal à ne pas me jeter sur toi pour te serrer dans mes bras.

— Tu as bien fait de te retenir. Cela m'aurait fait très plaisir, mais je ne pense pas que Son Honneur aurait apprécié.

— J'ai du mal à croire à ce que je vais dire, mais je trouve très injuste de ne pouvoir t'exprimer mon amour avec la liberté d'un homme envers sa femme.

— En public ? Un couple n'a aucune liberté.

— J'aimerais t'embrasser.

— Oh, Loel, oui, fais-le, s'il te plaît !

Du même mouvement, ils se jetèrent dans les bras l'un de l'autre, savourant le fait d'être libre et ensemble. Ils ne s'écartèrent qu'en entendant des pas s'arrêter devant la porte. Ils tentèrent de recomposer du mieux possible leur expression.

Valeria apparut et éclata de rire.

— Oh, mon Dieu ! Regardez-vous ! Vous avez encore de la crème sur les moustaches, messieurs les matous ! Mieux vaudrait que je m'assoie entre vous deux dans la voiture.

Valentin sourit en voyant l'expression du duc.

— Je t'avais parlé de sa langue acérée !

— Ne sois pas désagréable, l'admonesta Valeria. Je sais me taire quand c'est nécessaire. Pour le moment, nous sommes tout seuls et je suis si ravie de te retrouver que je ne peux résister à mon envie de te taquiner.

— Je ne vois pas du tout ce que tu insinues.

Valeria leva le menton, fronça les sourcils et jeta à son frère un regard sévère.

— J'espère que tu n'imagines pas me leurrer aussi facilement que tu as trompé la noblesse anglaise, petit frère. Je suis Bretonne, j'ai les pieds sur terre. Si je n'avais pas délibérément annoncé ma présence avant d'ouvrir la porte, Dieu sait dans quelle inconvenante situation je t'aurais retrouvé. Ne te donne pas la peine de le nier, c'est écrit sur ta figure : tu es désespérément amoureux de cet Hercule.

— Tu déchiffres tout cela sur mon visage ? s'étonna Valentin.

Sa sœur lui sourit.

— Tu as des traits étonnamment expressifs, Val. De plus, Anne m'a tout raconté.

Ils furent interrompus par un coup frappé à la porte. Puis Darby passa la tête par la porte entrouverte en disant :

— Désolé si je vous dérange, mais la voiture est prête.

— Lord Strand a la bonté de ne pas insister sur le fait qu'il m'avait chargée d'aller vous chercher, déclara Valeria en riant. Veuillez me pardonner ma distraction, cher monsieur, je n'ai pas revu mon frère depuis longtemps et je l'aime beaucoup.

— Je le comprends très bien, madame. Je me suis permis d'intervenir parce que mon cocher ne tient pas à s'attarder devant le palais de justice.

— Dans ce cas, partons, déclara Marche. Au fait, où allons-nous ?

— J'ai pensé qu'un rafraîchissement nous ferait du bien, j'ai pris la liberté d'envoyer votre valet à Beale House pour nous y réserver un salon privé.

— Excellente idée, Strand !

Il parlait légèrement, mais son admiration pour le jeune dandy s'entendait dans la chaleur de son ton.

Le duc offrit le bras à Valeria en disant :

— Ma chère… ?

Étrangement, Valentin ressentit un pincement en regardant le couple s'éloigner bras dessus dessous. Il ne s'agissait pas de jalousie à proprement parler, plutôt du poids glacé d'un sort injuste qui lui déniait le droit de marcher au bras de son amant. Il se sentait déchiré entre colère et tristesse.

— Blythestone ? Cela ne va pas ?

Valentin secoua son ressentiment.

— Excusez-moi, Strand. Une petite aigreur intestine, c'est tout. Je vous suis.

Darby s'inclina profondément.

— Merci. Je ressens une grande amitié pour vous, monsieur, si vous avez besoin d'un logement à Londres, la maison sera la vôtre.

— J'ignore encore ce que je ferai dans un proche avenir, reconnut Valentin en approchant de la porte. J'espère cependant passer une grande partie de mon temps en compagnie du duc de Marche… et de la duchesse.

— Voilà encore un objectif que nous avons en commun, monsieur. Ah, voici ma voiture !

Darby venait d'ouvrir la porte qui donnait sur la rue et désignait un beau coupé arrêté au bas des marches. Valeria se trouvait déjà à l'intérieur. Quant au duc, il attendait sur le trottoir et discutait avec un rouquin assis à côté du cocher. Negus s'interrompit en apercevant Valentin.

— Que tous les saints en soient remerciés ! Votre Seigneurie s'en est sortie saine et sauve !

Marche fit semblant d'être offensé.

— Dites-moi, Negus, vous étiez bien moins enthousiaste de me retrouver, marmonna-t-il.

— Pfft ! répondit le valet. Je savais Votre Grâce capable de se débrouiller, c'est pour ma peau que je m'inquiétais, la Française m'aurait écorché vif si j'étais rentré sans de bonnes nouvelles du jeune comte.

— Ne me dites pas que Dame Kermartin vous a accompagné !

— Non, monsieur. Elle déteste les voyages, les mauvaises routes et la vitesse. Elle m'a chargé de vous dire que la comtesse de Blythestone est rentrée d'Écosse, avec M. Harston… son nouvel époux.

— Je vois que les sujets de discussions ne nous manqueront pas, remarqua Valentin. Si le duc voulait bien cesser de nous bloquer le passage, peut-être pourrions-nous avancer.

Valeria passa la tête par la fenêtre.

— Vous parlez d'or, mon cher frère, dit-elle en riant. Le duc ressemble au Colosse de Rhodes, n'est-ce pas ? Évitez de rester dans son ombre, car rien n'y pousse.

Le duc s'écarta, mais pas avant de rembarrer son valet :

— Negus, un domestique de bonne maison n'est pas censé arborer un sourire aussi niais !

Dès que les derniers arrivants, Valentin et Darby, furent montés dans le coupé, le cocher lança son attelage.

Quant à Negus, il ricanait dans sa barbe. Ayant fait le voyage de Lamberglyn à Londres avec Lady Valeria Cleary, il imaginait très bien le duc aiguillonné par cette jeune femme caustique, sous ses airs innocents. Il riait toujours quand la voiture s'arrêta dans la cour de Beale House.

— Je ne peux imaginer cadre plus agréable ! déclara Valeria. J'y reviendrai volontiers.

Avec ses compagnons, elle était installée dans un salon privé devant un plateau bien garni.

— Si votre mari n'est pas libre de vous escorter, je serai heureux de vous y emmener, répondit Valentin, assis à côté de sa sœur.

Marche avec d'autres idées en tête.

— Veuillez excuser ma brusquerie, coupa-t-il, mais avant d'organiser notre avenir, je voudrais savoir ce qui s'est passé cette nuit.

Le duc se tourna vers Darby qui les rejoignait.

— Strand, vous avez la parole.

— Merci, Votre Grâce. J'avais encore quelques détails à régler.

— Je sais. Maintenant, asseyez-vous et parlez.

Darby obtempéra, son regard ne cessant de passer de Valeria à Valentin.

— J'ai encore du mal à croire à une telle ressemblance ! souffla-t-il.

278

Sur son visage candide naissait une vague perplexité, comme si le jeune dandy cherchait à se remémorer un rêve fugace.

— C'est vraiment étrange, ajouta-t-il, j'ai l'impression que la duchesse n'est plus la même depuis notre première rencontre. Vous paraissez moins effarouchée, madame. Moins distante.

Marche afficha un air fat.

— C'est sans doute grâce à mon influence, Stand. Après tout, Valeria est désormais mariée.

Darby parut presque offensé de cette insinuation.

— Certainement, monsieur. Une épouse devient sans doute plus confiante... Cependant... C'est incroyable, je vous l'accorde, mais je ne peux m'enlever l'idée absurde qu'il y a eu échange de personnalité.

Une fois de plus, il examinait le frère et la sœur.

Valeria éclata de rire.

— À mon arrivée en Angleterre, j'étais quelque peu dépassée par l'ampleur de ce que je découvrais, mais je me suis vite accoutumée aux us et coutumes de mon nouveau rang. *Chassez le naturel, il revient au galop*, comme on dit chez nous. Et ma mère a toujours déploré ma déplorable vivacité de manières !

Rasséréné, Darby sourit.

— Je dois avouer en avoir déjà eu un aperçu, madame, quand vous avez bombardé Marche de boules de neige au lendemain de votre mariage.

— Ce fut effectivement mémorable, déclara le duc, impatienté. Et si nous en revenions à vous, Stand ? Vous avez été aujourd'hui notre sauveur et je tiens à connaître tous les détails de votre enquête.

— Eh bien, c'est assez simple, en vérité. Tobias Fleet avait été arrêté en même temps que Blythestone, voyez-vous, mais il a réussi à s'échapper. Après avoir semé les constables, il est venu me voir, car, après mon intervention, en Bretagne, à la taverne, il me pensait susceptible de l'aider. Sinon, il se méfiait de tout le monde puisqu'il ignorait qui avait prévenu Murdmont de votre présence au salon de Mme D.

Darby se racla délicatement la gorge.

— Il m'a suggéré de passer au cabinet de Kirkcap avant d'aller poser des questions au poste de police. Suivant ses conseils, j'ai appris que Sir Anthony avait déjà tenté d'obtenir la libération du comte. En découvrant que Blythestone était accusé d'avoir assassiné sa sœur, je me suis dit que la meilleure preuve de son innocence serait de convaincre la dame de nous rejoindre à Londres. J'ai donc envoyé Fleet et mon phaéton à Lamberglyn

Park. Il en est revenu à temps avec la duchesse et votre valet, monsieur, d'où l'issue heureuse de ce matin.

— Vous êtes trop modeste, monsieur ! s'exclama Valeria avec chaleur. Je sais que vous avez passé la nuit à harceler plusieurs gentlemen pour les convaincre d'aider mon frère et mon mari... Je suis certaine que vous n'aviez pas toujours été bien accueilli en les tirant de leur lit pour les interroger.

— Comme toujours, madame, vous êtes aussi aimable que clairvoyante, mais je vous certifie qu'après avoir appris l'incroyable duplicité de Murdmont, mes visiteurs se sont montrés très désireux de me fournir les informations en leur possession.

— Je ne comprends pas comment vous avez convaincu les constables de témoigner, déclara Marche. J'ai parlé avec deux d'entre eux, la nuit passée, et ils ont été très peu coopératifs.

— Quels constables ? demanda Darby.

— Eh bien, ceux qui vous ont accompagné ce matin au palais de justice, prêts à accuser Murdmont de corruption, lui rappela doucement Valentin. Vous ne vous en souvenez pas ? Vous avez annoncé au juge qu'ils attendaient dans le couloir.

Le jeune dandy eut un sourire un peu gêné.

— Je dois reconnaître avoir menti sans vergogne. M. Fleet soupçonnait certains des constables du poste le plus proche du salon, il m'a fourni les noms de ceux qu'il pensait corrompus. À partir de là, j'ai été en mesure d'étayer une hypothèse qui, d'après moi, avait de bonnes chances de déstabiliser Sir Malcolm et de lui faire commettre une erreur.

Sidéré, Marche retomba dans son fauteuil.

— Eh bien, monsieur, dit-il au bout d'un moment, votre père a tout à fait raison à votre sujet. Vous deviendrez, je n'en doute pas, un excellent homme de loi.

— Strand, demanda Valentin, sauriez-vous ou se trouve M. Fleet ? Nous lui sommes grandement redevables.

— C'est exact, reconnut Marche. Pour le remercier, je veillerai à lui remettre un capital afin qu'il puisse s'établir à son compte. Qu'en dites-vous, Blythestone ?

— Excellente suggestion, Votre Grâce.

Darby fronça les sourcils, perplexe.

— De plus en plus étrange, Blythestone, remarqua-t-il. Vous venez d'avoir le même regard que la duchesse quand elle regarde son mari.

Valeria haussa un sourcil.

— Vraiment ? Manifestement, le duc possède une nature qui inspire une affection spontanée. Ne croyez-vous pas, Stand ?

— Madame, je l'ignorais jusqu'à ces derniers temps, répondit Darby sans réfléchir.

Réalisant la portée de ces paroles, il rougit et s'empressa de s'excuser :

— Je n'avais pas l'intention de vous offenser, Marche.

— Je le suis d'autant moins que je partage votre avis : j'étais un homme des plus déplaisants. Depuis mon mariage, j'ai bon espoir que mon caractère soit en passe de s'améliorer.

Darby réussit à s'incliner sans quitter son divan.

— Vous avez raison ! J'espère que votre curiosité est satisfaite, Votre Grâce ?

— Oui, je vous remercie, vous avez clarifié l'essentiel et mon épouse complétera les détails qui me manquent encore.

— Je vous raconterai tout pendant que nous retournerons à Lamberglyn Park, répondit aimablement Valeria. Cela nous fera passer le temps plus vite. Le voyage est tellement monotone !

— Monotone ? répéta Marche avec un sourire en coin. Vraiment ? J'ai trouvé la route particulièrement enchanteresse.

Valeria lui adressa un sourire démoniaque.

— Dans ce cas, après m'avoir écoutée, vous me régalerez de vos découvertes, mon cher.

Darby se pencha vers Valentin.

— L'affection qui les unit fait vraiment plaisir à voir, n'est-ce pas ? J'ai le cœur brisé en sachant ma déesse inaccessible, mais qu'elle soit heureuse compte avant tout pour moi.

— Vous êtes étonnant, Strand ! Un homme de moindre valeur nous aurait laissés pourrir en prison, Marche et moi, pour avoir l'occasion de courtiser ma sœur en l'absence de son mari.

— Je n'y ai même pas pensé ! déclara le jeune homme en riant. Quelle sottise de ma part !

Valentin éclata d'un rire gai et joyeux, attirant l'attention de Marche et de Valeria.

— Strand aurait-il fait une remarque spirituelle ? demanda le duc, avec affabilité.

Le jeune dandy agita la main.

— Non, non, Marche, vous savez bien que l'intelligence n'est pas mon fort. Je ne brille que dans le domaine vestimentaire, voyez-vous. Pour vous dire la vérité, Blythestone et moi nous divertissions en vous regardant.

— Ainsi, je vous amuse ? déclara Valeria. Charmant !

— C'était un compliment, lui assura Darby avec chaleur. Vous êtes délicieuse, comme le prince régent l'a répété plusieurs fois, et Marche a une chance de tous les diables. Je reconnais cependant que vous êtes bien tombée en ayant trouvé un époux qui vous convienne aussi bien, madame.

Valeria pencha la tête de côté, un geste peu maniéré que Randall Cleary, son véritable époux, trouvait irrésistible.

— Quelle jolie déclaration ! Puisque vous vous entendez aussi bien avec mon frère, j'espère que nous vous verrons souvent à Lamberglyn Park, cher Strand. Vous y serez toujours le bienvenu. Je suis certaine que ma mère vous adorera.

— Vous me faites grand honneur, madame, répondit Darby.

Il s'apprêtait à en dire davantage quand on frappa à la porte. Negus passa la tête en disant :

— Pardonnez-moi de vous déranger, messieurs, mais vous aviez demandé que je vous rappelle l'heure.

— C'est exact, merci, répondit Marche.

Il se tourna vers Valeria et ajouta :

— Êtes-vous prête à partir, ma chère ?

— Blythestone ! s'exclama Darby. Pourquoi ne pas laisser un moment d'intimité au duc et à la duchesse. Vous pourriez rester avec moi ce soir et nous les rejoindrions demain à Lamberglyn. Qu'en pensez-vous ?

Valeria intervint :

— Oh non ! Ne me privez pas de mon frère, je vous en prie. Il y a des siècles que je ne l'ai revu et je tiens à savourer autant que possible sa compagnie.

— Je préfère rentrer, répondit Valentin. Excusez-moi, Stand, mais j'ai une migraine qui ne fait qu'empirer.

— Peut-être devriez-vous vous allonger un moment, s'inquiéta Marche.

— Je le ferai dans la voiture, répondit Valentin. Je tiens également à retrouver mère et à faire la connaissance de celui qui l'a enlevée à Gretna Green.

— Ne plaisantez pas sur le sujet ! éclata sa sœur

Elle parlait sévèrement, mais ses yeux pétillaient d'amusement.

— Je vous laisse faire vos adieux à Sir Darby, ajouta-t-elle en se levant. Marche et moi vous attendrons dans la voiture.

— Laquelle ? aboya Valentin. Le coupé de Strand ou un autre qui serait apparu par miracle ?

Valeria tressaillit légèrement et leva sur son frère des yeux blessés.

Darby se hâta d'intervenir :

— Mon coupé est bien entendu à votre disposition aussi longtemps que vous en aurez besoin.

Valentin perdit son irritation aussi vite qu'elle lui était venue.

— Merci, souffla-t-il. Excusez ma vivacité, Valeria. C'est certainement dû à mon mal de tête.

Sans rancune, elle s'approcha de lui et lui passa le bras autour de la taille.

— Pauvre chéri ! Appuyez-vous sur moi. Vous vous sentirez mieux une fois que vous serez étendu.

— Je suis capable de marcher, je vous assure. Ce n'est qu'une nausée. Après une nuit de jeûne en prison, j'ai trop mangé et trop richement. L'inquiétude des dernières heures a dû me couper la digestion.

— Vous serez d'aplomb après quelques bonnes heures de sommeil, affirma sa sœur.

Le duc s'inclina devant le jeune dandy.

— Je vous souhaite le bonsoir, Strand. Même si vous ignorez à quel point, vous m'avez rendu un immense service et je peux vous assurer que vous n'aurez pas affaire à un ingrat. Je suis votre débiteur.

Darby rendit aussitôt son salut au colosse.

— J'en suis honoré, Votre Grâce. Nous nous retrouverons très bientôt, je vous le promets.

En quittant la maison, Marche décida que tout s'était arrangé pour le mieux, contre toute attente, car leur situation avait été terriblement périlleuse. Devant la voiture, il salua d'un signe Negus, qui faisait office de cocher, et monta dans l'habitacle, où il s'installa à côté de Valeria. En face d'eux, Valentin était allongé sur la banquette de velours.

Negus conduisait bien et l'imposant véhicule se faufila habilement à travers la circulation de ce début de soirée. Très vite, ils atteignirent les faubourgs de Londres. Valentin s'était endormi bien avant que le coupé ait quitté la ville.

Valeria rompit le silence qui régnait en chuchotant :

— Vous le regardez avec tant de tendresse !

Marche lui jeta un regard étonné.

— Savez-vous ce qui existe entre votre frère et moi ?

Elle acquiesça.

— Oui. Anne ne m'a pas donné de... détails, mais elle a réussi à m'expliquer la nature de votre relation.

— Et oserais-je vous demander ce que vous en pensez ?

— Je vous aurais donné mon avis, même si vous ne m'aviez pas posé la question. Vous pourriez croire que mon frère et moi sommes des étrangers l'un envers l'autre, puisque nous n'avons pas été élevés ensemble, mais vous auriez tort. Quand j'étais enfant, Val me manquait tellement que j'ai toujours discuté avec lui comme s'il se trouvait à mes côtés. Je crains que ma pauvre mère m'ait souvent prise pour une folle, mais Anne l'a rassurée en lui disant que les enfants uniques s'inventaient fréquemment des camarades de jeu. Sachant que je ressemblais comme deux gouttes d'eau à mon frère, j'imaginais sans peine ses changements physiques en grandissant et je n'ai jamais cessé de lui raconter mes faits et gestes quotidiens. Il était mon ami, mon confident le plus cher. Je le défendrais bec et ongles s'il le fallait. Je vous en préviens, milord, ne lui faites jamais de mal. Ce n'est pas votre intention, n'est-ce pas ?

— Certainement pas. J'étranglerais de mes mains quiconque le tenterait.

—Ah, vous êtes colérique, je m'en doutais. Non, inutile de froncer les sourcils, ce n'était pas une critique. Quand vous me connaîtrez davantage, vous découvrirez que si mon frère est un ange, moi, je suis un démon.

— Dans ce cas, madame, je me surveillerai en votre présence.

Valeria gloussa doucement.

— Et je ferai pareil. À présent, dites-moi, avez-vous réfléchi à la meilleure façon d'expliquer la disparition de votre duchesse ?

— Pourquoi devriez-vous repartir ? J'avais espéré que vous resteriez à Lamberglyn Park en faisant éventuellement une apparition à mon bras, à Londres, de temps à autre. Puisque je suis désormais marié à une respectable jeune femme, je serais même reçu à l'Almack[18]. Ne me dites pas que vous voudriez manquer les plus grands bals de la saison mondaine ? Belle comme vous l'êtes, vous éclipseriez toutes les autres femmes.

---

18 Cercle extrêmement fermé de la haute société londonienne

— Vous me tentez, monsieur, mais je ne prendrai aucune décision sans consulter mon époux. M. Cleary est Breton, voyez-vous, je le sais impatient de retrouver sa ferme.

— Nous avons aussi des fermes en Angleterre. Pourquoi ne pas cultiver une partie des terres qui entourent Lamberglyn ?

— Eh bien, c'est un argument que je ne manquerai pas d'utiliser. Si j'adore la Bretagne, je préfère ma famille, et il semble que ma mère et mon frère soient destinés à rester en Angleterre.

— Seule la Manche sépare la Bretagne de l'Angleterre, ce n'est rien du tout, remarqua Marche avec un sourire. Et le beau monde a l'habitude d'avoir plusieurs résidences.

— Vous êtes très convaincant. Je ne serais pas opposée à jouer la duchesse de Marche à la campagne, mais je crains qu'il me faille un moment pour convaincre Randall. Si je suis censée être votre femme, il sera mon amant.

— Au début, je plaisantais, mais en y réfléchissant, vous n'auriez qu'à paraître à Londres quelques semaines par an.

— Ou vous pourriez décider de mener une existence recluse, contra-elle.

— Voici un plan étonnamment simple à réaliser et qui me plaît beaucoup. Si Blythestone n'y voit pas d'inconvénient, cela résoudrait l'essentiel de mes problèmes.

Valeria posa la main sur celle du duc.

— Marche, n'hésitez pas à l'appeler Valentin quand nous sommes seuls.

— C'est une bien douce liberté que vous m'octroyez là, madame.

— Eh bien, nous sommes une famille à présent.

Elle garda la main du duc dans la sienne pendant le reste du trajet, en évoquant son enfance en Bretagne et diverses anecdotes. Tous deux furent surpris de voir combien le temps avait passé vite quand la voiture s'arrêta devant les marches du manoir.

Pendant que le duc descendait de voiture, Valeria voulut réveiller Valentin. Elle le secoua plusieurs fois.

— Réveille-toi, voyons. Réveille-toi !

Il ne bougeait pas. Elle s'inquiéta.

— Marche ! cria-t-elle.

Le duc repassa la tête par la portière.

— Que se passe-t-il ?

— Je n'arrive pas à ranimer Valentin.

XXIV

MARCHE S'AFFOLA en constatant que lui non plus ne parvenait pas à tirer Valentin de sa torpeur. Il souleva dans ses bras le corps inerte et l'emporta dans la maison. Ceux qui s'étaient réunis pour accueillir les voyageurs perdirent rapidement leur enthousiasme en voyant le jeune comte inconscient, le visage livide.

Sa mère se précipita en criant :

— Que lui est-il arrivé ?

Derrière elle, un homme solide aux favoris gris chercha à la rassurer :

— Ne vous mettez pas dans des états pareils, chère amie. Faites plutôt installer le pauvre garçon sur le canapé, je vais l'ausculter.

Marche obéit machinalement. En voyant l'inconnu s'agenouiller et se pencher sur Valentin, il demanda :

— Et qui êtes-vous, monsieur ?

Valeria intervint :

— Veuillez m'excuser, Votre Grâce, mais nous n'avons pas de temps à perdre avec des formalités. Laissez-moi seulement vous dire que M. Harston, qui a épousé ma mère, est médecin à la retraite. Mon frère est en de bonnes mains.

Marche s'inclina brièvement, les yeux fixés sur le jeune homme dont la pâleur ressortait sur le vif brocart du canapé.

— Excusez ma brusquerie, monsieur. Je m'inquiète pour le comte, un ami qui m'est très cher.

Malgré sa nervosité, Marche resta immobile et regarda avec attention M. Harston ausculter son patient. À ses côtés, Valeria pleurait en silence.

Elle se calma, comme un bateau retrouvant son ancre, quand son époux, un homme brun aux yeux très sombres, apparut auprès d'elle.

— M. Harston, chuchota-t-elle en retrouvant la voix, indiquez-moi si vous avez besoin que j'aille vous chercher quoi que ce soit.

La jeune femme avait à peine terminé de parler qu'Anne apparaissait à la porte du salon.

— C'est à moi d'aller chercher ce qui… Que vous faites tous encore ici ? Le dîner est déjà sur la table, la soupe va refroidir et… Douce Vierge ! Qu'est-il arrivé au jeune maître ?

M. Harston leva les yeux.

— Hein ? Ah, vous voilà, Anne. Parfait, j'ai besoin de vous. Le comte a reçu un coup à la tempe. Il s'est évanoui, ce qui est fréquent après ce genre de blessure. Il lui faut se reposer au calme avec des compresses froides sur le front pour calmer l'enflure du cerveau.

Marche ne put se retenir plus longtemps :

— Docteur, quand Blythestone se réveillera-t-il ?

Harston se releva lourdement.

— Je crains qu'il me soit impossible de vous répondre. Il y a commotion cérébrale, voyez-vous, ce qui se guérit tout seul… ou pas du tout. Il n'y a rien d'autre à faire qu'à laisser le patient se reposer en le surveillant de près.

— Rien d'autre à faire ? aboya le duc.

— Votre Grâce, je comprends que patienter soit difficile, mais je ne peux rien faire d'autre pour vous rassurer.

— Vous m'assurez cependant qu'il reprendra connaissance ?

Harston jeta un bref coup d'œil à Lady Amandine, son épouse.

— J'aurais préféré ne pas évoquer le problème, mais je ne vais pas vous mentir, il arrive que le patient ne se réveille pas. La pauvre âme sombre peu à peu dans la mort.

— Pour une petite bosse ? hoqueta la comtesse, les yeux larmoyants.

— Eh bien, le cerveau est un organe fragile et complexe, déclara Harston. Il peut être grièvement atteint même sans trace de choc. Si je devais aujourd'hui reprendre mes études de médecine, je me consacrerais aux maladies cérébrales. C'est un domaine fascinant !

Il passa autour de son épouse un bras réconfortant et ajouta :

— À présent, mieux vaudrait que le comte soit mis au lit et au calme.

Marche se pencha et prit Valentin avec soin dans ses bras. D'un sourcil levé, il demanda où il devait emporter son précieux fardeau. La mère de Valentin passa la première et les mena à l'étage, suivis par le médecin. Valeria et son mari retournèrent avec Anne dans la cuisine.

Une fois Valentin couché, Amandine sortit dans le couloir et attendit que Marche et Harston déshabillent Valentin et remontent les couvertures jusqu'à son menton.

Valeria les rejoignit avec un bassin d'argent rempli d'eau froide et des linges immaculés. Harston attira un fauteuil près du lit, Amandine s'y installa, et Valeria lui posa le bassin sur les genoux. La mère se pencha, les larmes aux yeux, et humecta doucement le front du blessé. Il ne bougea pas, ne donna aucun signe indiquant qu'il sentait cette humidité rafraîchissante. De longues traînées marbraient les joues de la comtesse.

— Ne pleurez pas, chère amie, chuchota Harston. Votre fils est jeune et en bonne santé. Je suis certain qu'il ne tardera pas à se réveiller en réclamant son souper.

— Le pensez-vous vraiment ?

— Certainement. De plus, je vais prier pour lui.

— Je l'ai si peu vu durant son enfance, chuchota la mère éplorée. Il est devenu un homme sans que je le réalise. Je ne veux pas le perdre sans avoir l'occasion de mieux le connaître.

Lady Amandine fit un effort visible pour se calmer, carra les épaules et redressa le menton. Elle se tourna vers le duc.

— En attendant, j'aimerais faire la connaissance du compagnon que mon fils a choisi. Valeria, pourriez-vous vous charger des présentations, ma chérie ?

— Bien sûr, chère mère. J'ai l'honneur de vous présenter Sa Grâce, le duc de Marche. Votre Grâce, voici Mme Frederick Harston, comtesse de Blythestone. Je vous présente également M. Harston, docteur en médecine à la retraite.

— Enchanté, répondit Marche, en s'inclinant.

— L'honneur est pour moi, Votre Grâce, répondit Harston. À présent, si vous voulez bien m'excuser, je vais descendre regarder avec Anne les herbes aromatiques qu'elle garde dans la cuisine. Une saine atmosphère pourrait aider à ranimer le jeune comte.

À peine son mari avait-il disparu que la comtesse reprit la parole d'une voix solennelle :

— Votre Grâce, pourrions-nous parler en toute franchise ?

— Bien entendu, madame, répondit Marche.

Il prit la chaise qu'elle lui désignait.

— En d'autres circonstances, reprit-elle, je ne me montrerais pas aussi directe alors que je viens juste de faire votre connaissance, mais je suis bien trop bouleversé ce soir pour me soucier de la bienséance.

— Je vous comprends tout à fait, j'éprouve également une grande commotion.

— Une commotion, répéta Lady Amandine. Oui, c'est le mot parfait. Je constate que vous êtes instruit, en plus d'être noble et imposant.

— J'ose espérer que ce sont à vos yeux des qualités, madame.

— Vous êtes également charmeur, constata la comtesse. Anne ne s'était pas trompée, ma fille.

Valeria, à qui s'adressaient ces derniers mots, sourit à sa mère.

— Je suis moi-même très attirée par le duc, reconnut-elle. Je regretterais presque de ne pas vous avoir épousé, monsieur, et d'avoir inventé cette mascarade insensée.

— Oh, je n'ai pas oublié votre inconséquence, ma fille, trancha sa mère. Je vous aime beaucoup, mais ne comptez pas sur moi pour vous pardonner de sitôt vos mensonges.

— Nous avons eu tort, mère, j'en suis consciente. Mais à présent que vous avez retrouvé le bonheur avec M. Harston, peut-être trouverez-vous plus facile d'être indulgente ?

La comtesse secoua la tête.

— Peut-être. Avez-vous présenté vos excuses au duc, ma fille ?

— Madame, je vous assure que c'est inutile. Avoir eu l'opportunité de connaître le comte est inestimable à mes yeux.

— Ma gouvernante m'a parlé de vous, monsieur. Je suis heureuse que mon fils ait trouvé un mentor. Son éducation ne lui avait rien appris de la vie en dehors du cloître. La confiance est une merveilleuse qualité, mais elle peut provoquer de graves dégâts en faisant une proie facile d'un jeune homme tombé sur la coupe d'un vaurien. Vous l'avez aidé à traverser les méandres de son introduction dans la bonne société, vous l'avez soutenu quand il a dû affronter les conséquences de son irresponsabilité.

— Valentin n'a fait que suivre mon idée, mère, intervint Valeria. La faute est mienne.

— Vous étiez quatre conspirateurs, ma fille, si je sais compter, mais ce n'est pas ma priorité pour le moment. J'essaie d'expliquer ma position à Sa Grâce et Dieu sait si je trouve la situation compliquée ! Je n'ai pas terminé mon réquisitoire.

Valeria inspira pour donner son avis, mais elle se ravisa. Elle prit la place de sa mère au chevet du blessé, trempa le linge dans le bassin et humecta doucement le front de son frère. La comtesse la regarda faire quelques instants, en silence, avant de tourner la tête pour affronter le duc.

— À nous deux, monsieur. Si j'en crois votre expression renfrognée, vous vous attendez à un sermon moralisateur. Là n'est pas mon intention. Ma fille et ma fidèle suivante m'ont assuré que vous étiez bien assorti à mon fils. Elles sont également certaines que Valentin et vous avez toutes les chances de rester célibataires. Je me demanderai toujours si le conte a évolué de cette façon à cause de son éducation monastique et je ne peux imaginer ce qui vous a écarté des… hum, du mariage, mais…

La comtesse fit une pause, se racla la gorge et reprit d'une voix plus ferme :

— D'après mon expérience, il est inutile de forcer ses enfants à entrer dans un moule ou à se conformer à la vie dont l'on rêve pour eux. Ma fille a réussi, tout à fait indépendamment de moi, à trouver un mari parfaitement adapté à sa nature – aussi roturier soit-il – et je constate que mon fils a choisi son compagnon tout aussi bien.

Elle effleura la main inerte de Valentin avec un profond soupir.

— Autrefois, mon mari avait décidé que Valentin était en danger et que mieux valait le cacher dans un cloître. Je m'étais résignée au fait qu'il risque de devenir prêtre et de ne jamais se marier, même si je gardais l'espoir de me tromper. Quand Anne m'a parlé de l'attachement que Valentin éprouvait envers vous, je vous avoue que ma première réaction a été la consternation. Mais plus elle parlait, plus mes yeux s'ouvraient. Ce soir, j'ai vu votre visage à votre arrivée, j'ai lu sur vos traits ce que tentiez de cacher : votre folle inquiétude pour mon fils. Peut-être, plus jeune, aurais-je été scandalisée, mais avec l'âge vient la sagesse. Ce qui compte pour moi aujourd'hui, c'est de voir mes enfants heureux et en bonne santé.

Le silence retomba et s'attarda un long moment. Puis Valeria reprit à mi-voix :

— Voyez le côté positif, mère, vous avez toujours détesté l'idée de devenir un jour douairière. Si Valentin ne se marie pas, vous serez toujours la seule et unique comtesse de Blythestone.

— Ne dites pas de bêtises, ma fille ! répliqua sa mère en cachant son sourire.

La porte s'ouvrit, Lady Amandine se retourna.

— Voici mon cher Harston qui nous rapporte une infusion. Quelle odeur divine ! Posez votre plateau sur cette petite table.

La gorge serrée par l'émotion, Marche s'inclina devant la comtesse. Il n'osa pas parler, ne faisant pas confiance à sa voix. Profitant de la distraction provoquée par le retour du médecin, il s'approcha du lit et caressa Valentin du regard.

Puis il quitta la chambre et referma doucement la porte derrière lui.

Une fois hors de vue, le duc se voûta et descendit l'escalier jusqu'au rez-de-chaussée. Il tremblait à l'idée que Valentin risquait de ne plus jamais ouvrir les yeux. Sa vision se brouilla d'un voile humide. D'un pas vacillant, il se précipita dans la première pièce ouverte et se retrouva dans la chapelle du manoir. Il tomba à genoux et baissa la tête pour cacher les larmes qui coulaient sur son visage.

— Je vous en prie, ne me l'enlevez pas, murmura-t-il. Je suis un pécheur, j'en suis conscient, j'ai corrompu un ange, une vos plus belles créations, mais c'est seulement parce que je l'aime éperdument. C'est vous, certainement, qui avez déversé dans mon cœur un feu aussi brûlant, aussi pur, je suis devenu meilleur grâce à cet amour. Je n'ai pas l'habitude de prier ni celle de négocier avec le ciel, d'ailleurs, je ne pense pas que vous l'accepteriez. Et pourtant... Si vous m'écoutez, si vous êtes d'accord, je vous en prie, laissez-le-moi pour que je puisse continuer à progresser... et aussi pour d'autres raisons plus égoïstes. La dernière fois que je vous ai parlé ainsi, j'étais tout jeune, j'espère que vous me jugerez davantage sur mes amis que sur ma réputation.

Il s'interrompit, incapable de trouver les mots susceptibles de lui attirer une grâce divine. Pour conclure sa prière, il se contenta de répéter :

— Ne me le prenez pas, je vous en supplie.

Negus s'arrêta net à la porte de la chapelle en voyant, pour la première fois de sa vie, son maître à genoux, qui priait, humblement incliné.

— Votre Grâce, chuchota-t-il. Le comte a repris connaissance.

Quand Marche leva la tête, Negus vit des larmes briller dans ses yeux.

— Comment ?

— Le comte est réveillé. Il vous réclame, monsieur.

Prudemment, le valet s'écarta juste à temps, évitant ainsi d'être bousculé par la réaction énergique du duc qui avait fini par comprendre le sens de son message.

Negus ne put retenir son sourire en voyant son maître monter les marches deux par deux. Il le suivit d'un pas plus lent.

Randall Cleary, qui attendait dans le couloir, ouvrit la porte. Après un merci machinal, le duc pénétra dans la chambre.

La famille de Valentin, agglutinée autour du lit, se tourna vers lui, l'invitant manifestement à partager sa joie. Les visages étaient souriants, bien que mouillés de larmes de soulagement. Marche les vit à peine, trop concentré qu'il était sur le jeune homme appuyé sur ses oreillers.

Sans réfléchir, sans se soucier de choquer l'assistance, Marche tomba à genoux à côté du lit et prit les mains de Valentin dans les siennes.

— Grâce au ciel, te revoilà ! chuchota-t-il d'une voix étranglée. J'ai eu tellement peur…

Avec un sourire, Valentin resserra les doigts sur les siens.

— Mon Béhémoth avoir peur ? dit-il, taquin. Une chance que j'aie dormi pendant un drame suffisamment affreux pour tant troubler le redoutable duc de Marche !

Marche se rasséréna.

— À présent, cher comte, je suis rassuré. Vous êtes certainement redevenu vous-même si vous avez l'énergie de vous moquer de moi.

Le sourire de Valentin fut encore plus rayonnant.

— Je n'ai pu y résister !

— On ne croirait jamais que vous avez été souffrant, s'étonna Marche en voyant les yeux brillants de son amant.

Le docteur Harston intervint :

— Quand le coma est relativement bref, il agit comme un sommeil revigorant et il est fréquent que le patient se réveille en forme. Par contre, si l'inconscience dure des semaines, ou même des mois, il y a rapidement une perte de…

Amandine interrompit son mari :

— Peut-être n'est-ce pas le bon moment de nous fournir tous ces détails.

Valeria caressa doucement les cheveux ébouriffés de Valentin, qu'elle repoussa pour dégager son front.

— Dites-moi, cher frère, que puis-je vous apporter qui vous ferait plaisir ? s'enquit-elle.

— Je viens de me réveiller, entouré de ma famille, choyé et protégé. Que pourrais-je vouloir de plus ?

Il caressa discrètement les doigts du duc qu'il tenait dans les siens. Puis son sourire devint espiègle.

— En y réfléchissant, j'ai un vœu, ajouta-t-il.

Sa mère se pencha et posa la main sur sa joue.

— Je vous écoute, je ferai n'importe quoi pour vous satisfaire.

— J'espère ne pas être indélicat, mère, mais j'ai terriblement faim.

— Bien entendu, mon agneau ! s'écria Anne. Où ai-je la tête ? Pourquoi est-ce que je reste là, comme une bûche, alors que je devrais déjà vous préparer de quoi vous sustenter. Ne vous inquiétez pas, je n'en ai pas pour longtemps.

Déjà, elle se précipitait vers la porte. Negus la suivit en disant :

— Je vais vous aider.

— Merci beaucoup, Anne, cria Valentin, mais ne vous donnez pas la peine de me monter un plateau. Si vous me laissez le temps de m'habiller, je me sens tout à fait capable de descendre dîner dans la salle à manger.

— Chéri, êtes-vous certain que vous devriez...

La comtesse ne termina pas sa phrase, elle examina son fils et convint :

— Vous avez le teint rosé. Vous étiez si pâle et maladif à votre arrivée !

— Eh bien, c'est un symptôme assez curieux... commença Harston.

Une fois de plus, il fut interrompu. Cette fois par Valeria, qui passa le bras sous le sien et l'entraîna vers la porte.

— Cela me semble fascinant, j'aimerais que vous m'en parliez pendant le souper.

Lady Amandine se redressa et tapa des mains.

— Oui, en effet, il est grand temps que nous passions à table.

Tout le monde sortit. Marche s'apprêtait à faire pareil, mais Valentin le retint.

— Votre Grâce, pourriez-vous, je vous prie, m'aider à me vêtir ?

— Je suis à votre service, monsieur, répondit le duc, en s'inclinant.

Il jeta un coup d'œil en direction de la porte : Randall Cleary la refermait, puis ses pas s'éloignèrent dans le couloir. À peine les deux amants étaient-ils seuls que Valentin balançait ses jambes hors du lit, les bras tendus. D'un bond, Marche se jeta sur lui, l'empoigna et le serra contre son cœur avec une émotion contagieuse.

Valentin se laissa retomber en arrière sur le matelas, entraînant le duc avec lui. Il chercha la bouche de son amant pour un baiser éperdu. Marche le lui rendit, ses lèvres, à la fois avides et tendres, exprimant en silence, mais de façon éloquente, sa joie, son soulagement et sa gratitude de voir Valentin réveillé et en pleine santé.

Le jeune homme releva les genoux pour mieux enserrer le duc.

Au bout d'un long moment, Marche finit par relever la tête.

— J'étais terrorisé à l'idée que tu ne te réveilles jamais ! souffla-t-il.

— J'avoue que rester éternellement dans un lit ne m'effraie pas, surtout si j'y suis avec toi, mais dormir n'est pas ce que j'aurais à l'esprit.

— Ton franc-parler me choque beaucoup !

— Tu vas quand même me pardonner, j'espère ? sourit Valentin.

— Eh bien, comme tu es encore convalescent, je présume que je peux me montrer magnanime.

Marche appuya son front contre celui de Valentin et soupira.

— Sais-tu au moins combien je t'aime ? ajouta-t-il.

— Tu ne peux pas m'aimer plus que je t'aime !

— Ah, mais je t'ai aimé le premier, sourit le duc.

— Dans ce cas, je serai obligé de t'aimer encore plus.

Ils échangèrent un nouveau baiser d'une surprenante douceur. Puis le duc murmura à l'oreille de son amant, tandis que son souffle lui caressait la joue.

— Sais-tu où j'étais quand tu as repris conscience ? À la chapelle, je priais. J'ai du mal à y croire !

Surpris, Valentin écarquilla les yeux.

— Tu priais pour moi ?

— Eh bien… Pour être franc, je priais essentiellement pour moi, mais j'étais à genoux et je suppliais le Tout-Puissant de te laisser vivre. J'ai changé à ton contact. Je ne dirais pas que je suis devenu croyant, mais le ciel a manifestement un faible pour toi, aussi parlerai-je désormais de Dieu avec le plus grand respect.

— Tu me demandais si j'avais une idée de combien tu m'aimais, sourit Valentin, très ému. La réponse est oui.

Il attira le duc contre lui pour baiser qui sembla durer éternellement. Ils ne se séparèrent, avec le même éclat de rire, qu'en entendant gronder l'estomac du jeune homme. Ils se relevèrent et s'activèrent à prendre Valentin présentable à se présenter à une table de famille. Ils perdirent un peu de temps durant le processus, car leurs mains ne cessaient de s'égarer, mais ils finirent par être prêts et décents.

Maintenant que l'inquiétude concernant Valentin était apaisée, Marche se demandait quelle réception il allait recevoir. En pénétrant dans la salle à manger du manoir, il fut chaleureusement accueilli. Il prit place à table, un peu étonné de la facilité avec laquelle la famille de Valentin acceptait leur union. Il en éprouva un chaleureux élan de reconnaissance, mais il en resta un peu raide et méfiant, découvrant ainsi que rompre les habitudes toute une vie ne lui était pas facile.

Parlant peu, il se contenta d'observer la tablée et d'écouter les conversations, décidé à en apprendre le plus possible sur les Randwick, si chers au cœur de Valentin.

Une fois le repas terminé, les convives ne s'attardèrent pas, chacun étant pressé de retrouver son lit après toutes ces émotions.

Marche passa quelques minutes dans la chambre qui lui avait été attribuée. Quand la maison devint silencieuse, on frappa à sa porte.

IL TROUVA Valentin dans le couloir, avec à la main une bougie, dont il protégeait la flamme des courants d'air.

— Viens, chuchota le jeune homme. Suis-moi.

Marche n'avait enlevé que sa veste. Il fit un geste pour la récupérer, mais Valentin d'un signe de tête, le lui déconseilla. Docile, Marche suivit son ami en silence. Ils passèrent devant la chambre de Valentin sans s'y arrêter et continuèrent jusqu'à l'escalier, pour monter à l'étage supérieur. Traversant les quartiers ancillaires sur toute leur longueur, ils trouvèrent à l'autre bout l'escalier en colimaçon d'une tour étroite.

Au sommet, Valentin ouvrit une petite porte : ils étaient en haut de la tour nord. D'autres marches en fer forgé donnaient accès à une passerelle de vigie faisant le tour de la tourelle et offrant un panorama dégagé sur les terres avoisinantes. Valentin s'accouda à la rambarde et jeta, par-dessus son épaule, un regard à Marche.

— N'est-ce pas magnifique ? demanda-t-il.

Le duc répondit en regardant son amant :

— La plus belle vue que je connaisse !

Il s'approcha et lui posa un baiser sur le front, avant de regarder enfin autour de lui.

— Quel endroit surprenant ! Comment l'as-tu découvert ?

— C'est Cleary qui me l'a indiqué. Il parle peu, mais tout ce qu'il dit est intéressant.

— Il me semble effectivement réfléchi et solide. Et s'il s'exprime peu, c'est sans doute parce que sa femme ne lui en laisse pas l'opportunité.

Marche passa le bras autour de la taille de Valentin et se colla à son dos. Au même moment, la lune émergea de derrière les nuages et éclaira le paysage d'une lueur pâle et argentée, pratiquement féerique.

— Par le diable ! s'exclama le duc ébloui. Tu as raison, c'est magnifique !

— Je n'ai jamais vécu ici, dans notre domaine de famille, souffla Valentin. Pourtant, je m'y sens chez moi.

— Moi, je me sens chez moi quand je t'ai dans mes bras. Je t'ai donné mon cœur, mon bienaimé. Je dois donc rester à tes côtés ou vivre dépourvu de ce précieux organe.

— Oh, non !

Valentin pivota dans le cercle des bras forts qui le tenaient et posa la main sur la poitrine du duc, au niveau du cœur.

— Je t'ai offert mon cœur, souffla-t-il. Alors, ne dis pas que tu en es dépourvu.

— C'est un marché honnête.

Marche s'écarta légèrement pour examiner son jeune amant.

— Que vois-je, monsieur ! s'exclama-t-il avec humour. Vous ne portez qu'une chemise et votre col est grand ouvert.

Valentin, les paupières mi-closes, le regardait à travers ses longs cils.

— Dois-je vous rappeler que j'ai été corrompu, Votre Grâce, que je suis devenu un dévergondé ? Je n'hésiterai pas à me déshabiller complètement, vous savez.

— Ici, en plein air ? s'offusqua le duc. Je suis à nouveau choqué.

— J'ai déjà fait l'amour en plein air, monsieur. Aussi, ce ne sera-t-il pas la première fois… ni la dernière, j'espère.

Marche baissa la tête pour frotter son visage contre le cou de Valentin. Ses lèvres caressèrent la douce colonne de chair tiède.

— Ce ne sera pas la dernière, je te le promets, affirma-t-il.

Valentin lui caressa le dos avant de refermer les doigts sur la chemise qu'il libéra de la ceinture. Il découvrit avidement la peau nue, une main remontant vers les épaules, l'autre glissant vers le bas, savourant les creux et les vallées des muscles durs. Il plongea un doigt dans les fossettes au creux des reins, puis plus bas, autant que le permettait la culotte étroite. Durant ce temps, Marche ne cessait de l'embrasser. La réaction fut immédiate, son pouls accéléra et son sexe devint si dur que Valentin trouva la tension presque insupportable.

— Tu me fais toujours le même effet, Loel, haleta-t-il.

Marche émit un grognement et lui mordilla le lobe de l'oreille. Il ouvrit aussi l'avant de sa chemise.

— Un simple baiser, ajouta Valentin, et je me sens déjà prêt à jouir sans même m'être complètement déshabillé.

Marche releva la tête pour le regarder.

— Suis-je censé m'en plaindre ? se moqua-t-il.

— Je faisais simplement remarquer...

Il s'interrompit avec un gémissement parce que Marche venait de pincer son mamelon.

— Je suis enchanté que tu t'excites si vite dans mes bras, chuchota le duc. De plus, tu es très jeune, donc tu récupères rapidement. Je devrais pouvoir profiter de toi plusieurs fois par jour.

— Tu es l'homme le plus...

Valentin étouffa un cri quand des dents solides se refermèrent sur son autre mamelon. Puis un coup de langue lui arracha un gémissement de plaisir.

— ... arrogant... autoritaire et... oh, mon Dieu, Loel ! C'est divin !

Il poussa ses hanches en avant, frottant son sexe contre celui de son amant.

— As-tu terminé la liste de mes innombrables qualités ? demanda le duc.

— Non, tu es magnifique !

Valentin passa la main sous sa ceinture pour l'attirer encore plus de lui.

— Sens-tu à quel point je te désire ? souffla-t-il.

— Incontestablement ! répondit le duc avec satisfaction.

Il tressaillit quand Valentin insinua les doigts entre ses fesses.

— Alors, Votre Grâce, que décidez-vous ? Allons-nous forniquer ici ou bien nous retirer dans un endroit plus confortable ?

Marche passa entre leurs corps pour lui empoigner le sexe.

— Avec toi, je suis prêt à tout, répondit-il d'une voix rauque. Et je te ferais l'amour où cela te chante.

— Je suis l'homme le plus chanceux qui existe sous la lune.

Il renversa la tête pour sourire au disque d'argent qui brillait dans le ciel de velours sombre.

— C'est à toi de décider, Loel, ajouta-t-il. Quand je suis dans tes bras, seul compte le moment présent. Demain n'existe plus.

— Demain, nous verrons arriver le baronnet Strand. Alors, pour cette nuit, profitons du confort d'un bon lit.

Valentin acquiesça et entraîna son amant dans sa chambre.

Malgré les prédictions du duc, Strand ne se présenta ni le lendemain ni les jours suivants.

XXV

— Eh bien, M. Cleary, que décidez-vous ?

Marche se renfonça dans son siège pour donner au jeune Breton le temps de réfléchir.

— Pour commencer, vous devriez m'appeler Randall, ou Cleary si vous préférez, mais je pense que nous devrions oublier les formalités.

Valeria prit la main de son mari.

— Il cherche à vous dire qu'il vous considère désormais comme faisant partie de la famille, ajouta-t-elle avec un sourire. Et aussi qu'il accepte votre proposition.

Randall acquiesça, ses cheveux sombres et hirsutes retombant sur ses yeux.

— Elle a raison, comme toujours, reconnut-il. J'ai surtout l'habitude de parler à mes chevaux de trait, vous savez.

— Dans ce cas, vous devriez vous entendre à merveille avec Marche, se moqua Valentin.

— Monsieur, vous me blessez, répondit le duc en affichant un air hautain.

— Mon frère voulait simplement dire que, comme mon mari, vous êtes capable de dompter vos montures, susurra Valeria. D'où votre affinité avec lui.

Valentin resta bouche bée devant la trahison de sa sœur.

— Comment ?

— Vous le méritiez bien, mon chéri, rétorqua Valeria.

— Vous croyez ?

Elle acquiesça.

298

— Ces derniers temps, vous êtes devenu… oh mon Dieu, quel est le mot que je cherche ?

— Sarcastique ? suggéra Randall.

Valeria lui tapota l'épaule d'un coup d'éventail.

— Précisément. Ne trouvez-vous pas que mon frère se montre plein de morgue ces derniers temps ?

— Je suis souvent *plein*, c'est certain, marmonna Valentin.

— Chut ! l'admonesta sa sœur. Voici maman !

La comtesse traversait la pelouse pour rejoindre le petit groupe installé à l'ombre d'un vieux chêne. Elle s'installa auprès d'eux et prit le temps de retrouver son souffle avant de parler.

— Mes enfants, pourquoi avoir choisi un endroit aussi loin de la maison ?

— Mère, répondit Valeria, je peux au moins vous donner de bonnes nouvelles pour votre peine. Randall a donné son accord. Nous restons à Lamberglyn Park.

— Oh, Dieu merci ! soupira la comtesse. Je ne voulais pas m'immiscer dans votre discussion, mais je ne pouvais plus retenir mon impatience.

— Eh bien, vous avez choisi le parfait moment pour nous rejoindre, madame, dit Marche.

— Tant mieux ! Anne et moi avons passé longtemps à vous surveiller depuis la fenêtre de la cuisine. En voyant le duc s'adosser dans son siège, elle m'a affirmé que la question était réglée.

— C'est le cas, madame, intervint Randall. La Bretagne me manquera certainement, mais les terres cultivables sont bien meilleures ici. De plus, ma femme m'a promis que nous retournerions régulièrement visiter notre ancienne ferme.

— Chaque hiver, insista Valeria, au moment où les champs seront en jachère.

— Nous pourrions peut-être organiser une grande réunion de famille à Noël en Bretagne, proposa lady Amandine.

— Quelle bonne idée, maman ! s'exclama Valeria.

Elle se tourna pour demander :

— Valentin, vous viendrez avec nous, n'est-ce pas ? Et vous aussi, milord ?

Son frère fut le premier à répondre :

— Bien sûr. J'aimerais faire un cadeau au monastère franciscain. Pourquoi pas quelques bouteilles de *bon* vin ? Dieu sait qu'ils en ont bien besoin !

— Croyez-vous que les moines vous reconnaîtront ? s'enquit Valeria, moqueuse.

— Vous êtes aussi impertinents l'un que l'autre, remarqua leur mère. Je dois cependant reconnaître que vous êtes amusants. Je suis bénie du ciel !

Marche se pencha vers elle pour chuchoter, sur un ton de confidence :

— Madame, ne vous inquiétez de rien, je veillerai sur le jeune Blythestone.

— Merci, monsieur. Vous me rassurez. Un jeune homme a besoin d'un mentor.

— Certains plus que d'autres ! ne put s'empêcher d'ajouter Valeria.

Elle reçut de son frère un nouveau regard outré.

— C'est évident, ma chérie, ajouta Lady Amandine. Au fait, puisque nous sommes sur le sujet, je ne trahirai pas votre mascarade, bien entendu. Si l'on m'interroge, j'affirmerai à qui veut bien l'entendre ma satisfaction de voir ma fille unie à un duc. Quant à M. Harston, que Dieu le bénisse, c'est un scientifique dans l'âme, il a du mal à admettre que mon fils ait pu passer pour sa sœur sans que personne ne remarque la supercherie. Aussi préfère-t-il croire à une plaisanterie d'ordre intime et familial. Ne vous inquiétez pas, il ne révélera rien.

Marche inclina la tête.

— Je vous remercie infiniment, madame, je suis conscient que ce mensonge est essentiellement à mon bénéfice. Au risque de vous embarrasser, je vous certifie que je me considère bel et bien marié à Valentin. Tout ce qui est à moi lui appartient. À vous tous également, sa famille.

Le duc sourit avant d'ajouter :

— Et si le docteur Harston souhaite poursuivre ses études sur le cerveau et même ouvrir un laboratoire, inutile qu'il s'inquiète du financement. Je m'excuse d'avoir la grossièreté de parler d'argent, mais c'est tout ce que j'ai à offrir... En plus, je dispose d'une fortune colossale !

— Personnellement, répondit Valeria, je trouve votre sincérité très agréable. Pourquoi devons-nous toujours emballer nos propos dans des circonvolutions ?

— C'est sans doute une question de survie pour l'espèce humaine, répondit Marche pince-sans-rire. La vérité provoque trop souvent le meurtre.

— Vous êtes un vaurien, monsieur ! constata Lady Amandine, mais ses paroles ne sonnaient pas comme une réprimande.

Marche tourna la tête vers la maison.

— Je vous prie de bien vouloir m'excuser, mais je crois que Negus essaie d'attirer mon attention. Je me demande bien pourquoi !

Le valet s'approchait en courant. Il était encore à plusieurs mètres quand il s'écria :

— Monsieur, Lord Strand...

Il fut interrompu par une cavalcade. Le baronnet arrivait au grand galop, flanqué de ses amis, Snowhurst et Tarmegent. Les trois dandys s'arrêtèrent non loin du groupe et descendirent avec élégance de leurs montures. Negus changea de direction et s'approcha d'eux pour récupérer les rênes, ce qui permit aux visiteurs de rejoindre le duc, Valentin et sa famille.

— Douces dames et beaux messieurs, bien le bonjour, déclara Darby en s'inclinant profondément. Nous vous apportons les dernières nouvelles de Londres. J'espère que mes compagnons et moi-même ne vous dérangeons pas.

Valentin réalisa tout à coup que le manoir lui appartenant, c'était à lui d'accueillir ses invités.

— Au contraire, vous êtes les bienvenus, dit-il en se levant. Veuillez, je vous en prie, considérez ma demeure comme la vôtre. Voulez-vous retourner à l'intérieur, faire un brin de toilette et vous désaltérer avant de nous transmettre vos nouvelles ?

MARCHE FRAPPA du poing sur la table.

— Par le diable !

— Je crains que ce soit la triste vérité, répondit Darby. Murdmont s'est échappé. Nous l'avons suivi jusqu'à la côte où il a embarqué sur un bateau de pêche. Il y a eu ce soir-là une terrible tempête en mer. J'espère sincèrement que le misérable a fait naufrage et qu'il a été dévoré vif par de gros poissons aux dents acérées.

— Je bois aux poissons aux grandes dents ! déclara Snowhurst en levant son verre.

— Merci, Snow, dit Darby. Le magistrat chargé de l'affaire a réagi diligemment, veillant en particulier à ce que les biens volés soient restitués à leurs propriétaires légitimes. J'ai eu l'honneur de l'assister en la matière.

— Je vous en félicite, intervint Valentin. Je vois à votre sourire que vous le méritez certainement.

— Qui l'aurait cru ? s'exclama Darby. J'ai découvert que j'appréciais bien plus le droit que je ne le pensais et que travailler avec père n'était pas aussi terrible que je l'avais craint.

— Sans doute parce que vous avez choisi cette voie, fit remarquer Neville.

— Vous avez raison, Tarmy. Mais nous ne sommes pas là pour parler de moi. Lord Marche, j'ai le plaisir de vous rapporter que vous avez légalement récupéré votre fortune, vos terres et autres propriétés.

— Tant mieux ! À présent, je peux tenir les promesses que j'avais faites aux Randwick. Je vous remercie d'avoir fait tout ce chemin pour m'apporter cette bonne nouvelle.

— Si vous voulez mon avis, chuchota Snowhurst comme un conspirateur de théâtre, Strand avait également des motifs plus personnels pour vous rejoindre. Il reste très entiché de votre épouse, monsieur.

— Si la duchesse doit avoir un autre prétendant que son mari, répondit le duc d'une voix traînante, elle ne pourrait trouver meilleur champion.

— Je suis scandalisée ! prétendit Lady Amandine.

Elle se leva, son mari également. Et tous les gentlemen présents firent aussitôt la même chose.

— Veuillez nous excuser, déclara Harston. Ma femme et moi avons l'habitude de nous retirer de bonne heure.

Marche, Valentin, Randall et les trois dandys s'inclinèrent profondément tandis que la comtesse quittait la salle à manger au bras de son époux. Peu après, le jeune Breton s'éclipsa à son tour et Valeria le suivit quelques minutes plus tard.

Snowhurst tira sa montre pour la consulter. Il la secoua plusieurs fois, la mine renfrognée.

— Que se passe-t-il, Snow ? demanda Darby.

— Je crains qu'elle ne soit à nouveau détraquée.

— Laissez-moi voir.

Darby sortit sa montre et récupéra celle de son ami pour comparer leurs cadrans.

— Non, dit-il après vérification. Votre montre est à l'heure. Aussi précise que la pluie printanière !

— Vraiment ? Il est bien dix-neuf heures ? Et ils sont déjà tous partis se coucher ? Je ne comprends pas...

302

— Apparemment, ce sont des horaires de la campagne, remarqua Neville. Blythestone, j'espère que notre présence ne vous éloigne pas de votre lit.

Valentin eut un sourire béat.

— J'apprécie infiniment mon lit, mais il attendra. Après avoir appris une aussi bonne nouvelle, il me paraît important de la fêter dignement.

— J'en avais l'intention, marmonna Marche. J'avais des projets…

Darby avait une excellente ouïe.

— Vraiment, monsieur ? Lesquels ? J'ai bien besoin de réconfort maintenant que votre duchesse a disparu, emportant avec elle son feu incomparable.

— Ne comptez pas sur moi pour vous égayer, grogna le duc. J'ai davantage l'habitude de profiter d'un divertissement que de le procurer.

— Je ne suis pas de cet avis, monsieur, dit Valentin, goguenard.

Crispin gloussa.

— À mes yeux, c'est un défi !

Marche lui adressa un clin d'œil entendu avant de se remettre sur pied.

— J'ai un autre défi qui vous intéressera davantage, Snowhurst. Et si nous allions au fumoir, messieurs ? Nous pourrions enivrer Blythestone et faire la fête.

— Quelle excellente idée ! s'exclama Crispin en se levant avec hâte. D'ailleurs, mon verre était vide.

— Il faut y remédier sans attendre, plaisanta Valentin.

Il passa le premier et entraîna ses invités jusqu'au petit salon adjacent où une cave à alcool était posée sur une console. Il servit à chacun un verre en cristal et une dose de brandy. Puis il porta un toast en disant :

— À notre bonne santé à tous, à nos amis, présents et absents.

Une fois les verres vidés, Valentin les remplit aussitôt et invita les trois dandys à séjourner chez lui aussi longtemps qu'ils le souhaiteraient. Puis chacun se mit à boire avec entrain.

— Quelles sont les autres nouvelles de Londres, Stand ? demanda Marche. Je ne pense pas qu'on ne parle que de cette affaire de restitution, n'est-ce pas ?

— Non, monsieur, la duplicité de Murdmont prend la préséance, répondit Darby. Il est au ban de la société. Même son nom est interdit, car le prononcer est sanctionné par une éviction des salons les plus respectables.

— Parfait. Outre cette sinistre mésaventure, quoi d'autre ?

— Eh bien, Snowhurst est fiancé.

Crispin, qui venait de se lever pour remplir son verre, s'inclina aussitôt.

— Une jeune fille adorable, marmonna-t-il d'une voix pâteuse. Je suis impatient de la rencontrer.

— Toutes mes félicitations, déclara Valentin.

Crispin agita dans sa direction une main négligente.

— Merci, monsieur. Notre mariage devrait être le clou de la saison. Vous serez invités, bien entendu.

Darby changea de sujet en disant :

— Vous ai-je dit que Kirkcap m'a chargé de vous transmettre ses salutations ? Son secrétaire vous enverra aussi une invitation pour une rencontre… dans un salon, d'après ce que j'ai cru comprendre. Sir Anthony semblait penser que Blythestone et vous-même, Votre Grâce, seriez désireux de l'y rejoindre.

— Son cabinet doit être florissant, remarqua Marche, s'il emploie un clerc *et* un secrétaire.

— Eh bien, c'est un peu de ma faute. Comme Votre Grâce l'a sans doute deviné, j'ai accepté le poste que Kirkcap me proposait. Quand j'ai constaté l'état de ses dossiers, j'ai vivement suggéré qu'un secrétaire y mette bon ordre. Par chance, je connaissais un garçon intelligent et débrouillard qui cherchait un nouvel emploi – M. Fleet. Je pense que vous l'avez déjà rencontré, n'est-ce pas ?

— Effectivement, répliqua le duc, j'ai traité avec lui.

Darby haussa un sourcil.

— Vraiment ? Fleet m'a indiqué que vous aviez payé ses études sans rien lui demander en échange.

— Il est possible que je lui aie donné un petit coup de main. Comme vous le disiez, c'est un garçon intelligent qui mérite de réussir.

— C'est certain, acquiesça Darby avec conviction. En fait, la société en profite toujours quand un homme brillant a l'opportunité de s'exprimer.

— Je n'avais pas pensé à la situation sous cet angle, répondit le duc. Peut-être suis-je un progressiste, après tout ?

Darby se mit à rire gaiement, entraînant tout le reste du groupe.

— Certainement, Béhémoth, l'altruisme est votre principale caractéristique !

— Et puisque nous parlons de réforme sociale, ajouta Valentin, je pense que nous devrions tous suivre l'exemple que nous donnent Marche et Strand.

— C'est-à-dire ? demanda Crispin. Parlez-vous de financer l'éducation d'un gamin des rues et de lui donner du travail ?

— Quelque chose dans ce genre, oui. Voyons, nous avons tous les moyens d'améliorer le monde dans lequel nous vivons. Nous pourrions créer une fondation charitable et la dédier à la défunte duchesse de Bolbracken. Qu'en pensez-vous ?

— Ce serait un intéressant projet éducatif, intervint Neville.

— Un établissement où les garçons intelligents, mais démunis, recevraient une éducation gratuite, ajouta Darby.

— Je suis d'accord, trancha Marche. Je remettrai à la fondation les revenus annuels de Brackenmourse, ce qui paiera largement les professeurs, les fournitures scolaires et autres débours.

— C'est un beau geste, reconnut Darby. Brackenmourse est la plus importante de vos propriétés.

Marche haussa les épaules.

— Et alors ? J'en ai au moins trois autres pratiquement équivalentes, si je ne me trompe, et Wandeleigh reste ma préférée. Je suis certain que ma défunte tante approuverait ma décision.

— Je le crois aussi, dit Valentin. Je n'ai pas connu Lady Bolbracken, ce que je regrette, mais j'entends si souvent parler qu'elle me semble familière. À mon avis, elle serait très fière de vous, Marche.

— Bravo ! Cela mérite de boire un coup ! décida Crispin.

Quand il voulut se lever, il trébucha et s'écroula sur les genoux de Valentin.

— Voilà qui marque la fin d'une autre nuit de débauche, remarqua Darby. Snow, veuillez lâcher Blythestone avant de provoquer un scandale.

Marche se leva et aida le jeune ivrogne à se remettre sur pied. Valentin se redressa également et essuya l'alcool répandu sur son gilet. Après de plates excuses – qui furent repoussées par Valentin avec un sourire – les deux amis de Crispin entraînèrent leur compagnon vers l'escalier.

Marche les regarda s'éloigner d'un œil attentif.

— À quoi penses-tu, mon cher amour ? demanda Valentin.

— Es-tu certain de vouloir connaître mes pensées diaboliques ?

Comme il se trouvait seul avec le colosse, Valentin n'hésita pas à lui passer les bras autour de la taille. Il renversa la tête pour le regarder dans les yeux.

— Certain, souffla-t-il.

— Eh bien, je pensais d'abord que Strand avait un arrière-train des plus agréables à contempler.

— Si tu ne fais que regarder, je ne t'en voudrai pas.

— Bien entendu ! Tu dois bien savoir qu'un jeune chien fou comme Strand ne retiendrait jamais mon attention.

— Je suis plus jeune que lui !

— L'âge ne se mesure pas uniquement au nombre des années, mon bienaimé.

Marche repoussa une mèche de cheveux bruns derrière l'oreille de Valentin puis s'attarda à caresser le délicat coquillage en continuant à parler :

— Ensuite, j'ai pensé que Strand et ses amis avaient beaucoup de chance d'être aussi unis. Chacun veille sur les autres, lui apportant soins et soutien en cas de vulnérabilité ou de blessure. Je n'aurais jamais cru avoir besoin d'un compagnon, je pensais me satisfaire de la fidélité de Negus. De plus, comme il est mon valet, cela me permettait de garder une certaine distance vis-à-vis de lui. Je pensais que mes visites au salon de Mme Durham suffisaient à me contenter… et peut-être était-ce le cas, d'une certaine façon.

Il s'interrompit pour déposer un baiser sur la ride qui s'était formée entre les sourcils sombres de Valentin.

— J'aurais pu continuer, reprit-il, mais je ne vivais pas vraiment, je ne faisais que passer le temps. À présent que je connais le bonheur d'une vie à deux, je réalise combien mon existence était vide avant de te rencontrer.

Valentin se dressa sur la pointe des pieds pour embrasser le duc sur une joue, puis l'autre. Ensuite, il le prit par la nuque pour attirer sa tête vers lui.

— Mon cher Loel ! souffla-t-il. Penser à l'enfant solitaire que tu as été me brise le cœur. Je te promets de consacrer ma vie à te rendre heureux. D'abord, parce que je suis ton ami, ensuite parce que je t'aime à la folie.

Il scella son vœu en posant les lèvres sur celles du duc, dans un baiser qui était à la fois une douce reddition et une brûlante déclaration.

Marche finit par relever la tête pour pouvoir respirer.

— Je t'aime aussi, murmura-t-il contre ses lèvres. Chacune des facettes de ton caractère me fascine. Tu es un contraste permanent, mi ange mi démon.

— Pardon ?

Avec un petit rire, Marche dénoua le lien de cuir qui attachait ses cheveux.

— Tu es à la fois tendre et ardent. Tu parles de paix et d'amour universel, mais tu deviens un ange vengeur une épée à la main. Tu es réservé et pudique, mais aussi l'amant le plus fougueux aux affres de la passion.

— Je vois. Inutile d'en rajouter, je pense avoir compris où tu voulais en venir.

— Parfait, dans ce cas je peux me taire et utiliser ma bouche à des tâches plus intéressantes. D'ailleurs, il est temps que nous cessions de nous exhiber avec impudeur pour aller faire l'amour dans un endroit discret, notre chambre par exemple.

— Excellente idée !

Marche le prit la main et l'entraîna jusqu'au pied de l'escalier. Ils montèrent les marches ensemble.

— Quand ma tante m'a annoncé mes fiançailles, reprit le duc, jamais je n'aurais imaginé que la situation tourne de cette façon et que j'en sois aussi heureux.

— C'est vrai ? Quel manque d'imagination ! Quand Valeria m'a parlé de son projet insensé, j'ai tout de suite su que j'allais rencontrer l'amour de ma vie.

Le duc éclata de rire.

— Ta sœur et toi êtes très proches l'un de l'autre, ce qui est étrange compte tenu des circonstances dans lesquelles vous avez été élevés. Vous vous comportez différemment quand vous êtes ensemble. Vous paraissez plus… libres.

— En clair, nous sommes impossibles ?

— Non, au contraire, j'aime vous voir plaisanter ensemble.

— Donc, tu n'as aucun regret ? insista Valentin.

— Si, un seul. J'aurais voulu que Murdmont soit traduit en justice et condamné pour le meurtre de ma pauvre tante.

Valentin, qui ouvrait la porte à leur chambre, se retourna pour jeter au duc un coup d'œil enflammé.

— Venez, monsieur, je vais tenter de vous réconforter de ces tristes réminiscences.

— Provocateur ! Tu vas recevoir ce que tu mérites !

Marche referma la porte d'un coup de pied et se jeta sur Valentin, qui en retour l'empoigna par l'avant de la chemise et l'entraîna jusqu'au lit. Ils se déshabillèrent l'un l'autre et découvrirent avec un plaisir toujours renouvelé leurs corps qui se dévoilaient peu à peu. Chacun, en son for intérieur, s'émerveillait que l'autre lui appartienne exclusivement, un jardin secret dans lequel nul autre ne viendrait folâtrer.

Avec des caresses d'abord tendres, puis sensuelles et enfin désespérées, ils s'excitèrent mutuellement. Unis corps et âme, ils entamèrent la danse la plus ancienne du monde au son enivrant de leurs gémissements, cris et chuchotements extatiques. Roulant l'un sur l'autre, échangeant régulièrement les rênes de leur plaisir mutuel, Valentin et Loel trouvèrent ensemble la jouissance, dans une étreinte féroce.

Enfin repus, ils s'endormirent encore imbriqués l'un dans l'autre, pour cette première nuit de la longue vie qu'ils prévoyaient de passer ensemble dans leur sanctuaire à la campagne.

ÉPILOGUE

LE PETIT bâteau de pêche, dont la cale était remplie d'eau, menaçait de chavirer. C'était l'unique raison qui avait poussé le corsaire à interrompre sa course pour un aussi maigre butin. À contrecœur, le capitaine ordonna à ses hommes de ramener à son bord les survivants. D'humeur maussade, il attendit dans sa cabine la fin des opérations.

Un jeune homme se présenta.

— Excusez-moi, capitaine. M. D'Anton m'envoie vous porter un message.

— Je t'écoute.

— Il y avait un homme caché dans le bateau de pêche, capitaine. M. D'Anton trouve très suspect d'avoir tenté une traversée par un temps pareil. Je suis d'accord avec lui.

Le capitaine poussa un soupir impatienté et dévisagea son nouveau garçon de cabine.

— *Mon Dieu !* s'exclama-t-il. Je me demande bien pourquoi un Anglais tient toujours à donner son avis, même sans qu'on le lui demande !

— Excusez-moi, monsieur. En tout cas, le passager s'est débattu comme un chien enragé. J'avais jamais entendu des injures pareilles, un vrai Français ! Oh, pardon, capitaine ! Bref, il a été tellement brutal et malfaisant que M. D'Anton l'a fait bâillonner et mettre aux fers.

Le capitaine sentit sa curiosité s'éveiller en notant la délectation avec laquelle le jeune marin prononçait ces derniers mots.

— Dis-moi, Tom, connaîtrais-tu par hasard ce déplaisant personnage ?

— *Aye*, certainement, capitaine. Il m'a coincé une fois dans une maison de débauche et il a tenté de m'arracher la peau du dos.

— *Vraiment ?* Vraiment ? répéta-t-il en anglais.

— Oui, monsieur. Il m'a attaché, bâillonné et fouetté, sans raison valable, juste parce qu'il y prenait du plaisir.

Intrigué, le corsaire quitta sa cabine et descendit en fond de cale rencontrer le prisonnier.

Malcolm Jonas, Lord Murdmont, foudroya le Français d'un air hautain.

Le capitaine lui sourit aimablement. Il se tourna vers Tom en disant :

— Mon garçon, cet homme est aujourd'hui à ta merci. Fais de lui ce que tu voudras. Si le cœur t'en dit, demande un fouet à Achille.

Tom avança d'un pas, apparaissant en pleine lumière à côté de son capitaine. Il eut la satisfaction de voir blêmir son ancien bourreau. Il hésita un moment à répondre à l'invitation, mais ce n'était pas dans sa nature.

— Désolé, capitaine, je veux pas m'abaisser à son niveau. Par contre, si je peux me permettre, un homme pareil mériterait de devenir un esclave. Qu'en pensez-vous ?

Roi pinça les lèvres et réfléchit à la proposition, puis il acquiesça.

— Je connais quelqu'un qui connaît quelqu'un…

PERSEPHONE ARTEMIS ROTH vit à Savannah, en Géorgie, avec deux chiens beagles, trois chats errants recueillis par ses soins, et un mari qui travaille dans les transports publics. Cavalière passionnée, elle aimerait un jour avoir une ferme et y élever des chevaux, mais, pour l'instant, elle est citadine. Elle a reçu ses prénoms de son père, passionné de mythologie, et son amour des livres de sa mère, bibliothécaire. Elle a toujours apprécié Georgette Heyer et la romance en général. Elle aime aussi la cuisine thaïe, la peinture sur verre et les promenades de nuit.